Diogenes Taschenbuch 24436

de
te
be

EVELYN WAUGH, geboren 1903 in Hampstead, war Maler, Lehrer, Reporter und Kunsttischler, bis er in der Schriftstellerei sein Metier fand und zu einem der wichtigsten englischen Autoren des 20. Jahrhunderts wurde. Im Krieg diente Waugh als Offizier. Waugh, der seit seiner Studienzeit eine Neigung zu dandyhafter Extravaganz pflegte, liebte es, das Publikum durch kontroverse Äußerungen zu provozieren. Er starb 1966 in Taunton, Somerset.

Evelyn Waugh

Ausflug ins wirkliche Leben

und andere Meistererzählungen

Ausgewählt von Margaux de Weck
und Daniel Kampa

Diogenes

Die vorliegende Auswahl erschien
zuerst 2013 im Diogenes Verlag

Nachweis der einzelnen Texte am Schluss des Bandes
Die Erzählungen *Liebe in schlechten Zeiten,*
Zwischenfall in Azania, Der gleichgesinnte Fahrgast,
Taktische Übung und *Der Mann, der Dickens liebte*
erscheinen erstmals auf Deutsch
Liebe in Schutt und Asche
wurde für diese Ausgabe neu übersetzt
Die Übersetzungen der anderen Erzählungen
erschienen im Diogenes Verlag erstmals 1985
in den detebe-Bänden *Wer zuerst kommt, mahlt zuerst*
und *Charles Ryders Tage vor Brideshead* und wurden
für die vorliegende Ausgabe durchgesehen
Covermotiv:
Foto von Fox Photos, Hulton Archive

Veröffentlicht als Diogenes Taschenbuch, 2018

www.diogenes.ch
30/18/36/1
ISBN 978 3 257 24436 6

Inhalt

Liebe in schlechten Zeiten

I

Die Hochzeit von Tom Watch und Angela Trench-Troubridge dürfte eines der unbedeutendsten Ereignisse seit Menschengedenken gewesen sein. Die Vorgeschichte der beiden jungen Leute, ihre Verlobung und ihre Verehelichung, alles wies sie bis ins kleinste Detail als vollkommen typische Vertreter all dessen aus, was an den modernen gesellschaftlichen Verhältnissen am unbeachtlichsten ist. Die Abendzeitung notierte:

»St. Margaret hat eine ereignisreiche Woche hinter sich. Heute Nachmittag fand dort die dritte mondäne Hochzeit der Woche statt; zwischen Mr. Tom Watch und Miss Angela Trench-Troubridge. Mr. Watch, der wie so viele junge Männer heutzutage in der City arbeitet, ist der zweite Sohn des verstorbenen Honourable Wilfrid Watch von Holyborne House in Shaftesbury; der Vater der Braut, Colonel Trench-Troubridge, ist als großer Freund der Jagd bekannt und hat mehrmals für die Konservativen in den Parlamentswahlen kandidiert. Mr. Watchs Bruder, Captain Peter Watch von den Coldstream Guards, gab den Trauzeugen. Die Braut trug einen Schleier aus alter Brüsseler Spitze, den schon ihre Großmutter getragen hatte. Der neuen Gepflogenheit folgend, in Großbritannien Urlaub zu machen, werden Braut und Bräutigam patriotische Flitterwochen in Westengland verbringen.«

Und dieser Meldung muss in der Tat nur sehr wenig hinzugefügt werden.

Angela war fünfundzwanzig, hübsch, gutherzig, lebhaft, intelligent und beliebt – und somit genau die Sorte Mädchen, der es aus irgendeinem tief in der angelsächsischen Psyche verwurzelten unergründlichen Grund außerordentlich schwerfällt, sich zufriedenstellend zu verheiraten. In den vorangegangenen sieben Jahren hatte sie alles getan, was Mädchen wie sie üblicherweise tun. In London war sie im Schnitt vier Abende die Woche tanzen gegangen, in den ersten drei Jahren auf Privatgesellschaften, in den letzten vier in Restaurants und Nachtclubs; auf dem Lande war sie zu den Nachbarn leicht herablassend gewesen und hatte Leute zum Jagdball mitgebracht, mit denen sie zu schockieren hoffte; sie hatte in einem Elendsviertel und einem Hutgeschäft gearbeitet, hatte einen Roman veröffentlicht, war elfmal Brautjungfer gewesen und einmal Patin; sie war zweimal unstandesgemäß verliebt gewesen; hatte ihre Fotografie für fünfzig Guineen an die Werbeabteilung einer Kosmetikfirma verkauft; hatte Ärger bekommen, als ihr Name in den Klatschspalten auftauchte; hatte bei fünf oder sechs Benefizmatineen und zwei Historienspielen mitgewirkt, hatte bei zwei Parlamentswahlen Stimmen für den konservativen Kandidaten geworben und hielt es, wie alle Mädchen auf den Britischen Inseln, zu Hause kaum aus.

In den Jahren der Wirtschaftskrise wurde es vollends unerträglich. Schon seit längerem legte ihr Vater zunehmenden

Widerwillen an den Tag, das Haus in London zu öffnen; jetzt raunte er düster von »Sparmaßnahmen« und meinte damit seine Absicht, sich ganz aufs Land zurückzuziehen, die Anzahl der Hausdiener zu reduzieren, die Schlafzimmer nicht mehr zu heizen, Angelas Taschengeld zu kürzen und anderthalb Meilen Fischgründe in der Nachbarschaft zu erwerben, auf die er schon seit Jahren ein Auge geworfen hatte.

Vor die düstere Aussicht gestellt, auf unbestimmte Zeit weiter den Sitz ihrer Vorfahren bewohnen zu müssen, kam Angela, wie so manches vernünftige englische Mädchen vor ihr, zu dem Schluss, dass sie sich nach ihren beiden unglücklichen Liebschaften wohl kaum ein weiteres Mal verlieben würde. Das Leben würde sie nicht vor die romantische Entscheidung zwischen Liebe und Wohlstand stellen. Ältere Söhne waren in dem Jahr knapper denn je, und es gab heftige Konkurrenz aus Amerika und den Commonwealthstaaten. Ihr blieb nur die Wahl zwischen einem freudlosen Dasein mit den Eltern auf einem Landsitz und einem freudlosen Dasein mit einem Ehemann in einer Londoner Wohnung.

Der arme Tom Watch hatte Angela seit ihrer ersten Saison eine maßvolle Beachtung geschenkt. Er war in nahezu jedem Detail ihr männliches Gegenstück. Nach einem normalen Bildungsgang mit einem mittelmäßigen Studienabschluss in Geschichte hatte er eine Stelle bei einer soliden Buchprüfungskanzlei angetreten, für die er nach wie vor tätig war. Und an seinen sonnenlosen Arbeitsnachmittagen blickte er wehmütig auf seine Studentenzeit in Oxford zurück, als er noch fröhlich die üblichen universitären Erfolge gefeiert, sprich, im Hindernisrennen des Christ Church College auf einem geliehenen Jagdpferd den zweiten Platz belegt, mit den Jungs vom Bullingdon Club Möbel zertrümmert, sich nach Bällen in London bei Tagesanbruch durchs Fenster ins Zimmer gestohlen und sich mit jungen Männern, die reicher waren als er, eine schmuddelige, aber teure Studentenbude in der High Street geteilt hatte.

Als eines der begehrten Mädchen ihres Jahrgangs war Angela seinerzeit häufig zu Gast in Oxford und bei den Familien gewesen, die Tom während der Trimesterferien besuchte, und je mehr ihn das trostlose Einerlei der Jahre in seiner Buchprüfungskanzlei ernüchterte und deprimierte, umso mehr erschien sie ihm als eines der wenigen erfreulichen Überbleibsel aus seiner glorreichen Vergangenheit. Er ging immer noch hin und wieder aus, denn ein ungebundener junger Mann ist in London nie ganz ohne Wert, doch die späten Abendgesellschaften, zu denen er sich schleppte, ermattet von der Arbeit des Tages und nicht im Bilde über die Themen, an denen die Debütantinnen ihn zu interessieren versuchten, verdeutlichten ihm nur die sich stetig verbreiternde Kluft zwischen ihm und seinen früheren Freunden.

Angela war (wie gar nicht genug betont werden kann) ein durch und durch nettes Mädchen und verhielt sich immer reizend zu ihm, und er erwiderte ihr Interesse dankbar. Sie war jedoch ein Teil seiner Vergangenheit, nicht seiner Zukunft. Seine Zuneigung war sentimental, aber ohne Hintergedanken. Sie war ein Stück seiner unwiederbringlichen Jugend; nichts lag ihm ferner, als sie sich als mögliche Gefährtin im Alter vorzustellen. Insofern empfand er ihren

Vorschlag zu heiraten als eine Überraschung, die ihm keineswegs angenehm war.

Sie hatten eine besonders überlaufene und langweilige Tanzgesellschaft verlassen und aßen in einem Nachtclub geräucherten Hering. Sie waren in der vertrauten und leicht zärtlichen Stimmung, die sich zwischen ihnen immer einstellte, als Angela mit sanfter Stimme sagte:

»Du bist immer so viel netter zu mir als alle andern, Tom. Warum, frage ich mich?« Und ehe er es verhindern konnte – der Tag im Büro war ungewöhnlich aufreibend und der Tanzabend unsäglich gewesen –, war sie mit der Frage herausgeplatzt.

»Ja, gewiss doch«, hatte er gestammelt, »ich wüsste nicht, was mir lieber wäre, Angielein. Ich meine, klar, du weißt ja, dass ich schon immer verrückt nach dir war … Aber das Problem ist, dass ich es mir einfach nicht leisten kann zu heiraten. Da ist auf Jahre hinaus überhaupt nicht dran zu denken.«

»Aber ich glaube nicht, dass es mir etwas ausmachen würde, mit dir zusammen arm zu sein, Tom. Wir kennen uns so gut. Uns würde das leichtfallen.«

Und ehe Tom wusste, ob es ihm passte oder nicht, war die Verlobung bereits bekanntgegeben worden.

Er verdiente achthundert im Jahr; Angela hatte zweihundert. Bei beiden war irgendwann »mehr drin«. Sie standen gar nicht so schlecht da, wenn sie nur vernünftig waren und keine Kinder kriegten. Er würde seine gelegentlichen Jagdpartien aufgeben müssen; sie musste ihr Dienstmädchen aufgeben. Auf dieser Basis beidseitigen Verzichts planten sie ihre Zukunft.

Am Tag der Hochzeit regnete es in Strömen, und nur die ganz unerschrockenen Gemeindemitglieder von St. Margaret trauten sich heraus, um sich die triste Kolonne der Gäste anzusehen, die aus den triefenden Wagen sprangen und unter der Überdachung in die Kirche stürzten. Hinterher gab es einen Empfang bei Angela zu Hause in Egerton Gardens. Um halb fünf bestieg das junge Paar in Paddington einen Zug nach Westengland. Der blaue Teppich und die gestreifte Markise wurden aufgerollt und zwischen Kerzenstummeln und Betkissen im Lagerraum der Kirche weggesperrt. Das Licht in den Gängen wurde ausgemacht und die Türen abgeschlossen und verriegelt. Die Blumen und Zweige wurden aufgestapelt, um später in einem Hospital für unheilbar Kranke verteilt zu werden, das Mrs. Watch am Herzen lag. Mrs. Trench-Troubridges Sekretär machte sich daran, silberweiße Kartons mit Hochzeitstorte an Diener und Pächter auf dem Lande zu verschicken. Einer der Zeremonienmeister begab sich eilig nach Covent Garden, um seinen Cut zum Herrenausstatter zurückzubringen, bei dem er ihn geliehen hatte. Ein Arzt wurde zu dem kleinen Neffen des Bräutigams gerufen, der als Page bei der Zeremonie mit seinen unverblümten Bemerkungen erhebliche Aufmerksamkeit auf sich gezogen hatte, jetzt aber mit hohem Fieber und allerlei beunruhigenden Symptomen von Lebensmittelvergiftung darniederlag. Sarah Trumperys Zofe gab diskret den Reisewecker zurück, den die alte Dame »versehentlich« von den Hochzeitsgeschenken hatte mitgehen lassen. (Diese Marotte von ihr war allgemein bekannt, und die Detektive waren angewiesen, eine Szene beim Empfang zu vermeiden. Sie wurde neuerdings nicht mehr oft zu Hochzeiten eingeladen. Wenn doch, wurden die gestohlenen Geschenke stets noch am selben Abend oder am folgenden Tag zurückgegeben.) Die Brautjungfern trafen sich am Abend zum Essen und ergingen sich in angeregten Spekulationen über die Intimitäten der Flitterwochen, wobei die Wetten drei zu zwei standen, dass der Vollzug nicht vorweggenommen worden war. Der Great Western Express ratterte durch die regennassen englischen Grafschaften. Tom und Angela saßen trübsinnig im Erster-Klasse-Raucherabteil und besprachen den Tag.

»Wie schön, dass keiner von uns zu spät dran war.«

»Mutter war so was von nervös ...«

»Ich habe John gar nicht gesehen. Du?«

»Er war da. Er hat sich im Flur von uns verabschiedet.«

»Ach ja ... Ich hoffe, sie haben alles zusammengepackt.«

»Was für Bücher hast du mit?«

Eine durch und durch normale, ereignislose Hochzeit.

Nach einer Weile sagte Tom: »Irgendwie ist es wahrscheinlich nicht besonders unternehmungslustig von uns, dass wir einfach nach Devon in Tante Marthas Haus fahren. Weißt du noch, wie die Lockwoods nach Marokko gefahren sind und von Banditen gefangen genommen wurden?«

»Und die Randalls waren in Norwegen zehn Tage lang eingeschneit.«

»Wir werden in Devon nicht viele Abenteuer erleben, fürchte ich.«

»Na ja, Tom, um Abenteuer zu erleben, haben wir eigentlich nicht geheiratet, oder?«

Und wie es sich fügte, nahmen die Flitterwochen von dem Moment an einen merkwürdigen Verlauf.

II

»Weißt du, ob wir umsteigen müssen?«

»Ich glaube, ja. Ich habe vergessen zu fragen. Peter hat die Fahrkarten besorgt. Ich werde in Exeter aussteigen und mich erkundigen.«

Der Zug fuhr in den Bahnhof ein.

»Bin gleich wieder da«, sagte Tom und schloss hinter sich die Tür, damit die Kälte nicht hereinkam. Er ging den Bahnsteig entlang, kaufte eine westenglische Abendzeitung, erfuhr, dass sie nicht umsteigen mussten, und wollte gerade zu seinem Waggon zurückkehren, als eine Hand ihn am Arm fasste und eine Stimme sagte:

»Hallo, Watch, altes Haus! Kennst du mich noch?« Und mit etwas Mühe erkannte er das grinsende Gesicht eines alten Schulkameraden. »Hab gehört, du hast gerade geheiratet. Herzlichen Glückwunsch. Wollte dir eigentlich schreiben. Toller Zufall, dich einfach so zu treffen. Komm, lass uns einen trinken gehen.«

»Würde ich gern. Aber ich muss zum Zug zurück.«

»Massig Zeit, Mensch. Der steht hier zwölf Minuten. Einer muss drin sein.«

Während er sein Gedächtnis weiter nach dem Namen seines alten Bekannten durchforschte, ging Tom mit ihm zum Bahnhofsausschank.

»Ich wohne fünfzehn Meilen außerhalb, weißt du. Bin extra wegen dem Zug hergefahren. Erwarte Viehfutter aus London. Nichts davon zu sehen … Na, auf dein Wohl!«

Sie tranken zwei Glas Whisky – sehr wohltuend nach der kalten Zugfahrt. Dann sagte Tom:

»So, war nett, dich zu treffen. Aber ich muss jetzt zum Zug zurück. Komm mit, ich stell dich meiner Frau vor.«

Doch als sie zum Bahnsteig kamen, war der Zug fort.

»So was aber auch. Verflixte Geschichte. Was willst du jetzt machen? Heute Abend fährt kein Zug mehr. Weißt du was, am besten übernachtest du bei mir und fährst morgen früh weiter. Wir können deiner Frau ja kabeln, wo du steckst.«

»Angela wird doch nichts passieren?«

»Ach was, Gott bewahre! Was soll einem in England schon passieren? Außerdem kannst du eh nichts machen. Gib mir ihre Adresse, und ich schicke ihr gleich ein Telegramm und sage ihr, wo du bist. Steig schon mal ins Auto, und warte auf mich.«

Am nächsten Morgen wachte Tom mit einem leicht unbehaglichen Gefühl auf. Er wälzte sich im Bett herum und betrachtete mit schläfrigem Blick das ungewohnte Mobiliar des Zimmers. Dann erinnerte er sich. Natürlich, er war verheiratet. Und Angela war mit dem Zug weitergefahren, und er hatte sich im Dunkeln viele Meilen zum Haus eines alten Bekannten mitnehmen lassen, an dessen Namen er sich nicht erinnern konnte. Bei ihrem Eintreffen war es Zeit zum Abendessen gewesen. Sie hatten Burgunder und Portwein und Brandy getrunken. Tatsächlich hatten sie ziemlich viel getrunken. Sie hatten sich an zahlreiche Internatsstreiche erinnert, an alle möglichen lustigen Anschläge auf Chemielehrer und an nächtliche Eskapaden im Londoner »43«. Wie hieß der Kerl bloß noch mal? Es war eindeutig zu spät, ihn jetzt noch zu fragen. Und überhaupt musste er los, zu Angela. Er nahm an, dass sie wohlbehalten in Tante Marthas Haus angekommen war und sein Telegramm bekommen hatte. Ein misslicher Auftakt der Flitterwochen – doch andererseits kannten er und Angela sich schon so lange … Es war ja nicht so, als ob das eine ganz frische Romanze wäre.

Kurz darauf klopfte es. »Die Jäger versammeln sich heute Morgen hier in der Nähe, Sir. Der Captain lässt fragen, ob Sie gern mitreiten würden.«

»Nein, nein! Ich muss sofort nach dem Frühstück aufbrechen.«

»Der Captain meinte, er könnte Ihnen mit einem Pferd aushelfen, Sir, und mit den passenden Sachen.«

»Nein, nein! Ausgeschlossen.«

Doch als Tom zum Frühstück hinunterkam und seinen Gastgeber dabei antraf, wie er eine Sattelflasche mit Kirschwasser füllte, zogen heimliche Fäden an seinem Herzen.

»Wir sind weiß Gott ein komischer Haufen. Alles rückt aus, der Pfarrer, die Bauern, alle möglichen Gäule. Aber meistens legen wir am Rand des Moors einen ganz ordentlichen Galopp hin. Zu schade, dass du nicht mitkommen kannst. Du solltest mal meine neue Stute ausprobieren, reitet sich phantastisch … vielleicht ein bisschen rassig für die ländlichen Verhältnisse hier …«

Ach, warum nicht? … Schließlich kannten er und Angela sich schon so lange … Es war ja nicht so, als ob …

Und zwei Stunden später galoppierte Tom bei stürmischem Wind wie ein Wilder über das übelste Jagdterrain auf den Britischen Inseln – abwechselnd Heide und Sumpf, durchsetzt mit Trittlöchern, Felsen, Gebirgsbächen und stillgelegten Kiesgruben. Die Hunde schwärmten den Hang gegenüber hinauf, die Stute lief tadellos, zu allen Seiten umstürmten ihn Bauernburschen auf zottigen kleinen Ponys, Anwaltsgattinnen auf kurzbeinigen Tinkern, pensionierte alte Kapitäne achtzehn Handbreit hoch im Sattel, Tierärzte und Pastoren, und keine Sorge beschwerte sein Herz.

Abermals zwei Stunden später saß er unter weniger glücklichen Umständen allein in der Heide, zu allen Seiten umgeben vom geschlossenen Horizont der leeren Moorlandschaft. Er war abgestiegen, um einen Gurt enger zu schnallen, und als er daraufhin über einen Hang galoppierte, um das Feld wieder einzuholen, war seine Stute in einen Kaninchenbau getreten, gestürzt, gefährlich dicht an ihm vorbei über den Boden gerollt und dann, als sie sich wieder aufgerappelt hatte, in forschem Tempo Richtung Stall gekantert, während er noch nach Luft schnappend auf dem Rücken lag. Jetzt war er ganz allein in einer wildfremden Gegend. Er kannte weder den Namen seines Gastgebers noch dessen Adresse. Er stellte sich vor, wie er von Dorf zu Dorf stapfte und fragte: »Können Sie mir die Adresse eines jungen Mannes sagen, der heute Morgen jagen war? In Eton hat er im Butcher's House gewohnt!« Zudem fiel Tom plötzlich ein, dass er verheiratet war. Natürlich kannten er und Angela sich schon so lange … Doch es gab Grenzen.

Abends um acht schleppte sich ein müder Geselle in die freundlich erleuchtete Gaststube des Royal George Hotel in Chagford. Er trug durchnässte Reitstiefel und zerrissene und schmutzige Kleidung. Er war fünf Stunden lang durchs Moor geirrt und hatte Hunger. Er bekam kanadischen

Käse, Margarine, Büchsenlachs und dunkles Flaschenbier vorgesetzt und zum Schlafen ein großes Messingbett, das quietschte, wenn er sich bewegte. Dennoch schlief er bis zum nächsten Morgen um halb elf.

Der dritte Tag der Flitterwochen begann verheißungsvoller. Eine trübe Sonne schien ein wenig. Steif und zerschlagen am ganzen Körper, zog Tom die immer noch klammen Reitsachen seines unbekannten Gastgebers an und erkundigte sich nach einer Verbindung zu dem fernen Dorf, wo Tante Marthas Haus stand und wo Angela ihn bestimmt sorgenvoll erwartete. Er telegrafierte ihr: *»Ankomme heute Abend. Werde alles erklären. Kuss«*, und machte dann ausfindig, wann die Züge gingen. Es gab genau einen Zug am Tag, der am frühen Nachmittag fuhr und ihn nach dreimal Umsteigen spätabends in einem nahegelegenen Bahnhof absetzte. Hier stieß er auf das nächste Hindernis. Im Dorf gab es keinen Wagen zu mieten. Das Haus seiner Tante war acht Meilen entfernt. Ab sieben Uhr gab es keine Telefonverbindung mehr. Nach seiner Tagesreise in den feuchten Sachen zitterte und nieste er. Offensichtlich war eine böse Erkältung im Anzug. An einen Marsch von acht Meilen durch die Dunkelheit war gar nicht zu denken. Er verbrachte die Nacht im Wirtshaus.

Bei Anbruch des vierten Tages konnte Tom nicht mehr sprechen und war nahezu taub. In diesem Zustand las ihn der Fahrer auf, um ihn zu dem Haus zu befördern, das ihm so freundlich für seine eine Flitterwoche überlassen worden war. Hier wurde er mit der Nachricht empfangen, dass Angela früh am Morgen abgereist war.

»Mrs. Watch bekam ein Telegramm, Sir, in dem stand,

Sie hätten einen Jagdunfall gehabt. Sie war recht ungehalten, da sie mehrere Freunde zum Mittagessen eingeladen hatte.«

»Aber wo ist sie hin?«

»Die Adresse stand auf dem Telegramm, Sir. Es war dieselbe Adresse wie bei Ihrem ersten Telegramm ... Nein, Sir, das Telegramm haben wir nicht aufgehoben.«

Angela war also zu seinem Gastgeber in der Nähe von Exeter gefahren; na, sie konnte ganz gut auf sich selbst aufpassen. Tom fühlte sich viel zu elend, um sich Sorgen zu machen. Er ging schnurstracks zu Bett.

Der fünfte Tag ging in apathischem Jammer dahin. Tom lag im Bett und blätterte teilnahmslos in den paar Büchern, die seine Tante in den fünfzig Jahren ihres kernigen Frischluftdaseins zusammengetragen hatte.

Am sechsten Tag meldete sich sein Gewissen. Vielleicht sollte er etwas wegen Angela unternehmen. Daraufhin gab der Butler zu bedenken, der Name in der Innentasche der Reitjacke sei wahrscheinlich der von Toms einstigem und Angelas jetzigem Gastgeber. Nachforschungen im Adressbuch der Gegend klärten die Sache vollends. Er schickte ein Telegramm:

»Geht es dir gut? Erwarte dich hier. Tom«, und erhielt die Antwort:

»Bestens. Dein Freund himmlisch. Komm doch dazu. Angela.«

»Im Bett schwer erkältet. Tom.«

»Tut mir leid Schatz. Sehen uns in London oder soll ich kommen. Lohnt sich kaum oder. Angela.«

»Sehen uns in London. Tom.«

Natürlich kannten Angela und er sich schon sehr lange ...

Zwei Tage später trafen sie sich in der kleinen Wohnung, die Mrs. Watch in der Zwischenzeit für sie hergerichtet hatte.

»Ich hoffe, du hast das ganze Gepäck mitgebracht.«

»Ja, Schatz. Wie herrlich, zu Hause zu sein!«

»Morgen wieder ins Büro.«

»Ja, und ich muss hundert Leute anrufen. Ich habe mich noch gar nicht für die letzte Ladung Geschenke bedankt.«

»Hattest du's gut dort?«

»Nicht schlecht. Was macht deine Erkältung?«

»Ist besser. Was machen wir heute Abend?«

»Ich habe versprochen, Mama zu besuchen. Dann habe ich mich mit deinem Freund aus Devon zum Essen verabredet. Er ist mit mir in die Stadt gekommen, um Viehfutter zu besorgen. Ich dachte, die Höflichkeit verlangt, dass ich ihn einlade, nachdem ich bei ihm zu Gast war.«

»Unbedingt. Aber ich glaube, ich werde nicht mitkommen.«

»Nein, würde ich auch nicht an deiner Stelle. Ich habe ihr lauter Sachen zu erzählen, die dich bloß langweilen würden.«

Nach dem Besuch erklärte Mrs. Trench-Troubridge: »Ich fand, Angela sah heute Abend entzückend aus. Die Flitterwochen haben ihr gutgetan. Sehr vernünftig von Tom, mit ihr keine anstrengende Reise auf den Kontinent zu unternehmen. Man sieht ihr an, dass sie sich gut erholt hat. Dabei sind die Flitterwochen ja oft eine schwierige Zeit, besonders nach der ganzen Hochzeitshektik.«

»Was hat es mit diesem Cottage in Devon auf sich, das sie sich nehmen wollen?«, fragte ihr Gatte.

»Nicht *nehmen*, Liebling, sie bekommen es umsonst.

Nicht weit vom Haus eines ledigen Freundes von Tom entfernt, wie es scheint. Angela meinte, es wäre ideal für sie, wenn sie hin und wieder mal Abwechslung braucht. Sie können ja wegen Toms Arbeit nie richtig Ferien machen.«

»Sehr vernünftig, wirklich sehr vernünftig«, sagte Mr. Trench-Troubridge und sank in einen leichten Schlummer, wie es um neun Uhr abends seine Gewohnheit war.

Ausflug ins wirkliche Leben

I

Der Portier des »Espinoza« kommandiert die wohl klapprigste Taxiflotte von ganz London. Er ist ein imposanter Mann; wer sich auf militärische Ehrenzeichen versteht, kann von seiner Brust eine Geschichte von Heldentum und Abenteuer ablesen: Auf der dreifachen Ordensspange versinken Burenfarmen in Asche, stürmen fanatische Krausköpfe ins Paradies, schauen hochnäsige Mandarine zu, wie ihr Porzellan zerschmettert und ihre feinste Seide zerrissen wird. Sowie er nur die Eingangsstufen des »Espinoza« hinuntergeht, steht Ihnen gleich ein Gefährt zu Diensten, das so verrückt ist wie sämtliche Feinde des großen Königreichs zusammen.

Eine halbe Krone in den weißen Baumwollhandschuh, denn Simon Lent ist zu müde, um nach Wechselgeld zu verlangen. Er und Sylvia kauern sich auf gesprungenen Federn zwischen zugigen Fenstern eng zusammen. Es war ein unbefriedigender Abend gewesen. Sie hatten bis zwei Uhr an ihrem Tisch gesessen. Doch Sylvia hatte nichts trinken wollen, weil Simon gesagt hatte, er sei pleite. Sie hatten also fünf oder sechs Stunden nur so dagesessen, mal stumm, mal streitend, und hin und wieder einen lustlosen Gruß mit einem vorüberkommenden Paar getauscht. Simon setzte Sylvia vor ihrer Haustür ab; ein Kuss, linkisch dargeboten und kühl entgegengenommen; dann zurück in die Mansardenwohnung über einer durchgehend geöffneten Werkstatt, wofür Simon sechs Guineen die Woche bezahlte.

Vor seiner Tür wurde gerade eine Limousine abgespritzt. Er quetschte sich um sie herum und stieg die schmale Treppe hinauf, über die früher einmal Stallknechte vor Sonnenaufgang pfeifend zu den Ställen hinuntergepoltert waren. (Weh den jungen Männern, die da in Marställen wohnen! Weh dem halbentflammten Junggesellen, der da von 800 Pfund im Jahr leben muss!) Auf seinem Nachttisch lag ein kleiner Stapel Briefe, die heute Abend angekommen waren, als er sich gerade umzog. Er zündete seine Gaslampe an und begann, die Briefe zu öffnen. Schneiderrechnung 56 Pfund, Trikotagen 43 Pfund; eine Erinnerung, dass sein Klubbeitrag für dieses Jahr noch nicht bezahlt war; seine Abrechnung vom »Espinoza« mit einem Zusatz, dass die Regeln – monatliche Barzahlung – strikt einzuhalten seien und ihm kein weiterer Kredit gewährt werden könne; die Bank hatte bei einer Prüfung ihrer Bücher festgestellt, dass er mit seinem letzten Scheck sein Konto um 10 Pfund 16 Shilling über das ihm zugestandene Limit hinaus überzogen hatte; das Finanzamt wollte nähere Angaben über seine Beschäftigten und deren Löhne haben (Mrs. Shaw, die ihm für viereinhalb Shilling täglich das Bett machte und den Orangensaft auf den Tisch stellte); kleine Rechnungen für Bücher, Brille, Zigarren, Haarwasser und Sylvias letzte vier Geburtstagsgeschenke. (Weh den Geschäften, die junge Männer, wohnhaft in Marställen, bedienen!)

Die weitere Post stand dazu in krassem Gegensatz. Eine

Verehrerin aus Fresno in Kalifornien schickte ein Kistchen Dörrfeigen; zwei junge Damen schrieben, sie verfassten für die literarischen Gesellschaften ihrer Colleges Abhandlungen über sein Werk, und ob er ihnen bitte ein Foto schicken könne; Zeitungsausschnitte, die ihn als einen »beliebten«, »brillanten«, »kometenhaft erfolgreichen« und »beneidenswerten« jungen Romancier bezeichneten; von einem gelähmten Journalisten die Bitte um ein Darlehen von 200 Pfund; eine Einladung zum Mittagessen von Lady Metroland; sechs Seiten schlüssig formulierter Schmähungen aus einem Irrenhaus im Norden Englands. Denn obschon keiner, der in Simon Lents Herz blicken konnte, die Wahrheit je erahnt hätte, war er auf seine Art und in seinen Grenzen ein recht berühmter junger Mann.

Der letzte Brief trug eine maschinengeschriebene Adresse, und Simon öffnete ihn mit wenig Hoffnung auf Erfreuliches. Im Briefkopf stand der Name eines Filmstudios in einem Londoner Vorort. Das Schreiben war kurz und geschäftsmäßig:

Lieber Simon Lent (eine Anredeform, die sich, wie er schon hatte feststellen können, im Schauspielgewerbe einer weiten Verbreitung erfreute),

haben Sie schon einmal daran gedacht, für den Film zu schreiben? Wir würden Ihre Meinung zu einem Skript wertschätzen, das wir gerade verfilmen. Vielleicht essen Sie morgen im Garrick Club mit mir zu Mittag und sagen mir, was Sie davon halten. Hinterlassen Sie bitte eine Nachricht, entweder bis morgen früh acht Uhr bei meiner Nachtsekretärin oder danach bei meiner Tagsekretärin.

Herzlich, Ihr

Darunter standen zwei mit Tinte und Feder geschriebene Wörter, die sich wie *Jewee Mecceee* lasen, gefolgt von der erhellenden Transskription *(Sir James Macrae).*

Simon las den Brief zweimal. Dann rief er bei Sir James Macrae an und teilte der Nachtsekretärin mit, dass er die Mittagsverabredung am nächsten Tag wahrnehmen werde. Er hatte kaum aufgelegt, als das Telefon klingelte.

»Sir James Macraes Nachtsekretärin am Apparat. Sir James würde sich sehr freuen, wenn Mr. Lent noch heute Abend zu ihm nach Hampstead kommen könnte.«

Simon sah auf die Uhr. Es war fast drei. »Hm... es ist schon ziemlich spät, um heute Abend noch so einen weiten Weg auf sich zu nehmen...«

»Sir James schickt Ihnen einen Wagen.«

Simon war gar nicht mehr müde. Während er auf den Wagen wartete, klingelte wieder das Telefon. »Simon«, sagte Sylvias Stimme, »schläfst du schon?«

»Nein; ehrlich gesagt, will ich gerade ausgehen.«

»Simon... sag mal, war ich heute Abend hässlich zu dir?«

»Ekelhaft.«

»Na ja, ich fand dich aber auch ekelhaft.«

»Ist ja egal. Bis demnächst.«

»Willst du dich nicht mit mir unterhalten?«

»Kann leider nicht. Ich habe zu tun.«

»*Simon*, wie *meinst* du das?«

»Kann ich dir jetzt nicht erklären. Draußen wartet ein Wagen auf mich.«

»Wann sehen wir uns – morgen?«

»Also, ich weiß es nicht so genau. Ruf mich morgen früh wieder an. Gute Nacht.«

Fünfhundert Meter weiter legte Sylvia den Hörer auf, erhob sich von dem Kaminvorleger, auf dem sie es sich in Erwartung einer zwanzigminütigen intimen Aussprache bequem gemacht hatte, und kroch todtraurig ins Bett.

Simon rollte durch leere Straßen in Richtung Hampstead. Er lehnte sich angenehm erwartungsvoll im Fond des Wagens zurück. Bald fuhren sie den steilen kleinen Hügel hinauf und kamen auf ein offenes Anwesen mit Fischteich und fernen Baumwipfeln, die in der Dunkelheit so schwarz und unergründlich aussahen wie ein Dschungel. Der Nachtbutler ließ ihn in das niedrige georgianische Haus ein und führte ihn in die Bibliothek, wo Sir James Macrae in ingwerfarbenen Knickerbockern vor dem Kamin stand. Ein Tisch war zum Abendessen gedeckt.

»'n Abend, Lent. Nett, dass Sie gekommen sind. Muss meine Geschäfte erledigen, wann ich gerade Zeit habe. Kakao oder Whisky? Nehmen Sie einen Happen Kaninchenpastete, die ist recht gut. Komme selbst seit dem Frühstück zum ersten Mal dazu, was zu essen. Seien Sie so lieb, und läuten Sie nach etwas mehr Kakao. So, und weswegen wollten Sie mich sprechen?«

»Äh, ich dachte, *Sie* wollten *mich* sprechen.«

»So, wollte ich? Wird schon stimmen. Miss Bentham weiß da sicher Bescheid. Sie hat den Termin arrangiert. Sie könnten mal mit dem Glöckchen da auf dem Schreibtisch läuten, ja?«

Simon läutete, und augenblicklich erschien die adrette Nachtsekretärin.

»Miss Bentham, weswegen wollte ich Mr. Lent sprechen?«

»Das weiß ich leider nicht, Sir James. Miss Harper ist für Mr. Lent zuständig. Als ich heute Abend zum Dienst kam, fand ich nur eine Notiz von ihr, ich soll so bald wie möglich einen Termin arrangieren.«

»Pech«, sagte Sir James. »Dann müssen wir warten, bis Miss Harper morgen früh kommt.«

»Ich glaube, es hatte etwas mit Schreiben für den Film zu tun.«

»Sehr wahrscheinlich«, sagte Sir James. »Muss irgend so was sein. Ich lasse es Sie unverzüglich wissen. Nett, dass Sie reingeschaut haben.« Er stellte seine Kakaotasse hin und streckte mit ungespielter Herzlichkeit die Hand aus. »Gute Nacht, mein Lieber.« Er läutete nach dem Butler. »Sanders, ich wünsche, dass Benson Mr. Lent nach Hause fährt.«

»Bedaure, Sir. Benson ist eben zum Studio gefahren, um Miss Grits abzuholen.«

»Pech«, sagte Sir James. »Aber Sie werden schon irgendwo ein Taxi oder so was kriegen.«

II

Simon kam um halb fünf ins Bett. Um zehn nach acht klingelte neben seinem Bett das Telefon.

»Mr. Lent? Hier ist Sir James Macraes Sekretärin. Sir James' Wagen wird Sie um halb neun abholen und ins Studio bringen.«

»So schnell bin ich aber gar nicht fertig.«

Nachdem sie einen Moment schockiert geschwiegen hatte, sagte die Tagsekretärin: »Gut, Mr. Lent, ich will mal sehen, ob sich eine andere Regelung treffen lässt, und rufe Sie in ein paar Minuten noch einmal an.«

In der Zwischenzeit schlief Simon wieder ein. Dann weckte ihn erneut das Telefon, und dieselbe unpersönliche Stimme sprach zu ihm:

»Mr. Lent? Ich habe mit Sir James gesprochen. Sein Wagen holt Sie um Viertel vor neun ab.«

Simon zog sich hastig an. Mrs. Shaw war noch nicht da, folglich fiel das Frühstück aus. Er fand noch etwas ausgetrockneten Kuchen im Küchenschrank und aß gerade davon, als Sir James' Wagen kam. Er nahm ein Stück, immer noch kauend, mit hinunter.

»Das hätten Sie nicht mitzubringen brauchen«, sagte eine schneidende Stimme aus dem Wageninneren. »Sir James hat Ihnen Frühstück mitgeschickt. Rasch, steigen Sie ein; wir sind spät dran.«

In der Ecke saß, in Decken gehüllt, eine junge Dame mit flottem rotem Hut; sie hatte strahlende Augen und einen sehr strengen Mund.

»Sie sind Miss Harper, nehme ich an?«

»Nein, ich bin Elfreda Grits. Wir arbeiten zusammen an diesem Film, soviel ich weiß. Aber ich war die ganze Nacht mit Sir James auf, und wenn Sie nichts dagegen haben, schlafe ich jetzt rasch zwanzig Minuten. Da in dem Korb auf dem Boden finden Sie eine Thermosflasche Kakao und etwas Kaninchenpastete.«

»Lebt Sir James eigentlich nur von Kakao und Kaninchenpastete?«

»Nein, das ist der Rest vom Abendessen. Hören Sie bitte auf zu reden. Ich möchte schlafen.«

Simon verschmähte die Kaninchenpastete, goss sich aber etwas von dem dampfenden Kakao in den metallenen Deckel der Thermosflasche. Miss Grits richtete sich in ihrer Ecke zum Schlafen ein. Sie nahm den flotten roten Hut ab und legte ihn zwischen sie auf den Sitz, verschleierte ihre Augen mit blauschattierten Lidern und gestattete dem strengen Mund, sich entspannt ein wenig zu öffnen. Ihr platinblonder windgezauster Kopf pendelte mit den Bewegungen des Wagens hin und her, während sie zwischen den zu- und auseinanderstrebenden Straßenbahngeleisen stadtauswärts fuhren. Ziegelfassaden lösten den Stuck ab, den Kachelwänden der U-Bahn-Stationen folgten solche aus Beton; unbebaute Grundstücke tauchten auf, und frisch gepflanzte Bäume säumten namenlose Alleen. Genau fünf Minuten vor ihrer Ankunft im Studio schlug Miss Grits die Augen auf, puderte sich die Nase, legte etwas Rot auf die Lippen, setzte den Hut schief auf den Kopf, richtete sich kerzengerade auf und war bereit für einen neuen Tag.

Sir James war auf dem Gelände bei der Arbeit, als sie ankamen. In der weißglühenden Hölle führten zwei junge Leute ein unendlich langweiliges Gespräch an einem Gestell, das wohl ein Restauranttisch sein sollte. Hinter ihnen tanzte lustlos ein Dutzend ausgemergelter Paare in Abendkleidung. Am anderen Ende der riesigen Halle waren ein paar Zimmerleute dabei, die Fassade eines Tudorhauses aufzubauen. Männer mit Augenschirmen flitzten hinein und hinaus. Überall hingen Schilder: »Nicht rauchen.« »Nicht sprechen.« »Starkstromkabel – nicht berühren.«

Miss Grits zündete sich unter Missachtung der Verbote

eine Zigarette an, trat mit dem Fuß irgendeinen elektrischen Apparat aus dem Weg, sagte laut: »Er ist beschäftigt; aber wenn er mit dieser Szene durch ist, wird er sich wohl um uns kümmern«, und verschwand durch eine Tür, auf der »Kein Zutritt« stand.

Kurz nach elf Uhr fiel Sir James' Blick auf Simon. »Nett, dass Sie gekommen sind. Kann nicht mehr lange dauern«, rief er ihm zu. »Mr. Briggs, holen Sie einen Stuhl für Mr. Lent.«

Um zwei Uhr erinnerte er sich seiner wieder. »Schon was zu essen gehabt?«

»Nein«, sagte Simon.

»Ich auch nicht. Kommt gleich.«

Um halb vier kam Miss Grits zu ihm und meinte: »Also bisher war's ein leichter Tag. Glauben Sie ja nicht, es ginge bei uns immer so leger zu. Hier gegenüber ist eine Kantine. Kommen Sie mit, was essen.«

An einem schier endlosen Büfett drängten sich Leute in allen möglichen Kostümen und Make-ups. Verhinderte Schauspielerinnen gaben müden Blicks Tee und hartgekochte Eier aus. Simon und Miss Grits verlangten Sandwiches und wollten gerade hineinbeißen, als ein Lautsprecher über ihren Köpfen plötzlich mit alarmierender Deutlichkeit verkündete: »Sir James Macrae bittet Mr. Lent und Miss Grits in den Konferenzraum.«

»Kommen Sie mit, schnell«, sagte Miss Grits. Sie scheuchte ihn durch die Schwingtür zurück über den Hof, ins Verwaltungsgebäude und eine Treppe hinauf bis vor eine solide Eichentür mit der Aufschrift: »Konferenz – nicht eintreten.«

Zu spät.

»Sir James ist fortgerufen worden«, sagte die Sekretärin. »Sie möchten bitte um halb sechs in seinem Büro im Westend sein.«

Wieder in die Stadt zurück, diesmal per U-Bahn. Um halb sechs meldeten sie sich in Piccadilly, wo sie auf ihrer Schnitzeljagd die nächste Spur fanden. Diese führte sie nach Hampstead. Um acht Uhr waren sie endlich wieder im Studio. Miss Grits zeigte keinerlei Erschöpfungssymptome.

»Nett vom Alten, dass er uns den Tag freigibt«, meinte sie. »In der Beziehung ist gut mit ihm arbeiten – nach Hollywood. Gehen wir was essen.«

Aber sie hatten kaum die Tür zur Kantine geöffnet und den warmen Hauch einer leichten Stärkung wahrgenommen, da ertönte schon wieder der Lautsprecher: »Sir James Macrae ruft Mr. Lent und Miss Grits in den Konferenzraum.«

Diesmal kamen sie nicht zu spät. Sir James saß am Kopfende eines ovalen Tischs, umgeben von seinen verschiedenen Direktoren. Er hatte noch den Mantel an, sein Kopf hing herunter, die Ellenbogen waren auf den Tisch gestützt und die Hände im Nacken verschränkt. Seine Getreuen verharrten in mitfühlendem Respekt. Wenig später sah er auf, schüttelte sich kurz und lächelte freundlich.

»Schön, dass Sie da sind«, sagte er. »Tut mir leid, dass ich nicht eher Zeit für Sie hatte. Gibt so viele Kleinigkeiten, um die man sich bei so einer Arbeit kümmern muss. Schon zu Abend gegessen?«

»Noch nicht.«

»Schlecht. Essen muss der Mensch. Man kann nur mit Hochdruck arbeiten, wenn man genug isst.«

Simon und Miss Grits nahmen Platz, und dann erklärte Sir James seinen Plan. »Meine Damen und Herren, ich möchte Ihnen Mr. Lent vorstellen. Seinen Namen kennen Sie sicher schon, der eine oder andere von Ihnen vielleicht auch sein Werk. Also, ich habe ihn gerufen, damit er uns hilft, und hoffe, dass er mitmacht, wenn er unseren Plan kennt. Ich will einen Film über *Hamlet* machen. Die Idee finden Sie jetzt sicher nicht sehr originell – aber beim Film kommt es immer auf die *Herangehensweise* an. Ich will eine ganz neue Herangehensweise. Darum habe ich Mr. Lent zu uns gebeten. Ich möchte, dass er uns die Dialoge schreibt.«

»Aber«, wandte Simon ein, »hat das Stück denn nicht schon Dialoge genug?«

»Ah, Sie verstehen meine Herangehensweise nicht! Es gibt eine Menge Shakespeare-Produktionen in moderner Kleidung. Nun werden wir ihn in moderner *Sprache* produzieren. Wie kann man vom Publikum erwarten, dass es Shakespeare genießt, wenn es mit den Dialogen vorn und hinten nichts anfangen kann? Ich habe neulich mal in dem Stück gelesen, und nicht mal *ich* habe was begriffen. Da habe ich sofort gesagt: ›Was das Publikum braucht, ist die Schönheit von Shakespeares Gedanken und Charakteren, aber übersetzt in die Umgangssprache.‹ Nun, und da war unser Mr. Lent hier natürlich der Mann, der sich mit seinem Namen dafür geradezu anbot. Die hochkarätigsten Kritiker haben Mr. Lents Dialogstil schon gelobt. Ich stelle mir das nun so vor, dass Miss Grits ihm als Beraterin zur Seite steht, was Fortgang der Handlung und Technik angeht, und beim Text hat Mr. Lent völlig freie Hand …«

Der Vortrag dauerte eine Viertelstunde; dann nickten die

Direktoren weise; Simon wurde in einen andern Raum geführt und bekam einen Vertrag zur Unterschrift vorgelegt, wonach er ein Pauschalhonorar von 50 Pfund die Woche sowie 250 Pfund Vorschuss bekommen sollte.

»Sie sollten die Arbeitszeiten mit Miss Grits so vereinbaren, wie sie Ihnen am besten passen. Ich erwarte eine erste Fassung Ende der Woche. Und wenn ich Sie wäre, würde ich jetzt was essen gehen. Essen muss der Mensch.«

Leicht benommen taumelte Simon zur Kantine, wo zwei apathische Blondinen gerade Feierabend machten.

»Wir machen hier seit vier Uhr morgens Dienst«, sagten sie, »und die da oben haben bis aufs Nougat sowieso schon alles aufgegessen. Tut uns leid.«

An einem Riegel Nougat lutschend, fand Simon sich in dem nun ausgestorbenen Studio wieder. Rechts und links und vor ihm ragten in beängstigender Vollständigkeit die Marmormauern des Filmrestaurants in die Höhe; gleich neben ihm stand eine Flasche Champagnerimitation, noch in ihrem Kübel mit dem inzwischen geschmolzenen Eis; über ihm dehnte sich die endlose Finsternis von Gebälk und Decke.

»Das wirkliche Leben«, sagte Simon bei sich, »die Welt der Tat ... der Puls des Lebens ... Geld, Hunger ... *Realität.*«

Andernmorgens wurde er mit den Worten geweckt: »Zwei junge Damen warten auf Sie.«

»Zwei?«

Simon zog seinen Morgenmantel über und ging mit einem Glas Orangensaft ins Wohnzimmer. Miss Grits nickte freundlich.

»Wir hatten ausgemacht, dass wir um zehn anfangen«, sagte sie. »Aber das ist eigentlich egal. Anfangs werde ich Sie nicht oft brauchen. Das ist Miss Dawkins, eine unserer Stenotypistinnen. Sir James dachte, Sie würden vielleicht eine brauchen. Miss Dawkins ist Ihnen also bis auf weiteres zugeteilt. Er schickt Ihnen auch zwei Exemplare von *Hamlet*. Wenn Sie aus dem Bad kommen, lese ich Ihnen meine Notizen für unsere erste Fassung vor.«

Aber das sollte nicht sein; noch ehe Simon sich angezogen hatte, war Miss Grits in einer dringenden Angelegenheit ins Studio zurückgerufen worden.

»Ich rufe Sie an und sage Ihnen, wann ich frei bin«, sagte sie.

Den ganzen Vormittag diktierte Simon Briefe an alle Leute, die ihm so in den Sinn kamen; alle begannen mit: *»Entschuldige, dass ich diesen Brief diktiere, aber ich bin im Moment so beschäftigt, dass ich für Privatkorrespondenz kaum Zeit habe …«* Miss Dawkins saß ehrerbietig vor ihrem Stenoblock. Er nannte ihr Sylvias Telefonnummer.

»Könnten Sie mal diese Nummer anrufen und Miss Lennox einen Gruß von mir bestellen? Ich würde gern im »Espinoza« mit ihr zu Mittag essen. Und bestellen Sie dort für Viertel vor zwei einen Tisch für zwei Personen.«

»Schatz«, sagte Sylvia, als sie sich trafen, »warum warst du denn gestern den ganzen Tag weg, und *wer* war heute früh diese Stimme am Telefon?«

»Ach, das war Miss Dawkins, meine Stenotypistin.«

»Simon, was *redest* du da?«

»Ach, weißt du, ich bin zum Film gegangen.«

»*Schatz*. Gib mir eine Rolle!«

»Also, um Besetzungen kümmere ich mich im Augenblick wenig – aber ich werde an dich denken.«

»Menschenskind, hast du dich in zwei Tagen verändert!«

»Und ob!«, antwortete Simon überaus selbstzufrieden. »O ja, das habe ich. Sieh mal, ich bin zum ersten Mal mit dem *wirklichen Leben* in Berührung gekommen. Die Romanschreiberei gebe ich auf. Das war sowieso nur dummes Zeug. Das geschriebene Wort ist tot – erst die Papyrusrolle, dann das gedruckte Buch, jetzt der Film. Der Künstler darf nicht mehr für sich allein arbeiten. Er ist Teil der Zeit, in der er lebt; er muss (wenn auch natürlich in ganz anderen Dimensionen, meine liebe Sylvia) allwöchentlich seine Lohntüte in Empfang nehmen wie der Proletarier. Lebensnahe Kunst erfordert das entsprechende soziale Umfeld. Kooperation … Koordination … der Herdentrieb der Gesellschaft auf ein einziges Ziel gelenkt …«

In diesem Stil fuhr Simon noch eine Weile fort, währenddessen er ein Mittagsmahl von Dickens'schen Dimensionen verzehrte, bis Sylvia mit kläglichem Stimmchen meinte: »Ich glaube, du hast dich in so eine grässliche Filmdiva verknallt.«

»O Gott«, stöhnte Simon, »so geschmacklos kann doch nur eine Jungfrau sein.«

Sie waren drauf und dran, mit einer ihrer endlosen Streitereien zu beginnen, als der Page meldete, dass Miss Grits die Arbeit unverzüglich wiederaufzunehmen wünsche.

»*So* heißt sie also«, sagte Sylvia.

»Wenn du nur wüsstest, wie komisch du bist«, erwiderte Simon, während er die Rechnung mit seinen Initialen abzeichnete und den Tisch verließ, an dem Sylvia sich noch mit Handschuhen und Handtasche abmühte.

Aber wie es so ging, wurde er Miss Grits' Liebhaber, noch ehe die Woche um war. Es war ihre Idee. Sie schlug es ihm abends in seiner Wohnung vor, als sie gerade die Reinschrift der endgültigen Version ihrer ersten Fassung korrigierten.

»Nein, wirklich!«, rief Simon entsetzt. »Nein, wirklich! Das wäre völlig unmöglich. Tut mir leid, aber…«

»Wieso? Mögen Sie keine Frauen?«

»Doch, aber…«

»Ach, komm schon«, sagte Miss Grits energisch. »Viel Zeit bleibt uns nicht fürs Amüsement…« Und als sie später das Manuskript in ihren Diplomatenkoffer packte, meinte sie: »Das müssen wir wiederholen, wenn wir Zeit haben. Außerdem lässt sich viel leichter mit einem Mann arbeiten, wenn man eine *affaire* mit ihm hat.«

III

Drei Wochen lang arbeiteten Simon und Miss Grits (im Stillen hieß sie für ihn trotz aller folgenden Intimitäten immer noch so) in ungetrübter Harmonie zusammen. Sein Leben lief in völlig neuen Bahnen. Er lag morgens nicht mehr im Bett und bereitete sich finster brütend auf den Tag vor; er sagte nicht mehr jeden Morgen: »Ich *muss* raus aufs Land und dieses Buch vollenden«, um sich dann doch allabendlich wieder zurück in dieselbe Stadtwohnung zu schleichen; er saß nicht mehr mit Sylvia beim Abendessen und stritt sich gleichgültig mit ihr; vorbei war es mit den lustlosen Aussprachen am Telefon. Stattdessen prägte unberechenbare Abwechslung seinen Alltag. Alle Augenblicke wurde er telefonisch zu Konferenzen gerufen, die dann meist nicht stattfanden – mal nach Hampstead, mal in ein Studio, einmal nach Brighton. Lange Arbeitsstunden verbrachte er damit, in seinem Arbeitszimmer auf und ab zu gehen, während Miss Grits an der anderen Wand in die entgegengesetzte Richtung lief, beide diktierend, korrigierend, Szenen umstellend, und Miss Dawkins gehorsam zwischen ihnen saß. Gegessen wurde zu den unmöglichsten Zeiten und zwischendurch stürmisch und unsentimental mit Miss Grits ins Bett gegangen. Er aß unregelmäßig und die unwahrscheinlichsten Sachen, kutschierte in Sir James' Wagen durch die Vorstädte und diktierte irgendwo in einem verlassenen Winkel zwischen Kulissen, die dafür gebaut schienen, den Zusammenbruch der Zivilisation zu überleben, auf und ab gehend der auf Requisiten kauernden Miss Dawkins. Er tat es Miss Grits gleich, indem er ab und an in eine todesähnliche Bewusstlosigkeit sank, um beim Erwachen erschrocken festzustellen, dass um ihn herum eine Straße, eine Wüste oder Fabrik entstanden war, während er schlief.

Der Film machte derweil rapide Fortschritte, wuchs täglich um weitere Szenen, veränderte sich vor ihren Augen auf hundert unerwartete Weisen. Jede Konferenz brachte eine radikale Änderung der Handlung. Miss Grits las mit präziser, immer gleicher Stimme die Früchte ihrer Arbeit vor. Sir James saß da, den Kopf in die Hände gestützt, wiegte sich sacht hin und her und machte hin und wieder einem leisen Stöhnen oder Wimmern Luft; um ihn herum saßen die Experten für Produktion, Regie, Besetzung, Drehbuch, Schnitt und Finanzen, strahlten und warteten begierig auf eine Gelegenheit, des großen Mannes Aufmerksamkeit mit irgendeiner treffenden Bemerkung auf sich zu lenken.

»Also«, sagte Sir James dann, »ich finde, das können wir so machen. Irgendwelche Vorschläge, meine Herren?«

Worauf eine Pause eintrat, bis die Experten, einer nach dem andern, schließlich ihre Beiträge abzuliefern begannen ... »Ich habe mir gedacht, Sir, dass es vielleicht nicht gut ist, die Handlung nach Dänemark zu verlegen. Das Publikum hat wenig Sinn für Ausländisches. Könnten wir die Geschichte nicht in Schottland spielen lassen – da ließen sich ein paar Kilts und Clanversammlungen einbauen ...«

»Ein sehr vernünftiger Vorschlag. Notieren Sie sich das mal, Lent ...«

»Ich finde, wir sollten die Figur der Königin weglassen. Besser, sie ist schon tot, wenn die Handlung einsetzt. Sie hält nur alles auf. Und das Publikum wird's nicht gern haben, wenn er so über seine Mutter herzieht.«

»Ja, notieren Sie sich das, Lent.«

»Wie wär's denn, Sir, wenn statt des Königs die Königin als Geist erscheint ...«

»Ja, notieren Sie sich das, Lent ...«

»Fänden Sie es nicht auch besser, Sir, wenn Ophelia Horatios Schwester wäre? Ich meine, das wäre doch pikanter, wenn Sie verstehen, was ich meine.«

»Ja, notieren Sie sich das ...«

»Ich finde, wir verlieren in den Schlussszenen das Wesentliche aus dem Auge. Immerhin ist das doch in allererster Linie eine Gespenstergeschichte ...«

Und so erreichte die anfänglich so simple Geschichte ungeahnte Ausmaße. In der zweiten Woche machte sich Sir

James – wenn auch zugegeben erst nach langer Debatte – die Idee zu eigen, das Stück mit der Handlung von *Macbeth* zu verschmelzen. Simon war anfangs gegen diesen Vorschlag, aber die drei Hexen lockten dann doch zu sehr. Der Titel wurde in *Die weiße Frau von Dunsinane* abgeändert, und er und Miss Grits hatten eine Woche unvorstellbare Arbeit damit, das gesamte Textbuch umzuschreiben.

IV

Das Ende kam plötzlich wie alles in dieser erstaunlichen Episode. Die dritte Konferenz fand in einem Hotel in New Forest statt, wo Sir James sich zufällig gerade aufhielt; die Experten waren stehenden Fußes per Eisenbahn, Auto und Motorrad angereist und waren müde und lustlos. Miss Grits las die neueste Textbuchfassung vor; das nahm eine Weile in Anspruch, denn es hatte jetzt das Stadium eines »weißen Skripts« erreicht, praktisch drehfertig. Sir James blieb länger als gewöhnlich in Gedanken versunken sitzen. Als er endlich den Kopf hob, sprach er nur ein einziges Wort:

»Nein.«

»Nein?«

»Nein, so geht das nicht. Wir müssen die ganze Sache sausenlassen. Wir haben uns viel zu weit vom Original entfernt. Ich kann mir gar nicht erklären, warum Sie nun auch noch Julius Caesar und König Artus mit ins Spiel bringen müssen.«

»Aber das waren Ihre eigenen Vorschläge auf der letzten Konferenz, Sir.«

»So? Da kann man nichts machen. Ich muss wohl sehr müde und unaufmerksam gewesen sein … Außerdem gefallen mir die Dialoge nicht. Da fehlt die ganze Poesie des Originals. Was das Publikum wünscht, ist Shakespeare, der ganze Shakespeare und nichts als Shakespeare. Das Textbuch, das Sie da verfasst haben, ist ja auf seine Art ganz nett – aber eben nicht Shakespeare. Ich will Ihnen sagen, was wir tun werden. Wir nehmen das Stück genauso, wie er es geschrieben hat, und drehen danach. Notieren Sie sich das, Miss Grits.«

»Dann brauchen Sie meine Dienste wohl kaum noch?«, meinte Simon.

»Nein, ich glaube nicht. War aber nett, dass Sie gekommen sind.«

Am nächsten Morgen erwachte Simon munter und fröhlich wie immer und wollte gerade aus dem Bett springen, als ihm plötzlich die Ereignisse des vorangegangenen Abends wieder einfielen. Er hatte nichts zu tun. Ein leerer Tag lag vor ihm. Keine Miss Grits, keine Miss Dawkins, kein Losbrausen zu Konferenzen, kein Diktat. Er rief Miss Grits an und lud sie ein, mit ihm zu Mittag zu essen.

»Tut mir leid, das ist ganz und gar unmöglich. Ich muss bis Ende der Woche das Drehbuch zum Johannesevangelium fertig haben. Ein hartes Stück Arbeit. Wir lassen es in Algerien spielen, um die Atmosphäre einzufangen. Nächste Woche geht's ab nach Hollywood. Ich glaube kaum, dass wir uns noch mal sehen. Tschau.«

Simon lag im Bett und fühlte, wie ihn langsam alle Energie verließ. Nichts zu tun. Nun ja, dann war es jetzt wohl doch an der Zeit, dass er aufs Land fuhr und mit seinem Roman weiterkam. Oder sollte er ins Ausland? Irgendein stilles Café in der Sonne, wo er diese schwierigen letzten Kapitel ausarbeiten konnte. Ja, das würde er tun… demnächst… vielleicht Ende der Woche.

Fürs Erste drehte er sich auf die Seite, nahm den Hörer vom Telefon, verlangte Sylvias Nummer und richtete sich auf eine fünfundzwanzigminütige bittere Versöhnungsaussprache ein.

Zwischenfall in Azania

Azania ist eine imaginäre große Insel vor der Ostküste Afrikas, nach Eigenart und Geschichte eine Kombination von Sansibar und Abessinien. Am Ende des Romans Schwarzes Unheil *wurde die einheimische Regierung gestürzt und die Insel zu einem gemeinsamen Protektorat von Briten und Franzosen. Etliche der Figuren in dieser Erzählung kamen bereits in* Schwarzes Unheil *vor.*

I

Der Union Club in Matodi unterschied sich auffallend von den Hanglagen-Bungalows der Mehrheit seiner Mitglieder. Er befand sich im Stadtzentrum, direkt am Hafen, ein arabisches Herrschaftshaus aus dem siebzehnten Jahrhundert mit wuchtigen weißen Wänden um einen kleinen Innenhof. Aus den vergitterten Fenstern über der Straße hatten früher die Frauen eines Großkaufmanns dem vorbeiströmenden Verkehr zugeschaut; durch eine schwere, mit Messingziernägeln beschlagene Tür trat man ein in den dunklen Schatten des Hofes, wo ein kleiner Brunnen zwischen den Wurzeln eines mächtigen Mangobaumes sprudelte; eine offene Treppe aus intarsienverziertem Zedernholz führte in das kühle Hausinnere.

Ein arabischer Pförtner, bekleidet mit einem makellos weißen, wie ein Bischofsrock gestärkten Gewand, knallroter Schärpe und Tarbusch, saß verschlafen am Eingang. Er stand ehrerbietig auf, als Mr. Reppington, der Richter, und Mr. Bretherton, der Gesundheitsinspektor, wichtigen Schritts die Bar ansteuerten.

Zum Zeichen des herzlichen Einvernehmens im Kondominium waren französische Beamte Ehrenmitglieder des Clubs und hing im Rauchzimmer die Fotografie eines früheren französischen Präsidenten (»Wir können sie nicht jedes Mal austauschen«, sagte Major Lepperidge, »wenn die Franzmänner mal wieder einen Kladderadatsch veranstalten«) gegenüber dem Porträt des Prince of Wales; außer an Galaabenden jedoch machten sie von ihrem Privileg nur selten Gebrauch. Das einzige französische Journal, das der Club abonniert hatte, *La Vie Parisienne*, befand sich an diesem Abend in den Händen eines kleinen Mannes von plebejischem Äußeren, der allein in einem Korbsessel saß.

Reppington und Bretherton nickten sich voran. »'n Abend, Granger.« »'n Abend, Barker.« »'n Abend, Jagger«, und schließlich erkundigte sich Bretherton mit hörbarem Unterton: »Wer ist der Bursche dort in der Ecke mit *La Vie*?«

»Heißt Brooks. Macht in Erdöl oder so was.«

»Ah.«

»Pink Gin?«

»Ah.«

»Guten Tag gehabt?«

»Dumme Geschichte leider. Der Kricketplatz lässt sich nicht ordentlich entwässern. Kein Unterboden.«

»Ah. Dumme Geschichte.«

Der goanische Barkeeper stellte ihnen die Drinks hin. Bretherton unterschrieb dafür.

»Na dann, cheerioh.«

»Cheerioh.«

Mr. Brooks war weiterhin in *La Vie Parisienne* vertieft.

Kurz darauf kam Major Lepperidge herein, und die Atmosphäre wurde ein wenig steif. (Er war Befehlshaber der Eingeborenenmiliz, aus Indien abkommandiert.)

»'n Abend, Major«, von den Zivilisten. »Guten Abend, Sir«, von den Offizieren.

»'n Abend. 'n Abend. 'n Abend. Puh. Hatte grade eine sehr dynamische Runde Rasentennis mit dem jungen Kentish. Mordsaufschlag. Gin mit Limette. Übrigens, Bretherton, der Kricketplatz sieht ziemlich übel aus.«

»Ich weiß. Kein Unterboden.«

»So was, das ist ja eine dumme Geschichte. *Kein Unterboden.* Na, lassen Sie sich was einfallen, wäre wirklich verdienstvoll. Sieht schrecklich aus. Ganz kahl und ein großer See in der Mitte.«

Der Major nahm seinen Gin mit Limette und schritt auf einen Sessel zu; plötzlich erblickte er Mr. Brooks, und sein herrisches Gebaren milderte sich zu ungewohnter Liebenswürdigkeit. »Ja, hallo, Brooks«, sagte er. »Wie geht's Ihnen? Schön, dass Sie wieder da sind. Hatte gerade das Vergnügen, Ihre Tochter im Tennisclub zu sehen. Meine Gattin lässt fragen, ob Sie beide Lust hätten, einen Abend zu uns zum Essen zu kommen. Wie wär's mit Donnerstag? Großartig. Da wird sie sich freuen. Gute Nacht allerseits. Muss dringend unter die Dusche.«

Der Vorfall war eine Sensation. Bretherton und Reppington sahen sich mit schockierter Verwunderung an.

Major Lepperidge war nach Rang und Persönlichkeit der tonangebende Mann in Matodi – ja in ganz Azania, mit der einzigen Ausnahme des Chief Commissioner in Debra Dowa. Es war unvorstellbar, dass Brooks bei Lepperidge speiste. Bretherton selbst hatte dort nur einmal gespeist, und *er* war vom Staat.

»Hallo, Brooks«, sagte Reppington. »Hab Sie gar nicht erkannt hinter Ihrer Zeitung. Kommen Sie doch auf einen Schluck zu uns.«

»Ja, Brooks«, sagte Bretherton. »Wusste gar nicht, dass Sie wieder da sind. Schönen Urlaub gehabt? Was im Theater gesehen?«

»Sehr freundlich von Ihnen, aber ich muss los. Wir sind am Dienstag mit der *Ngoma* gekommen. Nein, im Theater bin ich gar nicht gewesen. Ich war die meiste Zeit in Bournemouth, wissen Sie.«

»Nur einen, bevor Sie gehen.«

»Nein, wirklich, danke, ich muss nach Hause. Meine Tochter wird warten. Trotzdem vielen Dank. Wir sehen uns ein andermal.«

Tochter …?

II

Es gab acht Engländerinnen in Matodi, Mrs. Brethertons zweijährige Tochter mitgerechnet; neun, wenn man Mrs. Macdonald dazuzählte (aber niemand zählte Mrs. Macdonald dazu, die aus Bombay kam und Anzeichen asiatischen Blutes verriet. Zudem wusste niemand, wer Mr. Macdonald gewesen war. Mrs. Macdonald führte eine schlechtgehende Pension am Stadtrand, die sich »The Bougainvillea« nannte). Die im heiratsfähigen Alter waren alle verheiratet; die gegenseitige Überwachung, unter der sie lebten, war so scharf und lückenlos, dass an Seitensprünge nicht zu denken war. Es gab allerdings sieben unverheiratete Engländer, drei im Staatsdienst, drei in der freien Wirtschaft und einen Müßiggänger, der vor seinen Gläubigern in Kenia nach Matodi geflohen war. (Er sprach manchmal vage von geplanten »Pflanzungen« und »Sondierungen«, bekam aber einstweilen allmonatlich eine kleine Überweisung aus der Heimat und war eine liebenswürdige Präsenz im Club und auf den Tennisplätzen.)

Die meisten dieser Junggesellen hatten dem Vernehmen nach ein Mädel zu Hause in England; sie hatten Fotografien im Zimmer stehen, schrieben regelmäßig lange Briefe und machten beim Aufbruch in den Heimaturlaub Andeutungen, bei der Rückkehr wären sie womöglich nicht mehr allein. Aber dann waren sie es doch. Vielleicht malten sie ja in voreiligem Werben um Mitgefühl ein zu düsteres Bild vom Leben in Azania; vielleicht waren sie in dem tropischen Klima auch ein bisschen verblödet …

Auf jeden Fall lief mit der Ankunft von Prunella Brooks eine Welle der Erregung durch die englische Gesellschaft. Als Tochter von Mr. Brooks, dem Vertreter einer Ölfirma, wäre ihre Wahl normalerweise auf die drei aus der freien Wirtschaft beschränkt gewesen – Mr. James von der Eastern Exchange Telegraph Company und die Herren Watson und

Jagger von der Bank –, aber Prunella war ein Mädchen von solch augenfälliger persönlicher Klasse, dass sie an ihrem ersten Nachmittag auf dem Tennisplatz, wie oben angedeutet, die unsichtbare Grenze mühelos, ja unwissentlich überschritt und geradewegs in das innerste Heiligtum spazierte, den Bungalow der Lepperidges.

Sie war klein und ungekünstelt, ein schillernder Blondschopf mit frischer Haut (doppelt berückend im Kontrast zu den braungebrannten und ausgetrockneten Tropenteints um sie herum), gummiartig gelenkigen Gliedmaßen und einem Gesicht, das bei den dürftigsten Artigkeiten vor Vergnügen aufleuchtete und dem man das Interesse an den Meinungen und Erfahrungen aller, die sie kennenlernte, unbedingt abnahm. Man vertraute ihr spontan, denn sie war eine, die sich nicht in den Mittelpunkt drängte, sondern sich ihren Bekannten lieber einzeln und mit Muße zuwandte, wenn sie es brauchten; respektvoll und charmant zu den verheirateten Frauen; sensibel, freundlich und ein klein wenig kokett zu den Männern; immer zu einem Spiel aufgelegt, aber nicht so gut, dass sie die männliche Überlegenheit erschüttert hätte; treutöchterlich auf jedes Vergnügen verzichtend, das den reibungslosen Ablauf im Brooks'schen Haushalt hätte beeinträchtigen können – »Nein, ich muss jetzt wirklich gehen. Es geht nicht, dass Vater vom Club nach Hause kommt, und ich bin nicht da, um ihn zu begrüßen« –, mit anderen Worten, genau die Art Mädchen, die in jedem Außenposten des Empire ein Segen und eine Zierde wäre. Es dauerte nur sehr wenige Tage, bis ganz Matodi von dem Glück schwärmte, sie dazuhaben.

Natürlich musste sie zuallererst von den Matronen der

Kolonie überprüft und unterwiesen werden, aber sie ließ sich ihre Initiation mit einer solchen Grazie gefallen, dass man meinen konnte, sie sei sich der Gefahren der Prozedur gar nicht bewusst. Mrs. Lepperidge und Mrs. Bretherton nahmen sie sich vor. Im fernen Landesinneren, an den sonnenlosen geheimen Stätten, wo ein verwachsener Stamm über dem Urwaldpfad, ein an einem Ast flatternder Stofffetzen, ein geköpftes Huhn mit ausgebreiteten Flügeln vor einem alten Baumstumpf den Taburaum markierten, zu dem kein männliches Wesen Zutritt hatte, dort sangen die Sakuya-Frauen ihre archaische Initiationslitanei; hier am sonnigen Hang wurde die nicht minder schreckliche Zeremonie an Mrs. Lepperidges Teetisch abgehalten. Zuerst die Fragen; bei Tee und Rosinenbrötchen noch verblümt und taktvoll gestellt, dann aber, nach dem Abräumen von Kuchenteller und Teekessel, im kultischen Rhythmus sich überstürzend und immer schneller und schneller niederprasselnd wie ekstatische Hände auf die straffe Kuhhaut, ein dringendes und zwingendes Trommelfeuer, das sich mit der ersten Zigarette noch einmal steigerte. Sie alle beantwortete Prunella fügsam und schlicht. Ihr ganzes Leben, ihre Erziehung und Schulbildung wurden bloßgelegt, geprüft und für vorbildlich erachtet; der Tod ihrer Mutter, die Obhut bei einer Tante, eine Nonnenschule außerhalb der Stadt, die ihr einnehmende Manieren beigebracht hatte, die Bereitschaft, den richtigen Mann zu finden und mit ihm einen Hausstand zu gründen, wann immer der Dienst es verlangte; ihr Bekenntnis zu einer kleinen Familie und europäischer Erziehung, zu sportlicher Betätigung, Freundlichkeit zu Tieren, liebevoller Bemutterung der Männer.

Als sie sich schließlich würdig erwiesen hatte, kam die Unterweisung. Intime gesundheitliche und hygienische Details, Dinge, die jede junge Frau wissen sollte, die allgemeinen Gefahren des Geschlechtsverkehrs und seine besonderen Gefahren in den Tropen betreffend; die korrekte Behandlung der anderen Einwohner Matodis, das korrekte Benehmen gegenüber Damen von höherem Rang, das Hinterlassen von Karten … »Geben Sie *niemals* Eingeborenen die Hand, auch wenn die sich noch so viel auf ihre akademische Bildung einbilden. Araber sind etwas anderes, viele geradezu Gentlemen … gewiss nicht schlimmer als sehr viele Italiener … Inder müssen Sie zum Glück nicht kennenlernen … lassen Sie sich niemals vor eingeborenen Dienern im Morgenrock sehen … und achten Sie *ganz* genau auf die Vorhänge im Bad – *die Eingeborenen spannen* … gehen Sie niemals allein durch die Seitenstraßen – da haben Sie sowieso nichts zu suchen … reiten Sie niemals allein außerhalb der Siedlung aus. Es hat mehrmals Banditenüberfälle gegeben … erst voriges Jahr ein amerikanischer Missionar, aber von irgendeiner Freikirche … *Wir sind es unseren Männern schuldig*, keine unnötigen Risiken einzugehen … eine Räuberbande unter dem Befehl eines Sakuya namens Joab … der Major wird ihm bald das Handwerk legen, wenn er die Eingeborenentruppe erst mal auf Vordermann gebracht hat … im Moment finden sie die Stiefel noch sehr unbequem* … einstweilen sollten Sie es sich zur festen Regel machen, *nirgends* ohne einen *Mann* hinzugehen …«

* Siehe *Schwarzes Unheil*

III

Und Prunella hatte nie Mangel an männlicher Begleitung. Nach einigen Wochen wurde der wachsamen Kolonie klar, dass nur noch zwei Bewerber in der engeren Auswahl standen: Mr. Kentish, der stellvertretende Eingeborenenkommissar, und Mr. Benson, Leutnant in der Eingeborenenmiliz; nicht dass Prunella zu allen anderen etwa nicht durchweg charmant gewesen wäre – selbst zu dem zwielichtigen Müßiggänger und dem abstoßenden Mr. Jagger –, aber diverse kleine Gunstbeweise ließen erkennen, dass Kentish und Benson ihre Favoriten waren. Und die Beobachtung dieser unschuldigen Tändeleien verlieh dem gesellschaftlichen Leben der Stadt mit einem Mal neuen Reiz. Bis dahin hatte es sicherlich vielerlei Betätigungsmöglichkeiten gegeben – Reiterspiele und Tennisturniere, Tanzvergnügen und Abendgesellschaften, Besuche und Klatsch, Amateuropern und Kirchenbasare –, doch es waren zumeist freudlose Pflichtübungen gewesen. Alle wussten, was von Engländern im Ausland erwartet wurde; sie mussten vor den Eingeborenen und ihren Mitprotektionisten die Fassade wahren; sie mussten etwas haben, was sie in die Heimat schreiben konnten; und so gingen sie unbeirrt den immergleichen standesgemäßen Freizeitbeschäftigungen nach. Aber seit Prunellas Ankunft lag eine neue Leichtigkeit in der Luft; es gab mehr Feste und mehr Tänze und Lust zu allem Möglichen. Mr. Brooks, der sonst nie außer Haus gespeist hatte, wurde plötzlich überall eingeladen, und wie seine frühere Ausgrenzung ihn nicht gestört hatte, so fasste er seine neue Popularität als natürliche Folge des Charmes seiner Tochter auf und war deswegen geschmeichelt und leicht verlegen. Er machte sich klar, dass sie in Bälde den Wunsch verspüren würde zu heiraten, und sah der Perspektive seiner unvermeidlichen Rückkehr zum einsamen Leben mit Gleichmut entgegen.

Unterdessen rannten Benson und Kentish Kopf an Kopf durch den dichten Terminplan des azanischen Frühlings, und niemand konnte mit Sicherheit sagen, wer die Nase vorn hatte – die Wetten standen knapp zugunsten Bensons, der auf den Bällen im Caledonian und im Poloclub mit ihr tanzte –, als sich der Zwischenfall ereignete, der die Gemüter in Azania zutiefst erschütterte. Prunella Brooks wurde gekidnappt.

Die Umstände waren dunkel und ein bisschen zwielichtig. Prunella, die sich, soweit bekannt, nie auch nur den klitzekleinsten Verstoß gegen den kolonialen Sittenkodex geleistet hatte, war allein in die Berge ausgeritten. So viel war von Anfang an klar, und später im Kreuzverhör verriet ihr Stallknecht, dass sie dies schon eine ganze Weile so gehalten hatte, zwei- oder dreimal die Woche. Der Schock ihrer Regelverletzung war fast so groß wie der Schock ihres Verschwindens.

Doch es sollte noch schlimmer kommen. Eines Abends im Club wurde in Mr. Brooks' Abwesenheit (seine Popularität war in den letzten Tagen zurückgegangen, und man fühlte sich in seiner Anwesenheit empfindlich gehemmt) die Frage von Prunellas heimlichen Ausritten freimütig diskutiert, als sich eine leicht angesäuselte Stimme in den Wortwechsel einschaltete.

»Irgendwann kommt's ja sowieso raus«, sagte der Müßiggänger aus Kenia, »da kann ich es Ihnen auch gleich sagen. Prunella ist immer mit *mir* ausgeritten. Sie wollte nicht, dass wir ins Gerede kommen, deshalb haben wir uns auf der Straße nach Debra Dowa bei den moslemischen Gräbern getroffen. Diese Nachmittage werden mir wirklich sehr fehlen«, sagte der Müßiggänger mit einem leichten alkoholisierten Zittern in der Stimme, »und an dem, was passiert ist, gebe ich mir in hohem Maße die Schuld. Ich muss an dem Morgen, nicht wahr, ein bisschen mehr getrunken haben, als gut für mich war, und bei der Hitze bin ich wohl eingeschlafen, als ich mir die Reithosen anziehen wollte, und erst am Abend wieder aufgewacht. Und jetzt werden wir sie vielleicht im Leben nicht wiedersehen …«, und zwei dicke Tränen rollten ihm über die Wangen.

Dieses unmännliche Schauspiel wahrte den Frieden, denn Benson und Kentish waren bereits in drohender Haltung auf den Müßiggänger zugeschritten. Aber es bietet wenig Befriedigung, jemandem an den Kragen zu gehen, der ohnehin schon in tiefem Selbstmitleid versunken ist, und der scharfe Ton von Major Lepperidge rief sie zur Ordnung. »Benson, Kentish, ich will nicht bestreiten, dass ich nachfühlen kann, was in euch vorgeht, und ich weiß genau, was ich unter den Umständen tun würde. Die Geschichte, die wir gerade gehört haben, mag stimmen oder nicht. So oder so weiß ich, glaube ich, was wir alle von dem Mann halten, der sie erzählt hat. Aber das kann warten. Ihr habt noch reichlich Zeit, das zu regeln, wenn wir Miss Brooks heil zurückgeholt haben. Das ist unsere erste Pflicht.«

Nach diesem Appell stand die Allgemeinheit wieder treu zu Prunella, und die Dringlichkeit ihres Falles wurde drastisch unterstrichen, als zwei Tage später im amerikanischen Konsulat das rechte Ohr des baptistischen Missionars eintraf, lose mit Zeitungspapier und Bindfaden verpackt. Die Männer der Kolonie – mit Ausnahme des Müßiggängers natürlich – versammelten sich im Bungalow der Lepperidges und bildeten eine Bürgerwehr, erstens zum Schutz der Frauen, die ihnen noch geblieben waren, und zweitens zur Rettung von Miss Brooks, einerlei, welche persönlichen Unannehmlichkeiten oder Gefahren sie dafür auf sich nehmen mussten.

IV

Die erste Lösegeldforderung erfolgte durch die Vermittlung von Mr. Youkoumian. Der kleine Armenier war den Engländern bereits wohlbekannt und von ihnen im Großen und Ganzen wohlgelitten; es tat ihnen gut, einen Ausländer zu haben, der ihrem Ideal, wie ein Ausländer sein sollte, in jeder Hinsicht so vollkommen entsprach. Zwei Tage nach der Gründung des Wehrverbands zum Schutz der britischen Frau sprach er in der Ordonnanzstube des Majors vor und bat um eine private Unterredung, eine gemütliche, rundliche, devote Erscheinung in glänzendem Alpaka-Anzug, Käppchen und gelben Stiefeln mit seitlichem Gummibandeinsatz.

»Major Lepperidge«, sagte er, »Sie kennen mich; alle Gentlemen in Matodi kennen mich. Die Engländer sind meine liebsten Gentlemen und die natürlichen Schützer von Unterrassen ganz genau wie Völkerbund. Ören Sie, Major Lepperidge, kommt mir viel zum Ohr. Alle vertrauen mir. Ist gar nicht gut, wenn diese Schwarzen englische Ladys entführen. Mache ich wieder in Ordnung.«

Auf die Fragen des Majors hin führte Youkoumian mit unendlichen Ausflüchten und Umschweifen aus, er sei vermittels verschiedener Vettern seiner Frau in Kontakt zu einem Araber getreten, von dessen Frauen eine die Schwester eines Sakuya aus Joabs Bande sei; Miss Brooks sei gegenwärtig wohlauf, und Joab sei einem Handel nicht abgeneigt. »Joab macht sehr salzigen Preis«, sagte er. »Er will underttausend Dollar, ein Panzerwagen, zwei Maschinengewehre, undert Gewehre, fünftausend Schuss Munition, fünfzig Pferde, fünfzig goldene Armbanduhren, ein Radioapparat, fünfzig Fässer Whisky, Straffreiheit und Rang von Ehrenoberst in azanische Truppen.«

»Das kommt natürlich überhaupt nicht in Frage.«

Der kleine Armenier zuckte mit den Schultern. »Tja, dann er schneidet Miss Brooks die Ohren ab ganz genau wie von amerikanischen Pfarrermann. Ören Sie, Major, das ist ier ein ganz verdammich oberschlechtes Land. Ich lebe ier vierzig Jahre, weiß ich Bescheid. Bin ich in diesem Land kleiner Mann gewesen und großer Mann gewesen, ganz genau gleich Regeln für Groß und Klein. Wenn Eingeborener was will, du gibst ihm schnell, später machst du ihm Ölle eiß und olst wieder. Eingeborene alle verdammich dumme Leute, aber sehr wild ganz genau wie Tiere. Ören Sie, Major, ich mache beste Whisky in Matodi – Scotch, Irish, alle Sorten ich mache; ich abe sehr gute Uhren in mein Laden ganz genau wie Gold, ich abe Radioapparat – Panzerwagen, Pferde, Maschinengewehre Sie müssen übernehmen. Dann wir machen Gewinn sauber fifty-fifty, ja?«

V

Zwei Tage später erschien Mr. Youkoumian in Mr. Brooks' Bungalow. »Ein Brief von Miss Brooks«, sagte er. »Ein Sakuya at gebracht. Ich gebe ihm eine Rupie.«

Die Mitteilung war schwer leserlich auf die Rückseite eines Kuverts gekritzelt.

Liebster Papa,
ich bin im Augenblick heil und einigermaßen wohlbehalten. Versuche auf gar keinen Fall, den Boten zu verfolgen. Joab und die Banditen würden mich zu Tode foltern. Schicke bitte Grammophon und Schallplatten. Werdet um Gottes willen handelseinig, sonst weiß ich nicht, was passiert.

Prunella

Es war die erste einer Reihe von Mitteilungen, die von nun an alle zwei bis drei Tage durch die Vermittlung von Mr. Youkoumian eintrafen. Sie enthielten hauptsächlich Bitten um kleine persönliche Dinge...

Liebster Papa,
doch nicht diese Platten. Die zum Tanzen... Schicke bitte Gesichtscreme im Töpfchen im Bad, außerdem Illustrierte... den grünen Seidenpyjama... Lucky-Strike-Zigaretten... zwei leichte Drillichröcke und die ärmellosen Seidenblusen...

Die Briefe wurden alle in den Club mitgenommen und verlesen, und nach einigen Tagen nahm die Anspannung ab und wich der allgemeinen Empfindung, dass das Drama prosaisch geworden war.

»Die müssen mit dem Preis runtergehen. Einstweilen ist das Mädchen halbwegs sicher«, verkündete Major Lepperidge und sprach damit autoritativ aus, was alle in der Gemeinschaft schon lange unausgesprochen im Hinterkopf hatten.

Das städtische Leben kehrte äußerlich wieder in die normalen Bahnen zurück – Verwaltung, Sport, Klatsch; das zweite Ohr des amerikanischen Missionars traf ein und erregte wenig Aufsehen außer bei Mr. Youkoumian, der ein Hörrohr an die Missionszentrale zu verkaufen versuchte. Die Damen der Kolonie gaben das eingesperrte Leben auf, das sie sich nach dem anfänglichen Schreck auferlegt hatten; die Männer gebärdeten sich weniger beschützerisch und blieben wie ehedem bis spätabends im Club.

Dann trat eine Entwicklung ein, die das Interesse an der Gefangenen wiederbelebte. Sam Stebbing knackte den Code.

Er war ein kränklicher junger Mann mit hohen akademischen Meriten, der unlängst aus Cambridge gekommen war, um bei Grainger in der Einwanderungsbehörde zu arbeiten. Von Anfang an hatte er ein stärkeres Interesse an der Situation gezeigt als die meisten seiner Kollegen. Zwei drückend heiße Wochen lang brütete er bis tief in die Nacht über dem Text von Prunellas Mitteilungen; dann wartete er mit der überraschenden These auf, es gäbe einen geheimen Code. Das System, mit dem er ihn dechiffriert hatte, war alles andere als einfach. Er war gern bereit, es zu erklären, aber bei seinen Ausführungen verloren die Zuhörer regelmäßig den Faden und begnügten sich mit der Lösung.

»... man übersetzt es ins Lateinische, nicht wahr, bildet ein Anagramm des ersten und letzten Wortes der ersten Mitteilung, des zweiten und vorletzten der dritten, von der Mitte aus gezählt. Ich wette, da haben sich die Banditen die Zähne dran ausgebissen ...«

»Ganz bestimmt. Zumal von denen sowieso keiner lesen kann ...«

»In der vierten Mitteilung dann kehrt man zum anfänglichen System zurück und nimmt das vierte Wort und das vorvorvorletzte ...«

»Ja, ja, verstehe. Müssen Sie gar nicht weiter erklären. Verraten Sie uns einfach, wie die wirkliche Botschaft lautet.«

»Sie lautet: ›TÄGLICH SCHLIMMER ALS TOD BEROHT.‹ An dem Punkt hat sich ein Fehler in ihr System eingeschlichen, es muss ›bedroht‹ heißen; dann kommt ein Wort, das ich nicht verstehen kann: PLZGF, zweifellos hat die Ärmste das in großer Erregung geschrieben, und danach ›VERTRAUE AUF MEINEN KÖNIG‹.«

Dies wurde allgemein als Triumph gewertet. Die Männer überbrachten die Neuigkeit ihren Frauen.

»... Verdammt raffiniert, wie Stebbing das aufgedröselt hat. Ich will es dir gar nicht groß erklären. Du würdest es eh nicht verstehen. Das Fazit ist jedenfalls sonnenklar. Miss Brooks ist in schrecklicher Gefahr. Wir müssen was unternehmen.«

»Aber wer hätte gedacht, dass die kleine Prunella so schlau ist ...«

»Ach, ich hab ja schon immer gesagt, das Mädel hat Grips.«

VI

Die Meldung von der Entschlüsselung wurde von den Presseagenturen in der ganzen zivilisierten Welt verbreitet. Anfangs hatte die Angelegenheit weithin Beachtung erfahren. Zwei Tage lang war sie, mit Porträt, auf der Titelseite des *Excess* gewesen, dann mit Porträt auf der zweiten Seite, dann ohne Porträt weiter unten auf der zweiten Seite und schließlich, mit täglich abnehmendem Sensationswert, auf Seite drei. Der Code hauchte der Geschichte neues Leben ein. Stebbing erschien mit Porträt auf der Titelseite. Die Zeitung erbot sich, zehntausend Pfund zum Lösegeld beizusteuern, und ein Starjournalist reiste aus heiterem Himmel mit dem Flugzeug an, um die Verhandlungen zu führen und darüber zu berichten.

Es war ein resoluter junger Mann australischer Herkunft, und mit seiner Landung kam augenblicklich Schwung in die Sache. Die Kolonie begrub ihre gewohnte Feindschaft gegenüber der Presse, nahm ihn in den Club auf und füllte seine freie Zeit mit Cocktailpartys und Tennisturnieren aus. Er übernahm sogar Lepperidges Position als Autorität in weltpolitischen Themen.

Doch sein Aufenthalt war von kurzer Dauer. Am ersten Tag interviewte er Mr. Brooks und jeden, der in der Stadt etwas zu sagen hatte, und kabelte eine »menschelnde« Rührgeschichte über Prunellas Stellung im Herzen der Kolonie nach Hause. Von da an war Miss Brooks für gut drei Millionen Leser Prunella. (Nur eine lokale Größe konnte er nicht kennenlernen. Dem armen Mr. Stebbing hatte die Aufregung »den Rest gegeben«, und er war krankgeschrieben und nach

England zurückverfrachtet worden, an Geist und Nerven völlig zerrüttet.)

Am zweiten Tag interviewte er Mr. Youkoumian. Sie setzten sich um zehn Uhr morgens mit einer Flasche Mastika an den kleinen, runden Tisch hinter Mr. Youkoumians Tresen. Es war drei Uhr nachmittags, als der Reporter endlich in die weißschleierige Hitze hinaustrat, aber er hatte sein Ziel erreicht. Mr. Youkoumian hatte versprochen, ihn in das Banditenlager zu führen. Beide hatten sie Geheimhaltung gelobt. Bei Sonnenuntergang diskutierte ganz Matodi über die kommende Expedition, aber der Journalist blieb von Nachfragen verschont; er war an dem Abend allein und tippte eine Schilderung der Ereignisse in die Maschine, mit denen er für den nächsten Tag rechnete.

Er beschrieb den Aufbruch in der Dämmerung: »... schon graute der Morgen über dem vom Schicksal so schwer geprüften Städtchen Matodi ... die Kamele schnaubten und zerrten an ihren Zügeln ... die vielen sich grämenden Engländer, denen die Sonne nur das Ende einer weiteren Nacht hoffnungslosen Wartens brachte ... silbernes Frühlicht in dem kleinen Zimmer, wo Prunellas Bett steht, die Decke aufgeschlagen, wie sie es an dem verhängnisvollen Nachmittag verlassen hatte ...« Er beschrieb den Aufstieg in die Berge: »... üppige tropische Vegetation weicht dürrem Gesträuch und kahlen Felsen ...« Er beschrieb, wie der Bote der Banditen ihm die Augen verband und wie er auf seinem Kamel schwankend durch die Finsternis ritt, ins Unbekannte. Nach einer gefühlten Ewigkeit dann der Halt ... Abnahme der Augenbinde ... das Banditenlager. »... zwanzig unbarmherzige orientalische Augenpaare funkelten hinter furchteinflößenden Gewehren …« – an dieser Stelle zog er das Blatt aus der Maschine und nahm eine Korrektur vor; das Versteck der Banditen sollte in einer Höhle sein – »… der Boden mit Knochen und Häuten übersät«. Joab, der Anführer, hockte dort in barbarischem Prunk, ein juwelenbesetztes Schwert über den Knien. Dann der Höhepunkt der Geschichte: Prunella gefesselt. Eine Zeitlang spielte er mit dem Gedanken, sie auszuziehen, und begann, ein lebenspralles Wortgemälde ihrer mädchenhaften Figur, die wie Andromeda verschämt in den Schatten zurückwich, in die Tasten zu hämmern. Doch er mäßigte sich wohlweislich und begnügte sich mit: »… ihr reizender schlanker Körper, von den Hanfseilen gezeichnet, die in ihre jungen Glieder schnitten …« Die abschließenden Absätze schilderten, wie in ihren Augen Verzweiflung plötzlich zu Hoffnung zerschmolz, als er vortrat, dem Anführer das Lösegeld aushändigte und »sie im Namen des *Daily Excess* und des britischen Volkes in die ihr rechtmäßig zustehende Freiheit zurückführte«.

Es war spät, als er den letzten Satz schrieb, doch er begab sich mit dem Gefühl zu Bett, eine große Leistung vollbracht zu haben, und hinterlegte am nächsten Morgen sein Manuskript bei der Eastern Exchange Telegraph Company, bevor er mit Mr. Youkoumian in die Berge aufbrach.

Die Fahrt hatte mit seiner Schilderung nicht die geringste Ähnlichkeit. Sie machten sich nach einem ausgiebigen Frühstück auf den Weg, begleitet von den guten Wünschen der meisten Briten und vieler aus der französischen Kolonie, und statt auf Kamelen zu reiten, fuhren sie in Mr. Kentishs kleinem Austin 7. Zu Joabs Versteck gelangten sie nicht einmal. Sie waren noch keine zehn Meilen gefahren, als ihnen auf der Piste eine einsame junge Frau entgegenkam. Sie sah nicht sehr gepflegt aus, besonders was die Frisur betraf, machte jedoch davon abgesehen den Eindruck, bei bester Gesundheit zu sein.

»Miss Brooks, nehme ich an«, sagte der Journalist, ohne sich des berühmten Vorbilds, dem er folgte, bewusst zu sein. »Aber wo sind die Banditen?«

Prunella blickte fragend auf Mr. Youkoumian, der einige Schritte weiter hinten nachdrücklich den Kopf schüttelte. »Das ist ein britischer Gentleman von Zeitung«, erläuterte er, »weiß er Bescheid ganz genau wie Gentlemen von Matodi. Er at die tausend Pfund für Joab.«

»Na, er sollte lieber aufpassen«, sagte Miss Brooks, »die Banditen sind hier überall um uns herum. Oh, Sie können sie natürlich nicht sehen, aber ich möchte wetten, dass in diesem Augenblick hinter den Felsen und Sträuchern und so weiter fünfzig Gewehre auf uns gerichtet sind.« Sie machte mit einem nackten sonnengebräunten Arm eine ausladende Bewegung in die harmlos wirkende Landschaft. »Ich hoffe, Sie haben das Geld in Gold mitgebracht.«

»Es ist alles da, hinten im Wagen, Miss Brooks.«

»Ausgezeichnet. Tja, ich fürchte, Joab wird Sie nicht in sein Versteck lassen, deshalb werden Sie und ich hier warten, und Youkoumian wird in die Berge fahren und es übergeben.«

»Aber hören Sie, Miss Brooks, meine Zeitung hat viel Geld in diese Story investiert. Ich muss das Versteck sehen.«

»Ich werde Ihnen alles erzählen, was Sie wissen müssen«, sagte Prunella, und das tat sie dann.

»Es gab drei Hütten«, begann sie mit niedergeschlagenen Augen und gefalteten Händen, die Stimme sanft und die Worte gewählt, als ob sie eine Lektion wiederholte, »die kleinste und dunkelste war mein Kerker.«

Der Journalist wechselte unbehaglich die Position. »Hütten«, sagte er. »Ich hatte den Eindruck gewonnen, es wären Höhlen.«

»Waren es auch«, sagte Prunella. »Hütte ist ein einheimisches Wort für Höhle. Zwei Löwen waren Tag und Nacht neben mir angekettet. Ihre Augen funkelten, und ihr stinkender Atem wehte mich an. Die Ketten waren gerade so lang, dass ich außer Reichweite war, solange ich völlig still lag. Wenn ich Hand oder Fuß bewegt hätte …« Sie brach mit einem kleinen Schauder ab …

Als Youkoumian zurückkehrte, hatte der Journalist genug Material für eine weitere sensationelle Titelgeschichte.

»Joab hat angeordnet, die Heckenschützen abzuziehen«, verkündete Prunella nach geflüsterter Beratung mit dem Armenier. »Wir können fahren.«

Und sie stiegen in das kleine Auto und fuhren ohne abenteuerliche Unterbrechung nach Matodi zurück.

VII

Sonst bleibt wenig zu erzählen. Prunellas Rückkehr wurde in der Stadt begeistert aufgenommen, und am Dienstag darauf gab man für sie einen offiziellen Empfang. Der Journalist machte viele Fotos, erdichtete eine Heimkehrszene, die die britische Leserschaft im tiefsten Herzen bewegte, und flog alsbald in seinem Flugzeug davon, um sich in der Redaktion des *Excess* beglückwünschen und befördern zu lassen.

Es wurde allgemein erwartet, dass Prunella nun ihre endgültige Entscheidung zwischen Kentish und Benson treffen würde, doch dieser erregende Höhepunkt blieb der Kolonie verwehrt. Stattdessen kam die betrübliche Nachricht, sie werde nach England zurückkehren. Ein Licht schien im azanischen Leben erloschen zu sein, und trotz aller erklärten guten Wünsche herrschte am Vorabend ihrer Abreise eine gewisse Verhaltenheit, ja beinahe Ungehaltenheit, als machte sich Prunella mit ihrem Fortgang der Treulosigkeit schuldig. Der *Excess* brachte einen Absatz über ihre Ankunft, überschrieben mit: AUSKLANG DES ENTFÜHRUNGSFALLS, doch ansonsten schien sie sich der öffentlichen Aufmerksamkeit dezent entzogen zu haben. Der arme Stebbing war gezwungen, den Dienst zu quittieren. Sein gestörter Geisteszustand schien dauerhaft zu sein, und von da an verbrachte er seine Zeit so harmlos wie nutzlos in einem privaten Pflegeheim, wo er verborgene Botschaften in Bradshaws britischem Eisenbahnkursbuch entschlüsselte. Selbst in Matodi kam die Entführung nur noch selten zur Sprache.

Sechs Monate später saßen Lepperidge und Bretherton im Club beisammen und tranken ihr abendliches Glas Pink Gin. Das Banditenunwesen war gerade wieder Thema, denn an dem Morgen war der inzwischen arm- und beinlose Rumpf des amerikanischen Missionars vor den Toren der Baptistensiedlung aufgefunden worden.

»Das ist eins der Probleme, die wir anpacken müssen«, sagte Lepperidge. »Da ist Handeln geboten. Ich werde von der ganzen Sache Meldung machen.«

Mr. Brooks, der gerade zu seinem einsamen Abendessen aufbrach, kam an ihnen vorbei; man sah ihn nur noch selten im Club; das Erdölgeschäft florierte beständig und hielt ihn bis spätnachts am Schreibtisch fest. Er trauerte seiner kurzlebigen Popularität nicht nach, ja erinnerte sich kaum daran, aber Lepperidge wahrte ihm gegenüber eine gewisse verlegene Herzlichkeit, wenn sie sich trafen.

»'n Abend, Brooks. Was Neues von Miss Prunella?«

»Ja, zufällig habe ich gerade heute von ihr gehört. Sie ist frisch verheiratet.«

»Na, das ist ja ein Ding ... Hoffe, Sie freuen sich. Jemand, den wir kennen?«

»Ja, ich freue mich schon irgendwie, obwohl sie mir natürlich fehlen wird. Es ist dieser Mensch aus Kenia, der mal hier war; erinnern Sie sich?«

»Ach ja, der? Soso ... Na, sagen Sie ihr Salam von mir, wenn Sie ihr schreiben.«

Mr. Brooks ging hinunter in den stillen, duftenden Abend. Lepperidge und Bretherton waren ganz allein. Der Major beugte sich vor.

»Sagen Sie mal, Bretherton«, raunte er in vertraulichem Ton. »Eine Sache wollte ich Sie immer schon mal fragen, unter vier Augen. Ist Ihnen je der Gedanke gekommen, dass an der Entführung damals irgendwas faul war?«

»*Faul*, Sir?«

»Faul.«

»Ich glaube, ich weiß, was Sie meinen, Sir. So mancher von uns hat sich tatsächlich in letzter Zeit so Gedanken gemacht ...«

»Genau.«

»Natürlich nichts, was sich beweisen ließe. Wie Sie selbst sagten, Sir: *faul.*«

»Genau ... Hören Sie, Bretherton, ich glaube, Sie sollten allen einschärfen, dass man in der Sache lieber den Mund hält, verstehen Sie mich? Meine Gattin bringt es schon den Frauen bei ...«

»Sehr richtig, Sir. Man will nicht, dass die Leute darüber reden ... Araber, meine ich, und Franzmänner.«

»Genau.«

Eine lange Pause trat ein. Schließlich erhob sich Leppe-ridge zum Gehen. »Ich mache mir Vorwürfe«, sagte er. »Wir haben mit dem Mädchen einen großen Fehler gemacht. Hätte ich eher durchschauen müssen. Weil schließlich und endlich, da kann einer sagen, was er will, ist dieser Brooks doch bloß ein Koofmich.«

Miss Bella gibt eine Gesellschaft

Ballingar ist viereinhalb Stunden Bahnfahrt von Dublin entfernt, falls man am Broadstone-Bahnhof den Frühzug erreicht, und fünfeinviertel Stunden, wenn man bis zum Nachmittag wartet. Es ist der Marktflecken eines großen und verhältnismäßig dicht besiedelten Bezirks. Auf der einen Seite des Marktplatzes steht eine hübsche protestantische Kirche in neugotischem Stil aus dem Jahre 1820 und gegenüber die riesige, unvollendete katholische Kathedrale in jenem unverantwortlichen Stilgemisch, wie es den hinterwäldlerischen Frömmlern seit je gefällt. Die Fassaden der Läden, die den Platz auf den anderen beiden Seiten abschließen, zieren immer häufiger Schilder mit gälischen Lettern statt der lateinischen Buchstaben. In verschiedenen Stufen des Verfalls begriffen, handeln alle mit den gleichen Waren: Mulligans Laden, Flannigans Laden, Rileys Laden – jeder verkauft schwere schwarze Stiefel, die in Bündeln aufgehängt sind, und seifigen Importkäse, Haushalt- und Kurzwaren, Öl und Sattelzeug, und jeder hat eine Lizenz, dass er Ale und Porter verkaufen und ausschenken darf. Das öde Gemäuer der ehemaligen Kaserne steht mit leeren Fensterrahmen und rauchgeschwärzten Wänden wie ein Denkmal zu Ehren der Freiheitskämpfer da. Jemand hat mit Teer auf den grünen Briefkasten geschmiert: *Der Papst ist ein Verräter.* Eine typisch irische Stadt.

Das Gut Fleacetown liegt fünfzehn Meilen von Ballingar entfernt, und die gerade, unebene Landstraße führt durch eine typisch irische Gegend; in der Ferne verschwimmen violette Berge, und bis zu ihrem Fuße dehnt sich, auf der einen Straßenseite und zwischen ziehenden weißen Nebelbänken nur hin und wieder sichtbar, Meile um Meile endlosen Heidemoors, das nur hie und da von Stapeln dunkler Torfsoden unterbrochen ist. Auf der anderen Seite, nach Norden zu, steigt das Gelände an und wird durch Erdwälle und Steinmäuerchen in unregelmäßige, karge Felder aufgeteilt, auf denen die Ballingar-Meute einige ihrer tollsten Hetzjagden erlebte. Alles ist von Moos überzogen – als grober grüner Teppich liegt es auf Mauern und Wällen, als weicher grüner Samt auf dem Holz, die Übergänge verwischend, so dass man nicht mehr weiß, wo der Erdboden aufhört und Stämme und Gemäuer beginnen. Die ganze Strecke von Ballingar her folgen weißgetünchte Hütten und etwa ein Dutzend mittelgroßer Farmhäuser aufeinander, doch nirgends ein Herrenhaus, denn in den Tagen vor der Landenteignung war dies alles Grundbesitz der Familie Fleace. Jetzt gehört zu Fleacetown weiter nichts als das Hauptgut, das Pachtland aber wird den benachbarten Farmern als Weide überlassen. Nur ein paar Beete des von einer Mauer eingeschlossenen Gemüsegartens sind bestellt; alles Übrige ist verrottet, und dornige Büsche, die nicht länger essbare Früchte tragen, wuchern überall zwischen verwilderten Blumen. Die Treibhäuser sind seit zehn Jahren zugige Skelette. Die großen Torflügel, die im georgischen Torbogen hängen, sind stets mit einem Vorhängeschloss versperrt; die Torwarthäuschen zerfallen, und die Hauptzufahrt zum Herrenhaus ist kaum noch von der

Wiese zu unterscheiden. Der Zugang zum Haus liegt jetzt eine halbe Meile weiter oben, wo ein Feldgatter einen Karrenweg absperrt, der von Kuhfladen verschmutzt ist.

Doch das Herrenhaus selbst wurde zu der Zeit, in der unsere Geschichte spielt, noch vergleichsweise gut instand gehalten – wenn man es nämlich mit Haus Ballingar oder Schloss Boycott oder Knode-Hall vergleicht. Natürlich konnte es nicht mit Gordontown mithalten, wo die amerikanische Lady Gordon elektrisches Licht legen, eine Zentralheizung und einen Aufzug einbauen ließ, auch nicht mit Mock-House oder Newhill, die an sporttreibende Engländer verpachtet werden, und auch nicht mit Schloss Mockstock, denn Lord Mockstock hatte unter seinem Stand geheiratet. Über diese vier Herrenhäuser mit ihren sauber geharkten Kiesflächen, Badezimmern und Generatoren spottete und staunte die ganze Umgegend. Doch Fleacetown, im fairen Vergleich mit den tatsächlich noch irischen Herrenhäusern des Freistaates, war noch erstaunlich bewohnbar.

Das Dach war intakt, und das Dach ist es, das den Unterschied zwischen einem zweit- und einem drittrangigen irischen Herrenhaus ausmacht. Wenn das Dach einmal hin ist, hat man Moos im Badezimmer, Farn auf der Treppe und Kühe in der Bibliothek, und nach wenigen Jahren schon muss man in den Milchkeller oder ins Pförtnerhäuschen ziehen. Aber solange der Ire noch, wörtlich gesprochen, ein Dach über dem Kopf hat, ist sein Haus noch seine Burg. Fleacetown hat zwar auch seine wunden Punkte, aber nach allgemeiner Ansicht konnte das Bleidach noch gut zwanzig Jahre aushalten und würde bestimmt die gegenwärtige Besitzerin überdauern.

Miss Annabel Rochfort-Doyle-Fleace, um einmal den vollen Namen zu nennen, mit dem sie in offiziellen Dokumenten erschien, wenn auch alle Leute sie nur als Bella Fleace kannten, war die Letzte ihrer Familie. Fleaces und Fleysers hatten seit der Zeit Strongbows (im zwölften Jahrhundert) in der Gegend um Ballingar gelebt, und Farmhäuser bezeichnen noch heute die Stelle, wo sie – zwei Jahrhunderte vor der Zuwanderung der Boycotts und Gordons und Mockstocks – ein Palisaden-Fort bewohnt hatten. Im Billardzimmer hing ein Stammbaum, den ein Genealoge aus dem neunzehnten Jahrhundert mit Wappenbildern verziert hatte und der zeigte, wie die ersten Vorfahren sich mit den ebenso alten Rochforts und den achtbaren, wenn auch jüngeren Doyles verehelicht hatten. Das jetzige Herrenhaus war in großem Stil in der Mitte des achtzehnten Jahrhunderts errichtet worden, damals, als die Familie zwar schon geschwächt, aber doch noch wohlhabend und einflussreich gewesen war. Es würde zu weit führen, wollte man die allmähliche Verarmung beschreiben. Jedenfalls war sie nicht die Folge großartiger Verschwendungssucht. Die Fleaces wurden ohne viel Aufhebens einfach immer ärmer – wie es mit den Familien geht, die keinerlei Anstrengungen dagegen unternehmen. In der letzten Generation hatten sich auch Anzeichen von Verschrobenheit bemerkbar gemacht. Bella Fleaces Mutter – eine O'Hara von Newhill – hatte von ihrem Hochzeitstag bis zu ihrer Sterbestunde unter der Wahnidee gelitten, sie sei eine Negerin. Ihr Bruder, den Bella beerbt hatte, widmete sich der Ölmalerei; da sein Geist einzig um das Sujet »Mord« kreiste, hatte er bis zu seinem Tode Gemälde ungefähr aller historischen Vorfälle dieser Art, von

Julius Cäsar bis zu General Wilson, angefertigt. Zur Zeit der »Unruhen« arbeitete er an einem Bild, das seine Ermordung darstellen sollte, und tatsächlich wurde ihm auf seinem eigenen Zufahrtsweg aufgelauert, und er wurde erschossen.

Unter einem solchen Gemälde ihres Bruders – Abraham Lincoln in seiner Loge im Theater – saß Miss Bella eines fahlen Novembermorgens, als ihr der Gedanke kam, eine Weihnachtsgesellschaft zu geben. Es wäre unnötig, ihre Erscheinung erschöpfend zu beschreiben, und auch nur verwirrend, da sie mit ihrem Charakter beträchtlich im Widerspruch zu stehen schien. Miss Bella war über achtzig, sehr derangiert und sehr rotgesichtig; graustreifiges Haar war auf dem Hinterkopf zu einem zotteligen Knoten geschlungen; lose Strähnen hingen ihr um die Wangen; ihre Nase sprang stark vor und war von blauen Äderchen überzogen; die blassblauen Augen waren leer und blickten irre; sie hatte ein munteres Lächeln und sprach mit stark irischer Färbung. Sie ging an einem Krückstock, da sie vor vielen Jahren lahm geschlagen wurde, als sich am Ende eines langen Tages mit der Ballingar-Meute ihr Pferd auf losem Geröll über sie wälzte; ein betrunkener Sportarzt hatte das Unheil noch schlimmer gemacht, und sie hatte nie wieder reiten können. Sie erschien zu Fuß, wenn die Meute das Unterholz von Fleacetown durchstöberte, und kritisierte mit lauter Stimme die Jäger; doch von ihren alten Freunden beteiligten sich von Jahr zu Jahr weniger, und fremde Gesichter tauchten auf.

Denen war Bella sehr wohl bekannt: als Gegenstand des Spottes und hochwillkommener Witze.

»Ein lausiger Tag«, hörte man sie sagen. »Wir haben den Fuchs beinahe erwischt und fast unmittelbar darauf die Spur wieder verloren. Aber wir haben Bella gesehen. Möcht' mal wissen, wie lange das alte Mädchen es noch macht. Muss ja an die neunzig sein. Mein Vater kann sich noch erinnern, wie sie die Jagden mitritt. Wie der Wind.«

Und tatsächlich begann ihr Tod Bella immer häufiger zu beschäftigen. Im Winter vor einem Jahr war sie schwer krank gewesen. Im April tauchte sie wieder auf, rotwangig wie immer, aber langsamer in Bewegung und Denken. Sie gab Anweisung, dass die Gräber ihres Vaters und ihres Bruders besser gepflegt werden müssten, und im Juni unternahm sie etwas ganz Unerhörtes und lud ihren Erben zu sich ein. Bisher hatte sie sich immer geweigert, den jungen Mann zu empfangen. Er war Engländer, ein sehr entfernter Vetter namens Banks. Er lebte in South-Kensington und arbeitete dort im Museum. Im August kam er zu ihr und schrieb lange und lustige Briefe an alle seine Freunde über seinen Aufenthalt, und hinterher machte er aus seinen Erlebnissen eine Geschichte für den *Spectator*. Bella konnte ihn vom ersten Augenblick an nicht ausstehen. Er hatte eine Hornbrille und eine B.B.C.-Stimme. Den größten Teil seiner Zeit verbrachte er damit, jeden Kaminsims und Türfries des Herrenhauses zu fotografieren. Eines Tages schleppte er einen Stoß in Kalbsleder gebundener Bücher aus der Bibliothek an.

»Hör mal, weißt du, dass du die hier besitzest?«, fragte er sie.

»Allerdings«, log Bella.

»Lauter Erstausgaben. Die müssen unerhört wertvoll sein!«

»Stell sie wieder dorthin, wo du sie gefunden hast!«

Später, als er ihr schrieb und sich für den Aufenthalt bedankte (er legte ein paar von den in Fleacetown gemachten Fotografien bei), sprach er wieder von den Büchern. Das gab Bella zu denken. Weshalb schnüffelte der junge Schnösel im Haus herum, den Preis eines jeden Dinges abschätzend? Schließlich war sie noch nicht tot, fand Bella. Und je mehr sie darüber nachdachte, desto widerwärtiger wurde ihr die Vorstellung, Archie Banks könnte ihre Bücher nach South-Kensington verbringen und jeden Kaminsims entfernen und (wie er es schon angedroht hatte) für die Architekturzeitschrift eine Arbeit über ihr Haus schreiben. Sie hatte schon oft gehört, dass Bücher wertvoll seien. Und in der Bibliothek gab es haufenweise Bücher, und sie sah nicht ein, weshalb Archie Banks daraus Profit schlagen sollte. Daher schrieb sie einen Brief an einen Buchhändler in Dublin. Er kam und sah sich in der Bibliothek um, und nach einem Weilchen bot er ihr zwölfhundert Pfund für den ganzen Posten oder tausend für die sechs Bände, die Archie Banks' Aufmerksamkeit erregt hatten. Bella war nicht ganz sicher, ob sie ein Recht hatte, Sachen aus dem Haus zu veräußern. Ein Ausverkauf aller Bücher würde auffallen. Daher behielt sie die Predigtsammlungen und Kriegshistorien, die den Großteil der Bibliothek ausmachten; der Dubliner Buchhändler zog mit den Erstausgaben ab (die ihm dann übrigens weniger einbrachten, als er dafür ausgegeben hatte), und Bella sah dem Winter mit tausend Pfund Bargeld in der Hand entgegen.

Und da kam ihr nun der Einfall, eine Gesellschaft zu geben. Um die Weihnachtszeit fanden in der Umgebung von Ballingar immer einige davon statt, doch in den letzten Jahren war Bella zu keiner einzigen mehr eingeladen worden, teils weil viele ihrer Nachbarn sie nicht näher kannten, teils weil sie glaubten, sie würde nicht gerne kommen, und teils weil sie nicht gewusst hätten, was sie mit ihr anfangen sollten, wenn sie gekommen wäre. Nun verhielt es sich aber so, dass sie Gesellschaften sehr liebte. Es gefiel ihr, sich in Sälen voll Stimmengewirr an die Abendtafel zu setzen, sie liebte Tanzmusik und Geplauder, welches Mädchen schön sei und wer in wen verliebt war, und sie mochte einen edlen Tropfen und ließ sich gern allerlei Gutes von Herren im rosa Jagdfrack anbieten.

Obwohl sie sich mit verächtlichen Betrachtungen über den Stammbaum der Gastgeberinnen zu trösten pflegte, so verdross es sie doch sehr, sobald sie von einer Gesellschaft bei Nachbarn hörte, zu der sie nicht eingeladen worden war.

Und so kam es also, dass Bella, die mit der *Irish Times* unter dem Bild Abraham Lincolns saß und über die kahlen Bäume zu den Hügeln dahinter blickte, es sich in den Kopf setzte, eine Gesellschaft zu geben. Sie stand sofort auf und humpelte durchs Zimmer und zur Klingelschnur. Bald darauf trat ihr Diener ins Damenzimmer; er trug die grüne Drellschürze, in der er immer das Silber putzte, und in der Hand hatte er den Polierlappen, um ihr die Unbotmäßigkeit ihrer Forderung nachdrücklich klarzumachen.

»Haben Sie geläutet?«, fragte er.

»Ja, wer denn sonst?«

»Und ich bin beim Silber!«

»Riley«, sagte Bella etwas feierlich, »ich habe vor, zu Weihnachten einen Ball zu geben.«

»In der Tat«, sagte der Hausmeister. »Weshalb wollen

Sie denn in Ihrem Alter noch tanzen?« Doch als Bella ihm die Einzelheiten auseinandersetzte, trat ein wohlwollendes Leuchten in seine Augen:

»Solch einen Ball hat die Nachbarschaft seit fünfundzwanzig Jahren nicht erlebt! Das kostet ein Vermögen!«

»Er soll tausend Pfund kosten!«, sagte Bella stolz.

Die Vorbereitungen waren natürlich ungeheuer. Sieben neue Dienstboten wurden im Dorf ausgehoben und mussten an die Arbeit, mussten entstauben und säubern und polieren und Möbel verrücken und Teppiche rollen. Ihr Fleiß enthüllte nur weiteren Bedarf: Stukkatur-Friese, die schon längst morsch waren, zerbröckelten unter der Berührung des Staubwedels; vom Holzwurm zerfressene Mahagoni-Dielen brachen mit den Teppichnägeln aus dem Fußboden; hinter den Kabinettschränken im großen Salon bestanden die Wände aus rohem Ziegelstein. Eine zweite Woge spülte eine Invasion von Malern, Tapezierern und Spenglern heran, und in einem überschwenglichen Augenblick ließ Bella in der großen Halle den Stuck und die Kapitelle aller Säulen neu vergolden; Fensterscheiben wurden ersetzt, Geländerdocken in gähnende Lücken eingepasst, und der Treppenläufer wurde so verschoben, dass die abgetretenen Streifen weniger ins Auge fielen.

Bei all diesen Arbeiten war Bella unermüdlich. Sie humpelte vom Salon in die Halle, die lange Galerie hinab, die große Treppe hinauf, tadelte die Mietsdiener, legte bei den leichteren Möbelstücken Hand an und glitt, als es so weit war, auf dem Mahagoni-Fußboden des Salons umher, um das Talkpulver einzureiben. Auf dem Dachboden kramte sie das Silber aus den Truhen, fand mehrere längst vergessene Porzellanservices und stieg mit Riley in den Keller, um die letzten paar Flaschen Champagner zu prüfen, der schal und sauer geworden war. Und an den Abenden, wenn die erschöpften Handwerker sich ihren vulgären Zerstreuungen überließen, saß Bella noch bis spät in die Nacht hinein und blätterte in Kochbüchern, verglich die Kostenvoranschläge verschiedener Lebensmittellieferanten, verfasste lange und ausführliche Briefe an die Agenten für Tanzkapellen, und was am allerwichtigsten war, sie stellte die Liste ihrer Gäste zusammen und versah zwei hohe Stöße geprägter Einladungskarten mit Adressen.

Entfernungen haben in Irland nicht viel zu besagen. Man fährt gerne drei Stunden, nur um einen Nachmittagsbesuch abzustatten, und für einen Ball von solcher Bedeutung war keine Reise zu weit. Bella hatte ihre Liste mühsam an Hand von amtlichen Registern und Rileys etwas jüngeren Kenntnissen der irischen Gesellschaft und ihrem eigenen, plötzlich neu belebten Gedächtnis zusammengestellt. Fröhlich und mit gleichmäßiger Kinderhandschrift übertrug sie alle die Namen auf die Karten und Umschläge. Es war das Werk mehrerer langer Abende. Viele Leute, deren Namen sie niederschrieb, waren gestorben oder ans Bett gefesselt; manche, an die sie sich noch gerade als kleine Kinder erinnern konnte, saßen in entfernten Winkeln der Erde und warteten auf den Ruhestand. Viele Häuser, deren Namen sie auf die Umschläge setzte, waren nur noch rauchgeschwärzte, leere Höhlen, da sie während der Unruhen in Flammen aufgegangen und nie wieder aufgebaut worden waren; in einigen lebten jetzt Bauern. Doch endlich, und nicht zu früh, war die letzte Adresse auf den letzten Umschlag geschrieben worden. Nun noch das Verschließen und Frankieren, und dann erhob sie sich von ihrem Pult; es war später als sonst. Die Glieder waren ihr steif, die Augen trübe, die Zunge klebte vom Leim der Briefmarken des Irischen Freistaates; es wurde ihr ein wenig schwindlig, doch verschloss sie an jenem Abend den Pultdeckel ihres Sekretärs in dem Bewusstsein, die wichtigste Arbeit für ihre Gesellschaft hinter sich gebracht zu haben. Sie hatte mehrere denkwürdige und wohlerwogene Streichungen auf der Liste vorgenommen.

»Stimmt das Gerücht, dass Bella Fleace eine Gesellschaft gibt?«, erkundigte sich Lady Gordon bei Lady Mockstock. »Ich habe keine Einladung erhalten.«

»Ich auch noch nicht. Hoffentlich hat uns die Alte nicht vergessen? Ich werde ganz bestimmt hingehen. Habe das Haus noch nie von innen gesehen. Ich glaube, sie hat ein paar entzückende Sachen.«

Und die englische Dame, deren Gatte Mock-House gepachtet hatte, ließ sich in echt englischer Reserviertheit überhaupt nicht anmerken, dass in Fleacetown eine Gesellschaft gegeben werden sollte.

Als das Ereignis näher rückte, konzentrierte sich Bella mehr auf ihre äußere Erscheinung. Sie hatte sich in den letzten Jahren wenig neue Kleider angeschafft, und die Dubliner Schneiderin, bei der sie hatte arbeiten lassen, hatte ihr Geschäft aufgegeben. Eine Sekunde lang kam ihr die verrückte Idee einer Reise nach London oder gar nach Paris, und nur in Anbetracht der knappen Zeit sah sie notgedrungen von dem Plan ab. Schließlich entdeckte sie ein Geschäft, das ihr zusagte, und kaufte sich dort eine ganz prachtvolle Robe aus rotem Atlas, die sie durch lange weiße Handschuhe und Atlasschuhe ergänzte. Es befand sich, ach, leider kein Diadem unter ihren Schmucksachen, aber sie brachte eine Unzahl funkelnder viktorianischer Ringe ans Tageslicht, auch ein paar Ketten und Medaillons, Perlbroschen und Türkisohrringe und ein Granathalsband. Aus Dublin ließ sie einen Friseur kommen.

Am Morgen des Balltages erwachte sie frühzeitig, war vor nervöser Erregung etwas fiebrig, warf sich im Bett herum, bis nach ihr verlangt wurde, und wiederholte sich in ihrem rastlosen Geist alle Einzelheiten der Vorbereitungen. Bis zum Mittagessen hatte sie das Aufstecken von Hunderten von Kerzen in den Wandleuchtern im Ballsaal und Esssaal und in den drei großen Kronleuchtern aus geschliffenem Waterford-Kristall beaufsichtigt; sie hatte zugesehen, wie die Esstische mit Glas und Silber gedeckt und die massiven Weinkühler neben das Büfett gestellt wurden; sie hatte geholfen, die große Halle und die Treppe mit einer Fülle von Chrysanthemen zu verschönern. Das Mittagessen ließ sie ausfallen, obwohl Riley ihr gern Kostproben der bereits eingetroffenen Delikatessen aufgenötigt hätte. Sie fühlte sich ein wenig matt und ruhte ein Weilchen, raffte sich aber bald wieder auf, um eigenhändig die wappengeschmückten Knöpfe auf die Livreen der Mietsdiener zu nähen.

Die Einladungen lauteten auf acht Uhr. Sie fragte sich, ob es nicht zu früh sei – sie hatte neuerdings von Gesellschaften sprechen hören, die erst sehr spät begannen; aber als der Nachmittag sich so unerträglich hinschleppte und schließlich sattes Dämmerlicht das Haus umfing, war Bella froh, dass sie die aufreibende Wartezeit befristet hatte.

Um sechs Uhr ging sie nach oben, um sich umzukleiden. Der Friseur kam mit einem Sack voller Brennscheren und Kämme. Er bürstete und wellte ihr Haar und toupierte es und hantierte damit herum, bis es ordentlich in Form war und viel voller als sonst wirkte. Sie legte all ihren Schmuck an, und als sie vor den Standspiegel trat, konnte sie einen Laut der Überraschung nicht unterdrücken. Dann humpelte sie nach unten.

Das Haus sah herrlich aus im Kerzenschimmer. Die Tanzkapelle war da, und die zwölf Mietsdiener, und Riley in Kniehosen und schwarzen Seidenstrümpfen.

Es schlug acht. Bella wartete. Keiner kam.

Sie setzte sich auf einen vergoldeten Stuhl am oberen Treppenpodest und blickte mit ihren leeren blauen Augen starr vor sich hin. Die Mietsdiener in der Halle und in der Garderobe und im Esssaal blinzelten einander wissend zu. »Was glaubt denn das alte Mädchen? Vor zehn Uhr ist kein Mensch fertig und zum Kommen bereit.« Die Fackelträger auf der Vortreppe stampften mit den Füßen und rieben sich die Hände.

Um halb eins erhob sich Bella von ihrem Stuhl. Ihr Gesicht verriet nicht im mindesten, was sie dachte.

»Riley, ich glaube, ich esse etwas. Ich fühle mich nicht besonders wohl.«

Sie humpelte langsam in den Esssaal.

»Bringen Sie mir eine gefüllte Wachtel und ein Glas Wein! Und sagen Sie der Kapelle, sie soll aufspielen.«

Die Walzerklänge der *Blauen Donau* fluteten durchs Haus. Bella lächelte beifällig und wiegte den Kopf ein wenig im Takt.

»Riley, ich bin richtig hungrig! Ich habe ja den ganzen Tag nichts gegessen. Bringen Sie mir noch eine Wachtel und etwas mehr Champagner!«

Riley servierte seiner Herrin ein riesiges Mahl – allein zwischen all den Kerzen und Mietsdienern. Sie genoss jeden Bissen.

Dann erhob sie sich. »Es muss wohl leider ein Missverständnis vorliegen. Kein Mensch scheint zum Ball zu kommen. Nach all der Mühe ist das sehr enttäuschend. Sie können die Musikkapelle wegschicken.«

Doch gerade, als sie den Esssaal verließ, wurde es in der Halle unruhig. Gäste kamen. Wild entschlossen zwang Bella sich die Treppe hinauf. Sie musste oben bereitstehen, ehe die Gäste angekündigt wurden. Mit hämmerndem Herzen, eine Hand auf dem Geländer und die andere auf ihrem Stock, nahm sie immer zwei Stufen auf einmal. Endlich hatte sie das Treppenpodest erreicht und drehte sich um, damit sie den Gästen ins Gesicht blicken konnte. Vor ihren Augen verschwamm alles, und es sauste ihr in den Ohren. Sie holte mühsam Atem, bemerkte aber undeutlich vier sich nahende Gestalten und sah Riley, der ihnen entgegenging, und hörte ihn ankündigen:

»Lord und Lady Mockstock, Sir Samuel und Lady Gordon.«

Plötzlich zerriss der Nebel, der sie eingehüllt hatte.

Hier auf der Treppe waren die beiden Frauen, die sie *nicht* eingeladen hatte: Lady Mockstock, die Tochter des Tuchwarenhändlers, und Lady Gordon, die Amerikanerin.

Sie richtete sich auf und starrte sie mit ihren leeren blauen Augen an. »Ich hatte diese Ehre nicht erwartet«, sagte sie.

»Verzeihen Sie, wenn ich leider nicht in der Lage bin, Sie zu empfangen.«

Den Mockstocks und den Gordons verschlug es die Sprache. Sie sahen die irren blauen Augen der Gastgeberin, sahen ihr rotes Atlaskleid, den Ballsaal, der in seiner Leere unendlich groß wirkte, und sie hörten die Tanzmusik durch das leere Haus hallen. Die Luft war gesättigt vom Duft der Chrysanthemen. Und dann verflog das Unwirkliche und Dramatische der Szene. Miss Bella setzte sich plötzlich nieder, streckte dem Diener die Hände entgegen und sagte: »Ich weiß nicht recht, wie mir geschieht…«

Er und zwei Mietsdiener trugen die alte Dame auf ein Sofa. Sie sprach nur noch einmal. Ihre Gedanken kreisten immer noch um das gleiche Thema. »Sie kamen uneingeladen, die beiden, … und sonst kam niemand.«

Am nächsten Tag starb sie.

Mr. Banks erschien zur Beerdigung und brachte eine Woche damit zu, ihre Habe zu sichten. Dabei fand er in ihrem Schreibpult die adressierten, frankierten, aber nicht zur Post gebrachten Einladungen zum Ball.

Kreuzfahrt

Dampfschiff Glory of Greece

Liebes!
Also ich hab gesagt ich schreibe und hätte ich auch nur weil die See war so fürchterlich rauh und dann hab ich doch nicht. Jetzt ist alles wieder etwas normaler und da will ich dir erzählen. Also wie du weißt die Kreuzfahrt fing in Monte Carlo an und wie wir alle miteinander zum Victoria-Bahnhof kommen hören wir dass die Fahrt bis Monte nicht im Preis drin ist und Papa war mein Gott war er wütend und hat gesagt er will nicht mehr aber Mama hat gesagt natürlich fahren wir und das haben wir auch gesagt aber er hatte schon alles Geld in Lire oder Franc umgetauscht weil die Ausländer doch alle so unehrlich sind und nur einen Shilling für den Gepäckträger in Dover hatte er noch denn damit nimmt er es ja so genau und jetzt musste er alles wieder zurückwechseln und war die ganze Fahrt bis Monte verstimmt und hat für mich und Bertie kein Liegeabteil genommen und schlief auch in seinem nicht weil er so wütend war mein Gott wie traurig.
Aber dann war alles wieder gut denn der Purser hat Colonel zu ihm gesagt und seine Kajüte gefällt ihm

und da ist er mit Bertie ins Casino gegangen und hat verloren und Bertie hat gewonnen und ich glaube Bertie hat etwas Schlagseite bekommen jedenfalls hat es sich so angehört als er zu Bett ging denn er schläft ja in der Kajüte nebenan wie wenn sich einer erbricht und das war noch vor dem Ablegen. Bertie hat ein paar Bücher über Barockkunst bei sich deshalb weil er ja in Oxford studiert.
Also am ersten Tag war die See rauh und ich stand auf und ging ins Bad und mir war ganz komisch und die Seife tat es nicht bei dem Salzwasser und wie ich frühstücken ging standen da auf der Karte so viele Sachen wie Zwiebelsteak und ein toller junger Mann war da der hat gesagt dass wir die einzigen hier unten sind und darf ich mich zu Ihnen setzen und es ging alles prächtig und er aß Zwiebelsteak aber dann ging es doch nicht gut und ich musste wieder ins Bett gerade als er sagte dass er nichts so sehr bewundert wie ein Mädchen das seefest ist mein Gott wie traurig.
Der Trick ist nicht zu baden und sich immer nur ganz langsam zu bewegen. Also am nächsten Tag war Neapel dran und wir haben uns ein paar Bertie-Kirchen angesehen und das Ding das bei einem Erdbeben zusammengekracht und ein armer Hund dabei umgekommen ist von dem haben sie eine Gipsfigur gemacht mein Gott wie traurig. Papa und Bill haben sich ein paar Bilder angesehen die wir nicht sehen durften und Bertie hat sie mir nachher aufgemalt und Miss P. wollte auch gucken. Ich hab dir noch gar nicht von Bill und Miss P. erzählt oder? Also Bill ist schon ziemlich alt

sieht aber ganz nett aus und ich glaube so alt ist er noch gar nicht ich meine richtig alt und hat ein sehr entillusionierendes Leben wegen seiner Frau hinter sich und ich will ja nichts gegen sie sagen sagt er aber sie ist ihm mit einem Ausländer abgehauen und darum hasst er Ausländer. Miss P. heißt Miss Phillips und ist ekelhaft sie hat eine Segelmütze auf und ist ein Luder. Und wie sie sich an den Zweiten Offizier ranmacht das geht ja keinen was an und der Dümmste sieht dass er sie gar nicht leiden kann aber die Besatzung muss ja so tun als wenn sie die Passagiere leiden kann das ist Vorschrift. Wen haben wir sonst? Na ja ein Haufen alte Leute. Papa ist gerade spazieren mit einer Lady Muriel soundso die Onkel Ned gekannt hat und ein Flitterwochenpaar ist auch da mein Gott wie peinlich. Und ein Pfarrer und einer, der niedlich ist aber vom anderen Ufer mit Kamera und weißem Anzug und jede Menge Familien aus dem industriellen Norden.
Bertie lässt dich also auch grüßen. xxxxxx usw.
Mama hat sich einen Schal gekauft und ein Tier aus Lava.

POSTKARTE

Das ist ein Bild von Taormina. Mama hat sich hier einen Schal gekauft. Sehr lustig denn Miss P. hatte Pech weil sie sich ja nur an den Zweiten Offizier herangemacht hat und der nicht an Land durfte und als es ans Einsteigen in die Wagen ging musste sie sich zu einer Familie aus dem industriellen Norden reinquetschen.

Dampfschiff Glory of Greece

Liebes!
Du hast hoffentlich die Pstk. aus Sizilien bekommen. Die Moral davon ist dass man sich nicht mit Seemännern einlassen soll aber mit wem ich mich befreundet habe ist der Purser und der ist anders weil er ein richtig zynisches Leben führt mit einem Grammophon in der Kajüte und Cocktails soviel er will und manchmal Käseschnittchen und ich hab gefragt zahlt er die Drinks denn auch aber er hat gemeint nein das ist schon in Ordnung. Wir haben also jetzt drei Tage auf See und der Pfarrer sagt das ist gut weil wir uns alle befreunden können aber ich habe mich nicht mit Miss P. befreundet die den armen Bill nicht in Ruhe lässt weil sie nicht noch mal riskieren will dass sie allein an Land gehen muss. Der Purser sagt so eine wie sie ist immer an Bord und überhaupt sind ziemlich alle so sagt er außer mir sagt er ganz richtig denn ich bin anders mein Gott wie nett. Wir machen Bordspiele die sind prima und am Abend vor Haifa gibt es einen Kostümball. Papa ist sehr gut bei den Bordspielen vor allem bei einem das Shuffleboard heißt und isst mehr als in London aber das wird schon nicht so schlimm sein. Die Kostüme musst du dir beim Barbier leihen ich meine wir nicht du. Miss P. hat ein eigenes dabei. Ich hab mir was ganz Schlaues ausgedacht das heißt der Purser hatte die Idee nämlich dass ich die Sachen von einem von der Mannschaft anziehen soll da hab ich gleich welche von ihm anprobiert und sah zum Anbeißen aus. Arme Miss P.!

Bertie ist furchtbar unbeliebt denn er mag keine Bordspiele und Schlagseite hatte er gestern Abend auch und wollte einen Luftschacht hinunterklettern und der Zweite Offizier hat ihn rausgezogen und die Alten am Kapitänstisch gucken ihn ganz *scheel* an. Ein neues Wort. Literarisch ja? Nein?
Also ich glaube der vom anderen Ufer schreibt ein Buch er hat einen grünen Füllfederhalter und grüne Tinte aber ich konnte nicht sehen was es war. xxxx. Tolle Briefschreiberin sagst du jetzt sicher und das stimmt ja auch.

POSTKARTE

Das ist ein Foto vom Heiligenland und dem berühmten See von Galiläa. Es ist alles sehr östlich hier mit Kamelen. Ich muss dir viel von dem Ball erzählen. Was hier *los* ist und ich schreibe bald. Papa war heute den ganzen Tag mit Lady M. weg und kam wieder und sagte bezaubernde Frau versteht was von der Welt.

Dampfschiff Glory of Greece

Liebes!
Also wir sollten für den Ball alle im Kostüm zum Essen runterkommen und immer wenn einer kam haben alle geklatscht. Ich war ziemlich spät dran weil ich mich nicht entscheiden konnte ob ich die Mütze aufsetzen sollte und hab dann doch und sah ganz toll aus. Aber

dafür war der Applaus für mich doch ziemlich dünn und wie ich mich umgucke sehe ich an die zwanzig Mädchen und ein paar Frauen alle so angezogen wie ich also dieser Purser ist doch richtig gemein. Bertie sah furchtbar langweilig aus als Apatsche. Mama und Papa waren süß. Miss P. hatte ein Ballkleid vom russischen Ballett an was Unpassenderes kannst du dir gar nicht vorstellen und wir haben also beim Essen Champagner getrunken und waren lustig und haben Luftschlangen geworfen und ich habe meine ohne hineinzupusten Miss P. genau auf die Nase geworfen haha! Und weil ich so gute Laune hatte hab ich zum Steward gesagt ist das nicht ein Spaß und er hat gesagt ja wenn man nicht der ist der nachher den Dreck wegmachen muss mein Gott wie traurig.

Also Bertie hatte natürlich Schlagseite und ist ein bisschen zu weit gegangen vor allem was er zu Lady M. gesagt hat und dann saß er bei dem gemeinen Purser in der Kajüte im Dunkeln und hat geheult und Bill und ich haben ihn gefunden und Bill hat ihm was zu trinken gegeben und stell dir vor dann ist er mit Miss P. abgezogen und wir haben sie beide nicht mehr gesehen das zeigt wie tief der Teufel Alkohol dich entwürdigen kann ich meine ihn.

Und was meinst du treffe ich doch glatt den jungen Mann den mit dem Zwiebelsteak am ersten Morgen und er heißt Robert und sagt er hat die ganze Reise schon nach mir gesucht. Ich hab ihn ein bisschen aufgezogen mein Gott war das nett.

Mama blieb an Bill hängen die Arme und er hat ihr von seiner Frau erzählt wie sie ihn mit dem Ausländer ent-

illusioniert hat und morgen kommen wir also in Port Said an d. v. das ist Latein falls du's nicht weißt und heißt so Gott will und wir fahren alle den Nil hinauf und eine Woche nach Kairo.
Ich schicke dir eine Postkarte von der Sphinx.
xxxxxx

POSTKARTE

Das ist die Sphinx mein Gott wie traurig.

POSTKARTE

Das ist irgendjemandes Tempel. Und jetzt muss ich dir auf der Stelle schreiben dass ich mich mit Arthur verlobt habe. Arthur ist der von dem ich gemeint hatte er ist vom anderen Ufer. Bertie findet die ägyptische Kunst sehr unkünstlerisch.

POSTKARTE

Das ist Tut-ench-Amuns ganz berühmtes Grabmal. Bertie sagt es ist ordinär und hat sich mit Miss P. verlobt also kann er nicht mitreden und ich sage jetzt Mabel zu ihr mein G. wie t. Bill redet nicht mit Bertie und Robert redet nicht mit mir und Papa und Lady M. haben anscheinend Krach gehabt und wir haben einen Mann gesehen mit einer Schlange in einem Sack und ein kleiner Junge hat mir die Zukunft wahrgesagt die sehr rosig ist und Mama hat sich einen Schal gekauft.

Diese Moschee habe ich heute gesehen. Robert hat sich mit einem Mädchen verlobt das wie auch immer heißt und ekelhaft ist.

Dampfschiff Glory of Greece

Liebes!
Also wir sind alle ganz aufgeregt aus Ägypten zurück und der gemeine Purser hat gefragt was gibt's Neues und ich habe gesagt was es *Neues* gibt also ich bin mit Arthur verlobt und Bertie ist mit Miss P. verlobt und ich nenne sie jetzt Mabel was das Schlimmste daran ist sage ich und Robert ist mit irgendeinem ekelhaften Mädchen verlobt und Papa hat sich mit Lady M. gestritten und Bill mit Bertie und Roberts ekelhaftes Mädchen war ekelhaft zu mir aber Arthur war süß und der gemeine Purser hat gesagt es überrascht ihn gar nicht denn auf dem Ausflug nach Ägypten verloben die Passagiere sich immer und kriegen Streit sagt er auf jeder Kreuzfahrt und ich habe gesagt vielen Dank es ist nicht meine Gewohnheit mich so leicht zu verloben und er hat gemeint es ist wohl auch nicht meine Gewohnheit nach Ägypten zu reisen und jetzt rede ich nicht mehr mit ihm und Arthur auch nicht.

Alles Liebe.

Dampfschiff Glory of Greece

Liebes!
Das ist Algier und *nicht* sehr östlich und überhaupt voller Franzmänner. Also mit Arthur ist es aus ich hatte ihn doch von Anfang an richtig eingeschätzt und jetzt bin ich mit Robert verlobt was wirklich viel besser ist für alle Beteiligten besonders Arthur wegen dem was ich anfangs gesagt habe und der erste Eindruck ist doch immer der richtige. Oder? Nein? Robert und ich sind den ganzen Morgen in den Botanischen Gärten herumgefahren mein Gott war er nett. Bertie hat sich betrunken und Krach mit Mabel bekommen – jetzt wieder Miss P. – das ist also auch in Ordnung und Roberts ekelhaftes Mädchen war den ganzen Vormittag mit Zweitem Offizier an Bord. Mama hat Schal gekauft. Bill hat Lady M. von seiner Enttäuschung erzählt und sie hat es Robert erzählt und er hat gesagt ja das wissen wir schon alle und Lady M. hat gesagt das ist sehr indiskret von Bill und sie hat wenig Achtung vor ihm und kann es seiner Frau und dem Ausländer nicht verdenken.

Alles Liebe.

POSTKARTE

Ich weiß nicht mehr was ich im letzten Brief geschrieben habe aber sollte ich einen ekelhaften Kerl namens Robert erwähnt haben betrachte es als ungeschrieben. Das ist immer noch Algier und Papa hat *dubiose Aus-*

tern gegessen aber ist noch gesund. Bertie war in einem Haus mit Dirnen als er betrunken war und ist ziemlich indiskret damit würde Lady M. sagen.

POSTKARTE

Wir sind also wieder zurück und haben Old Lang Syne gesungen ich habe Arthur geküsst aber zu Robert kein Wort gesagt und er hat geweint ich meine Arthur nicht Robert und Bertie hat sich so ziemlich bei allen entschuldigt die er beleidigt hatte aber Miss P. ist weggegangen als ob sie nichts gehört hätte mein Gott so ein Biest.

Der Mann, der Dickens liebte

Obgleich Mr. McMaster seit fast sechzig Jahren im Amazonasgebiet lebte, wusste niemand, außer einigen wenigen Familien der Shiriana-Indianer, von seiner Existenz. Sein Haus stand auf einem kleinen Stück Savanne, einem jener Flecken von Sand und Gras, wie sie in dieser Gegend manchmal vorkommen, ungefähr drei Meilen breit und ringsum von Urwald umgeben.

Der Strom, der das Land dort bewässerte, fand sich auf keiner Karte. Er war voller Stromschnellen, immer gefährlich und die meiste Zeit des Jahres nicht schiffbar, und vereinigte sich dann mit dem Rio Uraricuera, dessen genauer Flusslauf, wenngleich in jedem Atlas kühn verzeichnet, noch immer größtenteils unbekannt ist. Außer Mr. McMaster hatte kein Bewohner dieser Gegend jemals von den Regierungen Kolumbiens, Venezuelas, Brasiliens oder Boliviens gehört, die von Zeit zu Zeit Besitzansprüche auf dieses Land erhoben.

Mr. McMasters Haus war größer als die seiner Nachbarn, aber ähnlich gebaut – Palmblätterdach, brusthohe Wände aus Lehm und Flechtwerk, Lehmboden. Er besaß etwa zwölf Stück schwächlichen Viehs, die auf der Savanne grasten, eine Maniokplantage, ein paar Bananen- und Mangobäume, einen Hund und, als Einziger in der Gegend, einen einläufigen Hinterlader. Die wenigen Waren, die er von der Außenwelt bezog, erreichten ihn – nachdem sie eine lange Reihe von Händlern durchlaufen hatten, von Hand zu Hand gegangen und in einem Dutzend Sprachen getauscht worden waren – am äußersten Ende eines der längsten Fäden jenes Handelsnetzes, das sich von Manaus bis in die entlegensten Tiefen des Urwalds erstreckt.

Eines Tages, als Mr. McMaster dabei war, Patronen zu füllen, kam ein Shiriana-Indianer mit der Nachricht zu ihm, ein weißer Mann, einsam und sehr krank, nähere sich durch den Wald. Er verschloss die Patrone, lud sein Gewehr damit, verstaute die fertige Munition in seiner Tasche und ging in die angegebene Richtung.

Der Mann hatte, als Mr. McMaster ihn erreichte, den Busch schon hinter sich gelassen und saß auf der Erde, in offensichtlich sehr schlechter Verfassung. Er trug weder Hut noch Schuhe, seine Kleidung war so zerrissen, dass sie nur noch durch die Feuchtigkeit des Körpers an ihm klebte, seine Füße waren wund und stark geschwollen, jede bloße Stelle seiner Haut war von Insektenstichen und Fledermausbissen übersät, seine Augen blickten wirr vor Fieber. Er sprach im Delirium zu sich selbst, hielt aber inne, als Mr. McMaster näher kam und ihn auf Englisch anredete.

»Ich bin müde«, sagte der Mann. Und dann: »Kann nicht mehr weiter. Mein Name ist Henty, und ich bin müde. Anderson ist gestorben. Das war vor langer Zeit. Sie müssen mich für sehr seltsam halten.«

»Ich glaube, Sie sind krank, mein Freund.«

»Nur müde. Es muss Monate her sein, dass ich das letzte Mal etwas gegessen habe.«

Mr. McMaster hievte ihn auf die Füße und stützte ihn mit starkem Arm.

»Es ist gar nicht weit. Wenn wir dort sind, gebe ich Ihnen etwas, das Ihnen guttun wird.«

»Sehr freundlich von Ihnen.« Dann sagte er: »Sie sprechen ja Englisch. Ich bin auch Engländer. Mein Name ist Henty.«

»Nun, Mr. Henty, Sie brauchen sich keine Sorgen mehr zu machen. Sie sind krank und haben eine unangenehme Reise hinter sich. Ich werde mich um Sie kümmern.«

Sie gingen sehr langsam, erreichten aber dann doch das Haus.

»Legen Sie sich in die Hängematte dort. Ich werde Ihnen gleich etwas bringen.«

Mr. McMaster ging in ein Zimmer im hinteren Teil des Hauses und zog unter einem Haufen von Fellen einen Blechkanister hervor, in dem sich eine Mischung von trockenen Blättern und Rinden befand. Er nahm eine Handvoll und ging hinaus zum Feuer. Als er zurückkam, legte er eine Hand unter Hentys Kopf und hielt ihm das Kräutergebräu in einer Kalebasse hin. Henty nippte daran, es war so bitter, dass ihn ein Schauder packte. Schließlich trank er es aus. Mr. McMaster kippte den letzten Rest auf den Lehmboden. Henty legte sich in die Hängematte zurück und schluchzte leise. Dann fiel er in einen tiefen Schlaf.

Andersons Expedition nach Brasilien zur Serra Parima und zum Oberlauf des Uraricuera stand von Anfang an »unter einem schlechten Stern«, wie die Presse es nannte. Jede Etappe der Unternehmung, von den Vorbereitungen in

London bis zu ihrer tragischen Auflösung im Amazonasgebiet, war vom Unglück verfolgt. Nur aufgrund eines der frühen Rückschläge war Paul Henty überhaupt dabei.

Er war seiner Natur nach nicht unbedingt ein Forschungsreisender; ein ausgeglichener, gutaussehender junger Mann mit anspruchsvollem Geschmack und beneidenswertem Vermögen, kein Intellektueller, aber durchaus empfänglich für Architektur oder Ballett, in den zugänglicheren Weltgegenden weitgereist, ein Sammler, wenn auch kein Kenner, beliebt bei Gastgeberinnen, verehrt von seinen Tanten. Er war verheiratet mit einer außergewöhnlich charmanten und schönen Frau, und sie war es, die sein wohlgeordnetes Leben durcheinandergebracht hatte, indem sie ihm zum zweiten Mal in ihrer achtjährigen Ehe gestand, sich in einen anderen Mann verliebt zu haben. Das erste Mal war es eine kurzlebige Vernarrtheit in einen Tennisprofi gewesen, das zweite Mal war es ein Captain der Coldstream Guards, und ernsthafter.

Das Erste, was Henty nach dem Schock dieser Eröffnung einfiel, war, allein essen zu gehen. Er war Mitglied von vier Clubs, aber in drei davon lief er Gefahr, dem Liebhaber seiner Frau zu begegnen. Daher entschied er sich für den Club, den er am wenigsten frequentierte und der ein semi-intellektuelles Publikum anzog, viele Verleger, Anwälte und Gelehrte, die auf ihre Aufnahme in den Athenaeum Club warteten.

Hier kam er nach dem Abendessen mit Professor Anderson ins Gespräch und erfuhr von seiner geplanten Expedition nach Brasilien. Beim Ungemach, das die Abreise derzeit verzögerte, handelte es sich um die Veruntreuung von zwei Dritteln des Expeditionskapitals durch den Sekretär.

Die Expeditionsteilnehmer standen bereit – Professor Anderson, der Anthropologe Dr. Simmons, der Biologe Mr. Necher, der Techniker, Funker und Mechaniker Mr. Brough –, das wissenschaftliche und sonstige Gerät war in Kisten verpackt, die jederzeit verladen werden konnten, die notwendigen Dokumente waren von den zuständigen Behörden gestempelt und unterschrieben, aber wenn Anderson nicht schnell tausendzweihundert Pfund auftrieb, musste das Ganze abgeblasen werden.

Henty war, wie bereits erwähnt, ein wohlhabender Mann; die Expedition würde neun Monate bis ein Jahr dauern; er könnte das Haus auf dem Land schließen – seine Frau, überlegte er, würde sowieso lieber in London bei ihrem Galan bleiben wollen – und damit mehr als die erforderliche Summe einsparen. Das ganze Vorhaben hatte etwas Glanzvolles, das, so hoffte er, vielleicht sogar seine Frau beeindrucken würde. An Ort und Stelle noch, vor dem Clubkamin, beschloss er, Professor Anderson zu begleiten.

Als er an diesem Abend nach Hause kam, verkündete er seiner Frau: »Ich habe eine Entscheidung getroffen.«

»Ja, Liebling?«

»Du bist dir sicher, dass du mich nicht mehr liebst?«

»Liebling, du weißt doch, dass ich dich über alles liebe.«

»Aber du bist dir sicher, dass du diesen Offizier, Tony wie-auch-immer-er-noch-heißt, mehr liebst als mich?«

»O ja, *viel* mehr. Das ist völlig etwas anderes.«

»Gut. In Sachen Scheidung beabsichtige ich vor Ablauf eines Jahres nichts zu unternehmen. So lange hast du Zeit, noch einmal darüber nachzudenken. Nächste Woche reise ich zum Rio Uraricuera.«

»Meine Güte, wo ist das denn?«

»Ich weiß es nicht ganz genau. Irgendwo in Brasilien, glaube ich. Er ist noch nicht erforscht. Ich werde etwa ein Jahr weg sein.«

»Aber Liebling, wie gewöhnlich! Wie die Leute in den Büchern – Großwildjagd und lauter solches Zeug.«

»Du hast ja ganz offensichtlich bereits festgestellt, dass ich ein äußerst gewöhnlicher Mensch bin.«

»Aber Paul, jetzt werde bitte nicht unangenehm – oh, das Telefon klingelt. Vermutlich ist es Tony. Stört es dich sehr, wenn ich kurz allein mit ihm spreche?«

Aber in den folgenden zehn Tagen, als er sich auf die Reise vorbereitete, war sie viel zärtlicher zu ihm und sagte zweimal Verabredungen mit ihrem Soldaten ab, um ihn in die Läden zu begleiten, wo er seine Ausrüstung erstand. Sie bestand darauf, dass er sich einen wollenen Nierenschoner kaufte. An seinem letzten Abend gab sie in der Botschaft eine Dinner-Party für ihn, zu der er einladen durfte, wen er wollte; ihm fiel niemand ein außer Professor Anderson, der in merkwürdigem Aufzug erschien, unermüdlich tanzte und bei den anderen Gästen eher negativ auffiel. Am nächsten Tag brachte Mrs. Henty ihren Ehemann zum Zug nach Southampton und gab ihm ein Geschenk mit: eine hellblaue, unfassbar weiche Decke in einem Wildlederetui gleicher Farbe mit Reißverschluss und Monogramm. Sie küsste ihn zum Abschied und sagte: »Pass gut auf dich auf in Wo-auch-immer.«

Hätte sie ihn nur bis Southampton begleitet, wäre sie Zeugin zweier dramatischer Zwischenfälle geworden. Noch ehe er die Gangway betreten hatte, wurde Mr. Brough verhaftet – es ging um Schulden von 32 Pfund; die öffentliche Aufmerksamkeit, die auf die Expedition gerichtet war, hatte die Polizeiaktion veranlasst. Henty regelte die Sache und beglich die Forderung.

Die zweite Schwierigkeit war weniger leicht zu lösen. Auf dem Schiff erwartete sie Mr. Nechers Mutter; sie trug eine missionarische Zeitschrift bei sich mit einem Bericht über den brasilianischen Urwald. Unter keinen Umständen würde sie zulassen, dass ihr Sohn dorthin reiste; sie würde sich nicht von der Stelle rühren, bis er mit ihr an Land ging. Wenn es sein musste, würde sie mit ihm fahren, aber allein durfte er diese Wälder nicht betreten. Kein Argument verfing bei der resoluten alten Dame, die schließlich, fünf Minuten vor Abfahrt des Schiffes, triumphierend ihren Sohn von Bord schleppte, womit die Expedition nun ohne Biologen war.

Auch Mr. Brough blieb ihnen nicht lange erhalten. Sie fuhren auf einem Kreuzfahrtschiff, das sich auf einer Rundreise befand. Mr. Brough war knapp eine Woche an Bord und hatte sich noch kaum an das Schlingern des Schiffes gewöhnt, als er schon verlobt war; er war noch immer verlobt, wenn auch mit einer anderen Dame, als sie in Manaus ankamen, und wollte partout nicht mehr weiterreisen. Er borgte sich von Henty Geld für das Rückfahrtticket und war bei seiner Ankunft in Southampton wieder mit der Dame seiner ersten Wahl verlobt, die er dann ohne Verzug heiratete.

In Brasilien waren die Behördenvertreter, an die ihre Empfehlungsbriefe gerichtet waren, allesamt nicht mehr im Amt. Während Henty und Professor Anderson mit den neuen Beamten verhandelten, reiste Dr. Simmons stromaufwärts voraus und richtete in Boa Vista ein Basislager ein, mit dem Großteil der Ausrüstung und der Vorräte. All das wurde augenblicklich von der revolutionären Miliz requiriert und er selbst einige Tage eingesperrt und Demütigungen ausgesetzt, die ihn so erbosten, dass er, kaum auf freiem Fuß, Richtung Küste aufbrach und in Manaus nur einen kurzen Zwischenhalt einlegte, um seine Kollegen zu informieren, dass er seinen Fall persönlich bei den Bundesbehörden in Rio vorbringen werde.

Somit fanden sich Henty und Professor Anderson, noch eine Monatsreise vom eigentlichen Ausgangspunkt ihrer Expedition entfernt, allein und des Großteils ihrer Ausrüstung beraubt. Die Schmach einer sofortigen Rückkehr wäre unerträglich gewesen. Einen Moment überlegten sie, ob sie sich vielleicht sechs Monate auf Madeira oder Teneriffa verstecken sollten, aber selbst dort hätte man sie vermutlich aufgespürt; es waren vor ihrer Abreise in den Londoner Illustrierten zu viele Fotos erschienen. Dementsprechend niedergeschlagen brachen die beiden Entdecker allein in Richtung Uraricuera auf, ohne große Hoffnung, irgendetwas Nützliches zu vollbringen.

Sieben Wochen lang paddelten sie durch grüne feuchte Urwaldtunnel. Sie fotografierten ein paar nackte misanthropische Indianer; legten ein paar Schlangen in Gläser ein und verloren sie wieder, als ihr Kanu in den Stromschnellen kenterte; sie muteten ihren Mägen einiges zu und probierten bei Festen Eingeborener übelkeiterregende, berauschende Getränke; wurden von einem Goldsucher aus Guayana ausgeraubt, der mit ihrem letzten Zucker entschwand. Schließlich erkrankte Professor Anderson schwer an Malaria, brabbelte ein paar Tage lang in seiner Hängematte leise vor sich hin, fiel ins Koma, starb und ließ Henty allein mit einem Dutzend Maku-Ruderern zurück, von denen keiner auch nur ein einziges Wort einer ihm bekannten Sprache sprach. Sie machten kehrt und glitten flussabwärts, mit einem Minimum an Vorräten und ohne jedes gegenseitige Vertrauen.

Eines Tages, etwa eine Woche nach Professor Andersons Tod, wachte Henty auf und stellte fest, dass die Männer und das Kanu über Nacht verschwunden waren und ihn, nur mit seiner Hängematte und seinem Pyjama, etwa zwei- oder dreihundert Meilen von der nächsten brasilianischen Siedlung entfernt zurückgelassen hatten. Seine Natur verbot es ihm, an Ort und Stelle zu bleiben, auch wenn es wenig Sinn zu haben schien, sich irgendwie fortzubewegen. Er folgte dem Flusslauf, zunächst in der Hoffnung, irgendeinem Kanu zu begegnen. Aber nun war der ganze Urwald für ihn mit fieberhaften Geistererscheinungen bevölkert, aus keinem ersichtlichen Grund. Er schleppte sich weiter, mal watete er im Wasser, mal schlug er sich durch den Busch.

Er hatte immer die vage Vorstellung gehabt, dass der Dschungel voll von Essbarem sei; dass von Schlangen, Eingeborenen und wilden Tieren Gefahr drohe, aber nicht vom Hunger. Weit gefehlt, wie er jetzt sah. Der Dschungel bestand nur aus riesigen Baumstämmen und einem Gewirr von Dornen und Lianen um sie herum, alles überhaupt nicht nahrhaft. Am ersten Tag litt er fürchterlich. Später war er wie betäubt und vor allem peinlich berührt vom Verhalten der Dschungelbewohner, die in Livree auf ihn zutraten, um ihm sein Abendessen zu servieren, und sich dann völlig unverantwortlich in Luft auflösten, oder sie hoben die Deckel über den Speisen und präsentierten ihm lebendige Schildkröten. Viele Leute, die ihn aus London kannten, umkreisten ihn mit spöttischen Ausrufen, stellten ihm Fragen, auf die er im Leben keine Antwort wusste. Auch seine Frau tauchte auf, er war froh, sie zu sehen, und nahm an, dass sie genug von ihrem Offizier hatte und gekommen war, um ihn nach Hause zu holen; aber auch sie löste sich in Luft auf, wie alle anderen.

In diesem Moment kam ihm wieder in den Sinn, dass er unbedingt Manaus erreichen musste; er ging mit verdoppelter Energie weiter, stolperte über Steine im Fluss und verfing sich in Lianen. »Aber ich darf meine Kraft nicht vergeuden«, überlegte er. Dann vergaß er das auch und wusste von nichts mehr, bis er in der Hängematte in Mr. McMasters Haus erwachte.

Seine Genesung schritt langsam voran. Zunächst wechselten sich klare Tage mit Delirien ab, dann fiel seine Temperatur, und er war bei Bewusstsein, selbst auf dem Höhepunkt seiner Krankheit. Die Fiebertage wurden seltener und traten schließlich im normalen Rhythmus der Tropen auf, also mit langen Perioden relativer Gesundheit zwischendurch. Mr. McMaster gab ihm regelmäßig seine Kräuterarznei.

»Es schmeckt ekelhaft«, sagte Henty, »aber es hilft.«

»Im Wald gibt es Mittel für alles«, sagte Mr. McMaster, »sie machen gesund, und sie machen krank. Meine Mutter war Indianerin, sie hat mir viele gezeigt. Andere habe ich mit der Zeit von meinen Frauen gelernt. Es gibt Pflanzen, die heilen, und solche, die einem Fieber geben, einen umbringen und wahnsinnig machen, die Schlangen fernhalten und Fische betrunken machen, so dass man sie mit Händen greifen kann wie Früchte von einem Baum. Es gibt Arzneien, die selbst ich nicht kenne. Man sagt, man könne Tote, wenn sie bereits stinken, wieder zum Leben erwecken, aber das habe ich noch nie gesehen.«

»Aber Sie sind doch sicher Engländer?«

»Mein Vater war es, zumindest war er aus Barbados. Er kam als Missionar nach Guayana. Er war mit einer weißen Frau verheiratet, ließ sie aber in Guayana zurück, um auf Goldsuche zu gehen. Dann nahm er meine Mutter. Die Shiriana-Frauen sind hässlich, aber treu. Ich habe viele gehabt. Die meisten Männer und Frauen hier in der Savanne sind meine Kinder. Deshalb gehorchen sie – deshalb, und weil ich ein Gewehr habe. Mein Vater ist sehr alt geworden. Seit seinem Tod sind nicht einmal zwanzig Jahre vergangen. Er war ein gebildeter Mann. Können Sie lesen?«

»Ja, selbstverständlich.«

»Nicht jeder hat so viel Glück. Ich kann es nicht.«

Henty lachte entschuldigend. »Aber hier werden Sie auch nicht viel Gelegenheit dazu haben.«

»O doch, das ist es ja gerade. Ich habe sehr viele Bücher. Ich werde sie Ihnen zeigen, wenn Sie wieder gesund sind. Bis vor fünf Jahren gab es hier einen Engländer, also eigentlich einen Schwarzen, aber er hatte in Georgetown eine gute Ausbildung bekommen. Er starb. Bis zu seinem Tod hat er mir jeden Tag vorgelesen. Wenn es Ihnen wieder gutgeht, werden auch Sie mir vorlesen.«

»Mit Vergnügen.«

»Ja, Sie werden mir vorlesen«, wiederholte Mr. McMaster und nickte über der Kalebasse.

In den ersten Tagen seiner Rekonvaleszenz sprach Henty nur wenig mit seinem Gastgeber. Er lag in seiner Hängematte, starrte auf das Palmblätterdach und dachte an seine Frau, spulte immer wieder Begebenheiten aus ihrem gemeinsamen Leben ab, auch ihre Affären mit dem Tennisprofi und dem Soldaten. Die Tage, jeder genau zwölf Stunden lang, vergingen einer wie der andere. Mr. McMaster zog sich bei Sonnenuntergang zum Schlafen zurück und ließ zum Schutz vor Vampirfledermäusen eine kleine Lampe brennen, einen handgedrehten Docht in einem Topf Rindertalg.

Das erste Mal verließ Henty das Haus, als Mr. McMaster ihn zu einem kurzen Rundgang über die Farm mitnahm.

»Ich werde Ihnen das Grab des Schwarzen zeigen«, sagte er und führte ihn zu einem Hügel zwischen den Mangobäumen. »Er war sehr freundlich. Bis zu seinem Tod hat er mir jeden Nachmittag zwei Stunden vorgelesen. Ich denke, ich werde ein Kreuz aufstellen, zum Gedächtnis an seinen Tod und an Ihre Ankunft, eine hübsche Idee. Glauben Sie an Gott?«

»Ich hab eigentlich nie groß darüber nachgedacht.«

»Ganz recht. Ich habe *sehr* viel darüber nachgedacht, und ich weiß noch immer nicht ... Dickens wusste es.«

»Wahrscheinlich.«

»O ja, es geht aus all seinen Werken hervor. Sie werden ja sehen.«

An diesem Nachmittag begann Mr. McMaster, ein Grabmal für den Schwarzen anzufertigen. Mit einer großen Ziehklinge bearbeitete er ein Holz, so hart, dass es wie Metall knirschte und klang.

Schließlich, als Henty fünf oder sechs Nächte hintereinander ohne Fieber gewesen war, sagte Mr. McMaster: »Ich glaube, jetzt geht es Ihnen schon so gut, dass Sie die Bücher sehen können.«

An dem einen Ende der Hütte war eine Art Dachboden, eine einfache Bühne oben in den Dachbalken. Mr. McMaster lehnte eine Leiter daran und stieg hinauf. Henty folgte, nach seiner Krankheit noch etwas wackelig. Mr. McMaster setzte sich, Henty stand noch auf der obersten Sprosse und sah sich um. Sein Blick fiel auf einen Haufen kleiner Bündel, zusammengebunden mit Lumpen, Palmblättern und ungegerbten Häuten.

»Es war sehr schwer, Würmer und Ameisen fernzuhalten. Zwei Bücher sind fast vollständig vernichtet. Aber die Indianer stellen ein Öl her, das ganz brauchbar ist.«

Er wickelte das nächstliegende Paket aus und reichte ein in Kalbsleder gebundenes Buch herunter. Es war eine frühe amerikanische Ausgabe von *Bleakhaus*.

»Es ist egal, womit wir anfangen.«

»Sie mögen Dickens?«

»Gewiss doch. Mögen ist gar kein Ausdruck. Sehen Sie, es sind die einzigen Bücher, die ich je gehört habe. Mein Vater hat sie immer gelesen und später der Schwarze … und jetzt Sie. Ich habe sie alle schon mehrmals gehört, aber nie werde ich müde. Immer gibt es etwas Neues zu lernen und zu bemerken, so viele Figuren, so viele Szenenwechsel, so viele Worte … Ich habe sämtliche Werke von Dickens hier, außer jenen, die von den Ameisen zerfressen wurden. Es dauert lange, sie alle zu lesen – mehr als zwei Jahre.«

»Na ja«, sagte Henty leichthin, »bis dahin bin ich schon längst wieder fort.«

»Ah, das hoffe ich nicht. Es ist herrlich, wieder von vorne anzufangen. Jedes Mal entdecke ich etwas anderes, über das ich Freude und Bewunderung empfinde.«

Sie nahmen den ersten Band von *Bleakhaus* mit hinunter, und an diesem Nachmittag las Henty das erste Mal vor.

Es hatte ihm schon immer Spaß gemacht vorzulesen, und in den ersten Jahren seiner Ehe hatte er mehrere Bücher auf diese Weise gemeinsam mit seiner Frau genossen, bis sie eines Tages in einem Anfall von Aufrichtigkeit gestand, dass es eine Tortur für sie sei. Danach hatte er manchmal daran gedacht, dass es schön wäre, Kinder zu haben und ihnen vorzulesen. Aber Mr. McMaster war ein einzigartiges Publikum.

Der alte Mann saß rittlings auf seiner Hängematte, fixierte Henty die ganze Zeit und folgte den Worten mit lautlosen Lippenbewegungen. Oft, wenn eine neue Figur auftrat, bat er: »Sagen Sie den Namen noch mal, ich habe ihn vergessen«, oder: »Ja, ja, ich erinnere mich gut an sie. Sie stirbt dann, die Ärmste.« Häufig unterbrach er den Vortrag mit Fragen, aber nicht, wie Henty erwartet hatte, zum Hintergrund der Geschichte – der Prozess am Appellationsgericht oder die gesellschaftlichen Gepflogenheiten der damaligen Zeit und ähnliche Dinge waren ihm, obgleich sie ihm unverständlich sein mussten, völlig gleichgültig –, sondern mit Fragen über die Personen. »Warum sagt sie denn das? Meint sie das wirklich? Wird sie ohnmächtig, weil es ihr am Kamin zu warm ist, oder wegen dieser Sache in der Zeitung?« Er lachte laut über alle Scherze und auch an Stellen, die Henty gar nicht komisch vorkamen, und wollte sie zwei-, dreimal wiederholt bekommen. Später, bei den Beschreibungen des

Lebens der Vagabunden, liefen ihm Tränen über die Wangen in den Bart. Seine Kommentare zur Geschichte waren meist schlicht. »Ich glaube, dieser Dedlock ist ein sehr stolzer Mann«, oder: »Mrs. Jellyby kümmert sich nicht genug um ihre Kinder.«

Henty machte das Vorlesen fast ebenso viel Vergnügen wie Mr. McMaster.

Am Ende des ersten Tages sagte der alte Mann: »Sie lesen sehr schön und mit einer viel besseren Aussprache als der Schwarze. Sie können auch besser erklären. Es ist fast so, als sei mein Vater zurückgekehrt.« Und jedes Mal dankte er seinem Gast sehr höflich: »Es hat mir sehr viel Freude gemacht. Es war ja ein außerordentlich trauriges Kapitel. Aber wenn ich mich recht erinnere, wird sich alles zum Guten wenden.«

Beim zweiten Band allerdings war das Entzücken des alten Mannes nichts Neues mehr, und Henty war wieder kräftig genug, dass er eine innere Unruhe verspürte. Mehr als einmal brachte er seine Abreise zur Sprache und erkundigte sich nach Kanus und Regenzeiten und der Möglichkeit, Führer zu finden. Doch Mr. McMaster schien nicht zu hören und ging auf seine Andeutungen nicht ein.

Eines Tages sagte Henty, die noch verbleibenden Seiten von *Bleakhaus* durchblätternd: »Wir haben noch eine ganze Menge vor uns. Hoffentlich bin ich fertig damit, bevor ich gehe!«

»O ja«, sagte Mr. McMaster, »machen Sie sich deswegen keine Sorgen. Sie werden Zeit haben, es fertigzulesen, mein Freund.«

Zum ersten Mal fiel Henty etwas leicht Bedrohliches im

Verhalten seines Gastgebers auf. Beim Abendessen, einer schlichten, aus Maismehl und getrocknetem Rindfleisch bestehenden Mahlzeit, die kurz vor Sonnenuntergang eingenommen wurde, kam Henty erneut auf das Thema zu sprechen.

»Wissen Sie, Mr. McMaster, es wird Zeit, an meine Rückkehr in die Zivilisation zu denken. Ich habe Ihre Gastfreundschaft schon zu lange in Anspruch genommen.«

Mr. McMaster beugte sich über seinen Teller und aß, gab aber keine Antwort.

»Was meinen Sie, wie schnell kann ich ein Boot bekommen? … Ich habe gefragt, wie schnell ich Ihrer Ansicht nach ein Boot bekommen kann! Ich weiß Ihre Freundlichkeit mir gegenüber mehr zu schätzen, als ich es auszudrücken vermag, aber …«

»Mein Lieber, alle Freundlichkeit, die ich gezeigt haben mag, ist dadurch, dass Sie mir Dickens vorlesen, reichlich abgegolten. Sprechen wir nicht mehr darüber.«

»Nun ja, ich freue mich sehr, dass es Ihnen gefallen hat. Mir hat es auch Spaß gemacht. Aber ich muss wirklich daran denken, mich auf den Heimweg zu machen …«

»Ja«, sagte Mr. McMaster. »So war der Schwarze auch. Die ganze Zeit hat er daran gedacht. Und dann ist er hier gestorben …«

Am nächsten Tag schnitt Henty das Thema zweimal an, doch sein Gastgeber machte Ausflüchte. Schließlich sagte er: »Entschuldigung, Mr. McMaster, aber ich muss wirklich darauf bestehen. Wann kann ich ein Boot bekommen?«

»Es gibt kein Boot.«

»Aber die Indianer können ja eins bauen.«

»Sie müssen den Regen abwarten. Jetzt ist nicht genug Wasser im Fluss.«

»Und wie lange wird das dauern?«

»Einen Monat … zwei Monate …«

Sie waren mit *Bleakhaus* fertig und näherten sich dem Ende von *Dombey und Sohn*, als der Regen kam.

»Jetzt ist es Zeit, Vorbereitungen für die Reise zu treffen.«

»Oh, das geht nicht. Die Indianer werden in der Regenzeit kein Boot bauen – eine ihrer abergläubischen Vorstellungen.«

»Das hätten Sie mir doch sagen können!«

»Habe ich es nicht erwähnt? Dann habe ich es vergessen.«

Am nächsten Morgen, als sein Gastgeber zu tun hatte, ging Henty nach draußen und schlenderte betont absichtslos über die Savanne auf die Indianerhütten zu. In einer der Türöffnungen saßen vier oder fünf Shirianas. Sie blickten nicht auf, als er hinzutrat. Mit den paar Brocken Maku, die er während der Reise aufgeschnappt hatte, sprach er sie an, doch nichts verriet, ob sie ihn verstanden hatten oder nicht. Da zeichnete er die Skizze eines Kanus auf den Boden, deutete ein paar Schreiner-Bewegungen an, zeigte von ihnen auf sich, machte die Geste des Gebens und kratzte die Umrisse eines Gewehrs, eines Huts und anderer erkennbarer Tauschartikel neben die Kanuskizze in den Sand. Eine der Frauen kicherte, doch niemand gab irgendein Zeichen des Verstehens, so dass er frustriert wieder wegging.

Beim Mittagessen sagte Mr. McMaster: »Mr. Henty, die Indianer berichten mir, Sie hätten versucht, mit ihnen zu reden. Es ist einfacher, wenn Sie Ihre Wünsche durch mich ausrichten lassen. Es ist Ihnen doch wohl klar, dass sie nichts ohne meine Erlaubnis tun würden, oder? Sie betrachten mich, und in vielen Fällen zu Recht, als ihren Vater.«

»Tja, ich habe sie tatsächlich wegen eines Kanus gefragt.«

»Das wurde mir auch bedeutet … und jetzt, wo Sie mit Ihrer Mahlzeit fertig sind, können wir ein neues Kapitel lesen. Ich bin ganz fasziniert von dem Buch.«

Sie beendeten *Dombey und Sohn.* Fast ein Jahr war vergangen, seit Henty England verlassen hatte, und seine düsteren Ahnungen von einer ewigen Verbannung wurden plötzlich akut, als er zwischen den Seiten des *Martin Chuzzlewit* ein Dokument fand, das mit Bleistift in ungelenken Buchstaben geschrieben war.

Jahr 1919.
Ich, James McMaster aus Brasilien, schwöre Barnabas Washington aus Georgetown, dass ich ihm erlauben werde heimzureisen, wenn er dieses Buch, nämlich ›Martin Chuzzlewit‹, beendet hat.

Es folgte ein dickes, mit Bleistift gemaltes X und dahinter: *Dieses Kreuz ist von Mr. McMaster, gezeichnet Barnabas Washington.*

»Mr. McMaster«, sagte Henty, »ich muss ganz offen mit Ihnen reden. Sie haben mir das Leben gerettet, und wenn ich in die Zivilisation zurückgekehrt bin, werde ich Sie, so gut ich kann, dafür belohnen. Ich werde Ihnen jeden angemessenen Wunsch erfüllen. Aber jetzt halten Sie mich gegen meinen Willen hier zurück. Ich verlange, freigelassen zu werden.«

»Aber, aber, mein Freund, was hält Sie? Sie stehen unter

keinerlei Zwang. Sie können gehen, wann immer Sie wollen.«

»Sie wissen ganz genau, dass ich ohne Ihre Hilfe hier nicht wegkomme.«

»In diesem Fall müssen Sie mich alten Mann auch bei Laune halten. Lesen Sie noch ein Kapitel!«

»Mr. McMaster, ich schwöre bei allem, was Sie wollen, dass ich, sobald ich in Manaus bin, jemanden zu meiner Vertretung auftreiben werde. Ich werde einen Mann bezahlen, der Ihnen den ganzen Tag vorlesen wird.«

»Ich brauche aber keinen anderen Mann. Sie lesen doch so schön.«

»Ich habe zum letzten Mal gelesen.«

»Das will ich nicht hoffen«, sagte Mr. McMaster höflich. Aber an diesem Abend wurde bloß ein Teller Dörrfleisch und Maismehl auf den Tisch gestellt, und Mr. McMaster aß allein. Henty lag wortlos da und starrte auf das Palmdach.

Am nächsten Tag wurde wieder nur ein Teller vor Mr. McMaster hingestellt, und während er aß, lag sein Gewehr mit gespanntem Hahn auf seinen Knien. Henty griff zu *Martin Chuzzlewit* und las dort weiter, wo sie stehengeblieben waren.

Aussichtslose Wochen vergingen. Sie lasen *Nikolas Nickleby* und *Klein Dorrit* und *Oliver Twist*. Dann kam ein Fremder in die Savanne, ein Mischling, Goldschürfer, Angehöriger jenes einsamen Ordens von Männern, die ein Leben lang durch die Wälder streifen, kleine Flüsse absuchen, Unze für Unze den Kies durchsieben, den kleinen Lederbeutel mit Goldstaub füllen und meistens vor Entbehrung und Hunger sterben, Gold im Wert von fünfhundert Dollar um den Hals.

Mr. McMaster ärgerte sich über die Ankunft dieses Mannes, er gab ihm Maismehl und *Passo* und schickte ihn nach einer Stunde schon wieder los. Doch in dieser Stunde hatte Henty Zeit, seinen Namen auf ein Stück Papier zu kritzeln und es dem Mann in die Hand zu drücken.

Von nun an gab es Hoffnung. Die Tage vergingen in immer derselben Weise: Kaffee bei Sonnenaufgang, ein untätig verbrachter Vormittag, während Mr. McMaster auf der Farm herumtrödelte, Mehl und *Passo* zum Mittagessen, Dickens am Nachmittag, Mehl und *Passo* und manchmal Obst zum Abendessen, Stille von Sonnenuntergang bis zur Morgendämmerung, der kleine Docht brannte im Rindertalg, und über dem Kopf das Palmblätterdach war kaum noch zu erkennen. Aber Henty lebte in vertrauensvoller Gelassenheit und Erwartung.

Irgendwann, in diesem Jahr oder im nächsten, würde der Goldsucher mit der Nachricht von seiner Auffindung ein brasilianisches Dorf erreichen. Das Unglück der Anderson-Expedition konnte nicht unbeachtet geblieben sein. Henty sah die Schlagzeilen der Zeitungen schon vor sich. Wahrscheinlich durchkämmten noch immer Suchtrupps die Gegend, die er durchquert hatte. Jeden Tag konnten englische Stimmen über die Savanne hallen und ein Dutzend freundliche Kundschafter durch den Busch brechen. Selbst während des Lesens, wenn seine Lippen mechanisch den gedruckten Zeilen folgten, wandten sich seine Gedanken von seinem begierigen, verrückten Gegenüber ab, und er begann, sich Einzelheiten seiner Rückkehr auszumalen – die allmählichen Wiederbegegnungen mit der Zivilisation (in Manaus rasierte er sich, kaufte neue Kleidung, ließ sich telegraphisch Geld überweisen, bekam Glückwunschdepeschen, er genoss die bequeme Reise flussabwärts nach Belem und den großen Ozeandampfer nach Europa, er tat sich gütlich an gutem Burgunder, frischem Fleisch und jungem Gemüse, das Wiedersehen mit seiner Frau machte ihn nervös, er wusste nicht, wie er sie anreden sollte ... »*Liebling*, du warst viel länger weg, als du gesagt hast! Ich dachte schon, du bist verschollen ...«)

Und dann wurde er von Mr. McMaster unterbrochen: »Dürfte ich Sie bitten, diese Stelle noch einmal zu lesen? Sie gefällt mir besonders gut.«

Die Wochen vergingen. Keine Rettung in Sicht, doch Henty hielt den Tag aus in der Hoffnung auf das, was der nächste Tag bringen konnte. Er empfand sogar eine gewisse Herzlichkeit für seinen Gastgeber und war daher durchaus bereit, mit ihm zu gehen, als dieser eines Abends, nach einer langen Beratung mit einem indianischen Nachbarn, vorschlug, ein Fest zu feiern.

»Heute ist einer der Festtage hier in der Gegend«, erklärte er, »und sie haben *Piwari* gemacht. Vielleicht schmeckt es Ihnen nicht, aber Sie sollten es mal probieren. Heute Abend gehen wir hinüber in das Haus dieses Mannes.«

Nach dem Abendessen gesellten sie sich also zu einer Gruppe von Indianern, die sich in einer der Hütten am anderen Ende der Savanne um das Feuer versammelt hatten. Sie sangen monotone, apathische Weisen und ließen eine große Kalebasse von Mund zu Mund gehen. Für Henty und Mr. McMaster wurden besondere Schalen hereingebracht, und sie durften sich auf Hängematten setzen.

»Sie müssen alles auf einmal austrinken. Das ist hier Sitte.«

Henty kippte die dunkle Flüssigkeit hinunter und versuchte, nicht auf ihren Geschmack zu achten. Aber sie schmeckte nicht einmal unangenehm, herb und erdig, wie die meisten brasilianischen Getränke, doch mit einem Aroma von Honig und dunklem Brot. Er lehnte sich in die Hängematte zurück und fühlte sich ungewöhnlich wohl. Vielleicht hatte in genau diesem Moment ein Suchtrupp nur noch ein paar Wegstunden entfernt sein Lager aufgeschlagen. Doch ihm war jetzt warm, und er fühlte sich schläfrig. Der Singsang der Indianer schien endlos wie eine Liturgie. Eine neue Kalebasse mit *Piwari* wurde ihm gebracht, und er gab sie geleert zurück. Er lag ausgestreckt da und beobachtete, als die Shiriana zu tanzen begannen, das Spiel der Schatten auf dem Palmdach. Dann schloss er die Augen, dachte an England und seine Frau und schlief ein.

Er erwachte, noch immer befand er sich in der Indianerhütte, mit dem Gefühl, über die gewohnte Stunde hinaus geschlafen zu haben. Der Stand der Sonne sagte ihm, dass es spät am Nachmittag war. Außer ihm war niemand anwesend. Er wollte auf seine Uhr sehen und stellte mit Erstaunen fest, dass sie nicht an seinem Handgelenk war. Er hatte sie wohl im Haus gelassen, bevor er zum Fest gegangen war.

»Ich muss gestern Abend blau gewesen sein«, sagte er sich. »Heimtückisches Zeug, das.« Er hatte Kopfschmerzen und befürchtete einen erneuten Fieberausbruch. Als er die Füße auf die Erde setzte, merkte er, dass er nur mit Mühe stehen konnte. Sein Gang war unsicher und sein Geist verwirrt, genau wie in den ersten Wochen seiner Rekonvaleszenz. Auf dem Weg über die Savanne musste er mehrmals anhalten, die Augen schließen und tief Atem holen. Als er das Haus erreichte, stieß er auf Mr. McMaster.

»Ah, Sie haben sich heute Nachmittag zum Vorlesen ein wenig verspätet, mein Freund. Es ist nur noch eine knappe halbe Stunde hell. Wie fühlen Sie sich?«

»Schauderhaft. Ich hab das Getränk anscheinend nicht vertragen.«

»Ich werde Ihnen etwas geben, damit Sie sich besser fühlen. Der Urwald hat Mittel gegen alles, zum Aufwachen und zum Einschlafen.«

»Haben Sie irgendwo meine Uhr gesehen?«

»Vermissen Sie sie denn?«

»Ja. Ich dachte, ich hätte sie an. Menschenskind, so lange hab ich ja noch nie geschlafen.«

»Das letzte Mal wohl als Baby. Wissen Sie, wie lange? Zwei Tage.«

»Unsinn. Unmöglich.«

»Doch, Tatsache. Sie haben sehr lange geschlafen. Schade, Sie haben nämlich unsere Gäste verpasst.«

»Gäste?«

»Tja, während Sie schliefen, war es hier ganz lustig. Drei Männer von der Außenwelt. Engländer. Es ist schade, dass Sie sie verpasst haben. Auch schade für sie, denn sie haben sich ausdrücklich nach Ihnen erkundigt. Aber was konnte ich schon machen. Sie haben so tief geschlafen. Sie waren sehr weit gereist, um Sie zu finden, und da Sie sie nicht selbst begrüßen konnten, gab ich ihnen – ich denke, das war ganz in Ihrem Sinn – als kleines Andenken Ihre Uhr mit. Sie wollten etwas nach England mitnehmen für Ihre Frau, die für Nachrichten über Sie eine Belohnung ausgesetzt hat.

Sie waren sehr erfreut. Und von dem kleinen Kreuz, das ich zum Gedenken an Ihre Ankunft aufstellte, haben sie ein paar Fotos gemacht. Auch das hat ihnen sehr gefallen. Überhaupt waren sie sehr leicht zu erfreuen. Aber ich glaube nicht, dass sie uns wieder besuchen werden, unser Leben hier ist so abgeschieden. Keine Vergnügungen hier außer Lesen … Ich glaube nicht, dass wir jemals wieder Besucher haben werden … Na ja, dann werde ich mal Medizin holen, damit es Ihnen wieder bessergeht. Sie haben Kopfschmerzen, stimmt's? Heute werden wir auf Dickens verzichten … aber morgen dann und übermorgen und überübermorgen. Wir wollen *Klein Dorrit* noch einmal lesen. In dem Buch gibt es Stellen, da bin ich immer den Tränen nahe.«

Auf Posten

I

Millicent Blade nannte einen beachtlichen naturblonden Haarschopf ihr Eigen; sie war fügsam und zärtlich, und ihr Mienenspiel konnte blitzschnell zwischen Liebenswürdigkeit und Lachen, zwischen Lachen und respektvollem Interesse hin und her wechseln. Doch eines machte sie mehr als alles andere der gefühlsduseligen angelsächsischen Männerwelt lieb und teuer, und das war ihre Nase.

Diese Nase war nun keineswegs nach jedermanns Geschmack; so mancher wünscht da etwas mehr Statur; für Maler war die Nase wenig reizvoll, war sie doch viel zu klein und gänzlich ohne Form, ein weicher Klecks ohne jegliches erkennbare Knochengerüst; eine Nase, kurz gesagt, die es ihrer Trägerin unmöglich machte, sich hochmütig oder imposant oder schlau zu geben. Es war keine Nase für eine Gouvernante oder Cellistin, nicht einmal für eine Postbeamtin, aber für Miss Blade war sie gerade recht, denn solch eine Nase vermochte durch die dünne, rauhe Schale englischer Männerherzen bis mitten hinein in ihren weichen, warmen Kern zu dringen; sie lenkte ihre Gedanken zurück in die Schulzeit und zu den mehlgesichtigen kleinen Mädchen, an die sie ihre ersten zarten Gefühle vergeudeten, zurück zu Umkleideraum und Kirche und verbeulten Strohhüten. Zwar mag es stimmen, dass drei von fünf Engländern auf diese Erinnerungen mit der Zeit herabblicken und Nasen bevorzugen, die in der Öffentlichkeit mehr hermachen, doch zwei von fünf – das ist ein Schnitt, mit dem ein Mädchen von bescheidenem Vermögen wohl einigermaßen zufrieden sein kann.

Hector küsste sie ehrfürchtig auf die Nasenspitze. Und sowie er das getan hatte, begannen seine Sinne, wild im Kreis zu wirbeln, und er sah im momentanen Taumel das schwindende Licht eines Novembernachmittags und die kalten Nebel über dem Rugbyplatz; überhitzte Jünglinge im Gedränge um den Ball; unterkühlte Jünglinge hinter den Linien, wo sie ihre kalten Füße auf den Planken vertraten, sich die Finger warm rieben und, wenn sie gerade keine Kekskrümel mehr im Mund hatten, ihre Mannschaft zu größerem Eifer anfeuerten.

»Du wirst doch auf mich warten?«, fragte er.

»Ja, Liebster.«

»Und mir schreiben?«

»Ja, Liebster«, antwortete sie, schon weniger entschieden, »manchmal … wenigstens werde ich's versuchen. Du weißt ja, Schreiben ist nicht meine Stärke.«

»Ich werde *da unten* die ganze Zeit an dich denken«, sagte Hector. »Es wird schrecklich sein – Meilen unpassierbarer Karrenpfade zwischen mir und den nächsten Weißen, blendende Sonne, Löwen, Moskitos, feindselige Eingeborene, Arbeit von Sonnenauf- bis -untergang, ich allein gegen die Gewalten der Natur, Fieber, Cholera … Aber ich werde bald nach dir schicken und dich zu mir holen können.«

»Ja, Liebster.«

»Es muss gutgehen. Ich habe alles mit Beckthorpe durchgesprochen – das ist der Mann, der mir die Farm verkauft hat. Weißt du, bisher hat es da nichts als Missernten gegeben – erst Kaffee, dann Sisal, dann Tabak, sonst kann man da ja nichts anbauen; in dem Jahr, als er Sisal anbaute, verdienten alle anderen sich mit Tabak dumm und dämlich, nur mit Sisal war nichts; dann pflanzte er Tabak an, aber da hätte er Kaffee anbauen sollen, und so weiter. Neun Jahre hat er durchgehalten. Aber wenn man es mathematisch durchrechnet, sagt Beckthorpe, muss man im Durchschnitt alle drei Jahre das Richtige treffen. Warum das so ist, kann ich dir auch nicht genau erklären, aber es ist so ähnlich wie beim Roulette und diesen ganzen Sachen.«

»Ja, Liebster.«

Hector starrte auf die formlose, bewegliche kleine Knopfnase und war wieder ganz weit weg… »Auf sie mit Gebrüll!« …, und nach der Schlacht der Duft der auf dem Gaskocher in seinem Zimmer röstenden Teekuchen…

II

Am Abend dinierte er mit Beckthorpe, und über dem Essen wurde er immer verzagter.

»Morgen um diese Zeit bin ich auf See«, sagte er und drehte sein leeres Glas zwischen den Fingern.

»Kopf hoch, Junge«, sagte Beckthorpe.

Hector schenkte sich einen neuen Portwein ein und ließ mit wachsender Abneigung den Blick durch den stinkenden Speisesaal von Beckthorpes Club wandern. Das letzte schreckliche Mitglied war gegangen, und sie waren mit dem kalten Büfett allein.

»Sehen Sie, ich hab mir das noch mal klarzumachen versucht. Sie sagten doch, *drei* Jahre muss man warten, bis die Ernte stimmt, nicht wahr?«

»Ganz recht, mein Lieber.«

»Also, das hab ich noch mal nachgerechnet, und wie mir scheint, können es auch einundachtzig Jahre sein, bis das eintrifft.«

»Nein, nein, mein Lieber! Drei oder neun, allerhöchstens siebenundzwanzig.«

»Sind Sie ganz sicher?«

»Ganz sicher.«

»Gut … Wissen Sie, es ist so schrecklich, Milly hier zurückzulassen. Wenn es nun *doch* einundachtzig Jahre dauert, bis die Ernte stimmt? Man kann von einem Mädchen schlecht verlangen, so lange zu warten. Es könnte irgendein anderer daherkommen, Sie verstehen.«

»Im Mittelalter hatte man dafür Keuschheitsgürtel.«

»Ja, ich weiß. Daran habe ich auch schon gedacht. Aber die scheinen doch verdammt unbequem zu sein. Ich glaube kaum, dass Milly einen tragen würde, selbst wenn ich an so etwas heranzukommen wüsste.«

»Ich will Ihnen etwas sagen, mein Lieber. Sie sollten ihr etwas schenken.«

»Mein Gott, ich schenke ihr doch immerzu etwas. Entweder macht sie es kaputt, oder sie verliert es oder weiß nicht mehr, woher sie es hat.«

»Es muss etwas sein, was sie immer bei sich hat; was die Zeit überdauert.«

»Einundachtzig Jahre?«

»Höchstens siebenundzwanzig. Es sollte sie immer an Sie erinnern.«

»Ich könnte ihr ein Foto von mir schenken – aber in siebenundzwanzig Jahren werde ich mich sicher ein wenig verändern.«

»Nein, das wäre vollkommen ungeeignet. Ein Foto taugt nichts. Ich weiß, was ich ihr schenken würde. Einen Hund.«

»Einen Hund?«

»Einen gesunden jungen Welpen, der über die Staupe weg ist und aussieht, als hätte er noch lange zu leben. Sie könnte ihn sogar Hector nennen.«

»Ob das gut ist, Beckthorpe?«

»Etwas Besseres gibt es nicht, mein Lieber.«

So eilte Hector denn am nächsten Morgen, ehe er in den Schiffszug stieg, zu einem dieser riesenhaften Londoner Kaufhäuser und ließ sich in die Tierabteilung führen. »Ich möchte ein Hündchen.«

»Sehr wohl, mein Herr. Soll es eine bestimmte Rasse sein?«

»Lange leben soll es. Einundachtzig Jahre, oder mindestens siebenundzwanzig.«

Der Verkäufer machte ein zweifelndes Gesicht. »Wir haben zwar ein paar schöne, gesunde Welpen«, meinte er, »doch eine Garantie können wir natürlich auf keinen geben. Aber wenn es Ihnen auf Langlebigkeit ankommt, kann ich Ihnen vielleicht zu einer Schildkröte raten. Die werden ungemein alt und sind robust im Verkehr.«

»Nein, es muss ein Hund sein.«

»Oder vielleicht ein Papagei?«

»Nein, nein, ein Hund. Am besten sollte er Hector heißen.«

Sie gingen an den Affen und Katzen und Kakadus vorbei und kamen in die Hundeabteilung, die selbst zu dieser frühen Morgenstunde schon eine kleine Gemeinde verzückter Bewunderer angelockt hatte. Hier warben in verdrahteten Käfigen Hündchen aller Sorten mit gespitzten Ohren und wedelnden Schwänzen geräuschvoll um Beachtung.

Hector fischte aufs Geratewohl einen Pudel heraus, und während der Verkäufer das Wechselgeld holen ging, beugte er sich zu einer kurzen, ernsten Zwiesprache mit dem Tier seiner Wahl hinab. Er sah ihm tief in das schlaue Gesichtchen, wich mit knapper Not den plötzlich zuschnappenden Zähnen aus und sagte feierlich:

»Hector, du wirst mir gut auf Milly aufpassen. Gib acht, dass sie niemand anderen heiratet, bevor ich zurück bin.«

Und Hündchen Hector wedelte mit dem Quastenschwanz.

III

Millicent, die ihn zum Zug bringen wollte, fuhr gedankenlos zum falschen Bahnhof, aber das machte nichts, denn sie war ohnehin zwanzig Minuten zu spät. Hector und der Pudel standen an der Sperre und hielten nach ihr Ausschau, und erst als der Zug sich schon in Bewegung setzte, drückte er das Tierchen Beckthorpe in den Arm und wies ihn an, es bei Millicent abzuliefern. Im Gepäcknetz über ihm lagen Koffer mit der Aufschrift »Mombasa« und »Reisegepäck«. Hector kam sich sehr vernachlässigt vor.

Am Abend, als das Schiff stampfend und schlingernd die Leuchttürme zum Ärmelkanal passierte, erhielt er ein Funktelegramm: *wegen missgeschick untroestlich – wie dumm nach paddington gehetzt – danke fuer suesses huendchen – liebe es sehr – vater wuetend – moechte bald von farm hoeren – fall nicht auf schiffssirene rein – alles liebe milly.*

Auf dem Roten Meer bekam er das zweite: *fernhalten von sirenen – huendchen hat mann namens mike gebissen.*

Und danach hörte Hector nichts mehr von Millicent, abgesehen von einer Weihnachtskarte, die Ende Februar eintraf.

IV

Im Allgemeinen währte Millicents Interesse an einem bestimmten jungen Mann vier Monate. Je nachdem, wie weit er es in dieser Zeit gebracht hatte, erlosch es mehr oder weniger plötzlich.

Ihrer Zuneigung zu Hector hätte die Stunde gerade zum Zeitpunkt ihrer Verlobung schlagen sollen, so aber zog sie sich noch drei Wochen künstlich in die Länge, in denen er sich eifrig und mit ansteckendem Ernst um eine Anstellung in England bemühte; doch mit seiner Abreise nach Kenia endete sie abrupt, und so begannen Hündchen Hectors Pflichten bereits am ersten Tag im neuen Heim. Er war sehr jung für eine solche Aufgabe und gänzlich unerfahren; deshalb kann man ihm den Fehler, den er im Falle Mike Boswell beging, unmöglich zum Vorwurf machen.

Besagter junger Mann unterhielt mit Millicent seit dem

Tag ihres Debuts eine völlig unromantische Freundschaft. Er kannte ihre blonden Haare bei jedem Licht und in jeder Umgebung, gekrönt mit den Hüten der jeweils neuesten Mode, verziert mit Bändern und geschmückt mit Kämmen oder keck mit Blumen darin; ihre Nase hatte er sie bei jedem Wetter in die Luft recken sehen, sogar schon scherzhaft zwischen Daumen und Zeigefinger genommen – aber nie hatte er sich auch nur einen Augenblick im allermindesten zu ihr hingezogen gefühlt.

Aber das alles konnte Hündchen Hector natürlich nicht wissen. Er wusste nur, dass er sich schon am zweiten Tag im Amt einem stattlichen Mann im heiratsfähigen Alter gegenübersah, dessen Vertrautheit mit der Gastgeberin im Kreise der Tierpflegerinnen, unter denen Hector aufgewachsen war, nur *eine* Deutung zuließ.

Die beiden jungen Leute tranken Tee miteinander. Hector beobachtete sie eine Weile vom Sofa aus und konnte nur mit Mühe ein Knurren unterdrücken. Als Mike sich dann im Verlauf einer kaum verständlichen Wechselrede vorbeugte und Millicents Knie tätschelte, war das Maß voll.

Es war kein ernsthafter Biss, eigentlich nur ein leichtes Zuschnappen; aber Hectors Zähnchen waren nadelspitz. Nur weil Mike so schnell und erschrocken die Hand zurückriss, kam er zu Schaden; er fluchte laut und umwickelte die Hand mit einem Taschentuch, und erst als Millicent darauf bestand, enthüllte er schließlich die drei oder vier winzigen Wunden. Millicent schalt Hector und tröstete Mike und eilte dann zum Medizinschränkchen ihrer Mutter, um das Jodfläschchen zu holen.

Nun kann sich kein Engländer, selbst der phlegmatischste nicht, die Hand mit Jod betupfen lassen, ohne sich wenigstens vorübergehend zu verlieben.

Mike hatte die Nase schon unzählige Male gesehen, doch als sie sich an diesem Nachmittag über seinen lädierten Daumen beugte und Millicent fragte: »Tu ich dir sehr weh?«… und als sie sich ihm entgegenhob und Millicent sagte: »So, jetzt ist es wieder gut«, da sah Mike sie mit einem Mal so verklärt, wie ihre Anbeter sie sahen, und von Stund an und weit über die ihm zugestandenen drei Monate hinaus war er Millicents bedingungsloser Verehrer.

Hündchen Hector sah das alles und begriff seinen Fehler. Und er beschloss, er wolle Millicent nie wieder Anlass geben, nach der Jodflasche zu eilen.

V

Im Großen und Ganzen hatte er eine leichte Aufgabe, denn in aller Regel konnte man es getrost Millicents kapriziöser Natur überlassen, ihre jeweiligen Verehrer ohne jede Nachhilfe auf kurz oder lang bis aufs Blut zu reizen. Überdies hatte sie das Hündchen liebgewonnen. Sie bekam sehr regelmäßig Post von Hector, wöchentlich geschrieben und, je nach Postverbindung, in Vierer- oder Fünferpacken zugestellt. Sie öffnete sie immer und las sie manchmal auch von Anfang bis Ende, aber selten machte ihr der Inhalt Eindruck, und nach und nach geriet ihr Verfasser derart in Vergessenheit, dass sie, wenn Leute sie nach dem Befinden »des lieben Hector« fragten, gedankenlos antwortete: »Ich glaube, das heiße Wetter bekommt ihm nicht, sein Fell ist auch gar nicht mehr schön. Ich sollte ihn mal trimmen lassen«, anstatt: »Er hatte einen Malaria-Anfall, Schädlinge haben seine Tabakernte vernichtet.«

Hündchen Hector nutzte die ihm erwachsene Zuneigung aus und entwickelte eine Technik für den Umgang mit Millicents Verehrern. Nicht länger knurrte er sie an oder beschmutzte ihre Hosen, denn solches führte nur dazu, dass er des Zimmers verwiesen wurde; dafür fiel es ihm jedoch zunehmend leichter, die Unterhaltung an sich zu reißen.

Der Fünfuhrtee war die gefährlichste Tageszeit, denn da durfte Millicent in ihrem Wohnzimmer Freunde empfangen; heldenhaft simulierte Hector darum, obschon von Natur aus mehr für Pikant-Fleischiges zu haben, eine Vorliebe für Würfelzucker. Nachdem er dies ohne Rücksicht auf seine Verdauung etabliert hatte, war es ihm ein Leichtes, Millicent für Kunststückchen zu gewinnen; er machte Männchen und Bittebitte, lag wie tot da oder stellte sich in die Ecke und legte eine Pfote ans Ohr.

»Was bedeutet Zucker?«, pflegte Millicent zu fragen, worauf Hector ums Teetischchen herum zur Zuckerschale ging, mit ernstem Blick die Nase daran legte und das glänzende Silber mit seinem feuchten Atem trübte.

»Er versteht alles«, erklärte Millicent dann triumphierend.

Wenn Kunststücke nichts fruchteten, begehrte Hector, hinausgelassen zu werden, und der jeweilige junge Mann sah sich genötigt, sich zu unterbrechen und ihm die Tür zu öffnen. Kaum draußen, kratzte Hector an der Tür und winselte um Wiedereinlass.

In Augenblicken höchster Not täuschte er Übelkeit vor

– was ihm nach der ungeliebten Würfelzuckerdiät nicht sonderlich schwerfiel; er reckte den Hals nach vorn, würgte geräuschvoll, bis Millicent ihn sich schnappte und in die Diele trug, deren Marmorboden weniger empfindlich war – doch währenddessen war die zärtliche Atmosphäre gründlich zerstört, und die an ihre Stelle getretene Stimmung war jeglicher Romantik unzuträglich.

Dieses über einen ganzen Nachmittag verteilte und bei jedem erkennbar werdenden Versuch des Gastes, das Gespräch auf intimere Bahnen zu lenken, liebenswürdig aufgedrängte Repertoire ging einem jungen Mann nach dem anderen auf die Nerven, bis er ratlos und verzweifelt seiner Wege ging.

Jeden Morgen lag Hector auf Millicents Bett, während sie ihr Frühstück einnahm und die Tageszeitung las. Diese Stunde von zehn bis elf war dem Telefon gewidmet, und zu dieser Zeit suchten die jungen Männer, mit denen sie abends zuvor getanzt hatte, die Freundschaft zu erneuern und Pläne für den kommenden Tag zu machen. Zuerst war Hector, nicht ohne Erfolg, bestrebt, diese Verabredungen zu verhindern, indem er sich in der Telefonschnur verhedderte, doch bald bot sich eine gewitztere und beleidigendere Methode an. Er telefonierte einfach mit. Sowie es läutete, wedelte er mit dem Schwanz und legte auf eine, wie er gelernt hatte, sehr gewinnende Weise den Kopf schief. Und wenn Millicent dann das Gespräch begann, drängelte er sich unter ihren Arm und stupste mit der Schnauze an den Hörer.

»Pass mal auf«, sagte sie dann, »da will *noch* jemand mit dir reden. Ist er nicht goldig?« Damit reichte sie den Hörer nach unten, und sofort schlug dem jungen Mann am andern Ende ein ohrenzerfetzendes Bellen entgegen. Millicent gefiel das so, dass sie oft nicht einmal abwartete, bis sie den Namen des Anrufers erfuhr, sondern den Hörer gleich nach dem Abheben vor die schwarze Schnauze hielt, und manch bedauernswerter Jüngling, der sich eine halbe Meile entfernt vielleicht um diese frühe Morgenstunde noch gar nicht richtig wohl in seiner Haut fühlte, ward niedergebellt, noch ehe er ein Wort gesagt hatte.

Andere junge Männer, die der Nase verfielen, lauerten Millicent im Hyde Park auf, wenn sie Hector ausführte. Zuerst verlief sich Hector dann, raufte mit anderen Hunden oder biss kleine Kinder, nur damit man ihn keinen Moment aus den Augen lassen konnte; doch bald schlug er einen sanfteren Weg ein: Er bestand darauf, Millicents Handtasche zu tragen. Damit trottete er vor dem Paar her, und sowie er eine Störung für angezeigt hielt, ließ er die Tasche fallen; der junge Mann fühlte sich verpflichtet, sie aufzuheben und zuerst Millicent, dann auf ihr Verlangen dem Hund wieder auszuhändigen. Nur wenige junge Männer waren unterwürfig genug, sich für mehr als einen Spaziergang solch demütigenden Umständen auszusetzen.

So vergingen zwei Jahre. Regelmäßig kamen Briefe aus Kenia, voller Liebeserklärungen und kleinen Katastrophenmeldungen – Trockenfäule im Sisal, Heuschrecken im Kaffee, Ärger mit den Arbeitern, der Regionalverwaltung, dem Weltmarkt. Hin und wieder las Millicent den Brief laut dem Hund vor, meist ließ sie ihn ungelesen auf dem Frühstückstablett liegen. Sie und Hector wandelten gemeinsam durch den müßigen Alltag des englischen Gesellschaftslebens. Überall, wohin sie ihre Nase trug, verliebten sich prompt zwei von fünf heiratsfähigen Männern wenigstens vorübergehend; und überall, wohin ihr Hector folgte, machte die Leidenschaft bald Ärger, Scham und Widerwillen Platz. Schon bemerkten Mütter selbstzufrieden, es sei doch eigenartig, dass diese hinreißende kleine Blade-Tochter nicht unter die Haube komme.

VI

Schließlich, im dritten Jahr seines Regimes, präsentierte sich Hector ein neues Problem in Gestalt des Baronets und Unterhausabgeordneten Major Sir Alexander Dreadnought, und Hector sah sofort, dass er es da mit einem weitaus schwierigeren Fall zu tun bekam als allen, mit denen er sich bisher zu befassen gehabt hatte.

Sir Alexander war kein Jüngling mehr, sondern ein fünfundvierzigjähriger Witwer. Er war wohlhabend, angesehen und von übermenschlicher Geduld; außerdem war er jemand – immerhin Jagdmeister einer Meute in den Midlands, Staatssekretär und ein durch große Tapferkeit verdienter Krieger. Millicents Eltern sahen mit Entzücken, dass die Nase ihre Wirkung auf ihn tat. Hector, der augenblicklich eine tiefe Abneigung gegen ihn fasste, wandte alle seine in zweieinhalbjähriger Praxis vervollkommneten Kniffe an und erreichte nichts. Schliche, die einem Dutzend junger Männer schwersten Verdruss bereitet hatten, schienen Sir Alexanders zärtliche Fürsorge nur noch zu steigern. Wenn er Millicent abends abholen kam, hatte er die Taschen seines Abendanzugs immer voll Würfelzucker für Hector; wenn

Hector sich erbrach, war Sir Alexander als Erster bei ihm auf den Knien und breitete eine Seite der *Times* unter ihm aus; Hector fiel in frühere Unarten zurück und biss ihn verschiedentlich – und kräftig –, doch Sir Alexander meinte nur: »Ich glaube, ich mache das kleine Kerlchen eifersüchtig. Wie rührend!«

Die Wahrheit war nämlich, dass Sir Alexander solche Behandlung von frühester Jugend an gewöhnt war – seine Eltern, Schwestern, Schulkameraden, sein Kompaniefeldwebel und sein Oberst, seine Kollegen in der Politik, seine Frau, sein Jagdmeister und seine Jagdgefährten sowie der Vorsitzende des Jagdclubs, sein Wahlagent, seine Wähler und sogar sein Privatsekretär im Parlament, sie alle waren zu allen Zeiten über Sir Alexander hergefallen, und er akzeptierte solche Behandlung als etwas Selbstverständliches. Für ihn war es das Natürlichste auf der Welt, dass ohrenbetäubendes Bellen ihn begrüßte, wenn er die Liebste seines Herzens anrief; er betrachtete es als ein großes Privileg, ihre Handtasche aufheben zu dürfen, wenn Hector sie im Hyde Park fallen ließ; die kleinen Wunden, die Hector seinen Knöcheln und Handgelenken beizubringen vermochte, trug er wie ritterliche Ehrenmale. In ambitionierteren Momenten sprach er in Millicents Hörweite von Hector als »mein kleiner Rivale«. An seinen Absichten konnte nicht der mindeste Zweifel bestehen, und als er Millicent und ihre Mama zu sich aufs Land einlud, setzte er als Fußnote unter den Brief: »Natürlich ist Hector ebenfalls eingeladen.«

Der von Samstag bis Montag dauernde Besuch bei Sir Alexander war für den Pudel ein einziger Alptraum. Er schuftete wie noch nie; jeder Trick, mit dem er seine Anwesenheit verhasst machen konnte, wurde vergebens versucht – das heißt, soweit es seinen Gastgeber betraf. Der übrige Haushalt reagierte wie gewünscht, und einmal bekam Hector einen schmerzhaften Tritt verpasst, als er sich durch eigene schlechte Regie mit dem zweiten Diener, den er zuvor beim Tee mit einem Tablett voll Geschirr erfolgreich zu Fall gebracht hatte, allein in einem Raum fand.

Demütig wurde hier ein Benehmen akzeptiert, das Millicent in Schimpf und Schande aus einem Dutzend angesehener englischer Häuser verbannt hatte. Es waren noch andere Hunde zugegen – ältere, ernste und wohlerzogene Tiere, auf die Hector sich stürzte; sie wandten ob seines herausfordernden Gekläffs nur traurig die Köpfe ab; wenn er nach ihren Ohren schnappte, begaben sie sich gemessenen Schrittes außer Reichweite, und Sir Alexander ließ sie für die restliche Dauer des Besuchs einsperren.

Im Esszimmer lag ein aufregender Aubusson-Teppich, dem Hector irreparablen Schaden zufügen konnte; doch Sir Alexander schien es nicht zur Kenntnis zu nehmen.

Hector fand im Park ein Aas, und obschon das seiner Natur eigentlich zuwider war, wälzte er sich gewissenhaft darin, um, ins Haus zurückgekehrt, sämtliche Sessel im Salon damit zu besudeln; Sir Alexander persönlich half Millicent, ihn zu baden, und brachte für das Unternehmen sogar das Badesalz aus seinem eigenen Bad.

Hector heulte die ganze Nacht; er versteckte sich und ließ das ganze Haus mit Laternen nach ihm suchen; er biss ein paar junge Fasane tot und wagte einen verwegenen Angriff auf einen Pfau. Nichts fruchtete. Zwar vermochte er einen tatsächlichen Heiratsantrag noch zu vereiteln – einmal in einer Gartenecke, einmal auf dem Weg zu den Ställen und einmal, während er gebadet wurde –, doch als er Sir Alexander am Montagmorgen sagen hörte: »Hoffentlich hat Hector der Besuch ein bisschen gefallen. Ich möchte ihn noch *sehr, sehr* oft hier sehen«, da wusste Hector, dass er geschlagen war.

Es war nur noch eine Frage der Zeit. Abends in London konnte er Millicent unmöglich ständig im Auge behalten, und so würde er denn eines schönen Tages aufwachen und Millicent ihren Freundinnen am Telefon die frohe Botschaft ihrer Verlobung verkünden hören.

So kam es, dass er nach langem Loyalitätskonflikt einen verzweifelten Entschluss fasste. Er hatte seine junge Herrin liebgewonnen; so manches Mal, wenn sie ihr Gesicht an seines drückte, hatte er mit all den jungen Männern gefühlt, die zu schikanieren seine Pflicht war. Aber Hector war kein charakterloser Köter. Nach dem Ehrenkodex aller wohlgeborenen Hunde zählt in erster Linie das Geld. Der Hand, die ihn kaufte, nicht der, die ihn füttert und streichelt, ist er zuvörderst Treue schuldig. Die Hand, die einst in der Tierhandlung des großen Kaufhauses die Fünfer hingeblättert hatte, bestellte jetzt die unfruchtbare äquatorialafrikanische Erde, aber die geheiligten Worte seiner Amtseinsetzung hallten noch in Hectors Ohren nach. Während der ganzen Sonntagnacht und der Reise am Montagmorgen rang Hector mit seinem Problem; dann fasste er einen Entschluss: *Die Nase muss ab.*

VII

Es ging ganz leicht; ein einziger kräftiger Biss, als sie sich über sein Körbchen beugte, und das Werk war vollbracht. Sie ging zu einem Schönheitschirurgen und kam ein paar Wochen später ohne eine Narbe oder einen Stich zurück. Doch es war eine andere Nase; der Chirurg war auf seine Art ein Künstler, und wie schon erwähnt, hatte Millicents Nase keine bildhauerischen Qualitäten. Nun besitzt sie einen schönen aristokratischen Erker – würdig der alten Jungfer, die zu werden sie im Begriff steht. Wie alle alten Jungfern wartet sie sehnsüchtig auf die Post aus dem Ausland und hält ein Kästchen voll niederschmetternder landwirtschaftlicher Meldungen sorgsam unter Verschluss; und wie alle alten Jungfern sieht man sie immer und überall in Begleitung eines alternden Schoßhunds.

Mr. Lovedays kleiner Ausflug

I

»Du wirst sehen, dass er sich nicht sehr verändert hat«, bemerkte Lady Moping, als der Wagen durch das Tor der Bezirksheil- und -pflegeanstalt bog.

»Trägt er eine Uniform?«, fragte Angela.

»Aber nein, Kind, natürlich nicht! Er ist aufs Beste untergebracht!«

Es war Angelas erster Besuch bei ihrem Vater und fand auf ihr Betreiben statt.

Zehn Jahre waren seit dem verregneten Tag im Spätsommer vergangen, an dem Lord Moping abgeholt worden war, ein Tag voll verworrener, aber unangenehmer Erinnerungen für Angela, der Tag des alljährlichen Gartenfestes ihrer Mutter, also ohnehin bitter, und an jenem Tag wegen des launischen Wetters besonders verworren: Es war strahlend schön gewesen und schien sich zu halten – bis zur Ankunft der ersten Gäste, als es plötzlich finster wurde und ein Unwetter losbrach. Alles flüchtete, um sich unterzustellen, das große Zelt kippte um, Kissen und Stühle wurden in verrückter Hast in Sicherheit gebracht, ein Tischtuch flog in die Luft, verfing sich in den Zweigen der hohen Araukarie und flatterte dort im Regen. Dann eine vorübergehende Aufhellung – Gäste betraten vorsichtig den durchweichten Rasen –, ein neuer Guss – und wiederum zwanzig Minuten Sonnenschein. Es war ein verheerender Nachmittag gewesen, der gegen sechs Uhr mit dem Selbstmordversuch ihres Vaters seinen Höhepunkt erreicht hatte.

Lord Moping drohte gewohnheitsmäßig mit Selbstmord, sobald das Gartenfest heranrückte; an jenem Sommertag hatte man ihn in der Orangerie gefunden, wo er, schon blau im Gesicht, an den Hosenträgern baumelte; ein paar Nachbarn, die vor dem Regen dort Schutz gesucht hatten, stellten ihn wieder auf die Füße, und noch vor dem Essen war er von einem Wagen abgeholt worden. Seit jenem Tag hatte Lady Moping von Zeit zu Zeit Besuche in der Nervenheilanstalt gemacht und war rechtzeitig zum Tee wieder zurückgekehrt; über ihre Erlebnisse dort schwieg sie sich gründlich aus.

Viele Nachbarn neigten dazu, Lord Mopings Unterbringung zu missbilligen. Natürlich wurde er nicht wie die gewöhnlichen Insassen behandelt. Er wohnte in einem separaten Flügel der Anstalt, der vor allem der Absonderung der reicheren Geisteskranken diente. Dort wurde ihnen jede Rücksichtnahme zuteil. Sie durften ihre Kleidung selbst auswählen (viele ergingen sich im tollsten Aufputz), die teuersten Zigarren rauchen und wenn der Tag ihrer Einlieferung wiederkehrte, andere Insassen zu privaten Dinnerpartys einladen.

Doch es ließ sich nicht daran rütteln, dass es bei weitem nicht die kostspieligste Anstalt war; die vieldeutige Bezeichnung »Bezirksheil- und -pflegeanstalt für Geistesgestörte«, die als Briefkopf auf dem Schreibpapier stand, den Uniformen der Wärter aufgenäht war und sogar auf einem deutlich sichtbaren Schild über dem Haupteingang prangte, ließ auf niedrigsten Standard schließen. Lady Mopings Freunde versuchten von Zeit zu Zeit und mit mehr oder weniger Takt, sie auf Erholungsheime am Meer aufmerksam zu machen, »mit qualifizierten Ärzten und ausgedehnten Parkanlagen, geeignet zur Pflege aller Nervenleiden und komplizierterer Fälle.« Aber sie zeigte kein sonderliches Interesse: Wenn ihr Sohn mündig wurde, mochte er an Veränderungen vornehmen, was er für notwendig erachtete; bis es so weit war, fühlte sie sich nicht veranlasst, ihr sparsames Regiment aufzugeben; ihr Gatte hatte sie schändlicherweise an dem einzigen Tag des Jahres im Stich gelassen, an dem sie auf getreuen Beistand zählte, und jetzt war er viel besser dran, als er es verdiente.

Ein paar einsame Gestalten in Mänteln schlurften und stelzten im Park umher.

»Das da sind die weniger gutgestellten Irren«, bemerkte Lady Moping. »Für Leute wie deinen Vater gibt es einen sehr hübschen kleinen Blumengarten. Ich habe ihnen im vorigen Jahr Ableger geschickt.«

Sie fuhren an der kahlen gelben Backsteinfront entlang und zum Privateingang des Arztes; er empfing sie in einem Besuchszimmer, das für Gäste dieser Art gedacht war. Das Fenster war auf der Innenseite durch Eisenstangen und Drahtnetz geschützt; ein Kamin fehlte, und als Angela ihren Stuhl nervös vom Heizkörper abrücken wollte, entdeckte sie, dass er an den Fußboden geschraubt war.

»Lord Moping ist im Bilde und bereit, Sie zu begrüßen«, sagte der Arzt.

»Wie geht es ihm?«

»Oh, sehr gut, wirklich ausgezeichnet, darf ich wohl sagen. Vor einigen Wochen hatte er eine ziemlich üble Erkältung, aber davon abgesehen war sein Befinden immer ausgezeichnet! Den größten Teil seiner Zeit verbringt er mit Schreiben.«

Sie hörten draußen auf dem gefliesten Gang ein unregelmäßig schlurfendes Geräusch, das langsam näher kam. Vor der Türe sagte eine hohe, verdrossene Stimme, die Angela als die ihres Vaters erkannte: »Ich sage Ihnen doch, dass ich jetzt keine Zeit habe! Sollen sie doch später wiederkommen!«

Eine sanfte Stimme mit leicht bäurischem Einschlag erwiderte: »Ach, kommen Sie nur! Es ist eine reine Formsache. Sie brauchen nicht länger zu bleiben, als Sie wollen.« Dann wurde die Tür aufgestoßen (Schloss oder Riegel waren nicht vorhanden), und Lord Moping trat ins Zimmer. Er wurde von einem bejahrten kleinen Mann mit vollem weißem Haar und dem Ausdruck großer Herzensgüte begleitet.

»Darf ich vorstellen, Mr. Loveday, der als Lord Mopings Gesellschafter tätig ist.«

»Als mein Sekretär«, verbesserte Lord Moping. Er schlurfte auf Lady Moping zu und reichte ihr die Hand.

»Das hier ist Angela. Sie erinnern sich doch an Angela, nicht wahr?«

»Nein, offen gestanden nicht. Was will sie?«

»Wir wollten dich nur besuchen.«

»Da seid ihr in einem äußerst ungünstigen Augenblick gekommen. Ich habe entsetzlich viel zu tun. Haben Sie den Brief an den Papst schon fertig getippt, Loveday?«

»Nein, Mylord. Vielleicht erinnern Sie sich, dass Sie mich

baten, zuerst die Zahlen über die Neufundland-Fischerei nachzuschlagen?«

»Richtig. Das trifft sich übrigens gut, denn ich glaube, der ganze Brief muss neu aufgesetzt werden. Seit dem Mittagessen gibt es einiges mehr an Informationen. Einiges! Sie sehen also, meine Liebe, dass ich über die Maßen beschäftigt bin.« Dann richtete er seinen rastlosen, forschenden Blick auf Angela. »Vermutlich sind Sie wegen der Donau hergekommen! Nun, da müssen Sie eben später noch einmal vorbeikommen! Bestellen Sie ihnen, es wäre alles in Ordnung, durchaus in Ordnung, ich hatte nur noch nicht genügend Zeit, mich dem Problem mit voller Aufmerksamkeit zuzuwenden. Sagen Sie ihnen das!«

»Jawohl, Papa!«

»Und überhaupt«, fuhr er etwas grämlich fort, »ist es eine Sache von sekundärer Bedeutung. Zuerst müssen doch die Elbe und der Amazonas und der Tigris erledigt werden, nicht war, Loveday? ... Die *Donau* – nein, so etwas! So ein albernes kleines Flüsschen! Nichts weiter als ein Bach! Tja, ich muss weitermachen. War ja nett, dass Sie kamen. Ich würde gern mehr für Sie tun, wenn ich könnte, aber Sie sehen ja selbst, wie überlastet ich bin. Schreiben Sie mir doch in der Sache. Das ist immer am besten. *Geben Sie's schwarz auf weiß von sich!*«

Und damit ging er aus dem Zimmer.

»Wie Sie sehen, geht es ihm ausgezeichnet«, sagte der Arzt. »Er nimmt an Gewicht zu und isst und schläft hervorragend. Tatsächlich ist sein Gesamtzustand tadellos.«

Die Türe öffnete sich wieder, und Loveday erschien.

»Verzeihen Sie bitte, Sir, dass ich nochmals hereinkomme,

aber ich dachte, vielleicht regt sich die junge Dame auf, weil Seine Lordschaft sie nicht erkannt hat. – Sie müssen sich nichts daraus machen, Miss! Bei Ihrem nächsten Besuch wird er sehr erfreut sein, Sie zu sehen. Nur heute ist er etwas verstimmt, weil er mit seiner Arbeit so sehr im Rückstand ist. Ich musste nämlich die ganze Woche in der Bibliothek helfen, Sir«, erklärte er, »und da hatte ich nicht genügend Zeit, um alle Berichte Seiner Lordschaft mit der Maschine ins Reine zu schreiben. Und dann hatte er auch seine Kartothek durcheinandergebracht. Sonst hat es überhaupt nichts zu sagen. Er meint es nicht böse.«

»Was für ein netter Mann«, sagte Angela, nachdem Loveday zu seinem Schützling zurückgekehrt war.

»Ja, ich kann mir nicht vorstellen, was wir ohne den alten Loveday anfangen sollten. Jeder mag ihn gern, die Angestellten und die Patienten.«

»Es ist sehr beruhigend für mich, dass Sie sich so gute Wärter verschaffen können«, sagte Lady Moping. »Menschen, die weniger gut orientiert sind, behaupten immer so törichte Sachen von Heilanstalten.«

»Oh, Loveday ist aber kein Wärter«, widersprach der Arzt.

»Meinen Sie etwa, dass er ebenfalls einen Vogel hat?«, fragte Angela.

Der Arzt berichtigte sie. »Er ist einer unserer Insassen. Ein recht interessanter Fall obendrein. Ist schon seit fünfunddreißig Jahren bei uns.«

»Aber er ist doch so normal wie Sie und ich?«, sagte Angela.

»Ja, den Eindruck macht er bestimmt«, entgegnete der

Arzt. »Und während der letzten zwanzig Jahre haben wir ihn auch dementsprechend behandelt. Er ist die Seele unserer Anstalt. Natürlich gehört er nicht zu den Privatpatienten, aber wir gestatten ihm, ganz ungezwungen mit ihnen zu verkehren. Er spielt ausgezeichnet Billard, führt an unseren Konzertabenden Zauberkunststückchen vor, kümmert sich um ihre Grammophone, fungiert als persönlicher Diener und berät sie bei Kreuzworträtseln und ähnlichen … ehem … Steckenpferden. Wir erlauben ihnen, dass sie ihm für die erwiesenen Dienste ein kleines Trinkgeld geben, und im Laufe der Jahre muss er sich schon ein nettes Sümmchen zusammengespart haben. Er versteht es, sogar mit den Allerschwierigsten fertigzuwerden. Wirklich ein unersetzlicher Mann für unsere Anstalt!«

»Ja, aber weshalb ist er denn hier?«

»Ach, das ist eine traurige Sache. Als ganz junger Mann hat er jemanden umgebracht – eine junge Dame, die er überhaupt nicht kannte. Er hat sie vom Fahrrad gestoßen und dann erwürgt. Er hat sich sofort gestellt, und seitdem ist er hier.«

»Aber jetzt ist er doch bestimmt vollkommen ungefährlich? Weshalb wird er nicht entlassen?«

»Oh, das würde er, wenn es in jemandes Interesse wäre. Er hat keine näheren Verwandten, nur eine Stiefschwester, die in Plymouth wohnt. Eine Zeitlang pflegte sie ihn regelmäßig zu besuchen, aber sie kommt schon seit Jahren nicht mehr. Er ist hier ausgesprochen glücklich, und Sie können mir glauben, dass wir nicht den ersten Schritt tun werden. Dafür ist er uns viel zu nützlich.«

»Aber es kommt mir so ungerecht vor«, sagte Angela.

»Sie müssen an Ihren Vater denken«, sagte der Arzt. »Ohne Loveday, der für ihn den Sekretär spielt, wäre er aufgeschmissen!«

»Trotzdem kommt es mir ungerecht vor!«

II

Mit dem Gefühl, dass hier eine Ungerechtigkeit begangen wurde, verließ Angela die Heilanstalt. Auf ihre Mutter hatte es keinerlei Eindruck gemacht.

»Stell dir das mal vor – sein Leben lang ist er in einer Klapsmühle eingesperrt!«

»Er hat versucht, sich in der Orangerie zu erhängen«, erwiderte Lady Moping, *»noch dazu in Gegenwart der Chester-Martins!«*

»Ich spreche nicht von Papa. Ich meine Mr. Loveday!«

»Der ist mir nicht bekannt, glaube ich.«

»Doch – der Verrückte, der auf Papa aufpassen soll!«

»Der Sekretär deines Vaters? Ein sehr anständiger Mensch, fand ich, und für seine Aufgabe außerordentlich geeignet!«

Angela ließ die Frage einstweilen auf sich beruhen, doch am folgenden Tag beim Mittagessen kam sie darauf zurück.

»Mama, wie holt man jemanden aus der Klapsmühle?«

»Herausholen? Meine Güte, Kind, du wirst doch hoffentlich nicht im Ernst deines Vaters Rückkehr zu uns erwägen?«

»Nein, nicht Papa! Ich spreche von Mr. Loveday.«

»Angela, mir scheint, du bist völlig von Sinnen. Es war

wohl ein Fehler, dich auf diese kleine Stippvisite mitzunehmen.«

Nach dem Mittagessen verschwand Angela in der Bibliothek und vertiefte sich dort in das Irrenrecht, wie es vom Konversationslexikon dargestellt wurde.

Ihrer Mutter gegenüber brachte sie das Thema nicht wieder auf, doch vierzehn Tage später, als es darum ging, ihrem Vater für die Feier seines elften Jahrestages ein paar Fasanen zu bringen, bot sie erstaunlich bereitwillig an, sie selbst abzugeben. Ihre Mutter beschäftigte anderes, und sie schöpfte keinen Verdacht.

Angela fuhr mit ihrem kleinen Wagen zur Heilanstalt, und nachdem sie das Wildbret abgegeben hatte, fragte sie nach Mr. Loveday. Er war gerade damit beschäftigt, eine Krone für einen Insassen anzufertigen, der jeden Augenblick erwartete, zum Kaiser von Brasilien gesalbt zu werden; doch ließ er seine Arbeit im Stich und gönnte sich ein paar Minuten Unterhaltung mit Angela. Sie sprachen über die Gesundheit und den Gemütszustand ihres Vaters. Nach einem Weilchen erkundigte sich Angela: »Möchten Sie niemals hier raus, Mr. Loveday?«

Mr. Loveday blickte sie mit seinen sanften graublauen Augen an. »Ich bin sehr an das Leben hier gewöhnt, Miss. Ich habe die armen Menschen hier gern, und ich glaube, dass einige mich ebenfalls gernhaben. Wenigstens glaube ich, dass sie mich vermissen würden, wenn ich fortginge.«

»Aber denken Sie nie, dass Sie wieder frei sein möchten?«

»Oh, freilich, Miss, daran denke ich – fast die ganze Zeit denke ich daran.«

»Was möchten Sie tun, wenn Sie freigelassen werden? Es

muss doch etwas geben, das Sie lieber tun würden, als ewig hierzubleiben?«

Der alte Mann wurde unruhig. »Ach, Miss, es klingt vielleicht undankbar – aber ich muss wirklich zugeben, dass ich mich sehr über einen kleinen Ausflug freuen würde – ehe ich zu alt werde, um es richtig zu genießen. Ich nehme an, dass jeder Mensch so einen heimlichen Traum hat, und da ist etwas, von dem ich wünschte, ich könnte es tun. Bitte, fragen Sie nicht, was es ist … Es würde nicht lange dauern. Aber ich fühl's, wenn ich auch nur einen Tag hier herauskommen würde oder auch nur einen Nachmittag, dann könnte ich ruhig sterben. Dann könnte ich mich wieder leichter in alles schicken und mich mit mehr Herzblut um all die armen Verrückten hier kümmern. Ja, das weiß ich genau.«

Angelas Augen waren feucht, als sie in den Wagen stieg und wegfuhr. »Er *soll* seinen Ausflug haben, der Gute!«, flüsterte sie.

III

Von jenem Nachmittag an hatte Angela über Wochen einen neuen Daseinszweck. Den üblichen Tagesablauf ertrug sie mit abwesender Miene und ungewohnt reservierter Höflichkeit, was Lady Moping völlig aus der Fassung brachte.

»Mir scheint, das Kind ist verliebt. Ich bete zu Gott, dass es nicht dieser Lümmel Egbertson ist!«

Angela saß oft in der Bibliothek und las; sie nahm jeden Besucher ins Kreuzverhör, der vorgab, etwas von Jurisprudenz oder Medizin zu verstehen; und zum alten Sir Roderick Lane-Foscote, der Parlamentsmitglied war, war sie äußerst liebenswürdig. Die Worte »Psychiater«, »Jurist« und »Regierungsbeamter« hatten jetzt einen Glanz für sie angenommen, der früher nur Filmschauspieler und professionelle Ringkämpfer zu umgeben schien. Jetzt war sie eine Frau, die für die gute Sache kämpfte, und noch vor dem Ende der Jagdsaison hatte sie gesiegt. Mr. Loveday sollte freigelassen werden.

Der Arzt in der Heilanstalt zauderte, leistete aber keinen offenen Widerstand. Sir Roderick schrieb ans Innenministerium. Die notwendigen Papiere wurden unterzeichnet, und schließlich kam der Tag, an dem Mr. Loveday Abschied von der Anstalt nahm, in der er so viele lange und nützliche Jahre verbracht hatte.

Sein Ausscheiden wurde durch eine kleine Feier gewürdigt. Angela und Sir Roderick Lane-Foscote saßen zusammen mit den Ärzten auf der Bühne des Turnsaals. Im Saal vor ihnen saß jeder Insasse der Anstalt, von dem man annehmen durfte, er sei hinreichend gefestigt, um die Aufregung zu ertragen.

Lord Moping überreichte Mr. Loveday mit ein paar passenden Worten des Bedauerns im Namen der wohlhabenderen Irren ein goldenes Zigarettenetui; wer sich für einen Kaiser hielt, überschüttete ihn mit Orden und Ehrentiteln. Die Wärter schenkten ihm eine silberne Uhr, und als sie ihm überreicht wurde, weinten viele von den nichtzahlenden Insassen.

Die Hauptrede jenes Nachmittags hielt der Arzt. »Denken Sie immer daran«, führte er aus, »dass unsere wärmsten und herzlichsten Wünsche Sie begleiten! Sie sind uns derart verbunden, dass es keiner von uns je vergessen wird. Die Zeit wird unser Gefühl, in Ihrer Schuld zu stehen, nur noch verstärken. Wenn Sie in Zukunft je des Lebens in der Welt überdrüssig werden sollten, werden Sie uns hier stets willkommen sein. Ihr Posten bleibt für Sie offen.«

Etwa ein Dutzend Irrer mit den unterschiedlichsten Krankheitsbildern hüpfte und hopste hinter ihm den Zufahrtsweg entlang, bis sich die eisernen Tore auftaten und Mr. Loveday in die Freiheit hinausschritt. Sein kleiner Koffer war schon zum Bahnhof geschickt worden; er zog es vor, zu Fuß zu gehen. Über seine Pläne hatte er Stillschweigen bewahrt, doch war er mit Geld wohlversehen, und die allgemeine Ansicht ging dahin, dass er nach London reisen und sich ein Weilchen amüsieren würde, bevor er seine Stiefschwester in Plymouth aufsuchte.

Zum größten Staunen aller kehrte er zwei Stunden nach seiner Freilassung schon wieder zurück. Er lächelte wunderlich vor sich hin – in stiller, selbstgefälliger Erinnerung. »Ich bin wiedergekommen«, teilte er dem Arzt mit. »Ich glaube, dass ich jetzt für immer bei Ihnen bleiben werde.«

»Aber, Loveday, was für kurze Ferien! Da werden Sie sich kaum amüsiert haben, fürchte ich!«

»O doch, Sir, ich habe mich glänzend amüsiert! All die Jahre hatte ich mir dieses kleine Vergnügen versprochen. Es war kurz, aber höchst erfreulich! Nun will ich wieder meinen Pflichten nachgehen.«

Später entdeckte man eine halbe Meile außerhalb der Anstaltstore auf der Landstraße ein einsames Fahrrad. Es war ein Damenfahrrad von nicht allzu moderner Machart. Ganz in der Nähe fand man im Straßengraben die Leiche einer jungen Frau, die erwürgt worden war. Auf dem Heimweg zur Abendmahlzeit hatte sie zufällig Mr. Loveday überholt, der die Landstraße entlangwanderte und über seine Möglichkeiten nachgesonnen hatte.

Wer zuerst kommt, mahlt zuerst

I

Als Mrs. Kent-Cumberlands ältester Sohn (in einer teuren Londoner Entbindungsklinik) zur Welt kam, wurde auf Tomb Beacon ein Freudenfeuer angezündet; es verzehrte drei Fässchen Teer, einen gewaltigen Holzstoß und – wie es so ging, weil die Flammen sich im trockenen Ginster rasch ausbreiteten und die getreuen Pächter zum Löschen zu beschwipst waren – die gesamte Vegetation des Tomb Hill.

Sowie Mutter und Sohn reisefähig waren, fuhren sie standesgemäß aufs Land, wo die Dorfstraße beflaggt war und Spaliere von Immergrünzweigen die hübschen palladianischen Eingangstore zum Herrenhaus zudeckten. Es gab Festessen für die Bauern, sowohl auf Tomb als auch auf dem Kent-Cumberland-Gut in Norfolk, und es wurde widerspruchslos für ein versilbertes Tablett gespendet.

Die Taufe beging man mit einem Gartenfest. Eine Prinzessin übernahm in Vertretung die Patenschaft, und der Junge sollte auf den Namen Gervase Peregrine Mountjoy St. Eustace hören – lauter glanzvolle Namen aus der Familiengeschichte.

Während der Zeremonie mit anschließender Gratulationscour bewahrte Gervase eine Haltung, die durch ihre phlegmatische Würde alle Anwesenden in der hohen Meinung bestärkte, die man sich über seine Fähigkeiten bereits gebildet hatte.

Nach dem Gartenfest wurden Feuerwerke abgebrannt, und nach den Feuerwerken hatten die Gärtner eine harte Woche lang mit Aufräumen zu tun. Danach lief das Leben der Kent-Cumberlands weiter in seinen beschaulichen Bahnen, bis Mrs. Kent-Cumberland knapp zwei Jahre später – sehr zu ihrem Verdruss – feststellte, dass sie erneut ein Kind bekommen werde.

Das zweite Kind kam im August in einem protzigen modernen Haus an der Ostküste zur Welt, das man für den Sommer genommen hatte, um Gervase die Vorzüge der Seeluft zukommen zu lassen. Geburtshelfer war der Dorfarzt, der Mrs. Kent-Cumberland mit seinem Mittelschichtakzent abstieß und im entscheidenden Moment sehr viel mehr Geschick an den Tag legte als der Londoner Spezialist.

In den tristen Wartemonaten hatte Mrs. Kent-Cumberland sich an der Hoffnung aufgerichtet, sie werde vielleicht eine Tochter bekommen. Auf Gervase, der sich ein wenig unzugänglich entwickelte, konnte ein hübsches, zwei Jahre jüngeres Schwesterchen mit freundlichem Wesen nur einen günstigen Einfluss haben. Sie würde debütieren, wenn er nach Oxford ging, und ihn so vor den beiden Extremen schlechter Gesellschaft bewahren, die diesen Lebensabschnitt bedrohten – dem Bücherwurm und dem Taugenichts. Zu Ferien und Feiertagen würde sie die allerliebsten Freundinnen mit nach Hause bringen. Mrs. Kent-Cumberland hatte sich alles genau überlegt. Als sie dann einen zweiten Sohn bekam, nannte sie ihn Thomas und war während der Genesung unleidlich und mit den Gedanken bei der kommenden Jagdsaison.

II

Die Brüder wuchsen zu zwei robusten, nicht weiter bemerkenswerten kleinen Jungen heran; abgesehen von den zwei Jahren Altersunterschied standen sie einander in nichts nach. Beide waren rötlich blond, beherzt und, wenn es sein musste, wohlerzogen. Beide waren weder besonders sensibel, talentiert, empfindlich oder fühlten sich leicht missverstanden. Beide akzeptierten die bedeutendere Stellung des älteren Gervase, wie sie seine Überlegenheit an Kraft und Wissen akzeptierten. Aber Mrs. Kent-Cumberland war eine gerechte Frau, und wenn beide in irgendeine Schelmerei verwickelt waren, erhielt Gervase als der Ältere die schwerere Strafe. Tom fand seine Bedeutungslosigkeit im Ganzen vorteilhaft, denn sie stellte ihn von den zahllosen kleinen Gesellschaftspflichten frei, die Gervase oblagen.

III

Im Alter von sieben Jahren wünschte Tom sich sehnlichst ein Tretauto, ein teures Spielzeug, in das man sich hineinsetzen und in dem man im Garten umherkutschieren konnte. Wochenlang betete er jeden Abend und fast jeden Morgen ausdauernd darum. Weihnachten nahte.

Gervase besaß ein schmuckes Pony und durfte oft mit zur Jagd. Tom war die meiste Zeit des Tages allein, und seine Gedanken kreisten sehr viel um das Auto. Schließlich vertraute er seinen Wunsch einem Onkel an. Der Onkel hielt nicht übermäßig viel von teuren Geschenken, schon gar nicht für Kinder (denn er war ein Mann von bescheidenen Mitteln und kostspieligen Lebensgewohnheiten), aber der so inständige Wunsch des Neffen beeindruckte ihn.

»Das arme Kerlchen«, dachte er bei sich, »anscheinend ist immer nur alles für seinen Bruder da«, und als er nach London zurückkam, bestellte er für Tom ein Tretauto. Es kam ein paar Tage vor Weihnachten an und wurde zusammen mit den anderen Geschenken auf dem Speicher deponiert. Am Heiligabend kam Mrs. Kent-Cumberland sie inspizieren. »Wie nett«, sagte sie jedes Mal, wenn sie eine Widmung las, »wie nett.«

Das Tretauto war mit Abstand das größte Stück. Es war knallrot und hatte elektrisches Licht, Hupe und Ersatzrad.

»Nein wirklich«, sagte sie, »wie *ausgesprochen* lieb von Ted.« Dann sah sie sich die Zueignung etwas näher an. »Aber wie dumm von ihm! Er hat ja *Toms* Namen daraufgeschrieben.«

»Für Master Gervase ist dieses Buch gekommen«, sagte das Kindermädchen und zeigte ein Buch mit dem Kärtchen: »Für Gervase, mit den besten Wünschen von Onkel Ted.«

»Natürlich haben die im Laden die Pakete verwechselt«, sagte Mrs. Kent-Cumberland. »Das kann nicht für Tom bestimmt sein. Stellen Sie sich mal vor, es muss seine sechs bis sieben Pfund gekostet haben.«

Sie vertauschte die Kärtchen und ging, zufrieden damit,

einen offensichtlichen Justizirrtum korrigiert zu haben, nach unten, um das Schmücken des Christbaums zu beaufsichtigen.

Am nächsten Morgen wurden die Geschenke ausgepackt. »Menschenskind, Ger, hast *du* ein Glück«, rief Tom beim Anblick des Autos. »Darf ich mal darin fahren?«

»Ja, aber sei vorsichtig. Die Nanny sagt, es ist furchtbar teuer.«

Tom drehte zwei Runden im Zimmer. »Darf ich ab und zu damit in den Garten?«

»Du kannst es immer haben, wenn ich zur Jagd bin.«

Im Lauf der Woche schrieben sie ihre Dankesbriefe an den Onkel.

Gervase schrieb:

Lieber Onkel Ted,
vielen Dank für das schöne Geschenk. Es ist wunderbar. Dem Pony geht es sehr gut. Ich werde wieder zur Jagd reiten, bevor ich in die Schule zurückmuss. Viele Grüße von

Gervase

Lieber Onkel Ted (schrieb Tom),
vielen Dank für das schöne Geschenk. Genau das habe ich mir immer gewünscht. Noch mal vielen Dank und viele Grüße von

Tom

»So, und das ist alles! So ein undankbarer Lümmel«, dachte Onkel Ted und nahm sich vor, künftig sparsamer zu schenken.

Doch als Gervase wieder zur Schule ging, sagte er zu Tom: »Du kannst das Auto haben und behalten.«

»Was, für *immer*?«

»Ja. Ist doch sowieso ein Kinderspielzeug.«

Und mit diesem Akt der Großherzigkeit steigerte er Toms Achtung und Liebe zu ihm vielhundertfach.

IV

Der Krieg kam und veränderte das Leben der beiden Jungen von Grund auf. Sie trugen keine der Neurosen davon, mit denen die Pazifisten drohten. Die Luftangriffe zählten zu Toms schönsten Erinnerungen, denn da wurde die ganze Schule mitten in der Nacht geweckt und musste rasch in den Keller hinunter, und dort lagen sie alle in Daunendecken gehüllt und wurden von der Hausmutter, die in ihrem Flanellnachthemd überaus lächerlich aussah, mit Kakao und Kuchen verwöhnt. Einmal wurde in Sichtweite der Schule ein Zeppelin abgeschossen. Sie drängten sich alle an die Schlafsaalfenster, um ihn in einem rosa Feuerball langsam zur Erde sinken zu sehen. Ein sehr junger Lehrer, der aus gesundheitlichen Gründen für den Kriegsdienst untauglich war, tanzte auf dem Tennisplatz des Direktors und schrie: »Da brennen sie, die Kindermörder!« Tom legte sich eine Sammlung von »Kriegsandenken« an, worunter sich ein erbeuteter deutscher Stahlhelm, Granatsplitter, die *Times* vom 4. August 1914, Uniformknöpfe, Patronenhülsen und Mützenabzeichen befanden. Sie galt als die beste in der ganzen Schule.

Das Ereignis, das die Beziehung der beiden Brüder radikal veränderte, war der Tod ihres Vaters Anfang 1915. Sie hatten ihn beide nicht besonders gut gekannt oder besonders geliebt. Als Abgeordneter seines Wahlkreises im Unterhaus war er sehr viel in London gewesen, während die Kinder auf Tomb blieben. Seit er auch noch eingerückt war, hatten sie ihn überhaupt nur noch dreimal gesehen. Gervase und Tom wurden aus dem Klassenzimmer gerufen und durch die Frau des Direktors vom Tod ihres Vaters unterrichtet. Sie weinten, weil man das von ihnen erwartete, und ein paar Tage wurden sie von Lehrern und Mitschülern sehr zuvorkommend behandelt.

Erst in den nächsten Ferien bekamen sie die Bedeutung dieser Veränderung vor Augen geführt. Mrs. Kent-Cumberland war plötzlich viel empfindsamer – und viel knauseriger. Sie neigte zu nie gekannten Tränenausbrüchen, wobei sie Gervase an sich drückte und rief: »Mein armer vaterloser Junge!« Und dann wieder sprach sie schwermütig von Erbschaftssteuern.

V

Ein paar Jahre blieben die »Erbschaftssteuern« ein stehender Begriff im Haus.

Als Mrs. Kent-Cumberland das Londoner Haus vermietete, als sie auf Tomb einen Gebäudeflügel schloss, als sie das Personal auf vier Dienstboten und zwei Gärtner verkleinerte, als sie die Blumenbeete »fahrenließ«, als sie ihren Bruder Ted nicht mehr zu Besuch einlud, als sie die Ställe leerte und sich geradezu fanatisch gegen die Benutzung des Wagens sperrte; wenn das Badewasser kalt war und es keine neuen Tennisbälle gab, wenn die Schornsteine verschmutzt waren und auf dem Rasen Schafe weideten, wenn Tom die abgelegten Sachen von Gervase nicht mehr passten, wenn sie ihm in der Schule die »Extraausgaben« für Handwerksstunden und Morgenmilch verweigerte – stets war die »Erbschaftssteuer« schuld.

»Alles für Gervase«, erklärte Mrs. Kent-Cumberland. »Wenn er den Besitz übernimmt, soll er ihn schuldenfrei übernehmen, wie sein Vater.«

VI

Im Jahr nach ihres Vaters Tod kam Gervase nach Eton. Normalerweise wäre Tom ihm zwei Jahre später dorthin gefolgt, aber in ihrem neuen Hang zur Sparsamkeit machte Mrs. Kent-Cumberland diese Anmeldung rückgängig und erkundigte sich im Bekanntenkreis nach den weniger berühmten und weniger teuren Privatschulen. »Die Erziehung ist genauso gut«, sagte sie, »und viel geeigneter für einen jungen Mann, der in der Welt seinen eigenen Weg zu machen hat.«

Tom fühlte sich durchaus wohl auf der Schule, auf die man ihn schickte. Sie war sehr trist und sehr neu, zuträglich, progressiv und in dem Aufschwung, den die höhere Bildung in den unmittelbaren Nachkriegsjahren erlebte, auch ganz einträglich und alles in allem »durch und durch geeignet für einen jungen Mann, der in der Welt seinen eigenen Weg zu machen hat.« Er hatte einige Freunde, die er in den

Ferien nicht mit nach Hause bringen durfte. Er wurde in die Schwimm- und in die Wandballmannschaft seiner Schule aufgenommen, spielte ein paarmal in der zweiten Kricketmannschaft und war Zugführer im Kadettenkorps; er ging in die sechste Klasse, schaffte im letzten Jahr die Hochschulreife, wurde Aufsichtsschüler und genoss das Vertrauen des Hausvaters, der ihn als einen »sehr ordentlichen Kerl von einem Jungen« bezeichnete. Er verließ die Schule mit achtzehn und ohne das mindeste Verlangen, sie oder einen seiner Lehrer oder Mitschüler je wiederzusehen.

Gervase ging damals aufs Christ Church College. Tom besuchte ihn dort einmal, aber die großartigen Etonianer, die da in der Wohnung seines Bruders ein und aus gingen, verschüchterten und deprimierten ihn. Gervase war der Großkotz, der mit Geld um sich warf und sich eine schöne Zeit machte. Er gab eine Party in seiner Wohnung, aber Tom saß stumm dabei, betrank sich, um seine Verlegenheit zu überspielen, und musste sich später auf dem Peckwater-Hof heftig übergeben. Am Tag darauf kehrte er zutiefst bedrückt nach Tomb zurück.

»Tom ist ja nicht unbedingt ein Gelehrtentyp«, sagte Mrs. Kent-Cumberland zu ihren Freundinnen. »Natürlich bin ich froh, dass er es nicht ist. Andernfalls wäre es vielleicht nur recht und billig gewesen, das Opfer zu bringen und ihn auf die Universität zu schicken. Aber wie die Dinge liegen, ist es umso besser, je eher er auf seinen Weg gebracht wird.«

VII

Das aber – Tom »auf den Weg« zu bringen – erwies sich als eine schwierige Angelegenheit. Während der Erbschaftssteuerepoche hatte Mrs. Kent-Cumberland sich von vielen ihrer Freunde ferngehalten; jetzt warf sie vergebens die Angel nach jemandem aus, der Tom irgendwo hätte »unterbringen« können. Es wurde Wirtschaftsprüfung erwogen, Steuerberatung, Immobilienvermittlung, »die City«, doch alles wurde wieder verworfen. »Dummerweise hat er gar keine speziellen Fähigkeiten«, erklärte sie. »Er ist vielseitig – einer von denen, die überall ihren Mann stehen können –, aber er hat natürlich kein Kapital.«

August, September und Oktober vergingen; Gervase war wieder in Oxford und bewohnte eine schicke Wohnung in der High Street, wohingegen Tom weiter ohne Beschäftigung zu Hause blieb. Tag für Tag setzten er und seine Mutter sich zum Mittag- und Abendessen hin, und seine dauernde Gegenwart stellte Mrs. Kent-Cumberlands Geduld auf eine harte Probe. Sie selbst war unablässig beschäftigt, und während sie emsig ihren Pflichten nachging, schockierte und ärgerte es sie jedes Mal, wenn sie die kräftige Gestalt ihres Sohnes im Damenzimmer auf dem Sofa liegen oder an der steinernen Terrassenbrüstung lehnen und apathisch über die wohlvertraute Landschaft starren sah.

»Kannst du dir nicht *irgendeine* Beschäftigung suchen?«, klagte sie oft. »In und an einem Haus gibt es doch *immer* was zu tun. Ich habe weiß Gott nie einen Augenblick Ruhe.« Und als er eines Nachmittags von Nachbarn eingeladen war und zu spät zurückkam, um sich noch zum Abendessen umzuziehen, sagte sie: »Also wirklich, Tom, man sollte meinen, *du* hättest die Zeit dafür.«

»Es ist eine sehr ernste Sache«, bemerkte sie bei anderer Gelegenheit, »wenn ein junger Mann in deinem Alter nicht an Arbeit gewöhnt ist. Es untergräbt seine Moral.«

Und so verfiel sie schließlich auf das seit Jahrhunderten beim Landadel bewährte Hausrezept, ihn die Bibliothek katalogisieren zu lassen. Diese bestand aus einer umfangreichen verstaubten Büchersammlung, zusammengetragen von Generationen einer Familie, in der sich noch nie einer als großer Mäzen der Literatur hervorgetan hatte; die Bibliothek war schon einmal um die Mitte des neunzehnten Jahrhunderts in der spinnwebartigen altjüngferlichen Handschrift eines armen Verwandten katalogisiert worden; seitdem war nichts Nennenswertes hinzugekommen; dennoch kaufte Mrs. Kent-Cumberland eine Vitrine aus dunklem Eichenholz und ein paar Karteikästchen und erklärte Tom, nach welchem System sie die Regale umnummeriert und die Bücher je zweimal unter Autor und Thema erfasst haben wollte.

Es war ein System, mit dem ein junger Mann eine Weile zu tun haben sollte, und so ärgerte es sie, als sie ihn schon ein paar Tage später bei einem Überraschungsbesuch an seinem Arbeitsplatz lesend in einem Sessel sitzen sah oder vielmehr, mit den Füßen auf einer Sprosse des Bibliothekstritts, halb liegen.

»Freut mich, dass du etwas Interessantes gefunden hast«, sagte sie in einem Ton, der wenig Freude ausdrückte.

»Also, ehrlich gesagt, habe ich das wohl«, sagte Tom und zeigte ihr das Buch.

Es war ein handgeschriebenes Tagebuch, das ein Colonel Jasper Cumberland während des Peninsularkriegs geführt hatte. Es besaß keine ungeahnten literarischen Vorzüge, und die Kritik am Generalstab warf auch kein neues Licht auf die Strategie dieses Feldzugs, aber es war eine lebendige, hautnahe Schilderung jener Tage und atmete den Hauch seiner Zeit; eingestreut waren ein paar lustige Anekdötchen, spannende Geschichten von Fuchsjagden hinter den Linien von Torres Vedras, ein Besuch des Herzogs von Wellington in der Offiziersmesse, eine drohende Meuterei, die noch nicht in die Geschichtsschreibung eingegangen war, der Sturm auf Badajoz; gewürzt mit ein paar anzüglichen Bemerkungen über portugiesische Frauen und frommen Gedanken zum Patriotismus.

»Ich habe überlegt, ob das nicht eine Veröffentlichung wert wäre«, meinte Tom.

»Das glaube ich kaum«, antwortete seine Mutter. »Aber ich zeige es auf alle Fälle Gervase, wenn er wieder hier ist.«

Für den Augenblick brachte der Fund ein wenig Abwechslung in Toms Leben. Er befasste sich mit der Geschichte jener Epoche sowie der seiner Familie. Jasper Cumberland identifizierte er als einen »jüngeren Sohn« von damals, der später nach Kanada ausgewandert war. In den Archiven fanden sich Briefe von ihm, darunter die Nachricht von seiner Verehelichung mit einer Papistin, die offenbar das Verhältnis zu seinem älteren Bruder zerstört hatte. Im Salon fand er in einem Kästchen mit unkatalogisierten Miniaturen das Porträt eines gutaussehenden backenbärtigen Soldaten, den er nach

Beschäftigung mit historischen Uniformen als den Tagebuchschreiber erkannte.

Und bald schon war Tom dabei, seine Notizen in runder kindlicher Handschrift zu einem Essay zusammenzufassen. Seine Mutter sah es mit vorbehaltlosem Wohlwollen. Es freute sie, ihn beschäftigt zu sehen, und es freute sie, dass er Interesse an der Geschichte seiner Familie zeigte. Sie war bereits ein wenig besorgt gewesen, den Jungen womöglich zum Sozialisten gemacht zu haben, indem sie ihn auf eine »traditionslose« Schule geschickt hatte. Und als sich kurz vor Weihnachten eine Arbeitsstelle für Tom auftat, nahm sie die Notizen in ihre Obhut. »Gervase wird sich gewiss sehr dafür interessieren«, sagte sie. »Vielleicht findet er es sogar lohnenswert, sie einem Verleger zu zeigen.«

VIII

Die Arbeit, die sich für Tom aufgetan hatte, war nicht von Anfang an lukrativ zu nennen, aber, wie seine Mutter sagte, es war immerhin ein Anfang. Er sollte in Wolverhampton die Autobranche von der Pike auf kennenlernen. Die ersten beiden Jahre sollte er in der Fabrik arbeiten, von wo er bei entsprechendem Talent in den Verkaufsraum eines Londoner Automobilsalons aufsteigen würde. Anfangs bekam er fünfunddreißig Shilling die Woche, aufgebessert durch ein Taschengeld von einem Pfund. Man fand ein Zimmer für ihn über einem Obst- und Gemüseladen am Stadtrand, und Gervase schenkte ihm seinen alten Zweisitzer, mit dem er zwischen Arbeitsplatz und Wohnung hin- und herfahren und am Wochenende gelegentlich nach Hause kommen konnte.

Bei einem dieser Besuche daheim erfuhr er dann von Gervase, dass ein Londoner Verleger das Tagebuch gelesen habe und Chancen dafür sähe. Sechs Monate später erschien es unter dem Titel: *Journal eines englischen Kavallerieoffiziers im Peninsularkrieg. Herausgegeben und mit Anmerkungen sowie einer biographischen Einführung versehen von Gervase Kent-Cumberland.* Das Miniaturporträt des Soldaten zierte das Büchlein als Titelbild, und im Inneren fanden sich eine Collotypie des Originalmanuskripts, ein zeitgenössischer Stich von Tomb Park und eine Karte der Schlacht. Fast zweitausend Exemplare zu zwölfeinhalb Shilling wurden verkauft und es wurde in der einen und anderen Samstags- oder Sonntagszeitung anerkennend erwähnt.

Die Veröffentlichung des Tagebuchs fiel fast auf den Tag mit Gervases einundzwanzigstem Geburtstag zusammen. Das Ereignis wurde mit einem langen, rauschenden Fest begangen, das in einem Ball gipfelte, bei dem auch Toms Gegenwart gewünscht wurde.

Er fuhr nach der Arbeit nach Tomb, kam gerade zum Abendessen zurecht und fand das Haus gefüllt mit etwa dreißig Festgästen und im Übrigen völlig verwandelt.

Sein Zimmer war belegt (»denn du bleibst ja doch nur für eine Nacht«, erklärte seine Mutter). Er wurde ins Cumberland Arms geschickt, wo er sich bei Kerzenlicht in einem winzigen Zimmerchen über der Bar umzog, um dann zu spät und ein wenig außer Atem zum Essen zu erscheinen, bei dem er zwischen zwei hübschen Mädchen saß, die weder wussten, wer er war, noch es der Mühe wert fanden, danach zu fragen. Der anschließende Tanz fand in einem Zelt auf der Terrasse statt, das ein Londoner Partydienst zur halbwegs gelungenen Kopie eines Pont-Street-Salons gemacht hatte. Tom tanzte ein paarmal mit Töchtern von Nachbarsfamilien, die er von klein auf kannte. Sie fragten ihn nach Wolverhampton und seiner Arbeit aus. Er musste andernmorgens früh aufstehen; um Mitternacht verzog er sich in sein Herbergsbett. Der Abend hatte ihn gelangweilt, denn er war verliebt.

IX

Er hatte daran gedacht, seine Mutter zu fragen, ob er seine Verlobte zum Ball mitbringen dürfe, aber nach nochmaligem Nachdenken hatte er bei aller Liebesblindheit eingesehen, dass es nicht ging. Das Mädchen hieß Gladys Cruttwell. Sie war zwei Jahre älter als er und hatte flaumiges strohblondes Haar, das sie einmal wöchentlich zu Hause wusch und vor dem Gasofen trocknete; am Tag nach der Kopfwäsche war es sehr hell und seidig; gegen Ende der Woche etwas dunkler und ein wenig fettig. Sie war tugendhaft, zärtlich, selbstbewusst, ruhig, unintelligent und couragiert, aber Tom kam nicht um die Einsicht herum, dass sie auf Tomb nicht gut ankommen würde.

Sie arbeitete im Büro der Firma. Tom hatte sie an seinem zweiten Tag dort über den Hof tänzeln sehen, pünktlich wie die Uhr, barhäuptig (am Tag nach der Kopfwäsche), in einem selbstgestrickten wollenen Kostüm. Er kam in der Kantine mit ihr ins Gespräch, indem er ihr mit einer angesichts der Örtlichkeit nicht ganz selbstverständlichen Ritterlichkeit den Vortritt ließ. Dass er ein Auto besaß, brachte ihn gegenüber den anderen jungen Männern in der Fabrik eindeutig in Vorteil.

Sie stellten fest, dass sie nur ein paar Straßen weit voneinander entfernt wohnten, und bald gewöhnte Tom sich an, sie morgens abzuholen und abends wieder nach Hause zu bringen. Er blieb dann vor ihrem Haus im Wagen sitzen und hupte, und sie kam zu ihm herausgelaufen. Als der Sommer nahte, unternahmen sie auch Spazierfahrten über die baumbeschatteten Landstraßen von Warwickshire. Im Juni verlobten sie sich. Es war ein Erlebnis für Tom, das ihn ganz aus dem Häuschen brachte, fast schwindlig machte, doch er hatte Hemmungen, seiner Mutter davon zu erzählen. »Ich bin schließlich nicht Gervase«, erkannte er zwar ganz richtig, aber im Grunde seines Herzens wusste er genau, dass er Ärger bekommen würde.

In den Kreisen, aus denen Gladys stammte, waren lange Verlöbnisse gang und gäbe; Heirat lag in weiter Ferne; eine Verlobung bedeutete für sie nur das öffentliche Bekenntnis dazu, dass sie ihre Freizeit miteinander verbrachten. Ihre Mutter, bei der sie wohnte, akzeptierte ihn unter dieser Voraussetzung. Irgendwann, in ein paar Jahren, wenn Tom seinen festen Platz in einem Londoner Autosalon hatte, war immer noch Zeit, ans Heiraten zu denken. Aber Tom war in eine weniger geduldige Tradition hineingeboren. Im Herbst begann er, von Heirat zu sprechen.

»Das wäre herrlich«, sagte Gladys in einem Ton, als spräche sie von einem Tombolagewinn.

Er hatte nur wenig von seiner Familie erzählt. Gladys war sich zwar vage bewusst, dass diese in einem großen Haus wohnte, aber das war ein Leben, das für sie nie Wirklichkeit gewesen war. Sie dachte sich so ungefähr, dass man da Herzoginnen und Marquisen in einer sogenannten Gesellschaft antraf; man begegnete ihnen in Zeitungen und Filmen. Sie wusste, dass es Direktoren mit sehr hohen Gehältern gab; aber Menschen wie Gervase oder Mrs. Kent-Cumberland, die sich für etwas ganz anderes hielten als sie selbst, waren ihr noch nie begegnet. Als sie zu guter Letzt dann doch einmal zusammenkamen, war Mrs. Kent-Cumberland äußerst liebenswürdig, und Gladys hielt sie für eine sehr nette alte Dame. Aber Tom wusste, dass die Begegnung katastrophal verlaufen war.

»Das Ganze ist natürlich vollkommen unmöglich«, sagte Mrs. Kent-Cumberland. »Diese Miss Egal-wie-sie-heißt mag ja ein ausgesprochen nettes Mädchen sein, aber du bist doch gar nicht in der Position, an Heiraten überhaupt zu denken. Außerdem«, fügte sie im Ton absoluter Endgültigkeit hinzu, »darfst du auch nicht vergessen, dass du hier der Erbe wärst, falls Gervase etwas zustoßen sollte.«

Und so musste Tom kurzerhand die Autobranche verlassen und eine Stelle auf einer Schaffarm in Südaustralien antreten.

x

Es wäre nicht gerecht zu sagen, Mrs. Kent-Cumberland habe in den darauffolgenden zwei Jahren ihren jüngeren

Sohn vergessen. Sie schrieb ihm jeden Monat und schickte ihm zu Weihnachten ein paar Halstücher. Während der ersten einsamen Zeit schrieb Tom ihr regelmäßig, doch als er sich an das neue Leben gewöhnte und seine Briefe seltener wurden, vermisste sie diese nicht sehr. Kam einer, war er meist recht lang, so dass sie ihn zunächst beiseitelegte, um ihn später in Ruhe lesen zu können, und öfter als einmal verlegte sie Briefe auf diese Weise ungeöffnet. Aber wann immer Bekannte sich nach Tom erkundigten, antwortete sie getreulich: »Es geht ihm ausgezeichnet. Und es macht ihm *solchen* Spaß.«

Es gab so viel anderes, was sie beschäftigte und manchmal auch bedrückte. Gervase war jetzt der Herr auf Tomb und verkehrte die Sparsamkeit seiner Kinder- und Jugendtage in ihr Gegenteil. Im Stall standen sechs Jagdpferde. Der Rasen wurde gemäht, Zimmer wieder benutzt, zusätzliche Badezimmer installiert; es war sogar die Rede von einem Swimmingpool. An jedem Wochenende gab es Gesellschaften von Samstag bis Montag. Und schließlich wurden zwei Romneys und ein Hopper unter Preis verkauft. Mrs. Kent-Cumberland sah das alles mit einer Mischung aus Stolz und Sorge. Besonders aufmerksam begutachtete sie die endlose Prozession von Mädchen, die zu Besuch kamen, stets hin- und hergerissen zwischen den einander widersprechenden Ängsten, dass Gervase heiraten werde oder eben nicht. Beides erschien ihr gefährlich; eine Frau für Gervase musste natürlich aus guter Familie sein, wohlerzogen, reich, von makellosem Ruf und Mrs. Kent-Cumberland in Liebe zugetan. Eine solche Partie schien schwer zu finden. Das Anwesen war frei von Hypotheken, die wegen der Erbschaftssteuer notwendig geworden waren, aber die Rendite war unsicher, und obwohl sie sich, wie sie immer wieder betonte, »nie einmischte«, überzeugten schlichte Arithmetik sowie die eigene Erfahrung mit der Hauswirtschaft sie davon, dass Gervase den Lebensstil, den er da eingeführt hatte, nicht lange durchhalten konnte.

Bei so vielen Dingen, die ihr durch den Kopf gingen, konnte es gar nicht ausbleiben, dass Mrs. Kent-Cumberland erstens sehr viel an Tomb und sehr wenig an Südaustralien dachte und es ihr zweitens den Schock ihres Lebens versetzte, als sie in einem von Toms Briefen las, dass er zu Besuch nach England kommen und nebst einer Verlobten auch gleich einen künftigen Schwiegervater mitbringen werde; dass er sogar schon aufgebrochen war und sich auf See befand und in etwa zwei Wochen in London eintreffen würde. Hätte sie seine vorherigen Briefe aufmerksamer gelesen, vielleicht hätte sie darin eine solche Entwicklung angedeutet gefunden, aber das hatte sie eben nicht, und so war nun diese Ankündigung eine durch und durch unangenehme Überraschung.

»Dein Bruder kommt.«

»Ach, schön! Wann?«

»Er kommt mit einer Farmerstochter, mit der er sich verlobt hat, und den Farmer bringt er auch gleich mit. Sie sind auf dem Weg hierher.«

»Mein Gott, wie lästig. Sagen wir ihnen doch, wir lassen gerade die Boiler reinigen.«

»Dir scheint nicht klar zu sein, dass die Sache ernst ist, Gervase.«

»Ach, du machst das schon. Es ginge ja noch, wenn sie

nächsten Monat kämen. Irgendwann müssen wir die Anchorages einladen. Da könnten wir das beides auf einmal hinter uns bringen.«

Und so beschlossen sie, dass Gervase den Immigranten nach London entgegenfahren, sie sich ansehen und seiner Mutter berichten solle, ob man sie zugleich mit den Anchorages im Haus haben könnte oder nicht. Als er eine Woche später nach Tomb zurückkehrte, empfing ihn seine Mutter voll Ungeduld.

»Nun, was ist? Du hast nicht geschrieben!«

»Geschrieben? Sollte ich? Ich schreibe doch nie. Habe ich am Ende einen Geburtstag vergessen, oder was?«

»Rede nicht solchen Unsinn, Gervase. Ich spreche von dieser unglückseligen Liaison deines Bruders. Hast du sie gesehen?«

»Ach so, *die.* Ja, ich habe mit ihnen zu Mittag gegessen. Tom hat sich nicht übel gebettet. Blond, ziemlich rund, Glubschaugen und gutmütig, würde ich sagen.«

»Spricht sie – mit australischem Akzent?«

»Ist mir nicht aufgefallen.«

»Und der Vater?«

»Ein aufgeblasener alter Knacker.«

»Würde er zu den Anchorages passen?«

»Wie angegossen. Aber sie können gar nicht kommen. Sie sind bei den Chasms.«

»Was du nicht sagst! Nicht zu fassen! Das heißt, Archie Chasm war ja mal Generalgouverneur. Immerhin scheinen sie einigermaßen achtbar zu sein. In welchem Hotel sind sie abgestiegen?«

»Im ›Claridge‹.«

»Dann müssen sie auch noch ziemlich reich sein. Wie interessant! Ich schreibe ihnen noch heute Abend.«

XI

Drei Wochen später kamen sie. Mr. MacDougal, der Vater, war ein großer, hagerer Mann mit Kneifer auf der Nase und einer Vorliebe für Statistiken. Gemessen an seinen Ländereien war Tomb ein niedliches Gärtchen. Er prahlte nicht damit, aber in seinem statistischen Eifer nannte er Mrs. Kent-Cumberland ein paar atemberaubende Zahlen. »Ist Bessie Ihr einziges Kind?«, fragte diese.

»Meine einzige Tochter und Alleinerbin«, kam Mr. MacDougal gleich zur Sache. »Sie haben sich wahrscheinlich schon gefragt, was sie denn so von mir mitbekommen wird. Aber das ist leider etwas, das man nicht so genau beantworten kann. Wir haben gute Jahre, Mrs. Kent-Cumberland, und wir haben schlechte Jahre. Je nachdem.«

»Aber auch in schlechten Jahren können sich die Einnahmen doch sicher noch sehen lassen?«

»In einem schlechten Jahr«, sagte Mr. MacDougal, »in einem *sehr* schlechten Jahr wie diesem, liegt der Nettogewinn nach Abzug aller laufenden Kosten, Versicherungen, Steuern und Wertminderungen irgendwo zwischen –« Mrs. Kent-Cumberland wagte nicht zu atmen – »irgendwo zwischen fünfzig- und zweiundfünfzigtausend Pfund. Ich weiß, das ist sehr ungenau, aber bevor die letzte Abrechnung gemacht ist, kann man unmöglich Genaueres sagen.«

Bessie war sanft und freundlich. Alles fand sie wunderbar.

»Es ist so *antik*«, begeisterte sie sich jedes Mal, egal, ob sie nun gerade die normannische Kirche von Tomb, die viktorianische Täfelung des Billardzimmers oder die Zentralheizung bewunderte, die Gervase vor kurzem hatte installieren lassen. Mrs. Kent-Cumberland schloss sie sehr ins Herz.

»Man *könnte* etwas aus ihr machen«, erklärte sie. »Aber ob *Tom* nun wirklich der Richtige für sie ist... ich weiß nicht, ich *weiß* nicht ...«

Die MacDougals blieben vier Tage, und zum Abschied drängte Mrs. Kent-Cumberland sie, doch recht bald zu einem längeren Besuch wiederzukommen. Bessie war von allem, was sie gesehen hatte, hingerissen gewesen.

»Ich wünschte, wir könnten hier wohnen«, hatte sie am ersten Abend zu Tom gesagt, »in diesem *reizenden* alten Haus.«

»Ja, Schatz, ich auch. Es gehört natürlich alles Gervase, aber ich betrachte auch es immer als mein Zuhause.«

»Genauso geht es uns Australiern mit England.«

»Eben.«

Sie hatte unbedingt alles sehen wollen: das alte Herrenhaus mit dem Giebel, das seit dem Bau des jetzigen Herrenhauses im 18. Jahrhundert nur noch als Wittum diente – dieses hässlich proportionierte, unkomfortabel eingerichtete Haus, in dem sich Mrs. Kent-Cumberland in trüben Momenten ihre letzten Lebensjahre verbringen sah; die Mühle und die Steinbrüche; die Farm, die den MacDougals so winzig und ordentlich vorkam wie die Arche Noah. Auf diesen Expeditionen gab Gervase den Führer. »Er weiß natürlich über alles viel besser Bescheid als Tom«, erklärte Mrs. Kent-Cumberland.

Überhaupt fand Tom sich selten mit seiner Verlobten allein. Als sie einmal nach dem Abendessen alle zusammensaßen, kam die Rede kurz auf ihre Heirat. Er fragte Bessie, ob sie nun, nachdem sie Tomb gesehen habe, vielleicht lieber hier in der Dorfkirche heiraten möchte als in London.

»Ach, mit dieser Entscheidung hat es doch gar keine Eile«, sagte Mrs. Kent-Cumberland. »Lass doch Bessie sich erst einmal ein wenig umsehen.«

Die MacDougals machten sich im Anschluss an ihren Besuch auf den Weg nach Schottland, zum Schloss ihrer Ahnen. Mr. MacDougal hatte verschiedenen Zweigen seiner Familie nachgespürt, dann gelegentlich mit ihnen korrespondiert und wollte sie nun gern kennenlernen.

Bessie schrieb allen, die auf Tomb geblieben waren; Tom schrieb sie täglich, aber wenn sie nachts schlaflos in dem schrecklichen Bett lag, das die entfernte Verwandtschaft ihr zugewiesen hatte, fühlte sie zum ersten Mal eine gewisse Enttäuschung und Unsicherheit. In Australien war Tom ihr so anders als alle anderen vorgekommen, so freundlich und würdevoll und kultiviert. Hier in England verblasste er zur Bedeutungslosigkeit. Hier schienen alle so zu sein wie Tom.

Und dann das Haus! Es war genau so, wie sie sich ein Haus, in dem Engländer lebten, immer vorgestellt hatte, mit diesem *reizenden* kleinen Park – nicht einmal vierhundert Hektar –, dem weichen Rasen und den alten Steinen. Tom passte gut in dieses Haus. Er passte zu gut, verschwand geradezu darin, verschmolz mit der Umgebung. Das Haupthaus gehörte Gervase – er war Tom so ähnlich, nur hübscher, hatte Toms ganzen Charme, aber mehr Persönlichkeit. Von solchen Gedanken geplagt, wälzte sie sich also in dem harten, unebenen Bett, bis die Morgendämmerung durch das Spitzbogenfenster ihres viktorianisch-prunkvollen Turmzimmers drang. Sie liebte dieses Turmzimmer trotz all seiner Unbequemlichkeiten. Es war so *antik*.

XII

Mrs. Kent-Cumberland war eine rührige Frau. Die MacDougals waren kaum zehn Tage fort, da kehrte sie triumphierend von einem Tagesbesuch in London zurück. Als sie nach dem Abendessen allein mit Tom im kleinen Salon saß, sagte sie: »Du wirst sehr überrascht sein, wenn du hörst, wen ich heute getroffen habe. *Gladys.*«

»Gladys?«

»Gladys Cruttwell.«

»Du lieber Himmel! Wo bist du denn der begegnet?«

»Es war reiner Zufall«, antwortete seine Mutter ausweichend. »Sie arbeitet jetzt in London.«

»Wie geht's ihr?«

»Sie sieht sehr hübsch aus. Eigentlich noch hübscher als früher.«

Es trat eine Pause ein. Mrs. Kent-Cumberland stickte konzentriert an ihrem Kissenbezug. »Du weißt doch, mein Junge, dass ich mich *nie einmische,* aber manchmal habe ich mich ja doch gefragt, ob es sehr nett war, wie du dich Gladys gegenüber verhalten hast. Ich weiß, dass ich da teilweise mitverantwortlich bin, aber ihr wart damals beide so jung, und eure Zukunft war so ungewiss. Ich dachte, ein paar Jahre Trennung könnten erweisen, ob ihr euch wirklich liebt.«

»Ach was, sie hat mich sicher längst vergessen.«

»O nein, Tom. Sie kam mir sehr unglücklich vor.«

»Aber woher willst du das denn wissen, Mutter, wenn du sie doch nur zufällig getroffen hast?«

»Wir haben dann zusammen gegessen. In einem ABC-Laden.«

Erneute Pause.

»Aber hör mal, *ich* habe sie vergessen. Für mich gibt es nur noch Bessie.«

»Du weißt, Lieber, ich mische mich nie ein. Ich finde ja auch, dass Bessie ein reizendes Mädchen ist. Aber bist du frei? Wirklich nach deinem Gewissen frei? Du weißt natürlich besser als ich, was du Gladys versprochen hast, als du dich von ihr verabschiedetest.«

Und so stand nun nach langer, langer Zeit die Szene wieder vor seinen Augen, die ihm in den ersten Monaten seines australischen Abenteuers unentwegt im Kopf herumgegangen war: ein Abschied unter Tränen und heiligen Schwüren. Er antwortete nicht. »Ich habe Gladys nichts von deiner Verlobung gesagt, weil ich fand, dass es dein Recht ist, ihr das auf deine Weise zu sagen, so gut du kannst. Ich habe ihr allerdings gesagt, dass du in England bist und sie gern wiedersehen möchtest. Sie kommt morgen für ein, zwei Tage her. Die Ärmste sah wirklich aus, als ob sie ein paar Tage Urlaub brauchen könnte.«

Als er Gladys am Bahnhof abholte, standen sie erst ein paar Minuten auf dem Bahnsteig und waren sich nicht sicher, wen sie da vor sich hatten. Dann gaben beide zögernde Zeichen des Wiedererkennens. Gladys war in den vergangenen zwei Jahren zweimal verlobt gewesen und ging zurzeit mit einem Autoverkäufer. Es war eine große Überraschung für sie gewesen, als Mrs. Kent-Cumberland sie aufsuchte und ihr erklärte, Tom sei wieder in England. Sie hatte ihn nicht vergessen, denn sie war ein treues und gutherziges Mädchen, und es machte sie verlegen und rührte sie, als sie erfuhr, dass seine Liebe zu ihr ungebrochen sei.

Sie heirateten zwei Wochen später, und Mrs. Kent-Cumberland übernahm die heikle Aufgabe, »das alles den MacDougals beizubringen.«

Tom und Gladys gingen nach Australien, wo Mr. MacDougal ihnen großherzig die Verwaltung eines seiner abgelegeneren Güter übertrug. Er war mit Toms Arbeit zufrieden. Gladys hat einen weitläufigen sonnigen Bungalow und vor den Fenstern Weideland und Zäune. Viel Gesellschaft hat sie nicht, und was sie hat, gefällt ihr nicht besonders. Die benachbarten Rancher finden sie sehr englisch und eingebildet.

Bessie und Gervase heirateten nach sechswöchiger Verlobungszeit. Sie wohnen auf Tomb. Bessie hat zwei Kinder und Gervase sechs Rennpferde. Mrs. Kent-Cumberland lebt bei ihnen im Haus. Sie und Bessie sind selten verschiedener Meinung, und wenn es doch einmal vorkommt, ist Mrs. Kent-Cumberland diejenige, die sich durchsetzt.

Das Wittum ist langfristig an einen Sportartikelhersteller vermietet. Gervase hat die Jagd übernommen und gibt das Geld mit vollen Händen aus; die ganze Nachbarschaft ist sehr zufrieden.

Engländers Heim und Herd

I

Mr. Beverley Metcalfe klopfte auf das Barometer in der Diele und stellte zufrieden fest, dass es im Lauf der Nacht ein paar Striche gefallen war. Eigentlich war er von seinem ganzen Naturell her mehr dem Sonnenschein zugetan, aber seiner Meinung nach zeichnete es den echten Landmann aus, dass er jederzeit Regen herbeisehnte. Damit, was einen echten Landmann ausmacht, hatte er sich eingehend befasst. Wäre er ein Mann von literarischen Ambitionen und aus einer früheren Generation gewesen, so hätten seine Beobachtungen gewiss ein Aphorismenbüchlein ergeben. Der echte Landmann trug, im Gegensatz zu dem salopp gekleideten Besuch aus der Stadt, am Sonntag stets einen dunklen Anzug; gern machte er Gelegenheitsgeschäfte und scheute keine Zeit und Mühen, wenn er etwas unter der Hand statt über den Handel absetzen konnte; nach außen hin skeptisch und konservativ, war er von jeder technischen Spielerei doch sofort fasziniert; er war freundlich, aber ungastlich, schwatzte mit jedem vorüberkommenden Fremden stundenlang über den Zaun, ließ aber selbst die besten Freunde nur widerstrebend in sein Haus… Diese und noch hunderterlei andere charakteristische Eigenschaften hatte Mr. Metcalfe sich sorgsam eingeprägt, um es dem Landmann gleichzutun.

»Ja, das brauchen wir – Regen«, sagte er bei sich, öffnete die Tür zum Garten und trat in die milde Frühlingsluft hinaus. Kein Wölkchen drohte am Himmel. Gerade schob der Gärtner die Wasserkarre an ihm vorbei.

»Morgen, Boggett. Das Barometer ist endlich gefallen.«

»Hrrm.«

»Das heißt, es gibt Regen.«

»Nööö.«

»Es steht sehr tief.«

»Aha.«

»Jetzt noch zu gießen wäre schade um die Zeit.«

»Das Zeug verbrennt sonst.«

»Wenn's regnet, nicht.«

»Regnet aber nicht. Hier regnet's nur, wenn man rübergucken kann.«

»Rübergucken?«

»Hrrm. Wenn Regen kommt, sieht man den Kirchturm von Pilbury.«

Mr. Metcalfe nahm die Belehrung würdevoll entgegen. »Diese Alten wissen so einiges, wovon die Wissenschaft keine Ahnung hat«, kommentierte er gelegentlich im Ton einer Überlegenheit, die er ganz und gar nicht empfand. Zwar war Boggett, der Gärtner, keineswegs besonders alt, und er wusste auch recht wenig; was er säte, ging selten auf; wenn man ihm ein Gartenmesser in die Hand gab, richtete er damit nichts als Verwüstung an; sein gärtnerischer Ehrgeiz erschöpfte sich darin, den dickstmöglichen Kürbis aufzupäppeln; aber Mr. Metcalfe sah mit der schlichten Ehrfurcht des kleinen Bauern vor dem Priester zu ihm auf. Mr. Metcalfe hatte die Weihen des Landlebens nämlich erst vor kurzer Zeit empfangen, und alles, was damit zusammenhing, erweckte seine ehrfürchtige Bewunderung – die landwirtschaftliche Arbeit, die ländliche Gesellschaftsordnung, der Wortschatz, die Zerstreuungen; ebenso der Anblick, der sich ihm jetzt glitzernd unter der kühlen Maisonne darbot: Obstbäume in Blüte, Kastanien im vollen Laub, die knospenden Eschen; die Geräusche und Gerüche: wenn Mr. Westmacott früh am Morgen seine Kühe rief; der Duft der feuchten Erde und Boggetts unbeholfenes Gematsche um den Goldlack herum. Rings um ihn pulsierte das Herz des Landlebens – oder was Mr. Metcalfe für das Herz des Landlebens hielt –, und sein eigenes Herz folgte im selben Rhythmus, denn war er nicht ein Teil davon, ein wahrer Landmann, ein Grundbesitzer?

Gewiss, der Grundbesitz hielt sich in bescheidenen Grenzen, aber wie er so auf seiner Terrasse stand und auf das unberührte Tal vor ihm hinunterblickte, beglückwünschte er sich, dass die Makler ihn nicht zu einem größeren Anwesen mit einem Vielfachen an Sorgen hatten verleiten können. Er besaß nicht ganz drei Hektar, und diese Größe erschien ihm gerade richtig; sein verbriefter Besitz umfasste das Haus und eine Koppel; weitere vierundzwanzig Hektar Kulturland hätte er auch noch haben können, und ein paar Tage hatte er mit der fast berauschenden Idee gespielt, sie zu erwerben. Natürlich hätte er sie sich ohne weiteres leisten können, aber es wäre gegen seine sämtlichen Grundsätze und für einen Mann wie ihn geradezu pervers gewesen, sein Kapital in etwas zu investieren, was gerade zwei Prozent Rendite abwarf. Er suchte ein Heim, keinen »Sitz«, und die

Ironie dieses Wortes beschäftigte ihn noch eine Weile; er dachte nämlich an Lord Brakehurst, mit dessen Anwesen er, wie er sich gern ausdrückte, »eine gemeinsame Grenze« hatte – in der Tat lagen nur etwa hundert Meter Nichts zwischen Mr. Metcalfes Koppel und einer von Lord Brakehursts Wiesen. Was konnte denn mit Sitzen weniger zu tun haben als das Leben, das Lord Brakehurst führte – jeder Tag mit den Obliegenheiten eines großen Besitzes ausgefüllt? Nein, drei Hektar, klug gewählt, das war der ideale Grundbesitz, und Mr. Metcalfe *hatte* klug gewählt. Der Makler hatte nichts als die Wahrheit gesagt, wenn er Much Malcock eines der unberührtesten Dörfer der Cotswolds nannte. Von eben so einem Plätzchen hatte Mr. Metcalfe die ganzen langen Jahre geträumt, die er in Alexandria im Baumwollhandel tätig war. Der Vorbesitzer hatte Mr. Metcalfes Residenz, die man seit Generationen unter dem eigenwilligen Namen »Grumps« kannte, in »Hof Much Malcock« umgetauft. Der neue Name passte gut. Es handelte sich um »ein gediegenes georgianisches Gebäude aus warmem Cotswoldstein; vier Wohn-, sechs Schlaf- und Ankleideräume; reich an Zeitgeschichte«. Nur die Dorfbewohner waren zu Mr. Metcalfes Leidwesen nicht zu bewegen, von »Hof Much Malcock« zu sprechen. Boggett sagte immer noch, er arbeite »auf Grumps« – aber der neue Name war schließlich nicht Mr. Metcalfes Einfall, und er machte sich zudem gut auf seinem Briefpapier. Er gab ihm einen Rang im Dorf, der nicht unumstritten war.

Lord Brakehurst war natürlich eine Klasse für sich; er war Lord Lieutenant der Grafschaft und hatte Grundbesitz in fünfzig Gemeinden. Lady Brakehurst hatte Mrs. Metcalfe noch nicht einmal besucht, denn in der Welt, in der sie lebte, hatten Antrittsbesuche ihre Bedeutung verloren. Aber zur Aufrechterhaltung dieser Tradition kamen in Much Malcock noch zwei weitere Häuser in Frage sowie ein Grenzfall – nicht mitgerechnet der Pfarrer, der wie ein Plebejer sprach und mit Vorliebe gegen Bankiers predigte.

Die Konkurrenz bestand aus Lady Peabury und Colonel Hodge, die zwar beide für die Alteingesessenen noch immer Zugezogene waren, aber immerhin schon zwanzig Jahre länger in Much Malcock wohnten als Mr. Metcalfe.

Lady Peabury wohnte im Gut Much Malcock, dessen Schornsteine demnächst hinter dem Sommerlaub versteckt sein würden, jetzt aber noch durch den knospenden Limes auf dem gegenüberliegenden Hang zu erkennen waren. Zwischen ihrem und Mr. Metcalfes Anwesen lagen anderthalb Hektar Wiesen, auf denen Westmacotts fette Herde die Landschaft bereicherte und ein Gegengewicht zur eher vorstädtischen Pracht von Lady Peaburys Blumenbeeten bildete. Sie war Witwe und wie Mr. Metcalfe aus dem Ausland nach Much Malcock gekommen. Sie war reich, liebenswürdig und ziemlich habgierig, eine fleißige Leserin von Romanen, Herrin über viele Cairnterrier sowie fünf zuverlässige alte Dienerinnen, die nie das Crown-Derby-Porzellan zerbrachen.

Colonel Hodge wohnte in der Villa Much Malcock, einem schönen Haus mit Giebel, gelegen an der Dorfstraße, dessen Garten ebenfalls an Westmacotts Wiese grenzte. Der Colonel war mittellos, aber dafür betätigte er sich aktiv in der Britischen Legion und bei den Pfadfindern. Er nahm Mr. Metcalfes Einladung zum Abendessen an, nannte ihn im Familienkreis aber den »Baumwollfritzen«.

Dies waren die Nachbarn von unzweifelhafter Stellung. Die Hornbeams in der Alten Mühle waren ein kinderloses Ehepaar in mittleren Jahren, das sich dem Kunsthandwerk verschrieben hatte. Mr. Hornbeam senior war Töpfereibesitzer in Staffordshire; er unterstützte sie widerstrebend und nicht sehr großzügig, aber der nicht mit eigener Arbeit verdiente Scheck, den sie alle drei Monate bekamen, hob sie unbestritten in die Sphäre der örtlichen Oberschicht. Mrs. Hornbeam war eine regelmäßige Kirchgängerin, und Mr. Hornbeam verstand etwas von Gemüseanbau. Überhaupt hätten sie, wenn statt des Küchengartens ein Tennisplatz vor ihrem Haus gewesen wäre und Mr. Hornbeam einen Abendanzug besessen hätte, ohne weiteres mit ihren Nachbarn von Gleich zu Gleich verkehren können. Zur Zeit des Friedensbegehrens hatte Mrs. Hornbeam alle mit dem Fahrrad erreichbaren Häuser der Umgebung abgeklappert, aber dem Frauenverein blieb sie fern, und nach Lady Peaburys Ansicht versäumte sie es, ihren Beitrag für die Dorfgemeinschaft zu leisten. Für Mr. Metcalfe war Mr. Hornbeam ein Bohemien, und für Mr. Hornbeam war Mr. Metcalfe ein Spießer. Colonel Hodge war schon seit langem wegen irgendeiner Geschichte mit seinem Airedale mit ihnen zerstritten und schnitt sie jahraus, jahrein, drei- bis viermal täglich.

Die Dorfbewohner unter ihren Ziegeldächern zogen aus all diesen Fremden beträchtlichen Nutzen. Ausländische Besucher drücken angesichts der Preise in den Londoner Restaurants und der Pracht der leichter zugänglichen Herzogspaläste oft ihre Bewunderung für den Wohlstand Englands aus. Sie wissen nicht, wovon sie reden. Der wirklich große Reichtum des Landes sickert in abgelegenen Weilern wie Much Malcock in die Erde zurück. Das Dorf hatte seine Festhalle und seinen Club. Im Gebälk der Dorfkirche hatte man ihnen für teures Geld die Totenuhr ausräuchern lassen; die Pfadfinder besaßen ein Gruppenzelt und silberne Fanfaren; die Gemeindeschwester fuhr ihr eigenes Auto; zu Weihnachten wurden die Kinder mit buntgeschmückten Bäumen und Festen verwöhnt und die Kätner mit üppigen Geschenkkörben; wenn einer krank wurde, erhielt er Portwein, Suppe und Trauben die Menge und Fahrkarten ans Meer; abends kamen die Männer des Dorfes mit den Taschen voller Trinkgelder nach Hause, und das ganze Jahr über taten sie sich an Treibhausgemüse gütlich. Der Pfarrer hatte es schwer, sie für den linken Buchclub zu interessieren.

»Den Menschen allen gab Gott alle Erde, sie zu lieben«, zitierte Mr. Metcalfe, der sich dunkel erinnerte, diese Zeilen einmal auf einem Abreißkalender in seinem Büro in Alexandria gelesen zu haben. »Doch da zu klein sind unsre Herzen, sei jedem doch ein Fleckchen zugeteilt, das ihm vor allem teuer sei.«

Er sah sich im Geräteschuppen um, wo sein Chauffeur über ein paar Batterien grübelte. Er steckte den Kopf in ein anderes Wirtschaftsgebäude und sah, dass dem Rasenmäher im Lauf der Nacht kein Leid geschehen war. Er blieb im Küchengarten kurz stehen, um von einer frisch gepflanzten Schwarzen Johannisbeere, die in diesem Sommer noch keine Früchte tragen durfte, die Blüten abzuzwacken. Und nach diesem Rundgang schlenderte er zum Frühstück zurück ins Haus.

Seine Frau war schon da.

»Ich habe mal nach dem Rechten gesehen«, sagte er.

»Ja, Lieber.«

»Es steht alles zum Besten.«

»Ja, Lieber.«

»Aber man sieht den Kirchturm von Pilbury nicht.«

»Großer Gott, Beverley! Wozu auch?«

»Wenn man ihn sieht, gibt es Regen.«

»Ach, Unsinn. Du hast dir mal wieder was von Boggett erzählen lassen.«

Sie stand auf und ließ ihn mit seinen Zeitungen allein. Sie musste die Köchin sprechen. Anscheinend kosteten einen die Dienstboten in England sehr viel Zeit; wehmütig dachte sie an die weißgewandeten Berberjungen zurück, die in Alexandria über die kühlen Fliesenböden ihres Hauses gehuscht waren.

Mr. Metcalfe beendete sein Frühstück und zog sich mit Pfeife und Zeitungen in sein Arbeitszimmer zurück. Die *Gazette* war von heute Morgen. Der wahre Landmann las immer zuerst sein »Lokalblatt«, und so arbeitete Mr. Metcalfe sich geduldig durch die Aktivitäten des Frauenvereins und einen Bericht über eine Gemeinderatssitzung zum Thema Kanalisation, bevor er sich gestattete, die *Times* aufzuschlagen.

So heiter begann ein Tag der Zähren!

II

Gegen elf Uhr legte Mr. Metcalfe das Kreuzworträtsel beiseite. In der Diele zum Garten verwahrte er diverse Gartengeräte, die speziell für ältere Menschen konstruiert waren.

Er hatte gerade erst ein neues erworben und spazierte damit hinaus in den Sonnenschein, um sich den Wegerich auf dem Rasen vorzunehmen. Das Gerät hatte einen schönen lederbezogenen Griff und bestand aus einem zweigeteilten Holzstiel mit einer Spitze aus rostfreiem Stahl; es funktionierte wunderbar, und schon bald hatte Mr. Metcalfe mit minimalem Kraftaufwand eine große Rasenfläche mit ordentlichen kleinen Grübchen verunziert.

Jetzt hielt er inne und rief zum Haus hinüber: »Sophie, Sophie, sieh doch, was ich gemacht habe!«

In einem der oberen Fenster erschien der Kopf seiner Frau. »Sehr schön, Lieber«, sagte sie.

Ermutigt machte er sich wieder an die Arbeit. Boggett kam vorbei.

»Ein sehr nützliches Gerät ist das, Boggett.«

»Hrrm.«

»Meinen Sie, wir sollten die freien Stellen mit Gras einsäen?«

»Nööö.«

»Sie meinen, das Gras wächst von selbst darüber?«

»Nööö. Der Wegerich kommt wieder.«

»Glauben Sie nicht, dass ich die Wurzeln erwischt habe?«

»Nööö. Macht die Wurzeln nur noch kräftiger, wenn man sie kappt.«

»Hm. Was hätte ich denn tun sollen?«

»Gegen Wegerich kann man gar nichts tun. Der kommt immer wieder raus.«

Boggett ging weiter. Mr. Metcalfe betrachtete sein Werkzeug mit plötzlicher Abneigung, lehnte es gereizt an die Sonnenuhr, steckte die Hände in die Hosentaschen und starrte über das Tal. Selbst auf die Entfernung störte Lady Peaburys Arboretum die harmonische Landschaft. Er ließ den Blick wandern und beobachtete, zuerst ohne sich etwas dabei zu denken, dann mit wachsender Neugier, wie zwei ihm unbekannte Gestalten zwischen Westmacotts Kühen umhergingen. Es waren junge Männer in dunkler Städterkleidung, und sie waren mit irgendetwas sehr beschäftigt. Sie hielten Papiere in den Händen, auf denen sie immerzu etwas nachschauten; sie schritten auf der Wiese auf und ab, wie um etwas nachzumessen; dann gingen sie in die Hocke, wie um ungefähres Höhenmaß zu nehmen; und dabei zeigten sie in die Luft, auf den Boden und zum Horizont.

»Boggett«, befahl Mr. Metcalfe scharf, »kommen Sie doch mal einen Moment hierher.«

»Hrrm.«

»Sehen Sie die zwei Männer auf Mr. Westmacotts Wiese?«

»Nööö.«

»Nein?«

»Ist nicht Mr. Westmacotts Wiese. Der hat sie verkauft.«

»Verkauft? Mein Gott! An wen?«

»Kann ich ehrlich nicht sagen. Ein Herr aus London, wohnt im Brakehurst. Hab gehört, er soll einen ordentlichen Preis dafür bezahlt haben.«

»Was will er denn bloß damit?«

»Kann ich ehrlich nicht sagen, aber er wird sich wohl ein Haus drauf bauen wollen.«

Bauen. Ein Wort so hässlich, dass man es in Much Malcock höchstens im Flüsterton auszusprechen wagte. »Bebauung«, »Erschließung«, »Bereinigung«, »Planung« – solche obszönen Wörter waren aus dem vornehmen Wortschatz des Bezirks gestrichen und wurden nur gelegentlich mit der dem Anthropologen zugestandenen Freiheit im Zusammenhang mit den wilden Stämmen jenseits der Gemeindegrenzen in den Mund genommen. Und jetzt war das Grauen in ihrer Mitte, das Pestmal am Hofe des Decamerone.

Nach dem Schock des ersten Augenblicks drängte es Mr. Metcalfe zur Tat. Einen Moment lang war er drauf und dran, ins Tal hinunterzustürmen und den Feind auf seinem eigenen Grund zu stellen, doch er entschied sich anders; dies war der Augenblick für umsichtiges Handeln. Er musste Lady Peabury konsultieren.

Es war eine dreiviertel Meile zum Gut. Der Weg führte an dem Gatter zu Westmacotts Wiese vorbei; ein schief eingehängtes Ulmengatter und tiefer, von Kühen zerstampfter Matsch, der in Mr. Metcalfes Phantasie schon bald durch einen ligustergesäumten Kiesweg ersetzt sein würde. Mr. Metcalfe sah schon die Köpfe der Eindringlinge über der Hecke schweben; sie trugen städtische, zweckmäßige schwarze Hüte. Bedrückt fuhr er weiter.

Lady Peabury war im Damenzimmer und las in einem Roman; frühe Erziehung gab diesem Vergnügen die Würze des Unschicklichen, denn sie war dazu angehalten worden, Bücherlesen vor dem Mittagessen als eine der schwersten Sünden anzusehen, die eine Dame überhaupt begehen könne. Sie schob das Buch verstohlen unter ein Kissen und erhob sich, um Mr. Metcalfe zu begrüßen.

»Ich wollte mich gerade zum Ausgehen fertig machen«, erklärte sie.

Mr. Metcalfe hatte keine Zeit für Höflichkeiten.

»Lady Peabury«, begann er ohne Umschweife, »ich bringe schreckliche Neuigkeiten.«

»Ach du lieber Gott! Hat der arme Mr. Cruttwell wieder Ärger mit der Kasse des Wölflingclubs?«

»Nein; das heißt ja; es fehlen erneut vier Pence, diesmal auf der Habenseite, was es noch ärgerlicher macht. Aber ich bin nicht deswegen gekommen. Es geht um etwas, was unser ganzes Leben hier bedroht. Auf Westmacotts Wiese soll gebaut werden.« Und er berichtete Lady Peabury erregt, was er gesehen hatte.

Sie hörte ihm ernst zu. Als er geendet hatte, war es ganz still im Damenzimmer; sechs kleine Uhren tickten zwischen den Chintzsofas und Azaleentöpfen vor sich hin. Endlich sprach Lady Peabury.

»Das war sehr ungehörig von Mr. Westmacott«, sagte sie.

»Ihm kann man es wohl nicht übelnehmen.«

»Nehme ich aber, Mr. Metcalfe, ich nehme es ihm sehr übel. Ich verstehe das gar nicht. Er schien mir immer so ein anständiger Mensch zu sein … Ich habe schon daran gedacht, Mrs. Westmacott zur Schriftführerin des Frauenvereins zu machen. Er hatte kein Recht, so etwas zu tun, ohne mit uns zu sprechen. Denken Sie mal, ich blicke von meinem Schlafzimmer aus direkt auf diese Wiese. Überhaupt habe ich nie verstanden, warum Sie die Wiese nicht selbst gekauft haben.«

Die Wiese brachte eine Pacht von 3 Pfund 18 Shilling; es waren 170 Pfund dafür gefordert worden; dazu kamen Zehnt und Grunderwerbssteuer. Das wusste Lady Peabury.

»Jeder von uns hätte sie seinerzeit kaufen können«, antwortete Mr. Metcalfe recht scharf.

»Sie gehörte immer zu Ihrem Haus.«

Mr. Metcalfe dachte, noch eine Minute, und sie sagt, dass es ungehörig von *mir* war und sie *mich* doch immer für einen anständigen Menschen gehalten hat.

Ihre Gedanken gingen tatsächlich soeben in diese Richtung. »Es wäre doch wohl auch jetzt noch nicht zu spät für Sie, ein Angebot zu machen«, sagte sie.

»Wir sind alle gleichermaßen bedroht«, sagte Mr. Metcalfe. »Und ich finde, wir sollten gemeinsam handeln. Hodge wird auch nicht besonders erfreut sein, wenn er davon hört.«

Colonel Hodge hatte davon gehört und war nicht besonders erfreut. Er wartete schon auf Hof Much Malcock, als Mr. Metcalfe zurückkam.

»Wissen Sie schon, was dieser nichtsnutzige Westmacott getan hat?«

»Ja«, sagte Mr. Metcalfe müde. Sein Gespräch mit Lady Peabury war nicht so verlaufen, wie er gehofft hatte. Sie hatte wenig Begeisterung für gemeinsames Handeln an den Tag gelegt.

»Hat seine Wiese irgendeinem Reihenhausbauer verkauft.«

»Ja, ich weiß.«

»Komisch, und ich dachte immer, das ist *Ihre* Wiese.«

»Nein«, sagte Mr. Metcalfe, »sie hat mir nie gehört.«

»Aber sie gehörte immer zu diesem Haus.«

»Das weiß ich, aber ich wollte sie nun einmal nicht haben.«

»Nun, das bringt uns jedenfalls jetzt alle gehörig in die

Klemme, muss ich sagen. Meinen Sie, die würden Ihnen die Wiese jetzt noch zurückverkaufen?«

»Ich habe nicht die Absicht, sie zu kaufen. Warum auch, wahrscheinlich würden sie jetzt den Preis für Bauland haben wollen – hundertsiebzig bis zweihundert Pfund pro Hektar.«

»Wahrscheinlich mehr. Meine Güte, Mann, aber das wird Sie doch nicht abhalten? Stellen Sie sich mal vor, wie Ihr Anwesen entwertet wird, wenn hier direkt vor Ihrem Fenster eine Reihenhaussiedlung steht!«

»Immer langsam, Hodge. Bisher haben wir keinen Hinweis darauf, dass da Reihenhäuser hinkommen sollen.«

»Gut, dann meinetwegen Einfamilienhäuser. Sie treten doch nicht etwa für diese Burschen ein?«

»Ganz gewiss nicht. Wir werden unter jedweder Entwicklung dort alle sehr zu leiden haben. Aber meines Erachtens könnte man dagegen rechtlich vorgehen. Es gibt schließlich noch die Gesellschaft zum Schutz des ländlichen England. Die könnten wir dafür interessieren. Man kann den Kreistag ansprechen. Wir könnten an die Zeitungen schreiben und eine Eingabe an das Ministerium für Bauwesen machen. Das Entscheidende ist, dass wir in dieser Sache alle zusammenstehen.«

»Dabei wird viel herauskommen! Denken Sie mal an all die Bauerei, die sich drüben in Metbury abspielt.«

Mr. Metcalfe dachte daran und schauderte.

»Ich würde sagen, in so einem Fall spricht Geld noch immer die deutlichste Sprache. Haben Sie es schon bei Lady Peabury versucht?«

Zum ersten Mal, seit sie sich kannten, entdeckte Mr. Metcalfe einen unverkennbar gewöhnlichen Zug an Colonel Hodge.

»Ich habe mit ihr gesprochen. Sie ist natürlich sehr besorgt.«

»Diese Wiese war immer als Untere Grumps bekannt«, nahm der Colonel seinen vorigen, jetzt doppelt kränkenden Gedanken wieder auf. »Lady Peabury hat eigentlich nichts damit am Hut.«

»Wir haben das alle am Hut«, antwortete Mr. Metcalfe, nicht sicher, ob er die Redensart richtig abgewandelt hatte.

»Also, ich weiß nicht, was Sie da von mir erwarten«, sagte Colonel Hodge. »Sie wissen, wie ich situiert bin. Kommt alles von diesem Pfaffen, der Sonntag für Sonntag den Bolschewismus predigt.«

»Wir sollten uns zusammensetzen und darüber sprechen.«

»Oh, darüber sprechen werden wir. Ich glaube nicht, dass wir in den nächsten drei Monaten noch über irgendetwas anderes sprechen werden.«

Niemand in Much Malcock nahm es sich mehr zu Herzen als die Hornbeams. Die Kunde erreichte sie mittags aus dem Mund der Aufwartefrau, die zweimal wöchentlich ihre Speisekammer plündern kam. Sie erzählte es ihnen mit einem gewissen Stolz und in der unschuldigen Annahme, dass alle Herrschaften aus der Stadt – und als solche sah sie Mr. Hornbeam trotz Strickjacke und Bart an – sich über Zuwachs in ihren Reihen freuen würden.

Angespannte Trübsal legte sich über die Alte Mühle. Es gab keine Zornesausbrüche wie in der Villa; keine moralische Entrüstung wie auf dem Gut; keinen Ruf nach Taten wie auf dem Hof. Hoffnungslose Trauer regierte ungebremst. Mrs. Hornbeams Töpferware ging zu Bruch. Mr. Hornbeam saß teilnahmslos vor dem Webstuhl. Es war die Zeit, in der sie normalerweise arbeiteten; sie saßen an entgegengesetzten Enden unter dem Dachgebälk des Getreidespeichers. An anderen Nachmittagen sangen sie einander oft einzelne Strophen oder Refrains von Liedern vor, während ihre Finger emsig mit Ton und Weberschiffchen hantierten. Heute saßen sie beide schweigend da und versuchten, die neue Gefahr nach Art eines alten japanischen Ritus in die Welt des Nicht-Seins zu verbannen. Bei Colonel Hodges Airedale, dem Abessinischen Krieg und dem jährlichen Besuch von Mr. Hornbeam senior hatte das bisher immer geklappt, aber als die Sonne sank, war die neue Gefahr noch da, störrisch und so konkret wie zu Beginn.

Mrs. Hornbeam tischte ihr bescheidenes Mahl aus Milch, Rosinen und rohen Rüben auf; Mr. Hornbeam schob seinen Holzteller von sich. »In der modernen Welt ist für den Künstler kein Platz mehr«, sagte er. »Wir verlangen doch von ihrer primitiven Zivilisation nichts weiter, als in Ruhe gelassen zu werden, ein kleines Fleckchen Erde und vielleicht noch einen Spaltbreit Himmel darüber, wo wir in Frieden leben und unsere Tage damit verbringen können, gefällige und schöne Dinge zu machen. Das kann doch nicht zu viel verlangt sein. Wir lassen ihnen den ganzen übrigen Globus für ihre Maschinen. Aber das genügt ihnen nicht. Sie müssen uns aufstöbern und schikanieren, weil sie wissen, solange es noch ein einziges Fleckchen gibt, wo Anstand und Schönheit Platz haben, ist dies ein lebender Vorwurf an sie.«

Es wurde dunkel; Mrs. Hornbeam zündete die Binsenlichter an. Sie ging zur Harfe und zupfte ein paar ergreifende Töne. »Vielleicht tut Mr. Metcalfe etwas dagegen«, meinte sie.

»Dass wir in den Grundbedürfnissen unseres Lebens auf so einen Neureichen angewiesen sein sollen …«

Und in dieser Stimmung erhielt er eine Einladung von Mr. Metcalfe zu einer Konferenz mit den Nachbarn am nächsten Nachmittag auf Gut Much Malcock.

Die Wahl des Konferenzorts war eine delikate Angelegenheit gewesen, denn Lady Peabury war nicht geneigt, ihre Führungsrolle im Dorf niederzulegen, aber auch nicht, sie in dieser speziellen Angelegenheit auszuüben; andererseits berührte die Sache sie zu sehr, als dass sie sich einfach hätte heraushalten können. So wurden die Einladungen also von Mr. Metcalfe verschickt, der damit für die Tagesordnung verantwortlich zeichnete, wohingegen die Konferenz dadurch, dass sie in Lady Peaburys Damenzimmer stattfand, ein wenig von der Atmosphäre einer Kabinettssitzung im Buckingham-Palast bekam.

Die Meinungen hatten sich im Lauf des Tages verhärtet, und es herrschte allgemeine Übereinstimmung mit Colonel Hodges Urteil: »Metcalfe hat uns in diese Bredouille gebracht, indem er die Wiese nicht von vornherein gekauft hat; jetzt soll er uns da auch wieder raushauen.« Wenngleich derart Kompromissloses nicht vor Mr. Metcalfe ausgesprochen wurde, spürte er es doch in der Atmosphäre. Er kam als Letzter. Lady Peaburys Willkommensgruß an ihre Gäste war lauwarm ausgefallen: »Nett, dass Sie gekommen sind.

Ich kann mir zwar nicht recht vorstellen, wozu das nötig ist, aber Mr. Metcalfe hat es ausdrücklich gewünscht. Er wird uns wohl sagen wollen, was er vorhat.« Sie wandte sich an Mr. Metcalfe: »Wir sind voller Neugier.«

»Entschuldigen Sie die Verspätung«, sagte Metcalfe. »Ich habe einen Tag hinter mir! War bei sämtlichen Behörden, habe bei allen Gesellschaften angeklopft, und gleich vorweg: Von dieser Seite haben wir nichts zu erwarten. Wir sind nicht einmal als ländliches Gebiet ausgewiesen!«

»Nein«, sagte Colonel Hodge. »Dafür habe ich gesorgt. Das würde den potentiellen Grundstückswert halbieren.«

»Ausgewiesen«, stöhnte Mr. Hornbeam. »So weit sind wir schon gekommen, dass man erst *ausgewiesen* sein muss, um ein freies Leben führen zu können.«

»...Und so«, fuhr Mr. Metcalfe mit seiner Aufsichtsratsstimme fort, »bleibt uns nichts anderes übrig, als selbst eine Lösung zu finden. Nun hat dieser junge Mann, wie ich mir vorstelle, keinen besonderen Grund, unsere Gegend irgendeiner anderen vorzuziehen. Mit den Bauarbeiten ist noch nicht begonnen; er ist noch keine Verpflichtungen eingegangen. Ich habe das bestimmte Gefühl, dass man nur taktvoll an ihn heranzutreten und ihm einen vertretbaren Profit auf den Handel anzubieten braucht, dann wäre er vielleicht zum Wiederverkauf bereit.«

»Jedenfalls«, sagte Lady Peabury, »werden wir Mr. Metcalfe alle zu tiefstem Dank verpflichtet sein.«

»Das nenne ich Gemeinsinn«, sagte Colonel Hodge.

»Profit, das Krebsgeschwür unserer Zeit...«

»Ich bin jederzeit bereit«, sagte Mr. Metcalfe, »meinen Teil der Bürde zu tragen...« Bei dem Wort »Teil« erstarrten die Zuhörer sichtlich. »Mein Vorschlag wäre, wir bilden einen Fonds, anteilig nach unserem derzeitigen Grundbesitz. Nach einer groben Überschlagsrechnung komme ich auf ein Verhältnis von einem Anteil für Mr. Hornbeam, zwei Anteilen für Colonel Hodge, zweien für mich und fünf für unsere Gastgeberin. Über die Zahlen kann man natürlich sprechen«, fügte er rasch hinzu, als sein Vorschlag keine überschäumende Begeisterung auslöste.

»Mit mir können Sie nicht rechnen«, sagte Colonel Hodge. »Kann ich mir einfach nicht leisten.«

»Ich auch nicht«, sagte Mr. Hornbeam.

Lady Peabury saß mit einem schwierigen Blatt in der Hand da. Der Takt verbot ihr einen Hinweis auf die entscheidende Tatsache, dass Mr. Metcalfe von ihnen beiden der weitaus Reichere war – Takt gemischt mit Stolz. Die Wiese musste gerettet werden, aber offenbar ließ kein wie auch immer gearteter gemeinschaftlicher Erwerb zu, dass sie mit Anstand darum herumkam, den größten Anteil zu übernehmen. Hier war klar und unverkennbar Mr. Metcalfe allein aufgerufen. Sie hielt ihre Karten verdeckt und passte. »Als Geschäftsmann«, sagte sie, »sehen Sie doch gewiss die zahlreichen Einwände, die gegen einen Gemeinschaftsbesitz sprechen. Wollen Sie die Wiese in Parzellen aufteilen, oder sollen wir uns alle die Pacht, den Zehnt und die Steuern teilen? Das wäre sehr unpraktisch. Ich weiß nicht einmal, ob es erlaubt wäre.«

»Gewiss, gewiss. Ich wollte Ihnen nur meine Bereitschaft zur Kooperation zeigen. Die Wiese an sich ist für mich von keinerlei Interesse, das kann ich Ihnen versichern. Ich stehe gern zurück.«

Es lag etwas Drohendes, fast Unhöfliches in seinem Ton. Colonel Hodge witterte Gefahr.

»Wäre es nicht am besten«, sagte er, »sich zunächst einmal zu erkundigen, ob dieser Kerl überhaupt zum Rückverkauf bereit ist? Dann können Sie immer noch entscheiden, wer von Ihnen beiden die Wiese übernimmt.«

»Wir werden alle mit Interesse hören, was für einen Handel Mr. Metcalfe abschließen wird«, sagte Lady Peabury.

Das hätte sie nicht sagen dürfen. Wie gern hätte sie die Worte, kaum ausgesprochen, wieder zurückgenommen! Zwar hatte sie etwas verhältnismäßig Unfreundliches sagen wollen, um Mr. Metcalfe für das Ungemach zu bestrafen, in dem sie sich befand. Aber sie hatte ihn nicht vor den Kopf stoßen wollen, und genau das hatte sie unzweifelhaft getan.

Mr. Metcalfe verließ das Haus abrupt, fast überstürzt, und den ganzen Abend wütete er. Fünfzehn Jahre lang war Mr. Metcalfe Präsident der Britischen Handelskammer gewesen. Er hatte in Wirtschaftskreisen das höchste Ansehen genossen. Niemand schob ihm irgendetwas unter, und er rührte nichts an, was nicht völlig astrein war. Ägyptische und levantinische Kaufleute, die versucht hatten, Mr. Metcalfe für zwielichtige Geschäfte zu interessieren, hatten sich jedes Mal eine kräftige Abfuhr geholt. Es war sinnlos, Metcalfe übers Ohr hauen zu wollen. So sprach man von ihm im Union Club, und hier, zu Hause, in seinem eigenen Dorf, hatte eine alte Frau ihn doch glatt zu überfahren versucht. Eine plötzliche Wandlung trat ein. Den gemeinsinnigen Landmann gab es nicht mehr; er war wieder Metcalfe, und das hieß Karten-auf-den-Tisch-und-Nägel-mit-Köpfen-und-hundert-Pfund-auf-den-Zentner-und-wer-nicht-hören-will-muss-fühlen; der kämpferische Metcalfe, der sich lieber ins eigene Fleisch schnitt und ganze Schiffe untergehen ließ, bevor ein Fässchen Teer nicht sauber abgerechnet war – Metcalfe, der Löwe der Rotarier.

»Das hätte sie nicht sagen dürfen«, sagte Colonel Hodge, als er zu Hause bei einem trübsinnigen Mahl seiner Frau über den Vorfall berichtete. »Jetzt tut Metcalfe überhaupt nichts mehr.«

»Warum gehst *du* nicht hin und redest mal mit dem Mann, der die Wiese gekauft hat?«, fragte Mrs. Hodge.

»Das könnte ich eigentlich … sollte ich vielleicht … weißt du was, ich gehe gleich hin.«

Er ging.

Er fand den Mann ohne weiteres, denn im »Brakehurst Arms« wohnte kein anderer Gast außer ihm. Vom Wirt erfuhr er den Namen: Mr. Hargood-Hood. Er saß allein im Salon bei einem Whisky-Soda über dem Kreuzworträtsel der *Times*.

»Guten Abend«, sagte der Colonel. »Hodge ist mein Name.«

»Ja, bitte?«

»Sie wissen wahrscheinlich, wer ich bin.«

»Bedauere außerordentlich, aber …«

»Mir gehört die Villa. Mein Garten grenzt an Westmacotts Wiese – die Sie gekauft haben.«

»Oh«, sagte Mr. Hargood-Hood, »Westmacott heißt er? Wusste ich gar nicht. Solche Dinge überlasse ich jeweils meinem Anwalt. Ich habe ihm nur aufgetragen, er soll mir für meine Arbeit ein geeignetes, möglichst abgelegenes Grundstück suchen. Letzte Woche hat er mir gesagt, dass er hier eins gefunden hat. Kommt mir sehr geeignet vor. Aber Namen hat er mir nicht genannt.«

»Sie haben sich dieses Dorf also nicht aus einem bestimmten Grund ausgesucht?«

»Bewahre, nein! Aber ich finde es richtig bezaubernd«, fügte er artig hinzu.

Es trat eine Pause ein.

»Ich wollte gern mit Ihnen sprechen«, sagte Colonel Hodge überflüssigerweise. »Trinken Sie einen mit?«

»Danke, gern.« Erneute Pause.

»Der Bauplatz wird Ihnen nicht viel Freude machen«, sagte der Colonel. »So ungesund, da unten in diesem Loch.«

»Nach so etwas frage ich nie. Was ich brauche, ist nur Zurückgezogenheit.«

»Ah, dann sind Sie gewiss Schriftsteller?«

»Nein.«

»Maler?«

»Nein, nein. Man könnte mich vielleicht einen Wissenschaftler nennen.«

»Ach so. Dann werden Sie Ihr Haus hier also nur an Wochenenden benutzen?«

»Ganz im Gegenteil. Meine Leute und ich werden hier die ganze Woche arbeiten. Und es ist nicht gerade ein Haus, was ich baue, obschon natürlich auch Wohnquartiere dazugehören. Aber da wir so enge Nachbarn sein werden, möchten Sie vielleicht einmal die Pläne sehen …?«

»… So was haben Sie noch nicht gesehen«, sagte Colonel Hodge andernmorgens zu Mr. Metcalfe. »Ein industrielles Versuchslabor nennt er das! Zwei Riesenschornsteine –

muss er haben, sagt er, gesetzlich vorgeschrieben, wegen der Giftgase, und einen Wasserturm, um hohen Druck in der Leitung zu haben, sechs Bungalows für die Mitarbeiter... schaurig. Das Komische ist, dass er ein ganz anständiger Kerl zu sein scheint. Sagt, er sei gar nicht auf den Gedanken gekommen, dass sich jemand daran stören könnte. Dachte, wir würden alle interessiert sein. Als ich den Wiederverkauf zur Sprache brachte – diskret, versteht sich –, sagte er nur, das überlasse er alles seinem Anwalt...«

III

Hof Much Malcock

Sehr geehrte Lady Peabury,
bezugnehmend auf unser Gespräch vor drei Tagen möchte ich Sie davon in Kenntnis setzen, dass ich mit Mr. Hargood-Hood, dem Käufer der Wiese, die unsere beiden Anwesen trennt, und seinem juristischen Vertreter Verbindung aufgenommen habe. Wie Col. Hodge Ihnen schon mitgeteilt hat, beabsichtigt Mr. Hargood-Hood ein industrielles Versuchslabor zu errichten, eine fatale Entwicklung für die Annehmlichkeiten unseres Dorfes. Wie Sie zweifellos wissen, haben die Bauarbeiten noch nicht begonnen, und Mr. Hargood-Hood ist bereit, das Grundstück gegen eine angemessene Entschädigung zurückzuverkaufen. Der Preis soll den Wiederverkaufswert der Wiese, die Anwaltsgebühren und eine Erstattung des Architekten-

honorars einschließen. Dieser junge Taugenichts hat uns völlig in der Hand. Er verlangt 500 Pfund. Das ist ein Wucherpreis, aber ich übernehme die Hälfte, wenn Sie die andere Hälfte bezahlen. Sollten Sie auf dieses großzügige Angebot nicht eingehen wollen, werde ich geeignete Schritte zum Schutz meiner eigenen Interessen unternehmen, koste es die Nachbarn, was es wolle.

Ihr sehr ergebener
Beverley Metcalfe

P.S: Das heißt, dass ich den Hof verkaufen und das Grundstück als *Baugelände* erschließen werde.

Gut Much Malcock

Lady Peabury möchte Mr. Metcalfe davon in Kenntnis setzen, dass sie seine Mitteilung heute Morgen erhalten hat, für deren Ton ich keine Rechtfertigung weiß. Sie möchte Sie weiterhin davon in Kenntnis setzen, dass sie nicht das Verlangen habe, meine jetzt schon sehr ausgedehnten Verpflichtungen in dieser Gegend noch auszuweiten. Sie kann das Prinzip einer gleich großen Verpflichtung wie Mr. Metcalfe nicht akzeptieren, da er sich um weit weniger Land zu kümmern hat und die in Frage stehende Wiese von Rechts wegen Teil Ihres Besitzes sein sollte. Sie glaubt nicht, dass dem Plan, seinen Garten als Baugelände zu erschließen, Erfolg beschieden sein wird, wenn Mr. Hargood-Hoods Laboratorium so unansehnlich ist wie dargestellt, was ich eigentlich bezweifle.

»Na schön«, sagte Mr. Metcalfe. »Das wär's dann also. Soll sie doch der Teufel holen.«

IV

Es war zehn Tage später. Das schöne Tal, dem schon so bald die Schändung drohte, lag leuchtend im Sonnenuntergang. In einem Jahr, dachte Mr. Metcalfe, wird Ruß dieses schöne frische Laub ersticken und Rauch es welken lassen; diese sanft geschwungenen Dächer und Kamine, die seit zwei Jahrhunderten oder länger die Landschaft bereichern, werden von nüchternen Abscheulichkeiten aus Stahl und Glas und Beton verdeckt sein. Auf der todgeweihten Wiese rief Mr. Westmacott gewissermaßen zum letzten Mal seine Kühe; nächste Woche sollten die Bauarbeiten beginnen, dann würden sie sich andere Weiden suchen müssen. Und in gewisser Weise musste Mr. Metcalfe das auch. Auf seinem Schreibtisch stapelte sich schon die Korrespondenz mit Häusermaklern. Und das alles wegen 500 Pfund, dachte er bei sich. Es würden Renovierungskosten entstehen, Umzugskosten. Die Bauspekulanten, an die er sich in seiner Bosheit gewandt hatte, zeigten kein Interesse an dem Grundstück. Er würde weit mehr einbüßen als 500 Pfund. Aber Lady Peabury eben auch, dachte er grimmig. Sie würde schon noch merken, dass man einen Beverley Metcalfe nicht einfach überfuhr.

Und auf dem gegenüberliegenden Hang blickte Lady Peabury genauso melancholisch auf die Szene. Die großen Zedern warfen ihre Schatten über den Rasen; sie hatten sich in der langen Zeit, die sie hier wohnte, kaum verändert; aber die Buchsbaumhecke hatte sie selbst gepflanzt; sie hatte den Seerosenteich angelegt und mit bleiernen Flamingos geschmückt; sie hatte den Steingarten auf der Westseite aufgeschichtet und mit Alpengewächsen bepflanzt; die blühenden Büsche waren die ihren; sie konnte sie nicht mitnehmen, wohin sie ging. Wohin? Sie war zu alt, um einen neuen Garten anzulegen, neue Freunde zu gewinnen. Sie würde, wie so viele Frauen in ihrem Alter, von Hotel zu Hotel ziehen, im In- und Ausland, ein paar Kreuzfahrten machen und ihren Verwandten mit langen, nicht mehr willkommenen Besuchen zur Last fallen. Und das alles für 250 Pfund, für 12 Pfund und 10 Shilling im Jahr, weniger, als sie der Wohlfahrt spendete. Aber es ging nicht ums Geld, es ging ums *Prinzip.* Sie würde keine Kompromisse mit dem Unrecht schließen; nicht mit diesem ungehobelten Menschen auf dem Hang gegenüber.

Trotz des prachtvollen Abends lag eine gedrückte Stimmung über Much Malcock. Die Hornbeams ließen die Köpfe hängen und bliesen Trübsal; Colonel Hodge grämte sich. Er schritt auf dem abgetretenen Teppich seines Herrenzimmers auf und ab. »Da kann man regelrecht zum Bolschewisten werden, wie dieser Pfaffe«, sagte er. »Was kümmert es Metcalfe? Er ist reich. Er kann überallhin. Was kümmert es Lady Peabury? Zu leiden hat immer der kleine Mann, der von der Hand in den Mund lebt.«

Sogar Mr. Hargood-Hood schien von dem allgemeinen Trübsinn angesteckt. Sein Anwalt war bei ihm im »Brakehurst« zu Besuch. Den ganzen Tag hatten sie sich fast unablässig beraten. »Ich glaube, ich gehe noch mal hin und rede mit dem Colonel«, sagte er und machte sich unter den länger werdenden Schatten der Dorfstraße auf zur Villa Much Malcock. Und aus diesem dramatischen Versöhnungsschritt in letzter Minute erwuchs der Große Hodge-Plan zu Aussöhnung und Frieden-in-unserer-Zeit.

V

»... die Pfadfinder brauchen dringend eine neue Hütte«, sagte Colonel Hodge.

»Zwecklos, zu mir zu kommen«, sagte Mr. Metcalfe. »Ich verlasse die Gegend.«

»Ich dachte mir nur«, fuhr Colonel Hodge fort, »dass Westmacotts Wiese dafür genau der richtige Platz wäre ...«

Und so wurde es geregelt. Mr. Hornbeam gab ein Pfund, Colonel Hodge gab eine Guinee, Lady Peabury gab 250 Pfund. Ein Flohmarkt, ein Nachmittagstee, eine Tombola, ein Umzug und eine Haussammlung erbrachten weitere 30 Shilling. Den Rest brachte Mr. Metcalfe auf. Es kostete ihn alles in allem weit mehr als 500 Pfund, aber er gab von Herzen. Hier ging es ja nicht mehr darum, ihn zu einem schlechten Handel zu nötigen. In der Rolle des öffentlichen Wohltäters gab er mit echter Freude, und als Lady Peabury vorschlug, die Wiese vorerst nur als Zeltplatz zu benutzen und mit dem Bau der Hütte noch zu warten, war es Mr. Metcalfe, der auf den Bau drängte und die Dachziegel von einer zum Abriss bestimmten alten Scheune beschaffte. Unter diesen Umständen konnte Lady Peabury keine Einwände dagegen erheben, dass man der Hütte den Namen Metcalfe-Peabury-Heim gab. Mr. Metcalfe fand den Namen so belebend, dass er bald mit der Brauerei in Verhandlungen wegen einer Umbenennung des »Brakehurst Arms« trat. Es stimmt zwar, dass Boggett nach wie vor vom »Brakehurst« spricht, aber der neue Name steht für alle deutlich lesbar über der Tür. *The Metcalfe Arms.*

Und so verabschiedete sich Mr. Hargood-Hood aus der Geschichte des Dorfes Much Malcock. Er und sein Anwalt fuhren in ihren Heimatort jenseits der Berge zurück. Der Anwalt war Mr. Hargood-Hoods Bruder.

»Das haben wir fein hingekriegt, Jock. Einmal dachte ich schon, wir würden darauf sitzenbleiben.«

Sie fuhren zu Mr. Hargood-Hoods Haus, einem großen Bauwerk aus gelben Ziegeln, das weit über die Kreisgrenzen hinaus berühmt war. An den Tagen, an denen der Park der Öffentlichkeit zugänglich war, strömten Besucher in Rekordzahlen herbei, um die Formschnittbäume – Eiben und Buchsbäume von überwältigender Größe und phantastischen Formen – zu bewundern, die allein drei Gärtnern eine Lebensstellung sicherten. Mr. Hargood-Hoods Vorfahren hatten Haus und Park in den guten alten Zeiten angelegt, als es noch keine Grundsteuern und Getreideimporte gab. Härtere Zeiten erforderten jetzt zu ihrer Erhaltung ausgefallenere Maßnahmen.

»Also, damit wäre Plan A für ein weiteres Jahr finanziert, und es bleibt sogar noch etwas für die Reinigung der Fischteiche übrig. Aber es war ein banger Monat. So etwas möchte ich nicht unbedingt noch einmal durchmachen. Nächstes Mal müssen wir besser aufpassen, Jock. Wie wär's, wenn wir weiter nach Osten gingen?«

Und einträchtig breiteten die beiden Brüder ein Messtischblatt der Grafschaft Norfolk auf dem Tisch in der Großen Halle aus und forschten mit kundigem Blick nach einem wohlgeeigneten, unberührten und innig geliebten Dörfchen.

Der gleichgesinnte Fahrgast

Als Mr. James die Seitentür hinter sich schloss, schallte aus sämtlichen Fenstern seines Hauses Rundfunkmusik. Agnes in der Küche hatte einen Sender eingestellt, seine Frau im Bad, wo sie sich die Haare wusch, einen anderen.

Die konkurrierenden Programme verfolgten ihn zur Garage und bis auf die Straße.

Er hatte zwölf Meilen zum Bahnhof zu fahren, und die ersten fünf über hielt sich seine schlechte Laune.

Er war in nahezu jeder Hinsicht ein sanftmütiger Mensch – in jeder Hinsicht, könnte man sagen, außer einer: Er verabscheute das Radio.

Nicht allein, dass er kein Vergnügen daran fand, es bereitete ihm aktiv Qualen, und mit den Jahren erachtete er die Erfindung mehr und mehr als vorsätzlich gegen seine Person gerichtet, ein Komplott seiner Feinde mit dem Ziel, ihm den ersehnten Frieden seiner letzten Lebensjahre zu stören und zu vergällen.

Dabei war er alles andere als ein alter Mann; er war erst Mitte fünfzig; doch er war früh, beinahe überhastet aus dem Berufsleben geschieden, sobald ihm eine kleine Erbschaft den Schritt ermöglicht hatte. Sein Leben lang hatte er die Ruhe geliebt.

Mrs. James teilte diese Vorliebe nicht.

Mittlerweile wohnten sie in einem kleinen Landhaus, zwölf Meilen vom nächsten annehmbaren Filmtheater entfernt.

Das Radio war für Mrs. James eine Verbindung zu den sauberen Bürgersteigen und hellen Schaufenstern, eine Gemeinschaft mit Millionen von Mitmenschen.

Mr. James sah das genauso. Das war es, was er am meisten missbilligte: die Verletzung seiner Privatsphäre. Mit zunehmendem Groll brütete er über die Profanität des weiblichen Geschlechts.

In dieser Stimmung bemerkte er am Straßenrand einen stämmigen Mann ungefähr seines Alters, der den Wunsch signalisierte, mitgenommen zu werden. Er hielt an.

»Kommen Sie vielleicht zufällig am Bahnhof vorbei?« Der Mann fragte es höflich mit leiser, leicht bedrückter Stimme.

»Allerdings. Ich muss ein Paket abholen. Steigen Sie ein.«

»Das ist sehr freundlich von Ihnen.«

Der Mann nahm neben Mr. James Platz. Seine Schuhe waren staubig, und er ließ sich auf seinem Sitz zurücksinken, als wäre er von weit her gekommen und erschöpft.

Er hatte sehr große hässliche Hände, kurzgeschnittene graue Haare, ein knochiges, regelrecht eingefallenes Gesicht.

Eine gute Meile lang sagte er nichts. Dann fragte er plötzlich: »Hat dieses Auto ein Radio?«

»Ganz gewiss nicht.«

»Wozu ist dann dieser Knopf?« Er betrachtete prüfend das Armaturenbrett. »Und der da?«

»Der eine ist der Anlasser. Mit dem anderen kann man sich normalerweise eine Zigarette anzünden. Er funktioniert nicht. Falls«, fuhr er scharf fort, »Sie mich in der Hoffnung angehalten haben, Radio zu hören, wäre es wohl das Beste, wenn Sie wieder aussteigen und Ihr Glück bei jemand anders versuchen.«

»Gott bewahre«, sagte sein Fahrgast. »Das Ding ist mir ein Greuel.«

»Mir auch.«

»Sir, dann sind Sie einer unter Millionen. Ich fühle mich hoch geehrt, Ihre Bekanntschaft zu machen.«

»Danke. Es ist eine abscheuliche Erfindung.«

Die Augen des Fahrgastes leuchteten vor leidenschaftlicher Zustimmung. »Das ist gar kein Ausdruck. Es ist teuflisch.«

»Sehr richtig.«

»Buchstäblich teuflisch. Der Teufel hat es hier eingeführt, um uns zu vernichten. Wussten Sie, dass es die schrecklichsten Krankheiten verbreitet?«

»Das wusste ich nicht. Aber ich glaube es gern.«

»Es verursacht Krebs, Tuberkulose, Kinderlähmung und gewöhnlichen Schnupfen. Ich habe es bewiesen.«

»Es verursacht mit Sicherheit Kopfschmerzen«, sagte Mr. James.

»Kein Mensch«, sagte sein Fahrgast, »hat fürchterlichere Kopfschmerzen als ich. Die haben versucht, mich mit Kopfschmerzen umzubringen. Aber ich war zu schlau für sie. Wussten Sie, dass die BBC eine eigene Geheimpolizei hat, eigene Gefängnisse, eigene Folterkammern?«

»Den Verdacht habe ich schon lange.«

»Ich *weiß* es. Ich habe sie kennengelernt. Jetzt ist die Zeit der Rache gekommen.«

Mr. James warf seinem Fahrgast einen besorgten Blick zu und beschleunigte ein wenig.

»Ich habe einen Plan«, fuhr der kräftige Mann fort. »Ich werde nach London fahren, um ihn auszuführen. Ich werde den Generaldirektor töten. Ich werde sie *alle* töten.«

Sie fuhren schweigend weiter. Sie näherten sich den ersten Häusern am Stadtrand, als ein größeres Auto mit einer jungen Frau am Steuer sie überholte. Aus seinem Inneren drangen die unverkennbaren Klänge einer Jazzband. Der Beifahrer richtete sich auf seinem Sitz auf, angespannt wie ein Jagdhund.

»Hören Sie das?«, sagte er. »*Sie* hat eines. Ihr nach, schnell.«

»Sinnlos«, sagte Mr. James. »Das Auto holen wir nie ein.«

»Wir können es versuchen. Wir *werden* es versuchen, es sei denn«, sagte er mit einem neuen, drohenden Unterton, »es sei denn, Sie wollen nicht.«

Mr. James fuhr schneller. Aber das große Auto war fast schon außer Sicht.

»Einmal«, sagte sein Fahrgast, »bin ich hereingelegt worden. Die BBC hatte einen ihrer Spione geschickt. Er verhielt sich ganz ähnlich wie Sie. Er tat so, als wäre er ein Anhänger von mir, sagte, er würde mich zum Büro des Generaldirektors bringen. Stattdessen brachte er mich in ein Gefängnis. Heute weiß ich, was ich mit Spionen mache. Ich töte sie.« Er beugte sich zu Mr. James herüber.

»Ich versichere Ihnen, Verehrtester, Sie haben keinen

treueren Unterstützer als mich. Es liegt einfach am Auto. Ich kann die Frau nicht einholen. Aber wir werden sie zweifellos am Bahnhof treffen.«

»Wir werden sehen. Wenn nicht, weiß ich, wem ich dafür zu danken habe und auf welche Weise.«

Sie waren jetzt in der Stadt und hielten auf den Bahnhof zu. Mr. James sah den Verkehrspolizisten an der Straßenkreuzung verzweifelt an, wurde aber mit einer achtlosen Handbewegung weitergewinkt. Auf dem Bahnhofsvorplatz blickte sich der Fahrgast suchend um.

»Ich sehe das Auto nicht«, sagte er.

Mr. James tastete ungeschickt nach dem Türgriff und stürzte dann aus dem Wagen. »Hilfe!«, schrie er. »Hilfe! Hier ist ein Wahnsinniger.«

Mit wütendem Gebrüll kurvte der Mann um die Schnauze des Wagens und warf sich auf ihn.

In dem Moment kamen drei Männer in Uniform aus dem Bahnhof gestürmt. Es gab ein kurzes Handgemenge, dann hatten sie den Mann kunstgerecht ruhiggestellt.

»Wir dachten uns schon, dass er zum Bahnhof will«, sagte der Chef der drei. »Sie müssen eine ziemlich aufregende Fahrt gehabt haben, Sir.«

Mr. James brachte kaum ein Wort heraus. »Radio«, murmelte er schwach.

»Ho, hat er Sie etwa darauf angesprochen, ja? Dann können Sie wirklich von Glück sagen, dass es so gut ausgegangen ist. Das ist gewissermaßen seine fixe Idee. Ich hoffe, Sie haben ihm nicht widersprochen.«

»Nein«, sagte Mr. James. »Wenigstens anfangs nicht.«

»Na, da haben Sie mehr Glück gehabt als manch anderer.

Er duldet keine Widerrede, jedenfalls wenn es ums Radio geht. Da wird er fuchsteufelswild. Bei seinem letzten Ausbruch hat er zwei Leute getötet und einen dritten beinahe. Na, vielen Dank, dass Sie ihn uns so schön auf dem Tablett serviert haben, Sir. Jetzt müssen wir ihn wieder heimschaffen.«

Heim. Mr. James fuhr auf der gewohnten Straße zurück. »Nanu«, sagte seine Frau, als er das Haus betrat. »Das ging ja schnell. Wo ist das Paket?«

»Muss ich vergessen haben.«

»Das sieht dir aber gar nicht ähnlich. Sag mal, du siehst richtig krank aus. Ich laufe gleich mal rein und sage Agnes, sie soll das Radio abschalten. Sie hat dich sicher nicht kommen hören.«

»Nein«, sagte Mr. James und setzte sich schwerfällig. »Nicht Radio abschalten. Mag's. Heimelig.«

Charles Ryders Schulzeit

I

Staubgeruch hing in der Luft; ein dünner Schleier im Dämmerlicht, letztes Überbleibsel von den goldenen Wolken, die der Hausdienst im Schein der Abendsonne aufgewirbelt hatte. Es wurde dunkler. Draußen vor den Kleeblattscheiben und Zierrahmen der Fenster war das aufgetürmte Herbstlaub jetzt platt und farblos. Die ganze Ostseite des Spierpoint Down, auf der die Internatsgebäude standen, lag nun im Schatten; auf dem höhergelegenen Chactonbury und Spierpoint Ring dahinter ging gemächlich der erste Trimestertag zur Neige.

Im Arbeitssaal waren dreißig Köpfe über ihre Bücher gebeugt. Nur wenige Lehrer hatten heute Hausaufgaben aufgegeben. Die Humanistische Obere Fünfte, Charles Ryders neue Klasse, war dabei, »den Stoff des letzten Trimesters zu repetieren«, und Charles schrieb unter dem Schutz des Geschichtsbuchs in sein Tagebuch. Er sah zu den dunklen gotischen Lettern der den Fries umlaufenden Inschrift auf: *Qui diligit Deum, diligit et fratrem suum.*

»Weiterarbeiten, Ryder«, sagte Apthorpe.

Apthorpe hat sich dieses Trimester zur Hausaufsicht emporgebuckelt, schrieb Charles. *Heute führt er seine erste*

Abendaufsicht. Er ist sehr beflissen und auf Autorität bedacht.

»Können wir bitte Licht anmachen?«

»Gut. Wykham-Blake, mach das Licht an.« Ein kleiner Junge am Unterstufentisch erhob sich. »Ich sagte Wykham-Blake. Deswegen müssen nicht gleich alle aufspringen.«

Ketten rasselten, Gas zischte, helles weißes Licht überflutete den halben Raum. Die andere Lampe hing über dem Tisch der Neuen.

»Macht mal einer von euch, wie auch immer ihr heißt, das Licht an.«

Sechs erschrockene kleine Jungen sahen zuerst Apthorpe, dann einander an, erhoben sich alle gleichzeitig, setzten sich alle gleichzeitig wieder hin und blickten ratlos zu Apthorpe.

»Mein Gott!«

Apthorpe griff über ihre Köpfe hinweg und zog an der Kette: Gas zischte, aber kein Licht flammte auf. »Die Stichflamme ist aus. Mach sie mal an, du da.« Er warf eine Schachtel Streichhölzer einem der Neuen zu, der sie fallen ließ, aufhob, auf den Tisch stieg und hilflos auf den weißen Lampenschirm, die drei zischenden Glühstrümpfe und dann auf Apthorpe starrte. Er hatte so eine Lampe noch nie gesehen; bei ihm zu Hause und in der Grundschule, von der er kam, gab es elektrisches Licht. Er zündete ein Streichholz an und hielt es an die Lampe, zunächst ohne Wirkung; dann gab es einen lauten Knall; er fuhr zurück, strauchelte und verlor zwischen den Büchern und Tintenfässern fast die Balance, lief knallrot an und rettete sich auf seine Bank. Die Streichholzschachtel war noch in seiner Hand, und er sah sie in angstvoller Unschlüssigkeit an. Was sollte er damit machen? Alle im Arbeitssaal hielten die Köpfe gesenkt, aber jeder genoss das Drama. Auf der anderen Seite des Raumes streckte Apthorpe einladend die Hand aus.

»Wenn du dich an meinen Streichhölzern sattgesehen hast, bist du vielleicht so freundlich und gibst sie mir zurück.«

In seiner Verzweiflung warf der Junge sie ihm zu; in seiner Verzweiflung zielte er schlecht. Apthorpe machte keine Anstalten, die Schachtel zu fangen, sondern sah interessiert zu, wie sie zu Boden fiel. »Ausgesprochen erstaunlich«, sagte er. Der neue Junge sah die Streichholzschachtel an; Apthorpe sah den neuen Jungen an. »Ist es zu viel verlangt, wenn ich dich bitte, mir meine Streichhölzer zurückzugeben?«, meinte er.

Der neue Junge stand auf, machte ein paar Schritte, hob die Schachtel auf und gab sie mit einem gequälten Lächeln dem Aufsichtsschüler.

»Da haben wir ja dieses Trimester was Schönes dazubekommen«, sagte Apthorpe. »Einer schwachsinniger als der andere, scheint mir. Hat schon einer diesen jungen Mann zugeteilt bekommen?«

»Ja, ich«, sagte Wykham-Blake.

»Eine große Verantwortung für dein zartes Alter. Versuch, seinem beschränkten Gehirn bitte einzutrichtern, dass es höchst unangenehm werden kann, wenn man hier in der Abendklasse mit Streichholzschachteln um sich wirft und Aufsichtsschüler auslacht. Ist das übrigens ein Schulbuch, das du da liest?«

»O ja, Apthorpe.« Wykham-Blake blickte mit engelhafter Unschuldsmiene auf und zeigte Apthorpe den Titel auf dem Buchrücken: *The Golden Treasury.*

»Für wen?«

»Für Mr. Graves. Wir sollen irgendein Gedicht lernen, das uns gefällt.«

»Und welches hast du dir ausgesucht?«

»Milton-Auf-seine-Blindheit.«

»Darf man fragen, warum dir gerade das so gefällt?«

»Ich hab's schon mal gelernt«, sagte Wykham-Blake, und Apthorpe lachte nachsichtig.

»Kleiner Gauner«, sagte er.

Charles schrieb: *Jetzt schnüffelt er schon herum und will wissen, was für Bücher die Leute so lesen. Wäre typisch für ihn, wenn er gleich am ersten Abend dafür sorgte, dass einer Prügel bekommt. Vorgestern um diese Zeit hatte ich meinen Smoking an und bin mit Tante Philippa ins »d'Italie« essen gegangen, anschließend haben wir uns im Wyndham's Theatre ›The Choice‹ angesehen.* Quantum mutatus ab illo Hectore. *Wir leben in verschiedenen, wasserdichten Abteilungen. Heute beschäftigen mich die Trivialitäten der Internatspolitik. Apthorpe Hausaufsicht und O'Malley im Schülerrat! Der einzige Trost war Wheatleys kummervolles Mondgesicht, als er die Spindliste sah. Er war felsenfest überzeugt, dieses Trimester in den Schülerrat zu kommen. Aber für Tamplin war es Pech. Ich selbst hatte ja sowieso nicht damit gerechnet reinzukommen, aber vor O'Malley wäre ich allemal an der Reihe gewesen. Dieser Graves ist doch eine richtige Laus. Kommt alles von diesem dämlichen System, dass man die Haustutoren immer rundherum auswechselt. Der Beste wäre für unser Haus gerade richtig; stattdessen lassen sie eine Laus wie Graves auf uns los. Hätten wir doch nur immer noch Frank!*

Charles' Handschrift hatte in der letzten Zeit ein paar ornamentale Züge bekommen – griechische Es und verschnörkelte Querstriche. Er pflegte diesen Schreibstil bewusst. Immer wenn Apthorpe vorbeikam, blätterte er in seinem Geschichtsbuch eine Seite um, zögerte und schrieb weiter, als notierte er sich etwas aus dem Buch. Die Uhrzeiger rückten auf halb acht, als aus dem Bogengang am anderen Ende des Unteren Hofs die Handglocke des Hausmeisters ertönte. Es war das Erlösungssignal. Überall im Arbeitssaal gingen die Köpfe hoch, wurden Seiten abgelöscht, Bücher zugeklappt und Füllfederhalter zugeschraubt. »Weiterarbeiten«, sagte Apthorpe, »ich habe noch nichts von Schluss gesagt.« Die Hausmeisterglocke bewegte sich im Bogengang weiter, wurde leiser unter dem Bogen bei der Bibliothekstreppe, war auf dem Oberen Hof kaum noch zu hören, wurde an der Treppe zu Old's House wieder lauter und dann sehr laut auf dem Bogengang vor Head's House. Endlich warf Apthorpe den *Bystander* auf den Tisch und sagte: »So.«

Die Schüler standen geräuschvoll auf. Charles unterstrich das Datum oben auf der Seite – *Mittwoch, 24. Sept. 1919* –, löschte es ab, schloss das Notizbuch in sein Spind und folgte mit den Händen in den Hosentaschen den andern in die Abenddämmerung.

Da er im dritten Jahr war, hatte er neuerdings das Recht, die Hände so in die Hosentaschen zu stecken – das Jackett zurückgeschlagen und nur am mittleren Knopf zu. Er durfte jetzt auch bunte Socken tragen und trug gerade welche aus blauvioletter Seide mit weißen Uhren, die er tags zuvor in der

Jermyn Street gekauft hatte. Zu den Dingen, die bisher verboten gewesen, jetzt aber sein Recht waren, gehörte ferner, dass er mit einem Freund untergehakt gehen durfte, und das tat er jetzt und schlenderte Arm in Arm mit Tamplin zum Refektorium hinüber.

Oben auf der Treppe blieben sie kurz stehen und schauten in die Dämmerung. Links erhob sich der massige Kirchenbau; vor ihnen fiel das Gelände terrassenförmig bis zu den Sportplätzen ab, die ein dunkler Kranz von Ulmen umgab; Autoscheinwerfer bewegten sich die Küstenstraße hinauf und hinunter; ganz schwach noch war die Flussmündung als ein hellerer Streifen quer durch die graue Niederung zu erkennen, bevor sie in die stille, unsichtbare See überging.

»Immer derselbe Blick«, sagte Tamplin.

»Was gäbe ich jetzt für die Lichter Londons!«, sagte Charles. »So ein Pech, dass du nicht im Schülerrat bist.«

»Ach was, ich hatte da keine Chance. Aber für dich ist es Pech.«

»Ich hatte erst recht keine Chance. Aber *O'Malley*!«

»Das kommt davon, dass wir statt Frank jetzt diesen blöden Graves haben.«

»Unser dicker Wheatley war ja ganz schön enttäuscht. Aber um die Schlafsaalaufsicht beneide ich O'Malley nicht.«

»Dadurch ist er aber in den Schülerrat gekommen. Ich erzähl's dir nachher.«

Ab der Refektoriumstreppe mussten sie sich wieder aushaken, die Hände aus den Taschen nehmen und schweigen. Nach dem Tischgebet erzählte Tamplin weiter.

»Graves hat ihn Ende des letzten Trimesters zu sich kommen lassen und ihm gesagt, dass er ihm die Schlafsaalaufsicht übertragen will. Früher war die Aufsicht vom Oberen Schlafsaal ja nie im Schülerrat, erst seit dem letzten Trimester, nachdem wir Fletcher so schikaniert hatten und sie dann Easton aus dem Unteren Vorraum raufgeholt haben. O'Malley hat zu Graves gesagt, das kann er ohne eine offizielle Position nicht annehmen.«

»Woher weißt du das?«

»O'Malley hat's mir gesagt. Er fand, er wäre ziemlich schlau gewesen.«

»Typisch für Graves, auf so eine Laus reinzufallen.«

»Ist ja alles schön und gut«, beschwerte Wheatley sich von der andern Tischseite, »aber ich finde, die hatten kein Recht, uns Graves vor die Nase zu setzen. Ich bin doch nur nach Spierpoint gekommen, weil mein Vater Franks Bruder aus dem Regiment kannte. Ich war ganz schön sauer, als sie Frank versetzt haben. Ich glaube, er hat deswegen an den Direx geschrieben. Wir in Head's House müssen am meisten zahlen und kriegen dafür von allem das Schlechteste.«

»Tee, bitte.«

»Immer derselbe College-Tee.«

»Immer dieselben College-Eier.«

»Man braucht immer eine Woche, bis man sich an das College-Essen gewöhnt hat.«

»Ich gewöhne mich nie daran.«

»Warst du in den Ferien in London oft im Restaurant?«

»Ich war nur eine Woche in London. Mein Bruder ist mit mir mal mittags ins ›Berkeley‹ essen gegangen. Da wäre ich jetzt lieber. Hab zwei Gläser Portwein getrunken.«

»Das ›Berkeley‹ ist abends ganz in Ordnung«, sagte Charles, »wenn man gern tanzt.«

»Mittags ist es da auch mehr als in Ordnung. Du solltest mal die Horsd'œuvres sehen! Schätzungsweise zwanzig bis dreißig zur Auswahl. Danach hatten wir Moorhuhn und ein Baiser mit Eis drin.«

»Ich war zum Abendessen im ›d'Italie‹.«

»Oh, wo ist denn das?«

»Ein kleines Lokal in Soho, das nicht viele kennen. Meine Tante spricht fließend italienisch, daher kennt sie sich mit solchen Orten aus. Marmor und Musik gibt's da natürlich nicht. Nur gute Küche. Maler und Schriftsteller verkehren dort. Meine Tante kennt viele davon.«

»Mein Bruder sagt, alle Offiziere aus Sandhurst gehen ins ›Berkeley‹. Man lässt da natürlich auch ganz schön was liegen.«

»Ich finde das ›Berkeley‹ ziemlich gewöhnlich«, meinte Wheatley. »Als wir aus Schottland zurückgekommen sind, haben wir im ›Claridge‹ gewohnt, weil in unserer Wohnung noch die Handwerker waren.«

»Mein Bruder nennt das ›Claridge‹ eine Bruchbude.«

»Klar, jedermanns Geschmack ist das nicht. Einigermaßen exklusiv.«

»Dann frag ich mich, was unser dicker Wheatley da macht.«

»Du brauchst mir nicht gleich so billig zu kommen, Tamplin.«

»Ich sage immer«, mischte sich plötzlich ein Junge namens Jorkins ein, »das beste Essen in ganz London gibt's im Holborn-Grill.«

Charles, Tamplin und Wheatley wandten sich mit kalter Neugier dem Störenfried zu, endlich einig in ihrer gemeinsamen Verachtung. »So, *sagst* du das, Jorkins? Das ist aber sehr originell von dir.«

»Du sagst das *immer*, Jorkins? Wird es dir nicht manchmal langweilig, immer dasselbe zu sagen?«

»Da gibt's eine Table d'hôte für viereinhalb Shilling.«

»Bitte, Jorkins, erspar uns die grausigen Details deiner Fressgelage.«

»Bitte, bitte, dachte ja nur, es interessiert euch.«

»Glaubt ihr«, fragte Tamplin, demonstrativ nur an Charles und Wheatley gerichtet, »dass Apthorpe scharf auf Wykham-Blake ist?«

»Ach nein, wirklich?«

»Heute Abend ist er jedenfalls ständig um ihn herumgeschwirrt.«

»Der Junge wird Trost brauchen, nachdem sein herzallerliebster Sugdon weg ist. In der Unterstufe hat er keinen einzigen Freund.«

»Was haltet ihr von Peacock?« (Charles, Tamplin und Wheatley waren alle drei in der Humanistischen Oberen Fünften bei Mr. Peacock.)

»Angefangen hat er ganz anständig. Keine Hausaufgaben heute.«

»Schikanabel?«

»Glaub ich nicht. Aber lasch.«

»Lasch ist mir lieber als schikanabel. War letztes Trimester ganz schön anstrengend, Teeküchelchen zu schikanieren.«

»War aber drollig.«

»Hoffentlich ist er nicht gleich so lasch, dass wir nächsten Sommer unsere Zertifikate nicht schaffen.«

»Büffeln kannst du immer noch im letzten Trimester.

Auf der Universität arbeitet auch keiner bis kurz vor den Prüfungen. Dann lernen sie die ganze Nacht und halten sich mit schwarzem Kaffee und Strychnin wach.«

»Wär doch ein Riesenspaß, wenn keiner von uns das Zertifikat schaffte.«

»Was würden sie dann wohl machen?«

»Wahrscheinlich Peacock rausschmeißen.«

Es wurde wieder gebetet, und dann strömte die ganze Schule auf den Hof hinaus. Es war jetzt dunkel. Die Bogengänge waren in Abständen von Gaslampen erhellt. Beim Gehen wurde der Schatten vor einem immer länger und schwächer, bis man sich der nächsten Lichtquelle näherte und er verschwand, dann hinter einem wieder auftauchte, dort kürzer und immer dunkler wurde, wieder verschwand und erneut vor einem erschien. In der Viertelstunde zwischen Abendessen und zweiter Aufgabenstunde spazierte man meist zu zweit oder dritt nebeneinander durch die Bogengänge um den Hof; nur Aufsichtsschüler hatten das Recht, zu viert nebeneinanderzugehen. Auf der Treppe des Refektoriums trat O'Malley auf Charles zu. Er war ein unansehnlicher Junge, ein Emporkömmling, der erst spät in einem Zwischentrimester nach Spierpoint gekommen war. Er war in Armeeklasse B, und sein einziges Plus war große Ausdauer beim Geländelauf.

»Kommst du mit zu Graves?«

»Nein.«

»Stört's dich, wenn ich ein bisschen mit dir gehe?«

»Nicht besonders.«

Sie schlossen sich den spazierenden Paaren an; ihre Schatten wurden vor ihnen länger und blieben auf Abstand.

Charles fasste O'Malley nicht unter. O'Malley traute sich nicht, Charles unterzufassen. Die Schülerratswürde war nur im Haus von Bedeutung. Auf dem Hof war Charles der Ranghöhere, weil er schon zwei Jahre in Spierpoint war.

»Das mit dem Schülerrat tut mir schrecklich leid«, sagte O'Malley.

»Ich dachte, du freust dich.«

»Nein, kein bisschen. Es ist das Letzte, was ich wollte. Graves hat mir vorige Woche eine Postkarte geschickt, die hat mir das Ende der Ferien verdorben. Ich sag dir mal, wie das war. Graves hat mich letztes Trimester am letzten Tag zu sich bestellt. Du weißt ja, wie er so ist. ›Ich habe unerfreuliche Nachrichten für dich, O'Malley‹, hat er gesagt. ›Ich mache dich zur Aufsicht im Oberen Schlafsaal.‹ Ich sage: ›Das soll einer vom Schülerrat machen. Jemand anders kann da nicht für Ordnung sorgen.‹ Ich hab gedacht, er würde Easton oben lassen. Aber er sagt: ›Das ist eine Frage der Persönlichkeit, nicht eines Amtes.‹ Ich sage: ›Es hat sich gezeigt, dass einer das machen muss, der ein Amt hat. Sie wissen doch, wie wir bei Fletcher alle über die Stränge geschlagen haben.‹ Da sagt er: ›Fletcher war nicht der richtige Mann für die Aufgabe. Ich hätte sie ihm nie anvertraut.‹«

»Eine typische Unverschämtheit von ihm. Fletcher war von Frank eingesetzt worden.«

»Ich wünschte, wir hätten immer noch Frank.«

»Das wäre allen lieber. Aber wieso erzählst du mir das eigentlich alles?«

»Weil ich nicht will, dass du denkst, ich hätte mich da hineingeschlichen. Tamplin habe ich so was nämlich schon sagen hören.«

»Also, was willst du? Du bist Schlafsaalaufsicht, und du bist im Schülerrat.«

»Stellst du dich hinter mich, Ryder?«

»Hast du je erlebt, dass ich mich hinter jemanden stelle, wie du das nennst?«

»Nein«, sagte O'Malley zerknirscht, »das ist es ja.«

»Und wieso denkst du jetzt, dass ich bei dir damit anfange?«

»Hab nur gedacht, du tust es vielleicht.«

»Falsch gedacht.«

Sie hatten den Hof auf drei Seiten umrundet und kamen jetzt vor die Tür von Head's House. Dort stand Mr. Graves vor seinem Zimmer und unterhielt sich mit Mr. Peacock.

»Charles«, sagte er, »komm doch mal kurz her. Kennen Sie diesen jungen Mann schon, Peacock? Er ist einer von Ihren.«

»Ich glaube, ja«, sagte Mr. Peacock unsicher.

»Eins meiner Problemkinder. Komm mal rein, Charles. Ich möchte mich mit dir unterhalten.«

Mr. Graves fasste ihn am Ellenbogen und führte ihn in sein Zimmer.

Es war noch kein Feuer angezündet, und die beiden Sessel standen vor einem leeren Kaminrost; nach dem Großreinemachen in den Ferien wirkte alles unnatürlich kahl und ordentlich.

»Setz dich.«

Mr. Graves stopfte seine Pfeife und sah Charles mit einem sanften, spöttischen Blick lange an. Er war noch keine dreißig und trug Lovat-Tweed und eine alte Rugby-Krawatte. Er war in Charles' erstem Trimester schon in Spierpoint gewesen, und sie waren sich einmal auf dem Kleinkaliberschießstand begegnet; in jener kalten, unnahbaren Epoche hatte Charles sich an seiner Liebenswürdigkeit gewärmt. Dann war Mr. Graves zur Armee eingezogen worden und im vorigen Trimester als Haustutor von Head's House zurückgekommen. Charles war inzwischen selbstbewusst geworden und brauchte keine liebenswürdigen Lehrer mehr; nur noch Frank, den Mr. Graves jetzt ersetzt hatte. Franks Geist erfüllte den Raum. Mr. Graves hatte ein paar Medici-Drucke anstelle von Franks Fußballmannschaften aufgehängt. Die Sammlung *Gregorianische Dichtung* im Bücherschrank gehörte ihm, nicht Frank. Sein Collegewappen schmückte die Tabakdose auf dem Kaminsims.

»Nun, Charles Ryder?«, meinte Mr. Graves schließlich. »Bist du nicht gut auf mich zu sprechen?«

»Sir?«

Mr. Graves wurde ungehalten. »Wenn du es vorziehst, dazusitzen wie eine Steinstatue, kann ich dir auch nicht helfen.«

Charles sagte noch immer nichts.

»Ich habe einen Freund«, sagte Mr. Graves, »der sich mit Buchmalerei beschäftigt. Ich dachte, es würde dich vielleicht freuen, wenn ich ihm einmal die Arbeit zeige, die du letztes Trimester zum Kunstwettbewerb eingeschickt hast.«

»Ich habe sie leider zu Hause gelassen, Sir.«

»Hast du in den Ferien was gemalt?«

»Ein bisschen, Sir.«

»Und du malst nie nach der Natur?«

»Nein, Sir, nie.«

»Eine eigenwillige, eigenbrötlerische Beschäftigung für einen Jungen in deinem Alter. Aber das ist deine Sache.«

»Ja, Sir.«

»Du bist ein schwieriger Gesprächspartner, nicht wahr, Charles?«

Nicht mit jedem. Nicht mit Frank, hätte Charles am liebsten gesagt; mit Frank konnte ich stundenlang reden. Er sagte aber nur: »Wahrscheinlich schon, Sir.«

»Na schön, aber ich will mit dir reden. Ich nehme an, du fühlst dich in diesem Trimester ein wenig schlecht behandelt. Natürlich sind alle in deinem Jahrgang in einer recht schwierigen Situation. Normalerweise wären nach Ende des letzten Trimesters sieben oder acht Leute abgegangen, aber wegen des Kriegsendes bleiben viele jetzt ein Jahr länger und versuchen, sich ein Universitätsstipendium zu erarbeiten. Nur Sugdon ist gegangen, und statt eines allgemeinen Nachrückens wurde nur ein Platz an der Spitze frei. Also auch nur ein Platz im Schülerrat. Du findest wahrscheinlich, dass er dir zugestanden hätte.«

»Nein, Sir, es wären zwei andere vor mir dran gewesen.«

»Aber nicht O'Malley. Ob ich dir wohl begreiflich machen kann, warum ich ihn dir vorgezogen habe? Du warst in mehrfacher Hinsicht der naheliegende Kandidat. Es ist nur so, dass manche Leute Autorität *brauchen*, andere nicht. Du hast eine starke Persönlichkeit. O'Malley ist überhaupt nicht selbstsicher. Er könnte sehr leicht in Zweitklassigkeit absinken. Die Gefahr besteht bei dir nicht. Außerdem gilt es, an die Schlafsaalaufsicht zu denken. Ich vertraue darauf, dass du loyal unter O'Malley arbeiten wirst. Ob ich darauf vertrauen könnte, dass er loyal unter dir arbeiten würde, weiß ich nicht. Verstehst du? Es war schon immer ein schwieriger Schlafsaal. Ich will keine Wiederholung dessen, was mit Fletcher passiert ist. Kannst du das verstehen?«

»Ich verstehe, was Sie meinen, Sir.«

»Du bist ein ganz schön harter Brocken, was?«

»Sir?«

»Ach ja, hau schon ab. Ich mag meine Zeit nicht mehr mit dir verschwenden.«

»Danke, Sir.«

Charles erhob sich zum Gehen.

»Ich bekomme in diesem Trimester eine kleine Handdruckpresse«, sagte Mr. Graves. »Ich dachte, das könnte dich interessieren.«

Das interessierte Charles brennend. Es beschäftigte ihn unentwegt in seinen Tagträumen; in der Andacht, in der Schule, im Bett, in all jenen seltenen Perioden der Ablenkung, in denen andere von Rennautos, Pferden und Schnellbooten träumten, dachte Charles lange und oft an eine eigene Druckerpresse. Aber es wäre ihm nicht eingefallen, Mr. Graves merken zu lassen, welche Flut von Bildern vor seinem inneren Auge aufstieg.

»Ich halte die Erfindung der beweglichen Lettern für eine Katastrophe, Sir. Sie hat die Kalligraphie zerstört.«

»Was bist du doch für ein überheblicher Schnösel, Charles«, sagte Mr. Graves. »Du bist mir zuwider. Geh. Und schick Wheatley zu mir. Du könntest ruhig versuchen, mich weniger abzulehnen. Es ist reine Zeitverschwendung für uns beide.«

Die zweite Abendaufgabenstunde hatte bereits angefangen, als Charles wieder in den Arbeitssaal kam; er meldete sich bei der Hausaufsicht zurück, schickte Wheatley zu Mr.

Graves und setzte sich vor sein Geschichtsbuch, um eine halbe Stunde tagzuträumen, sich die großen Folianten vorzustellen, die breiten Ränder, das handgeschöpfte Büttenpapier, die gravierten Initialen, die Titelblätter und Kolophone, die aus seiner privaten Druckerpresse kommen würden. In der dritten Abendstunde durfte »gelesen« werden; Charles las Hugh Walpoles *Der Reiter auf dem Löwen*.

Wheatley kam erst wieder, als die Glocke die Abendarbeit beendete.

Tamplin begrüßte ihn mit: »Großes Pech, Wheatley. Wie viele hast du gekriegt? War's schlimm?«, Charles mit: »Na, du hattest aber ein langes Palaver mit Graves. Worüber hat er denn bloß mit dir gesprochen?«

»Es war ziemlich vertraulich«, sagte Wheatley feierlich.

»Oh, Verzeihung.«

»Nein, *euch* erzähle ich es schon mal irgendwann, wenn ihr mir versprecht, dass ihr es für euch behaltet.« Sie gingen zusammen die Turmtreppe zu ihrem Schlafsaal hinauf. »Sagt mal, ist euch eigentlich etwas aufgefallen? Apthorpe ist dieses Trimester im Oberen Vorraum. Der Hausaufsichtsjunior war doch sonst immer im Unteren Vorraum. Ich frage mich, wie er das geschafft hat.«

»Warum sollte er das überhaupt wollen?«

»Weil Wykham-Blake in den Oberen Vorraum verlegt worden ist, du Unschuldslamm.«

»Wie rücksichtsvoll von Graves.«

»Weißt du, manchmal denke ich, wir haben Graves vielleicht doch falsch eingeschätzt.«

»Beim Essen hast du das aber noch nicht gedacht.«

»Nein, aber seither bin ich ins Nachdenken gekommen.«

»Das heißt, er hat dir Honig ums Maul geschmiert.«

»Also, ich kann nur sagen, wenn er ein anständiger Kerl sein *will*, kann er auch einer sein. Ich hab in den Ferien festgestellt, dass wir ziemlich viele gemeinsame Bekannte haben. Einmal war er auf dem Landsitz gleich neben unserm.«

»Darin kann ich noch nichts besonders Anständiges sehen.«

»Na ja, aber es verbindet irgendwie. Er hat mir erklärt, warum er O'Malley in den Schülerrat geholt hat. Er studiert nämlich den Menschen.«

»Wer? O'Malley?«

»Nein, Graves. Er sagt, das ist der einzige Grund, warum er Lehrer geworden ist.«

»Ich denke, er ist Lehrer geworden, weil man da so eine ruhige Kugel schiebt.«

»Keineswegs. Eigentlich wollte er ja sogar in den diplomatischen Dienst, genau wie ich.«

»Da wäre er kaum durchs Examen gekommen. Das hat's nämlich in sich. Und Graves ist allenfalls mittelmäßig.«

»Das Examen ist ja bloß dazu da, Unerwünschte fernzuhalten.«

»Dann hätte es Graves ausgesiebt.«

»Er sagt, Lehrer ist der *humanste* Beruf der Welt. Spierpoint ist keine Wettkampfarena. Wir müssen damit schlussmachen, dass immer die Schwächsten unter die Räder kommen.«

»Hat Graves das gesagt?«

»Ja.«

»Muss ich mir merken, falls es mal Ärger mit Peacock gibt. Was hat er noch gesagt?«

»Ach, wir haben auch über Leute geredet, und ihren Charakter. Würdest du sagen, dass O'Malley Haltung hat?«

»Du lieber Himmel, nein.«

»Genau das meint Graves auch. Er sagt, manche Leute haben sie von Natur aus, und die können auf sich selbst aufpassen. Anderen, wie O'Malley, muss man den Rücken stärken. Er meint, die Autorität wird O'Malley Haltung geben.«

»Also, bisher hat das offenbar noch nicht gewirkt«, sagte Charles, als O'Malley mit großen Schritten an ihren Betten vorbei in seine Ecke hastete.

»Willkommen bei der Schlafsaalaufsicht«, sagte Tamplin. »Sind wir alle zu spät? Wirst du uns melden?«

O'Malley sah auf seine Uhr. »Um es genau zu sagen, ihr habt noch sieben Minuten Zeit.«

»Nicht nach meiner Uhr.«

»Wir richten uns nach meiner.«

»Wirklich«, sagte Tamplin. »Ist deine Uhr auch in den Schülerrat berufen worden? Mir erscheint sie eher als ein billiges Ding.«

»Wenn ich amtlich spreche, verbitte ich mir Unverschämtheiten, Tamplin.«

»Seine Uhr *ist* in den Schülerrat berufen worden. Ich höre zum ersten Mal, dass man zu einer Uhr unverschämt sein kann.«

Sie zogen sich aus und putzten sich die Zähne. O'Malley sah wiederholt auf die Uhr und sagte schließlich: »Sprecht euer Abendgebet.«

Jeder kniete neben seinem Bett nieder und drückte das Gesicht ins Bettzeug. Nach einer Minute richteten sich die

Jungen in rascher Folge wieder auf und legten sich hin; nur Tamplin verharrte auf den Knien. O'Malley stand unschlüssig in der Mitte des Schlafsaals, die Hand an der Kette der Gaslampe. Es vergingen drei Minuten; nach allgemeiner Übereinkunft wurde nicht gesprochen, solange noch einer betete; einige Jungen begannen zu kichern. »Mach schneller«, sagte O'Malley.

Tamplin hob ein schmerzlich berührtes Gesicht. »*Bitte*, O'Malley. Ich spreche mein Abendgebet.«

»Du bist aber spät dran.«

Tamplin blieb auf den Knien und grub das Gesicht wieder ins Bettzeug. O'Malley zog an der Kette, und das Licht ging aus, bis auf den fahlen Schein der Stichflamme unter dem weiß emaillierten Schirm. Es war Sitte, dabei »Gute Nacht« zu sagen, aber Tamplin war noch immer ostentativ im Gebet; in diesem Dilemma ging O'Malley steifen Schrittes und stumm zu seinem Bett.

»Willst du uns nicht gute Nacht sagen?«, fragte Charles.

»Gute Nacht.«

Ein Dutzend Stimmen nahmen wider alle Regel den Ruf auf: »Gute Nacht, O'Malley … Hoffentlich bleibt deine amtliche Uhr heute Nacht nicht stehen … Träum was Schönes, O'Malley.«

»Also wirklich«, sagte Wheatley, »hier betet noch einer.«

»Hört auf zu reden.«

»Bitte«, sagte Tamplin, noch immer auf den Knien. In dieser Haltung blieb er auch noch eine halbe Minute, dann erhob er sich und legte sich ins Bett.

»Hast du verstanden, Tamplin? Du bist zu spät.«

»Oh, das konnte ich aber, glaub ich, gar nicht sein, nicht

mal nach deiner Uhr. Ich war bereit, als du gesagt hast: ›Sprecht euer Abendgebet.‹«

»Wenn du so lange beten willst, musst du eben früher anfangen.«

»Hätte ich das etwa gekonnt bei dem Krach, O'Malley? Bei all dem Gezeter über Uhren?«

»Wir reden morgen früh nochmals darüber.«

»Gute Nacht, O'Malley.«

In diesem Moment ging die Tür auf, und Anderson, der für alle Schlafsäle im Haus verantwortlich war, kam herein. »Was soll diese Schwätzerei hier?«, fragte er.

Nun hatte O'Malley nicht die allermindeste Absicht gehabt, Tamplin wegen »Verspätung« zu verpetzen. Es war eine knifflige juristische Frage, über die man in Spierpoint endlose Diskussionen führen konnte, ob er unter den gegebenen Umständen ein Recht dazu gehabt hätte. Vielmehr hatte O'Malley vorgehabt, anderntags an Tamplins besseres Ich zu appellieren, ihm zu sagen, dass er auch einen Spaß verstehen könne, dass seine amtliche Funktion ihm zuwider sei und dass er nichts weniger wolle, als das Trimester damit zu beginnen, seine neue Autorität gegen die früheren Kameraden einzusetzen; das alles wollte er sagen und Tamplin bitten, sich »hinter ihn zu stellen«. Jetzt aber, so plötzlich aus der Dunkelheit angeherrscht, verlor er den Kopf und sagte: »Ich habe Tamplin wegen Verspätung ermahnt, Anderson.«

»Gut, erinnere mich morgen früh daran, und mach jetzt um Himmels willen nicht so ein Geschrei darum.«

»Bitte, Anderson, ich bin nicht der Meinung, dass ich zu spät war«, sagte Tamplin. »Ich habe nur etwas länger gebetet als die andern. Als er gesagt hat, wir sollen jetzt beten, war ich vollkommen bereit.«

»Aber er war noch nicht im Bett, als ich das Licht ausgemacht hab«, sagte O'Malley.

»Na, es ist doch üblich, damit zu warten, bis alle fertig sind, oder?«

»Ja, Anderson. Ich habe ungefähr fünf Minuten gewartet.«

»Verstehe. Aber Verspätung zählt von dem Moment an, wo man zu beten anfängt, das weißt du. Lass die Sache lieber auf sich beruhen.«

»Danke, Anderson«, sagte Tamplin.

Anderson zündete die Kerze an, die in einer Keksdose auf dem Schränkchen neben seinem Bett stand. Er zog sich langsam aus, wusch sich und ging, ohne zu beten, ins Bett. Die Dose schirmte das Licht gegen den Schlafsaal ab und warf nur einen kleinen gelben Kegel über sein Buch und Kissen; das und der matte Schein der Gaslampe waren das einzige Licht im Saal. Allmählich wurden in der Dunkelheit die Spitzbogenfenster undeutlich sichtbar. Charles lag auf dem Rücken und dachte nach; O'Malleys erster Abend war ein Fiasko gewesen; von Anfang bis Ende hätte er seine Sache nicht schlechter machen können; Mr. Graves hatte ihn offenbar auf einen steinigen Weg zu Haltung und Selbstvertrauen geschickt. Und während er allmählich schläfriger wurde, suchten Charles' Gedanken wie eine Roulettekugel, wenn das Rad langsamer wird, einen Ruheplatz und verharrten schließlich bei jenem nie fernen Tag am Ende seines zweiten Trimesters; dem rauhen, windigen Tag, an dem die Unterstufe ihren Geländelauf absolvierte; bibbernd und halb umgezogen, mit einem flauen Gefühl im Magen ob der bevorstehenden Bewährungsprobe, war er zu Frank gerufen worden, war rasch in seine Kleider geschlüpft, Hals über Kopf die Turmtreppe hinuntergerannt und hatte mit einer neuen, größeren Angst an die Tür geklopft.

»Charles, ich habe eben ein Telegramm von deinem Vater bekommen, das du lesen musst. Ich lasse dich damit allein.«

Er hatte keine Träne vergossen, nicht da und nicht später; er erinnerte sich nicht mehr, was gesagt worden war, als Frank zwei Minuten später wieder hereinkam; im Herzen seines Kummers lag ein tauber, ein betäubter Fleck; weit besser erinnerte er sich an den weiteren Tagesablauf. Statt mitzulaufen, hatte er im Mantel neben Frank das Ende des Laufs mit angesehen; die Nachricht hatte sich im Haus verbreitet, und es wurden keine Fragen gestellt; er hatte bei der Hausmutter Tee getrunken und den Abend bei ihr verbracht und die Nacht im Privathaus des Direktors geschlafen; am nächsten Morgen war Tante Philippa gekommen und hatte ihn nach Hause geholt. Er erinnerte sich an alles, was um ihn herum vorgegangen war, was er sah und hörte und roch, so dass ihn nach seiner Rückkehr alles an diesem Ort an seinen Verlust erinnerte, an die jähe Durchtrennung aller Kindheitsbande, und ihm war, als ob seine Mutter nicht im bosnischen Hochland, sondern hier in Spierpoint, auf der Turmtreppe, im unbeleuchteten Gang zur Abstellkammer, in den windigen Bogengängen gefallen wäre, und als hätte nicht eine deutsche Granate sie getötet, sondern der schrille Ruf, der durch den Umkleideraum gehallt war: »Ryder hier? Ryder? Frank will ihn sprechen, dalli!«

II

»Donnerstag, 25. September 1919. Peacock fing gut an, indem er nicht zum Frühunterricht erschien, so dass wir alle um fünf nach das Klassenzimmer verließen und in den Arbeitssaal zurückgingen, wo ich weiter in ›Der Reiter auf dem Löwen‹ von Walpole las; es ist starker Tobak, aber manche Stellen etwas überflüssig. Nach dem Frühstück kam O'Malley, um sich bei Tamplin anzuschmeißen und sich zu entschuldigen. Alle sind gegen ihn. Ich bleibe dabei, dass er bis zu dem Moment im Recht war, als er ihn Anderson meldete. Dafür gibt es keine Entschuldigung – nichts als Blähungen. Peacock geruhte zur Griechisch-Doppelstunde zu erscheinen. Wir haben ihn ein bisschen schikaniert. Er versucht, uns die neue Aussprache einzutrichtern, großes Gejohle dabei, es war sehr komisch, und als Tamplin hartnäckig immer ›Konjunktivä‹ sagte, wurde er es leid und drohte, ihn bei Graves zu melden, lenkte dann aber doch ein. Die Bibliothek war heute Abend von 5–6 geöffnet. Ich war hingegangen, um mich ein bisschen mit Walter Cranes ›Grundlagen der Zeichnung‹ zu beschäftigen, aber da kam Mercer an mit diesem komischen Curtis-Dunne aus Brent's House. Dort haben sie jetzt Frank als Haustutor, ich beneide sie darum. Er spricht davon, einen literarischen und künstlerischen Club für Mittelstufenschüler zu gründen. Curtis-Dunne will eine politische Gruppe aufziehen. Ganz schön größenwahnsinnig, wenn man bedenkt, dass er erst im zweiten Trimester hier ist, obwohl er schon sechzehn ist und in

Dartmouth war. Mercer gab mir ein Gedicht zu lesen – sehr schmalzig. Davor haben wir Fußball gespielt. Alle haben nach den Ferien furchtbar gekeucht und geprustet. Anderson meint, ich soll bei den Unter-16-Jährigen Mittelläufer werden – die schweißtreibendste Position in der ganzen Mannschaft. Ich muss schnell wieder ins Training einsteigen.«

»Freitag, 26. September. Korpstag, aber ziemlich lasch. Umorganisation. Ich bin endlich in der ersten Kompanie. Eine kleine Laus aus Boucher's namens Spratt ist Zugführer. Wir haben ihn ein bisschen schikaniert. Wheatley ist Gruppenführer! Peacock hat Bankes im Griechischen Testament rausgeschmissen, weil er übersetzt hatte: ›Wer wird mich befreien von diesem turbulenten Priester?‹ Sehr witzig. Er fing auch noch an zu diskutieren, bis Peacock sagte: ›Muss ich dich mit Gewalt entfernen?‹ Da ging Bankes, brummelte aber noch was von ›Muskelchristentum‹. Peacock: ›Was hast du gesagt?‹ – ›Nichts, Sir.‹ – ›Mach, dass du rauskommst, bevor ich dir einen Tritt gebe.‹ Danach wurde es etwas langweiliger. Onkel George hat Bankes drei übergezogen.«

»Samstag, 27. September. In der Schule nichts los. Peacock vergaß zum Glück, Aufgaben aufzugeben. Pop. Wiss. als letzte Stunde. Tamplin und Mercer bekamen ein paar von diesen Gewichten, die so kostbar sind, dass sie in einem Glaskasten aufbewahrt und nur mit der Pinzette angefasst werden. Sie haben sie über einem Bunsenbrenner rotglühend gemacht und dann in kaltes Wasser geworfen. Witzige Idee. Fußballspiel. U-16 ge-

gen gemischte Mannschaft. Sie haben Wykham-Blake als Mittelläufer aufgestellt und mich ins Tor geschickt; ein gottverlassener Posten. Wieder Bibliothek. Curtis-Dunne hat mich wieder ins Gespräch verwickelt. ›Mein Vater ist im Parlament, aber ein sehr unaufgeklärter Konservativer‹, lamentierte er. ›Ich bin natürlich Sozialist. Darum hab ich ja die Marine sausenlassen.‹ Ich sagte: ›Oder hat sie vielleicht dich sausenlassen?‹ – ›Der Trennungsschmerz wurde beiderseits mit stoischem Gleichmut ertragen.‹ Von Frank sprach er als ›im Wesentlichen wohlmeinend.‹ Morgen ist Gott sei Dank Sonntag. Vielleicht komme ich mit der Illumination der ›Himmlischen Chöre‹ voran.

III

Normalerweise hatte man sonntags die Wahl zwischen zwei Gottesdiensten: einer Morgenandacht um Viertel vor acht oder Messe um Viertel nach. Am ersten Sonntag des Trimesters war um acht für alle eine Chormesse angesetzt.

Die Kirche war groß, schmucklos und noch unfertig, eines der großen Monumente der Oxford-Bewegung und der Neugotik. Wie ein Eisberg zeigte sie nur einen kleinen Teil ihrer Masse über der Oberfläche des abgestuften Geländes; darunter lag eine Krypta und darunter ein tief hinunterreichendes Fundament. Der Gründer hatte den Ort ausgewählt und sich gegen eine Verlegung gesperrt, so dass der ursprüngliche Kostenansatz schon überschritten war, bevor mit dem Überbau auch nur begonnen wurde. Zu Besuch weilende Prediger zogen oft eine Lehre aus den Enttäuschungen, Ungewissheiten und dem Endergebnis dieser »Vision« des Gründers. Jetzt erhob sich das Mittelschiff triumphierend über der Landschaft ringsum, ein Kreuzgewölbe, von gewaltigen garbenförmigen Säulen getragen; auf der Westseite endete es abrupt in Beton, Holz und Wellblech, dahinter, auf einer Brache bei den Küchen, wo die Korpskapelle frühmorgens mit ihren Hörnern übte, stand eine von Brennnesseln und Brombeeren überwucherte Ruine: die Basis des Turms, der sich eines Tages erheben sollte, zweimal so hoch wie die Kirche, so dass nach dem Willen des Gründers in Sturmnächten von seiner Spitze aus für die draußen in Gefahr geratenen Seeleute gebetet werden konnte.

Von außen hatten die Fenster eine tiefblaue Tönung, aber von innen waren sie klar, und die Morgensonne strömte ungehindert auf den Altar und die versammelten Schüler. Der Aufsichtsschüler in Charles' Reihe war Symonds, Herausgeber der Schülerzeitung und Vorsitzender des Debattierclubs – der führende Intellektuelle an der Schule. Symonds wohnte in Head's House; er lebte wie ein Privatgelehrter, kam selten in die Abendaufgabenstunde, machte nie Sport, höchstens mal im Sommertrimester ein gelegentliches spätabendliches Tennis-Einzel; selbst in der Sechsten ließ er sich nur selten sehen, sondern büffelte privat unter der Anleitung von Mr. A. A. Carmichael für ein Balliol-Stipendium. Symonds hatte an seinem Platz in der Kirche eine ledergebundene Ausgabe der *Griechischen Anthologie*, in der er während des Gottesdienstes mit der größten Selbstverständlichkeit las.

Die Lehrer saßen in den nach Osten ausgerichteten Kirchenbänken zwischen den Säulen, die Theologen in Chorhemden, die Laien in ihren Talaren. Einige Lehrer, die den naturwissenschaftlichen Zug unterrichteten, trugen dazu Überwürfe von den neueren Universitäten; Major Stebbing, der Adjutant des Kadettenkorps, hatte gar keinen Talar; Mr. A. A. Carmichael – in Spierpoint ehrfürchtig nur A. A. genannt –, der brillante Dandy und Schöngeist; die Blüte der Oxford Union und der New College Essay Society; der Rezensent gelehrter Werke über das klassische Altertum für den *New Statesman*, mit dem Charles noch nie ein Wort gesprochen hatte, den Charles noch nie unmittelbar hatte sprechen hören, sondern nur aus dritter Hand, nachdem seine exzentrischen Bonmots von der Sechsten Klasse, dem Allerheiligsten, zu den Novizen an der Tür weitergetragen worden waren; dieser Mr. Carmichael, den Charles aus der Ferne verehrte, trug von seinen zahlreichen akademischen Kostümen heute Morgen den Talar eines Bakkalaureus von Salamanca. Wie er sich über sein Pult beugte, sah er aus wie der Anwalt der Anklage auf einer Karikatur von Daumier.

Ihm fast genau gegenüber auf der andern Seite der Kirche stand Frank Bates; eine unüberbrückbare Schlucht von Schülern trennte die beiden rivalisierenden und gegensätzlichen Gottheiten, der eine ein unbeschreiblicher Bewohner des umwölkten Olymps, der andere ein häuslicher Abgott aus Ton, der Schutzherr von Heim und Herd, Tenne und Olivenpresse. Frank trug einen Hermelinüberwurf, den Talar eines Bachelor of Arts und darunter nur salopp unauffällige, heute dunkle Kleidung mit der Krawatte der Corinthians, die sich Woche um Woche mit der von Charter House abwechselte. Er war eine adrette, hagere Erscheinung, lockig und ein wenig blässlich, denn nach einer Fußballverletzung, die ihn hinken ließ und während des Krieges dafür sorgte, dass er in Spierpoint bleiben konnte, litt er an ständigen Schmerzen, die ihn jeder Herzlichkeit enthoben. In der Kirche nahmen seine unschuldigen blauen Augen einen eher mürrischen Ausdruck an, wie bei einem altmodischen Kind in einem Zimmer voller Erwachsener. Frank war der Sohn eines Bischofs.

Hinter den Lehrern saßen, unsichtbar in den Seitenschiffen, Hausmütter und Ehefrauen in einem buntgewürfelten Haufen.

Der Gottesdienst begann mit dem Einzug des Chors: »Heil dem festlichen Tag« erklang, wobei Wykham-Blake das Sopransolo sang. Am Ende der Prozession kamen Mr. Peacock, der Kaplan und der Direktor. Vorige Woche war Charles mit Tante Philippa in London in die Kirche gegangen. Er pflegte sonst in den Ferien nicht in die Kirche zu gehen, aber da sie die ganze letzte Woche in London verbrachten, hatte Tante Philippa gesagt: »Wir können heute nicht viel unternehmen. Sehen wir doch mal, was die Kirche uns an Unterhaltung zu bieten hat. Es soll da so einen richtig ulkigen Kerl geben, der sich Father Wimperis nennt.« Sie waren also zusammen mit dem Bus in einen nördlichen Bezirk gefahren, wo Mr. Wimperis damals große Scharen anlockte. Seine Predigt sei nach neapolitanischen Maßstäben nicht theatralisch zu nennen, hatte Tante Philippa hinterher gesagt, »aber er hat mir einen Riesenspaß gemacht. Er ist so unwiderstehlich gewöhnlich.« Zwanzig Minuten lang hatte Mr. Wimperis von der Kanzel herab abwechselnd gesäuselt und gedonnert, mit seinem Lesepult gerungen und das Land zu sozialem Frieden ermahnt. Am Ende hatte er sich zu einer von ihm selbst erdachten kleinen Zeremonie in Chormantel und Birett an die Kirchentreppe gestellt und aus einem silbernen Gefäß, das sich als ein großes Salzfässchen entpuppte, Salz vor sich auf den Boden gestreut und dazu gesagt: »Mein Volk. Ihr seid das Salz der Erde.«

»Ich glaube, er hat jede Woche etwas Neues in der Art«, sagte Tante Philippa. »Es muss köstlich sein, bei ihm in der Nachbarschaft zu wohnen.«

Charles kam nicht aus einem gottesfürchtigen Haus. Bis August 1914 hatte sein Vater die Gewohnheit beibehalten, jeden Morgen das Familiengebet zu sprechen; nach Ausbruch des Krieges hörte er abrupt damit auf und erklärte dazu auf Nachfragen, dass es ja nun nichts mehr gebe, worum man beten könne. Als Charles' Mutter starb, gab es einen Gedächtnisgottesdienst für sie in Boughton, ihrem Heimatdorf, aber Charles' Vater ließ ihn und Tante Philippa allein hingehen. »Alles nur ihr verdammter Patriotismus«, sagte er, nicht zu Charles, sondern zu Tante Philippa, die diese Bemerkung erst viele Jahre später wiedergab. »Sie hatte da unten in Serbien nichts verloren. Meinst du, es ist meine Pflicht, wieder zu heiraten?«

»Nein«, sagte Tante Philippa.

»Dazu könnte mich auch nichts bringen, und zuallerletzt meine Pflicht.«

Der Gottesdienst nahm seinen Lauf. Zwei der kleinen Jungen fielen in Ohnmacht, was öfter vorkam, und wurden von Aufsichtsschülern hinausgetragen; ein dritter ging mit blutender Nase von selbst. Mr. Peacock trug die Lesung überlaut vor. Es war sein erster öffentlicher Auftritt. Symonds sah von seinem Griechisch auf, runzelte die Stirn und las weiter. Bald war es Zeit für die Kommunion; die meisten Jungen, die gefirmt waren, gingen zur Kommunionbank, Charles mit ihnen. Symonds drückte sich nach hinten in die Bank, drehte die langen Beine in den Mittelgang, um sie durchzulassen, blieb aber selbst sitzen. Charles empfing die Kommunion und kehrte in seine Bank zurück. Er war im letzten Trimester gefirmt worden, ohne Neugier, ohne Erwartung oder Enttäuschung. Als er in seinem späteren Leben von den Emotionsstürmen las, die andere Jungen bei dieser Zeremonie erlebten, fand er sie unverständlich; für Charles war das nur so eine Art Mannbarkeitsritus, etwa wie wenn man sich als neuer Schüler auf den Tisch stellen und singen muss. Der Kaplan hatte ihn »vorbereitet« und sich dabei auf theologische Fragen beschränkt. Er hatte nicht in seinem Sexualleben herumgestochert; da gab es nichts zu stochern. Stattdessen hatten sie über Gebete und Sakramente gesprochen.

Spierpoint war ein Produkt der Oxford-Bewegung, gegründet mit erklärten religiösen Zielen; in achtzig Jahren war es den älteren Internaten immer ähnlicher geworden, aber die Schule hatte noch immer ein starkes ekklesiastisches Flair. Manche Schüler waren regelrechte Frömmler, und ihre Sonderlichkeit wurde respektiert; Blasphemie war selten und schlecht angesehen. In der Sechsten bekannten sich die meisten zum Agnostizismus oder Atheismus.

Die Schule war für Charles ausgesucht worden, weil er mit elf Jahren eine »religiöse Phase« gehabt und seinem Vater erklärt hatte, er wolle Priester werden.

»Du lieber Himmel«, sagte sein Vater, »oder meinst du etwa Pfaffe?«

»Priester der anglikanischen Kirche«, präzisierte Charles.

»Das klingt besser. Ich dachte schon, ein katholischer. Also, Pfaffe ist für einen jungen Mann, der selbst nicht viel Geld hat, gar nicht so übel. Man kann ihn nicht wieder hinauswerfen, höchstens wegen flagranter Unmoral. Dein Onkel in Boughton hat zehn Jahre lang versucht, den dortigen Pfarrer loszuwerden – ein Widerling war das, aber die Keuschheit selbst. Er ließ sich nicht vom Fleck bewegen. Es ist eine großartige Sache im Leben, ein Plätzchen zu haben, von dem man nicht wegzukriegen ist – gibt viel zu wenige davon.«

Aber die »Phase« war vorübergegangen und schien jetzt nur noch in Charles' Vorliebe für gotische Architektur und Breviere auf.

Nach der Kommunion lehnte Charles sich in der Bank zurück und dachte, während jetzt die Lehrer und nach ihnen die Frauen aus dem Seitenschiff zur Kommunionbank gingen, an die säkularen, wenn nicht gar leicht antiklerikalen Verse, die er nun illuminieren wollte, nachdem er sie bereits kalligraphiert hatte.

Das Essen war sonntags immer merklich schlechter als an andern Tagen; das Frühstück bestand unabänderlich aus zu hart gekochten, lauwarmen Eiern.

Wheatley sagte: »Was meint ihr, wie viele Krawatten A. A. hat?«

»Ich habe letztes Trimester mal angefangen zu zählen«, sagte Tamplin, »und bin bis dreißig gekommen.«

»Fliegen inklusive?«

»Ja.«

»Er ist natürlich auch ganz schön reich.«

»Warum hat er denn dann kein Auto?«, fragte Jorkins.

Die Stunde nach dem Frühstück war normalerweise dem Briefeschreiben gewidmet, aber heute war ein Eisenbahnerstreik ausgerufen worden, und es gab keine Post. Überdies fiel, weil das Trimester gerade erst angefangen hatte, die Sonntagsschule aus. Der ganze Vormittag war daher frei, und Charles hatte die Erlaubnis eingeholt, ihn im Zeichensaal verbringen zu dürfen. Er packte seine Sachen zusammen und war bald fröhlich bei der Arbeit.

Das Gedicht von Ralph Hodgson – »Es jubelten himmlische Chöre vor Freude ohne Ende, wenn der Pfaff den Verstand verlöre, das Volk den seinen fände …« – gehörte zu Franks Lieblingsgedichten. In jenen glücklichen Tagen, als er Haustutor in Head's House gewesen war, hatte er sonntagabends allen, die zu ihm kommen wollten, und das war meist die untere Hälfte des Hauses, Gedichte vorgelesen. Er las: »Es schwimmt dort einer, der schon geschwommen, bevor die Flüsse waren begonnen«, und »Abu Ben Adhem, möge wachsen sein Stamm«, und »Unter dem weiten Sternenhimmel« und »Was hab ich, mein England, getan für dich, England …?«, und viele andere Gedichte ähnlich behaglicher Art; aber am Ende des Abends sagte immer irgendeiner: »Bitte, Sir, können wir noch mal *Die himmlischen Chöre* hören?« Jetzt las er nur noch in seinem eigenen Haus, aber die Gedichte, Franks angenehme Stimme, seine Nachtigallen, waren noch wach und glommen warm im Feuerschein der Erinnerung.

Charles fragte sich nicht, ob das Gedicht wirklich so geeignet war für die Schrift aus dem dreizehnten Jahrhundert, in der er es geschrieben hatte. Er ging beim Schreiben so vor, dass er zuerst die Buchstaben freihändig mit ganz zarten Bleistiftstrichen zeichnete; dann zog er mit Lineal, Reißfeder und Tusche alle senkrechten Striche, bis das ganze Blatt nur noch aus lauter kurzen und langen, senkrechten schwarzen Strichen bestand, die er dann mittels einer Haarfeder miteinander verband und mit rautenförmigen Enden versah. Die Initialen aller Zeilen hatte er zunächst ausgespart und sie dann in der letzten Ferienwoche mit sorgfältig gemalten zinnoberroten »Old English«-Lettern ausgefüllt. Nur das E war jetzt noch übrig, und dafür hatte er sich ein Muster aus Shaws *Alphabets* ausgesucht, das jetzt offen vor ihm auf dem Tisch lag. Es war eine schnörkelreiche Vignette aus dem fünfzehnten Jahrhundert, zu deren Einbindung er eine gehörige Portion Geschicklichkeit aufwenden musste. Gutgelaunt arbeitete er vor sich hin, völlig versunken, zuerst mit Bleistift, dann bei angehaltenem Atem mit Haarfeder und Tusche; und als diese trocken war – wie oft schon hatte er sich in seiner Ungeduld die ganze Arbeit kaputtgemacht, indem er zu früh damit begann –, radierte er die Bleistiftstriche weg. Schließlich holte er seine Wasserfarben und die roten Zobelhaarpinsel hervor. Im Herzen wusste er, dass er zu schnell arbeitete – ein Mönch hätte für einen einzigen Buchstaben eine Woche gebraucht –, aber er arbeitete konzentriert, und in weniger als zwei Stunden war die Vignette mit all ihren verschnörkelten Randlinien fertig. Doch der Überschwang verließ ihn wieder, als er die Pinsel einpackte. Es war nicht gut geworden; er hatte alles verpfuscht; die Tuschstriche waren nicht gleichmäßig dick, die Bögen zu zaghaft, wo sie hätten kühn sein sollen; stellenweise quoll die Farbe über die Linien, und ansonsten wirkte sie zwischen der tiefschwarzen Zeichentusche zu wässrig und durchsichtig. Es taugte einfach nichts.

Verzagt klappte Charles seinen Zeichenblock zu und packte seine Sachen ein. Vom Zeichensaal führte eine Treppe hinunter auf den Oberen Hof und an der Tür von Brent's vorbei – Franks Haus. Hier begegnete er Mercer.

»Na, hast du gemalt?«

»Wenn man es so nennen kann.«

»Zeig mal.«

»Nein.«

»Bitte.«

»Es ist rundum abscheulich. Ich finde es grauenhaft, sage ich dir. Wenn ich es nicht gleich zerrissen habe, dann nur zu meiner eigenen Demütigung, damit ich es mir wieder ansehen kann, wenn ich mir je wieder einbilden sollte, etwas von Kunst zu verstehen.«

»Du bist immer unzufrieden, Ryder. Das ist wahrscheinlich das Kennzeichen des echten Künstlers.«

»Wenn ich ein Künstler wäre, würde ich keine Sachen machen, mit denen ich dann nicht zufrieden bin. Hier, schau's dir an, wenn du unbedingt willst.«

Mercer stierte auf den aufgeklappten Zeichenblock.

»Was gefällt dir daran nicht?«

»Das Ganze ist einfach ekelerregend.«

»Na ja, es *ist* vielleicht ein bisschen verschnörkelt.«

»Mein lieber Mercer, da hast du mit deinem unfehlbar sicheren Geschmack genau die Eigenschaft genannt, die als Einzige noch halbwegs erträglich ist.«

»Oh, Verzeihung. Na ja, ich finde das Ding jedenfalls rundum erstklassig.«

»Wirklich, Mercer? Du machst mir großen Mut.«

»Sag mal, du bist ein ganz schön schwieriger Mensch. Ich weiß gar nicht, warum ich dich leiden kann.«

»Dafür weiß ich, warum ich dich leiden kann. Weil du so gar kein bisschen schwierig bist.«

»Kommst du mit in die Bibliothek?«

»Wahrscheinlich schon.«

Wenn die Bibliothek geöffnet hatte, saß da ein Aufsichtsschüler, der die von den Jungen ausgeliehenen Bücher in ein Heft eintrug. Charles ging wie üblich sofort zu dem Regal mit den Büchern über Kunst, aber ehe er sich dort in aller Ruhe hinsetzen konnte, wie er es liebte, wurde er von Curtis-Dunne, dem alten Neuen vom letzten Trimester aus Brent's House, angesprochen. »Empfindest du es nicht auch als Skandal, dass wir uns an den wenigen Tagen in der Woche, an denen wir die Bibliothek benutzen dürfen, die Füße in den Leib stehen müssen, bis so ein Analphabet von Aufsichtsschüler sich herbequemt und uns reinlässt? Ich habe das Thema mal bei unserm Freund Frank angesprochen.«

»Oh, und was hat er dazu gesagt?«

»Wir versuchen, ein System auszuarbeiten, nach dem die Bibliotheksrechte auf alle ausgedehnt werden können, die sie wirklich brauchen, auf Leute wie dich und mich und wohl auch den guten Mercer.«

»Ich weiß im Moment nicht mehr, in welcher Klasse du bist.«

»Oberstufe Naturwissenschaft. Bitte halte mich deswegen nicht für einen Naturwissenschaftler. Es war nur so, dass wir bei der Marine mit den alten Sprachen aufhören mussten. Meine Interessen sind aber rein literarisch und politisch. Und natürlich hedonistisch.«

»Oh.«

»Vor allem hedonistisch. Übrigens hab ich mir hier mal die politische und ökonomische Abteilung angesehen. Eine merkwürdige Zusammenstellung, mit meterweit klaffenden Lücken. Ich habe eben im Vorschlagsbuch drei ganze Seiten gefüllt. Vielleicht möchtest du da auch deine Unterschrift druntersetzen.«

»Nein danke. Ist nicht üblich, dass Leute ohne Bibliotheksrechte ins Vorschlagsbuch schreiben. Außerdem interessiert mich Ökonomie nicht.«

»Ich habe auch den Vorschlag hineingeschrieben, die Bibliotheksrechte auszuweiten. Frank muss was Konkretes in der Hand haben, was er vors Komitee bringen kann.«

Er holte das Vorschlagsbuch in die Kunstnische. Charles las: *»Da literarischer Geschmack keine Frage des Alters ist, möge man beschließen, das System der Bibliotheksrechte zu revidieren und den wahrhaft Interessierten die Möglichkeit zu bieten, von ihnen Gebrauch zu machen.«*

»Ist doch gut gesagt, oder?«, meinte Curtis-Dunne.

»Man wird dich für ziemlich anmaßend halten, wenn man das liest.«

»Es ist bereits allgemein bekannt, dass ich anmaßend bin, aber ich brauche andere Unterschriften.«

Charles zögerte. Um Zeit zu gewinnen, sagte er: »Sag mal, was hast du denn da an den Füßen? Das sind doch keine Schulschuhe?«

Curtis-Dunne hob einen Fuß in die Höhe, der in weichem

schwarzen Leder steckte; ein Schnürschuh ohne Kappe, dessen Oberleder so rauh und rissig war wie eine abgegriffene alte Bibel. »Aha, du hast mein arbeitssparendes Schuhwerk entdeckt. Die trage ich immer abends und morgens. Sie sind eine ständige Quelle der Peinlichkeit bei unseren Aufsichtspersonen. Auf Fragen, wie ich sie in meinem ersten Trimester etwa zwei- bis dreimal die Woche zu hören bekam, antworte ich, dass es Marineschuhe sind, die mein Vater mich aus Gründen extremer Armut aufzutragen gebeten hat. Das bringt sie in Verlegenheit. Aber du teilst ja solche kleinbürgerlichen Vorurteile sicher nicht. Bitte deinen Namen, mein Lieber, hier unter dieses subversive Manifest.«

Charles zögerte noch immer. Der Vorschlag ging gegen alle guten Sitten in Spierpoint. Was die Ehrgeizigen hier auch immer an Intrigen, Schmeicheleien oder Eigenwerbung inszenieren mochten, es war stets kunstvoll getarnt. Sich selbst kleiner zu machen war die Regel. Offen eine Vergünstigung für sich zu beanspruchen, so etwas tat man einfach nicht. Außerdem kam der Anstoß nicht nur von einem Schüler aus einem andern Haus, der im Rang unermesslich tief unter Charles stand, sondern auch noch von einem notorischen Exzentriker. Vor einem Trimester hätte Charles das Ansinnen noch mit Abscheu zurückgewiesen, aber heute und schon seit Anfang dieses Trimesters war er sich einer neuen Stimme unter seinen inneren Ratgebern bewusst, eines abseitsstehenden, kritischen Mr. Hyde, der immer häufiger dem konventionellen, intoleranten, untermenschlichen und durch und durch respektablen Dr. Jekyll auf die Pelle rückte; es war gewissermaßen eine Stimme aus einer kultivierteren Epoche, wie wenn etwa in viktorianischer Zeit gelegentlich aus der

Kaminecke das hämische Lachen von Großmama erklang, mit dem sie, ein Relikt aus der Regency-Zeit, ihre backenbärtigen Nachkommen mit empörender, klarer Selbstgewissheit aus ihren hehren, konfusen Gedanken riss.

»Du musst nämlich wissen, dass Frank ganz und gar für den Vorschlag ist«, sagte Curtis-Dunne. »Er sagt nur, die Initiative muss von uns ausgehen. Er kann sich nicht für Reformen einsetzen, von denen man ihm dann sagen wird, dass eigentlich keiner sie will. Er will dem Komitee einen konkreten Vorschlag unterbreiten können.«

Das brachte Dr. Jekyll zum Verstummen. Charles unterschrieb.

»So«, sagte Curtis-Dunne, »jetzt dürfte es mit unserem Mercer hier auch keine Schwierigkeiten mehr geben. Er hat nämlich gesagt, er unterschreibt, wenn du unterschreibst.«

Um die Mittagszeit waren schon dreiundzwanzig Unterschriften beisammen, darunter die des diensthabenden Aufsichtsschülers.

»Wir haben heute ein Fanal entzündet«, sagte Curtis-Dunne.

Im Refektorium wurde Charles' Verhalten in der Bibliothek ausgiebig kommentiert.

»Ich weiß, dass er unausstehlich ist«, sagte Charles, »aber er amüsiert mich nun mal.«

»In Brent's House halten ihn alle für verrückt.«

»Frank nicht. Außerdem würde ich das eher für eine Empfehlung halten. Er ist überhaupt einer der intelligentesten Leute, denen ich je begegnet bin. Wenn er zur richtigen Zeit gekommen wäre, hätte er uns alle hier wahrscheinlich längst überrundet.«

Unerwartete Unterstützung kam von Wheatley.

»Ich weiß zufällig, dass der Direx ihn aufgenommen hat, um seinem Vater einen besonderen Gefallen zu tun. Er ist der Sohn von Sir Samson Curtis-Dunne, dem hiesigen Abgeordneten. Sie haben ein großes Haus bei Steyning. Ich hätte gar nichts dagegen, dort demnächst mal zur Jagd eingeladen zu werden.«

An Sonntagnachmittagen hatte zu den Arbeitssälen in den Häusern zwei Stunden lang nur der Schülerrat Zutritt; die übrigen Schüler verteilten sich in ihren schwarzen Anzügen, die weißen Strohhüte unterm Arm, in Gruppen, Paaren und der einen oder anderen einsamen, traurigen Gestalt, über die Landschaft und gingen »spazieren«. Alle menschlichen Ansiedlungen waren für sie gesperrt; sie hatten die Wahl zwischen der offenen Landschaft hinter Spierpoint Ring und der einzigen Landstraße, die zu der abgelegenen normannischen Kirche St. Botolph führte. Tamplin und Charles gingen meist gemeinsam spazieren.

»Wie ich Sonntagnachmittage hasse«, sagte Charles.

»Vielleicht finden wir ein paar Brombeeren.«

Aber an der Tür wurden sie von Mr. Graves aufgehalten.

»Hallo, ihr beiden«, sagte er, »möchtet ihr euch vielleicht nützlich machen? Meine Druckerpresse ist angekommen. Ich dachte, ihr könntet mir helfen, sie zusammenzubauen.« Er führte sie in sein Zimmer, wo halbgeöffnete Kisten fast den ganzen Boden bedeckten. »Als ich sie gekauft habe, war sie in einem Stück. Jetzt habe ich nur das hier als Anleitung.« Er zeigte ihnen einen Holzschnitt in einem alten Buch. »Viel geändert hat sich nicht seit Caxtons Tagen bis zur Erfindung der Dampfpresse. Diese hier ist etwa hundert Jahre alt.«

»Schöne Plackerei«, brummelte Tamplin.

»Und hier sind die ›beweglichen Lettern‹, die du so missbilligst, Ryder.«

»Was sind es für Typen, Sir?«

»Das müssen wir erst noch herausfinden. Ich habe alles so, wie es ist, von einem Schreibwarenhändler in einem Dorf gekauft.«

Sie nahmen die Lettern wahllos in die Hand, schwärzten sie mit Tinte ein und drückten sie auf ein Blatt Schulpapier. Mr. Graves hatte ein Album mit Schriftarten.

»Die sehen für mich alle gleich aus«, sagte Tamplin.

Trotz seiner Vorbehalte war Charles fasziniert. »Ich hab's, Sir. Ich glaube, das ist eine Baskerville.«

»Nein. Sieh dir mal die Serifen an. Wie wär's mit Caslon Old Style?«

Endlich war die Schrift identifiziert. Dann fand Charles eine Schachtel voller Vignetten – Getränke und Desserts für Speisekarten, Fuchsköpfe und rennende Hunde für Jagdankündigungen, kirchliche Motive und Kronen, Wappen, den Holzschnitt eines Preisbullen, Zierbänder, ein herrliches Sammelsurium aus einem Jahrhundert englischen Druckergewerbes.

»Ist das schön, Sir! Damit kann man ja alles Mögliche machen.«

»Das werden wir auch, Charles.«

Tamplin blickte angewidert auf die beiden Amateure. »Ach, Sir, mir ist da eben etwas eingefallen, was ich noch zu tun habe. Sind Sie mir sehr böse, wenn ich nicht hierbleibe?«

»Lauf nur los, Tamplin.« Und als er fort war, sagte Mr. Graves: »Schade, dass Tamplin mich nicht mag.«

Warum kann er Dinge nicht einfach auf sich beruhen lassen?, dachte Charles. Warum muss er zu allem einen Kommentar abgeben?

»Du magst mich auch nicht, Charles. Aber die Presse magst du.«

»Ja«, sagte Charles. »Ich mag die Presse.«

Die Lettern befanden sich in kleinen Säckchen. Sie schütteten sie in die jeweils dafür vorgesehenen Fächer der alten eichenen Letternkiste.

»Jetzt zu der Presse. Das hier sieht aus wie die Grundplatte.«

Sie brauchten zwei Stunden, bis die Presse zusammengebaut war. Danach sah sie klein aus, viel zu klein für die Anzahl und Größe der Kisten, in denen sie gekommen war. Die gusseisernen Hauptträger endeten in bronzenen korinthischen Kapitellen, und ganz oben war sie mit einer Bronze-Urne mit der eingravierten Jahreszahl 1824 verziert. Die gemeinsame Arbeit, die Probleme und Entdeckungen beim Zusammenbau hatten die beiden einander nähergebracht. Jetzt betrachteten sie ihr vollendetes Werk mit gemeinsamem Stolz. Tamplin war vergessen.

»Ein wunderschönes Stück, Sir. Könnte man darauf ein Buch drucken?«

»Das würde natürlich lange dauern. Vielen Dank auch für deine Hilfe. Und nun« – Mr. Graves sah auf die Uhr –, »da du ja infolge eines schweren Justizirrtums nicht im Schülerrat bist, wirst du wohl auch nirgends zum Tee verabredet sein. Sieh mal zu, was du im Spind findest.«

Das Wort »Schülerrat« störte die Vertrautheit. Ein paar Minuten später wiederholte Mr. Graves den Fehler, als sie den Tee aufgegossen hatten und Toastbrot auf dem Gasring rösteten. »In diesem Moment setzt sich also Desmond O'Malley zu seinem ersten Schülerratstee hin. Hoffentlich genießt er ihn. Ich habe nicht das Gefühl, dass er dieses Trimester bisher so recht genießt.« Charles sagte nichts. »Weißt du, dass er vor zwei Tagen bei mir war und gesagt hat, er möchte zurücktreten? Er sagte, wenn ich ihn nicht zurücktreten lasse, dann tut er irgendetwas, was mich zwingt, ihn abzulösen. Desmond ist ein sonderbarer Junge. Es war eine sonderbare Bitte.«

»Er würde sicher nicht wollen, dass ich das weiß.«

»Natürlich nicht. Weißt du, warum ich es dir sage? Ja?«

»Nein, Sir.«

»Weil ich glaube, dass du dafür sorgen kannst, dass sein Leben erträglich ist oder auch nicht. Ich könnte mir vorstellen, dass ihr kleinen Bestien im Oberen Schlafsaal ihm alle die Hölle heiß macht.«

»Aber doch nur, weil er's herausfordert.«

»Das glaube ich gern. Aber findest du es nicht auch traurig, dass im Leben so viele Menschen so vieles herausfordern und immer nur die Desmond O'Malleys bekommen, was sie herausfordern?«

In diesem Moment trat auf der andern Seite des Abstellraums der Schülerratstee in seine zweite Phase; überfüttert mit Crumpets, jeder fünf oder sechs Stück, machten sie sich jetzt an die Eclairs und Cremeschnitten. Es war noch ein ganzer Stapel warmer, durchweichter Crumpets übrig, und brauchgemäß wurde O'Malley als der Neue dazu abkommandiert, sie im Haus herumzureichen.

Wheatley gab sich überheblich. »Was ist das, O'Malley?

Crumpets? Überaus nett von dir, aber so etwas esse ich nie. Meine Verdauung, weißt du?«

Tamplin war komisch: »Du weißt doch, meine Linie.«

Jorkins war ungezogen. »Danke, nein. Die sehen alt aus.«

Die Schüler aus dem dritten Jahr und die frühreiferen aus dem zweiten lachten schallend. O'Malley ging, streng nach dem Schulalter, von einem Jungen zum andern, jedes Mal abgewiesen, knallrot im Gesicht. Der ganze Obere Schlafsaal lehnte ab. Nur die Neuen machten große Augen, zuerst verwundert, dass man an einem kalten Nachmittag keine Crumpets haben wollte, später immer hoffnungsvoller, je näher der Teller zu ihnen kam.

»Ach, vielen, vielen Dank, O'Malley.« Bald landeten die Crumpets am Tisch der Neuen, und O'Malley ging auf seinen Platz vor dem leeren Kamin zurück, wo er bis zur Abendandacht sitzen blieb und schweigend Konfekt aß.

»Siehst du«, sagte Mr. Graves, »je gemeiner ihr zu O'Malley seid, desto gemeiner wird er. So sind die Menschen eben.«

IV

»Sonntag, 28. September. Chormesse. Ein paar Ohnmachten, sonst uninteressant. Habe versucht, die Vignette für die ›Himmlischen Chöre‹ zu machen, aber alles verpfuscht. Sprach hinterher mit Curtis-Dunne in der Bibliothek. Er fasziniert mich. Wir starten mit Franks Zustimmung eine Kampagne für Bibliotheksrechte. Ich glaube nicht, dass etwas dabei herauskommt,

außer dass uns alle für ziemlich anmaßend halten. Nach dem Lunch wollten Tamplin und ich spazieren gehen, als Graves uns zu sich rief und uns bat, ihm beim Aufstellen seiner Druckerpresse zu helfen. Tamplin entwischte. Graves versuchte, mich wegen Drecks-Desmond auszuquetschen, aber ohne Erfolg. Abends haben wir ihn wieder schikaniert. Tamplin, Wheatley, Jorkins und ich sind gleich nach der Glocke hinaufgerannt und haben unser Abendgebet gesprochen, bevor Drecks-Desmond kam. Als er dann sagte: ›Sprecht euer Abendgebet‹, blieben wir einfach auf unseren Betten sitzen. Er sah fürchterlich entnervt aus und sagte: ›Muss ich meine Anweisungen wiederholen?‹ Da die andern beteten, sagten wir nichts. Dann sagte er: ›Ich gebe euch eine letzte Chance, eure Gebete zu sprechen. Wenn nicht, melde ich euch.‹ Wir sagten noch immer nichts, und Drecks-Desmond rauschte in seinem Bademantel hinaus zu Anderson, der gerade mit andern Aufsichtsschülern ein Palaver bei Graves hatte. Gleich kam Anderson rauf. ›Was soll das hier mit dem Beten?‹ – ›Wir haben schon gebetet.‹ – ›Wieso?‹ – ›Tamplin hat eine Ermahnung bekommen, weil er zu lange gebraucht hat. Da haben wir gedacht, wir fangen lieber früher an.‹ – ›Aha. Wir werden uns morgen darüber unterhalten.‹ Bisher hat noch keiner etwas gesagt. Alle meinen, wir werden Prügel kriegen, aber ich wüsste nicht, warum. Wir sind völlig im Recht. Geoghegan ist eben herumgegangen und hat uns vieren allen gesagt, wir sollen nach der ersten Abendstunde dableiben, demnach werden wir wohl doch verprügelt.«

Nach der ersten Abendstunde, als alle außer den vieren den Saal verlassen hatten und die Glocke, die zum Abendessen rief, leiser geworden und verstummt war, kam Geoghegan, der Hausvater, mit zwei Stöcken herein, begleitet von Anderson.

»Ich werde euch jetzt züchtigen, weil ihr euch dem Befehl eures Schlafsaalaufsehers widersetzt habt. Hat noch einer etwas zu sagen?«

»Ja«, sagte Wheatley. »Wir hatten schon gebetet.«

»Es spielt für mich überhaupt keine Rolle, wie oft ihr am Tag betet. Ihr habt den halben Tag in der Kirche auf den Knien verbracht und da hoffentlich die ganze Zeit gebetet. Mir geht es einzig darum, dass ihr den Befehlen eurer Schlafsaalaufsicht gehorcht. Hat sonst keiner mehr was zu sagen? Dann bereitet den Saal vor.«

Sie schoben den Tisch der Unterstufenschüler zurück und legten eine Bank umgekippt vor den Kamin. Das Verfahren war ihnen vertraut. Sie wurden durchschnittlich zweimal pro Trimester im Arbeitssaal verprügelt.

»Wer ist der Älteste? Ich glaube du, Wheatley.«

Wheatley beugte sich über die Bank.

»Knie durchdrücken.« Geoghegan packte ihn bei den Hüften und rückte ihn nach seinem Geschmack zurecht, leicht schräg zur Angriffsrichtung. Von der Ecke aus hatte er drei Schritte bis zum Zielpunkt. Er nahm Anlauf, schlug zu und kehrte langsam in die Ecke zurück. Jeder bekam drei Schläge. Keiner gab einen Ton von sich. Als sie durchs Refektorium gingen, fühlte Charles, wie seine leichte Übelkeit sich in Heiterkeit verwandelte.

»War's hart?«

»Ja, ziemlich. Und gut gezielt.«

Nach dem Essen kam O'Malley auf dem Hof zu Charles.

»Hör mal, Ryder, das mit heute Abend tut mir furchtbar leid.«

»Ach, hau ab.«

»Aber ich musste doch meine Pflicht tun.«

»Bitte, dann geh, und tu deine Pflicht, aber hör auf, mich damit zu belästigen.«

»Ich tu alles, was du willst, um es wiedergutzumachen. Das heißt, außerhalb des Hauses. Ich sag dir was – ich gebe irgendeinem aus einem andern Haus einen ordentlichen Tritt, du kannst dir aussuchen, wem. Spratt, wenn du willst.«

»Am besten gibst du dir selber einen Tritt, Drecks-Desmond, dass du über den ganzen Hof fliegst.«

Taktische Übung

John Verney heiratete Elizabeth 1938, aber erst im Winter 1945 war es so weit, dass er sie durchgängig und von Herzen hasste. Zuvor hatte es zahllose kurze Hassanfälle gegeben, denn dazu neigte er leider. Er war kein Miesepeter im üblichen Sinne des Wortes, eher im Gegenteil; ein müder oder abwesender Blick war das einzig sichtbare Zeichen der inneren Erregung, die ihn mehrmals am Tag ergriff, wie andere vom Lachzwang oder Geschlechtstrieb ergriffen werden.

Während des Krieges galt er bei seinen Kameraden als phlegmatischer Zeitgenosse. Er hatte keine guten oder schlechten Tage; seine Tage waren alle gleichmäßig gut und schlecht; gut insofern, als er zügig erledigte, was erledigt werden musste, ohne »den Kopf zu verlieren« oder »aus der Haut zu fahren«; schlecht wegen der sporadischen unsichtbaren Hassblitze, die ihm bei jedem Hindernis oder Rückschlag durchs Gemüt zuckten. In seiner Ordonnanzstube, wenn er als Kompanieführer den morgendlichen Aufmarsch der Delinquenten und Simulanten erlebte; in der Messe, wenn die unteren Ränge Radio hörten und ihn damit beim Lesen störten; in der Generalstabsakademie, wenn die »Klasse« seiner Lösung widersprach; im Brigadehauptquartier, wenn der Oberfeldwebel eine Akte verlegte oder die Telefonordonnanz einen Anruf versaubeutelte; wenn sein Chauffeur eine Abzweigung verpasste; später im Krankenhaus, wenn der Arzt seine Wunde zu flüchtig zu inspizieren schien und die Schwestern fröhlich plappernd bei sympathischeren Patienten am Bett standen, statt ihm gegenüber ihre Pflicht zu tun – in allen ärgerlichen Situationen des Soldatenlebens, über die andere mit einem Fluch und einem Achselzucken hinweggingen, klappten John Verneys Augenlider müde herunter, eine winzige Hassgranate explodierte, und die Splitter knallten und klirrten an die Stahlwände seiner Seele.

Vor dem Krieg hatte er weniger Anlass gehabt, sich zu ärgern. Er hatte ein gewisses Vermögen und die Aussicht auf eine politische Karriere. Vor der Ehe zahlte er sein Lehrgeld als Kandidat für die Liberalen in zwei hoffnungslosen Nachwahlen. Die Parteizentrale lohnte es ihm mit einem Wahlkreis in einem Londoner Außenbezirk, in dem er bei der nächsten Parlamentswahl gute Erfolgschancen hatte. In den achtzehn Monaten vor dem Krieg pflegte er seinen Wahlkreis von seiner Wohnung in Belgravia aus und reiste häufig auf den Kontinent, um sich über die politischen Zustände zu informieren. Diese Reisen überzeugten ihn davon, dass der Krieg unvermeidlich war; er verurteilte das Münchner Abkommen scharf und sicherte sich einen Offiziersposten im Territorialheer.

In dieses friedliche Vorkriegsleben fügte sich Elizabeth unauffällig ein. Sie war seine Cousine. 1938 war sie, vier Jahre jünger als er, sechsundzwanzig geworden, ohne sich je verliebt zu haben. Sie war eine ruhige, ansehnliche junge Frau, ein Einzelkind mit ihrerseits einem gewissen Vermögen und der Aussicht auf mehr. Eine unbedachte Äußerung, die ihr einst in ihrer ersten Saison entschlüpft und von anderen aufgeschnappt worden war, trug ihr den Ruf der Klugheit ein. Die sie am besten kannten, bezeichneten sie gnadenlos als »tiefsinnig«.

Somit zum gesellschaftlichen Scheitern verdammt, schmachtete sie noch ein Jahr in den Ballsälen der Pont Street und schickte sich dann in ein Leben der Konzertbesuche und Einkaufsfahrten mit ihrer Mutter, bis sie ihren kleinen Freundeskreis damit überraschte, dass sie John Verney heiratete. Anbahnung und Vollzug der Ehe waren lau, verwandtschaftlich, harmonisch. Angesichts des heraufziehenden Krieges kamen sie überein, kinderlos zu bleiben. Niemand wusste, wie Elizabeth zu irgendetwas stand. Ihre Urteile waren hauptsächlich negativ, tiefsinnig oder platt, wie man es sehen mochte. Sie machte durchaus nicht den Eindruck einer Frau, die großen Hass entfachen konnte.

John Verney wurde Anfang 1945 aus der Armee entlassen – mit einem Verdienstkreuz und einem Bein, das fürderhin fünf Zentimeter kürzer bleiben sollte als das andere. Bei seiner Rückkehr wohnte Elizabeth in Hampstead bei ihren Eltern, seinem Onkel und seiner Tante. Sie hatte ihn brieflich über ihre veränderten Lebensumstände unterrichtet, aber anderweitig in Anspruch genommen, hatte er sich kein klares Bild davon gemacht. Die Wohnung, in der sie früher gelebt hatten, war von einer staatlichen Stelle requiriert worden, ihre Möbel und Bücher eingelagert worden und verlorengegangen, teils in einer Bombenexplosion verbrannt, teils von Feuerwehrleuten geplündert. Die polyglotte Elizabeth hatte in einer geheimen Abteilung des

Außenministeriums eine Stelle angetreten. Das Haus ihrer Eltern war einmal eine herrschaftliche georgianische Villa mit Blick über die Hampstead Heath gewesen. John Verney traf dort am frühen Morgen nach einer Nacht im überfüllten Zug aus Liverpool ein. Die schmiedeeisernen Gitter und Tore waren von Schrotthändlern brutal herausgerissen worden, und im einst so gepflegten Vordergarten schossen Unkraut und Gestrüpp zu einem wilden Dschungel empor, den nachts Soldaten mit ihren Liebchen zertrampelten. Der Garten hinterm Haus war ein einziger kleiner Bombenkrater; ringsum aufgeworfene Erde, Skulpturenbruch sowie die Ziegel und Glasscherben zerstörter Treibhäuser; auf den Schutthaufen standen die trockenen Stengel der Weidenröschen brusthoch. Die Fenster auf der Rückseite des Hauses hatten alle keine Scheiben mehr und waren ersatzweise mit Pappe und Brettern abgedichtet, wodurch die Haupträume in ständiges Dunkel gehüllt waren. »Willkommen in des Chaos nächt'gem Reiche«, sagte sein Onkel jovial.

Es gab keine Diener; die alten hatten das Weite gesucht, die jungen waren zum Militär eingezogen worden. Elizabeth kochte ihm einen Tee, bevor sie zur Arbeit ging.

Hier wohnte er nun und konnte sich glücklich schätzen, erklärte ihm Elizabeth, ein Dach über dem Kopf zu haben. Möbel waren nicht zu bekommen, möblierte Wohnungen kosteten mehr, als sie sich mit ihrem Einkommen leisten konnten, das nach Abzug der Steuern zu einem Hungerlohn schrumpfte. Sie hätten vielleicht etwas auf dem Lande gefunden, aber da Elizabeth kinderlos war, konnte sie keine Freistellung von ihrer Arbeit erhalten. Zudem hatte er seinen Wahlkreis.

Auch der hatte sich verändert. Im Park stand eine Fabrik mit einem Stacheldrahtzaun wie ein Kriegsgefangenenlager. In den Straßen ringsherum waren die einst so schmucken Häuser potentieller Liberaler nach Bombenschäden notdürftig ausgebessert, konfisziert und mit proletarischen Einwanderern bevölkert worden. Jeden Tag erhielt er einen Haufen Beschwerdebriefe von Wählern, die in Pensionen in der Provinz ausgesiedelt worden waren. Er hatte gehofft, sein Orden und seine Behinderung würden ihm Sympathien eintragen, doch er musste feststellen, dass das Kriegsgeschehen den neuen Bewohnern gleichgültig war. Stattdessen legten sie ein skeptisches Interesse an Sozialleistungen an den Tag. »Nichts als Rote, die ganze Bande«, sagte der liberale Wahlkreisreferent.

»Heißt das, meine Chancen stehen schlecht?«

»Na, wir werden denen einen harten Kampf liefern. Die Torys stellen einen Luftschlachtpiloten auf. Ich fürchte, der streicht die meisten Stimmen der noch verbliebenen mittelständischen Wähler ein.«

Am Ende schnitt John Verney bei der Wahl am schlechtesten ab, mit Abstand. Ein zänkischer jüdischer Lehrer wurde gewählt. Die Parteizentrale kam für seine Kaution auf, doch die Wahl hatte ihn einiges gekostet. Und als sie vorbei war, gab es für John Verney absolut nichts zu tun.

Er blieb in Hampstead, half seiner Tante die Betten machen, nachdem Elizabeth ins Büro gegangen war, humpelte zum Gemüsemann und zum Fischhändler und stellte sich voller Hass in die Schlangen; half Elizabeth am Abend spülen. Sie aßen in der Küche, wo seine Tante die spärlichen Rationen köstlich zubereitete. Sein Onkel ging dreimal die Woche Hilfspakete nach Java packen.

Elizabeth, die Tiefsinnige, sprach nie von ihrer Arbeit, bei der es darum ging, feindliche tyrannische Regierungen in Osteuropa zu installieren. Eines Abends in einem Restaurant kam ein Mann und wechselte ein paar Worte mit ihr, ein hochgewachsener junger Mann, dessen fahles Habichtsgesicht Geist und Humor verriet. »Das ist der Leiter meiner Abteilung«, sagte sie. »Er ist recht amüsant.«

»Sieht wie ein Jude aus.«

»Ist er auch, glaube ich. Er ist überzeugter Konservativer und hasst diese Arbeit«, fügte sie hastig hinzu, denn seit seiner Niederlage bei den Wahlen war John zum glühenden Antisemiten geworden.

»Es ist absolut nicht nötig, jetzt noch für den Staat zu arbeiten«, sagte er. »Der Krieg ist vorbei.«

»Unsere Arbeit fängt gerade erst an. Sie werden keinen von uns gehen lassen. Du musst dir mal klarmachen, was für Zustände in diesem Land herrschen.«

Elizabeth sah sich häufig genötigt, ihm die »Zustände« zu erklären. Strang für Strang, Knoten für Knoten deckte sie ihm in diesem kohlenlosen Winter das ungeheure Netz staatlicher Kontrolle auf, das in seiner Abwesenheit geknüpft worden war. Er war im Geiste des traditionellen Liberalismus erzogen worden, und das System empörte ihn. Mehr noch, es hielt ihn persönlich gefangen, hemmte, fesselte, verstrickte ihn; wohin er auch gehen wollte, was er auch tun wollte oder gern getan hätte, alles wurde durchkreuzt und zunichtegemacht. Und Elizabeth geriet mit ihren Erklärungen in Rechtfertigungsdruck. Diese Bestimmung war nötig, um jenen Missstand zu vermeiden; dieses und jenes Land litt Not, anders als Großbritannien, weil es diese und jene Vorkehrung versäumt hatte; und immer so weiter, ruhig und vernünftig.

»Ich weiß, es ist zum Verrücktwerden, John, aber du musst einsehen, dass es für alle gleich ist.«

»Das wollt ihr alle, ihr Bürokraten«, sagte er. »Gleichheit durch Sklaverei. Der Zwei-Klassen-Staat – Proletarier und Funktionäre.«

Elizabeth steckte mit ihnen unter einer Decke. Sie arbeitete für den Staat und die Juden. Sie kollaborierte mit der neuen, fremden Besatzungsmacht. Und während der Winter sich hinzog und das Gas im Herd schwächlich brannte und der Regen zu den geflickschusterten Fenstern hereinwehte, während endlich der Frühling kam und die Knospen in der obszönen Wildnis rings ums Haus aufsprangen, erlangte Elizabeth in seiner Vorstellung eine neue Bedeutung. Sie wurde ein Symbol. Denn genau wie Soldaten in fernen Feldlagern ihre Frauen mit einer Zärtlichkeit, die sie zu Hause nur selten empfunden haben, zur Verkörperung alles zurückgelassenen Guten machen, Frauen, die vielleicht Schreckschrauben und Flittchen gewesen sind, doch in Wüsten- und Urwaldposten verklärt werden, bis ihre banalen Luftpostbriefe als Sendschreiben der Hoffnung erscheinen, so wuchs sich Elizabeth in John Verneys resignierendem Kopf zu übermenschlicher Bosheit aus, zur Erzpriesterin und Mänade des Jahrhunderts der Masse.

»Du siehst gar nicht gut aus, John«, sagte seine Tante. »Ihr solltet mal wegfahren, du und Elizabeth. Zu Ostern bekommt sie Urlaub.«

»Der Staat bewilligt ihr eine Zusatzration ehemännlicher Gesellschaft, wolltest du sagen. Hat sie denn auch alle vorgeschriebenen Formulare ausgefüllt? Oder sind Kommissare ihres Ranges über so was erhaben?«

Onkel und Tante lachten unsicher. John riss seine kleinen Witze mit einer solchen betonten Mattheit, mit einem solchen Zuklappen der Augenlider, dass sie in diesem Familienkreis manchmal ein Frösteln auslösten. Elizabeth betrachtete ihn ernst und still.

John ging es ganz und gar nicht gut. Sein Bein schmerzte ihn unausgesetzt, so dass er sich nicht mehr in Schlangen anstellte. Er schlief schlecht, wie auch, zum ersten Mal in ihrem Leben, Elizabeth. Sie teilten sich jetzt ein Zimmer, denn der Winterregen hatte in vielen Teilen des erschütterten Hauses Decken zum Einsturz gebracht, und die oberen Räume wurden für unsicher erachtet. Sie schliefen in der früheren Bibliothek von Elizabeths Vater im Erdgeschoss in zwei Einzelbetten.

In den ersten Tagen nach seiner Heimkehr war John nach Liebe zumute gewesen. Mittlerweile mied er Elizabeths Nähe. Nacht für Nacht lagen sie zwei Meter auseinander im Dunkeln. Als John einmal zwei Stunden wach gelegen hatte, schaltete er die Lampe an, die auf dem Tisch zwischen ihnen stand. Elizabeth hatte die Augen weit offen und starrte die Decke an.

»Entschuldige. Habe ich dich geweckt?«

»Ich habe nicht geschlafen.«

»Ich dachte, ich lese ein Weilchen. Stört dich das?«

»Überhaupt nicht.«

Sie wandte sich ab. John las eine Stunde. Er wusste nicht, ob sie wach war oder schlief, als er das Licht ausschaltete.

Danach hatte er oft das Bedürfnis, das Licht anzumachen, befürchtete aber, sie wach und an die Decke starrend vorzufinden. Stattdessen lag er da wie andere, wenn sie im Nachgenuss der Liebe schwelgen, und hasste sie.

Es kam ihm nicht in den Sinn, sie zu verlassen, beziehungsweise es kam ihm von Zeit zu Zeit in den Sinn, aber er wies den Gedanken hoffnungslos von sich. Ihr Leben war fest an seines gebunden; ihre Familie war seine Familie; ihrer beider Finanzen waren unlösbar verquickt, und ihre Erwartungen gingen in dieselbe Richtung. Sie zu verlassen hätte bedeutet, in einer fremden Welt allein und nackt neu zu beginnen; und John Verney, mit achtunddreißig lahm und müde, hatte nicht den Mut, etwas zu unternehmen.

Er liebte keine andere. Er hatte nichts zu tun, nirgends eine Zuflucht. Außerdem hatte er seit kurzem den Verdacht, dass es ihr nichts ausmachen würde, wenn er ginge. Und vor allem war er von nichts anderem mehr beseelt als dem hartnäckigen Wunsch, ihr Böses zu tun. »Ich wünschte, sie wäre tot«, sagte er sich, wenn er nachts wach lag. »Ich wünschte, sie wäre tot.«

Manchmal gingen sie zusammen aus. Gegen Ende des Winters gewöhnte John sich an, ein- oder zweimal die Woche in seinem Club zu speisen. Er nahm an, dass sie in diesen Fällen zu Hause blieb, eines Morgens aber kam heraus, dass auch sie am Abend zuvor ausgegangen war. Er fragte sie nicht, mit wem, doch seine Tante tat es, und Elizabeth antwortete: »Bloß mit jemand aus dem Büro.«

»Mit dem Juden?«, fragte John.

»Zufällig ja.«

»Ich hoffe, du hast es genossen.«

»Durchaus. Das Essen war natürlich scheußlich, aber er ist sehr amüsant.«

Eines Abends, als er nach einem trostlosen kleinen Nachtmahl und zwei Fahrten mit der überfüllten U-Bahn von seinem Club heimkehrte, fand er Elizabeth im Bett und tief schlafend vor. Sie rührte sich nicht, als er eintrat. Gegen ihre Gewohnheit schnarchte sie. Er stand eine Weile da, fasziniert von diesem unschönen neuen Anblick, den sie bot, der Kopf zurückgeworfen, der Mund offen, so dass seitlich etwas Speichel herauslief. Dann schüttelte er sie. Sie murmelte etwas, wälzte sich herum und schlief fest und geräuschlos weiter.

Eine halbe Stunde später, als er gerade um die innere Ruhe zum Einschlafen rang, begann sie abermals zu schnarchen. Er schaltete das Licht an, betrachtete sie genauer und bemerkte mit Erstaunen, das sich schlagartig in freudige Hoffnung verwandelte, auf dem Nachttisch neben ihr ein Röhrchen mit unbekannten Tabletten, halb leer.

Er sah es sich näher an. *»24 Comprimés narcotiques, hypnotiques«*, las er und dann in großen roten Lettern: »NE PAS DEPASSER DEUX.« Er zählte, wie viele noch übrig waren. Elf.

Mit zitternden Schmetterlingsflügeln begann die Hoffnung in seinem Herzen zu flattern, wurde Gewissheit. Er fühlte, wie in ihm ein Feuer entflammte und sich ausbreitete, bis es ihn in sämtlichen Gliedern und Organen wohlig warm durchströmte. Auf dem Rücken liegend, lauschte er dem Schnarchen mit der gespannten Erregung eines kleinen Jungen am Weihnachtsabend. »Ich werde morgen aufwachen, und sie wird tot sein«, sagte er sich, wie er einst den schlaffen Strumpf am Fußende seines Bettes betastet und sich gesagt hatte: »Morgen werde ich aufwachen, und er wird voll sein.« Wie ein kleiner Junge wollte er unbedingt einschlafen, damit es schneller Morgen wurde, und wie ein kleiner Junge fand er vor wilder Vorfreude keinen Schlaf. Irgendwann schluckte er selbst zwei der Tabletten und verlor fast augenblicklich das Bewusstsein.

Elizabeth stand stets als Erste auf, um für die Familie Frühstück zu machen. Sie war gerade an der Frisierkommode, als völlig abrupt, ohne jede Bettschwere und mit stereoskopisch klarer Erinnerung an das Geschehen am Abend zuvor, John erwachte. »Du hast geschnarcht«, sagte sie.

Die Enttäuschung war so heftig, dass er zunächst keinen Ton herausbrachte. Dann sagte er: »Du hast auch geschnarcht in der Nacht.«

»Das muss die Schlaftablette sein, die ich genommen habe. Ich muss sagen, sie hat mir eine gute Nacht beschert.«

»Nur eine Tablette?«

»Ja, man darf höchstens zwei nehmen.«

»Wo hast du sie her?«

»Von einem Freund im Büro – du nennst ihn den Juden. Er hat sie von einem Arzt verschrieben bekommen, für wenn er zu viel arbeitet. Ich habe ihm erzählt, dass ich nicht einschlafen kann, und da hat er mir ein halbes Röhrchen gegeben.«

»Könnte er mir auch welche besorgen?«

»Ich denke schon. Solche Sachen sind für ihn meistens kein Problem.«

Und so begannen er und Elizabeth, sich regelmäßig zu betäuben, und verbrachten lange, traumlose Nächte. John allerdings ließ die beseligende Tablette häufig noch eine Weile neben seinem Glas Wasser liegen; da er das Wachsein ja jetzt nach Belieben beenden konnte, schob er die Wonne der Bewusstlosigkeit gern noch ein wenig hinaus, hörte Elizabeth schnarchen und hasste sie inbrünstig.

Eines Abends, als die Urlaubspläne noch nicht spruchreif waren, gingen John und Elizabeth ins Kino. Der Film war eine Mordgeschichte ohne große Raffinessen, aber mit spektakulären Landschaftsaufnahmen. Eine Braut ermordete ihren frisch Angetrauten, indem sie ihn aus dem Fenster eine Felsenküste hinunterwarf. Er hatte ihr die Sache dadurch leichtgemacht, dass er für die Flitterwochen einen einsamen Leuchtturm gemietet hatte. Er war sehr reich, und sie wollte sein Geld. Sie musste nichts weiter tun, als dem Arzt im Ort und ein paar Nachbarn anzuvertrauen, dass sie sich Sorgen um ihren schlafwandelnden Mann machte; sie tat ihm ein Betäubungsmittel in den Kaffee, schleifte ihn vom Bett zum Balkon – ein ziemlicher Kraftakt –, wo sie bereits ein großes Stück des Geländers herausgebrochen hatte, und wälzte ihn hinüber. Dann ging sie wieder zu Bett, schlug am nächsten Morgen Alarm und weinte über dem zerschmetterten Leichnam, der wenig später, halb von den Wellen überspült, auf den Felsen gefunden wurde. Die Strafe ereilte sie später, doch zunächst war die Sache ein voller Erfolg.

»Ich wünschte, es wäre so leicht«, dachte John, und nach wenigen Stunden war die ganze Geschichte in eines jener lichtlosen Dachstübchen des Geistes entschwebt, wo Filme und Träume und Anekdoten ein Leben lang spinnwebverhangen lagern, sofern sie nicht, wie es manchmal geschieht, von einem Eindringling ans Licht geholt werden.

Dazu kam es wenige Wochen später, als John und Elizabeth in Urlaub fuhren. Elizabeth hatte das Haus gefunden. Es gehörte einem Kollegen im Büro. Es nannte sich Good

Hope Fort und stand an der Küste von Cornwall. »Es ist gerade erst wieder zur zivilen Nutzung freigegeben worden«, sagte sie. »Ich nehme an, wir werden es in einem ziemlich schlimmen Zustand vorfinden.«

»Das sind wir ja gewohnt«, sagte John. Es kam ihm gar nicht in den Sinn, sie könnte ihren Urlaub irgendwie anders verbringen als mit ihm. Sie war ebenso sehr ein Teil von ihm wie sein verstümmeltes und schmerzendes Bein.

Sie trafen an einem stürmischen Aprilnachmittag nach einer Zugfahrt von normaler Unbequemlichkeit ein. Mit dem Taxi ging es dann vom Bahnhof aus acht Meilen auf tiefliegenden kornischen Feldstraßen, vorbei an Granithäuschen und stillgelegten archaischen Zinnhütten. Sie passierten das Dorf, dem das Haus seine Postadresse verdankte, und gelangten auf einer Piste mit hohen Böschungen zu beiden Seiten plötzlich hinaus in offenes Weideland am Rand der Steilküste, über ihnen schnell dahinziehende hohe Wolken und kreisende Seevögel, die Wiese zu ihren Füßen von flatternden Wildblumen übersät, Salz in der Luft, unter ihnen das Donnern des an die Felsen brandenden Atlantiks, ein Ausblick auf tiefblau und weiß wogendes Wasser und dahinter der ruhige Bogen des Horizonts. Hier stand das Haus.

»Dein Vater«, sagte John, »würde jetzt sagen: ›Dein Schloss hat eine angenehme Lage.‹«

»Hat es doch auch, oder?«

Es war ein kleiner Steinbau direkt an der Steilküste, vor einem guten Jahrhundert zu Verteidigungszwecken gebaut, in den Jahren des Friedens als Privathaus umgenutzt, während des Krieges wieder von der Marine als Signalposten übernommen, jetzt abermals friedlicher Nutzung zugeführt. Einige rostige Stacheldrahtrollen, ein Mast, das Betonfundament eines Schuppens zeugten von den früheren Hausherren.

Sie brachten ihre Sachen ins Haus und zahlten das Taxi.

»Eine Frau kommt jeden Morgen aus dem Dorf hoch. Ich habe ihr gesagt, dass wir sie heute Abend nicht mehr brauchen werden. Wie ich sehe, hat sie uns etwas Petroleum für die Lampen dagelassen. Sie hat auch Feuer gemacht, wie nett von ihr, und reichlich Holz gibt es auch. Ach, und schau, was ich von Vater geschenkt bekommen habe. Ich musste versprechen, dir bis zur Ankunft nichts davon zu sagen. Eine Flasche Whisky. Ist das nicht lieb von ihm? Er hat sie sich drei Monate lang von seiner Ration abgespart …« Elizabeth plauderte munter, während sie die Koffer verteilte. »Wir haben jeder ein eigenes Zimmer. Dies hier ist das einzige richtige Wohnzimmer, aber es gibt ein Studierzimmer für den Fall, dass du ein bisschen arbeiten möchtest. Ich glaube, wir werden es recht gemütlich haben …«

Das Wohnzimmer hatte zwei massive Erker, beide mit Glastüren, die auf einen Balkon über dem Meer hinausgingen. John machte eine auf, und Seewind erfüllte den Raum. Er trat hinaus, atmete tief durch und sagte dann plötzlich: »Hoppla, das ist gefährlich.«

An einer Stelle zwischen den Türen war das schmiedeeiserne Geländer weggebrochen, und die steinerne Balkonplatte ragte ungesichert ins Offene. Er besah sich die Lücke und die schäumenden Felsen tief unten und stutzte. Der unregelmäßige Polyeder der Erinnerung rollte holpernd ein Stück und kam zum Stillstand.

Er war vor ein paar Wochen schon einmal hier gewesen,

auf der Galerie des Leuchtturms in jenem rasch vergessenen Film. Er stand da und blickte hinab. Genau so waren die Wellen brodelnd über die Felsen gekommen, hatten sie brechend mit Gischt übersprüht und waren wieder zurückgewichen. Dies war das Geräusch, das sie gemacht hatten; dies waren das kaputte Eisengeländer und die nackte Kante.

Elizabeths drinnen weiterplappernde Stimme ging im Wind- und Meeresrauschen unter. John begab sich ins Zimmer zurück, schloss die Tür und sperrte sie ab. In der eintretenden Stille hörte er sie sagen: »... die Möbel erst letzte Woche aus dem Lager geholt. Er hat es der Frau aus dem Dorf überlassen, sie aufzustellen. Sie hat schon komische Vorstellungen, das muss ich sagen. Schau nur, wo sie das –«

»Was hast du gesagt, wie das Haus heißt?«

»Good Hope.«

»Gute Hoffnung. Ein schöner Name.«

An dem Abend trank John ein Glas vom Whisky seines Schwiegervaters, rauchte eine Pfeife und schmiedete Pläne. Er war immer ein guter Taktiker gewesen. In aller Ruhe nahm er eine innere »Lagebeurteilung« vor. Operationsziel: Mord.

Als sie sich erhoben, um zu Bett zu gehen, fragte er: »Hast du die Tabletten mitgenommen?«

»Ja, ein neues Röhrchen. Aber ich werde sie heute Nacht bestimmt nicht brauchen.«

»Ich auch nicht«, sagte John, »die Luft ist herrlich.«

Während der folgenden Tage analysierte er das taktische Problem. Es war kinderleicht. Er hatte die »Stabslösung« bereits. Er analysierte es in den Formulierungen, die er in der Armee gebraucht hatte. »... Handlungsmöglichkeiten des

Feindes … Erreichen des Überraschungsmoments … Konsolidierung des Erfolgs.« Die Stabslösung war vorbildlich. Am Anfang der ersten Woche begann er, die Durchführung in Angriff zu nehmen.

Er hatte bereits vorsichtig im Dorf die Fühler ausgestreckt. Elizabeth war eine Bekannte des Besitzers, er der heimgekehrte Kriegsheld, noch ein bisschen unbeholfen im Zivilleben. »Die ersten Ferien, die meine Frau und ich seit sechs Jahren zusammen machen«, erzählte er den Leuten im Golfclub, dann wurde er an der Bar vertraulicher und ließ durchblicken, dass sie daran dachten, die verlorene Zeit aufzuholen und eine Familie zu gründen.

An einem anderen Abend sprach er von den Strapazen des Krieges, davon, dass in diesem Krieg die Zivilisten schlimmer dran gewesen waren als die Streitkräfte. Seine Frau zum Beispiel: die ganzen Luftangriffe durchgemacht; tagsüber Bürodienst, nachts dann die Bomben. Sie sollte dringend mal länger pausieren, irgendwo ungestört sein; ihre Nerven hatten gelitten; nichts Ernstes, aber er konnte es, ehrlich gesagt, nicht auf die leichte Schulter nehmen. Hatte er sie in London doch tatsächlich ein-, zweimal dabei ertappt, wie sie schlafgewandelt war.

Seine Gesprächspartner wussten von ähnlichen Fällen; kein Grund zur Besorgnis, aber man sollte schon aufpassen; nicht dass noch was Schlimmeres daraus entstand. War sie beim Arzt gewesen?

Noch nicht, sagte John. Sie wisse gar nicht, dass sie schlafgewandelt war. Er habe sie wieder ins Bett geschafft, ohne sie zu wecken. Er hoffe, die Seeluft werde ihr guttun. Sie mache auch wirklich schon einen viel besseren Eindruck. Wenn sie nach ihrer Heimkehr noch Symptome zeigte, kenne er einen sehr guten Mann, zu dem er sie schicken werde.

Der Golfclub war des Mitgefühls voll. John fragte, ob es einen guten Arzt in der Nähe gebe. Ja, sagten sie, Mackenzie bei ihnen im Ort sei erstklassig, eigentlich zu schade für so ein kleines Dorf; alles andere als ein Hinterwäldler. Las die neuesten Bücher; Psychologie und den ganzen Kram. Unbegreiflich, warum Old Mack sich nie spezialisiert und sich einen Namen gemacht hatte.

»Vielleicht rede ich tatsächlich mal mit Old Mack darüber«, sagte John.

»Tun Sie das. Einen Besseren können Sie gar nicht finden.«

Elizabeth hatte zwei Wochen Urlaub. Es blieben noch drei Tage, als John ins Dorf ging, um Dr. Mackenzie zu konsultieren. Er traf einen freundlichen grauhaarigen Junggesellen in einem Sprechzimmer an, das eher einer Anwaltskanzlei als einer Arztpraxis glich, voller Bücher, dunkel, von Tabakrauch gesättigt.

Er nahm in dem abgewetzten Ledersessel Platz und führte in präziseren Worten die Geschichte aus, die er im Golfclub erzählt hatte. Dr. Mackenzie lauschte kommentarlos.

»Es ist das erste Mal, dass ich mit so etwas konfrontiert bin«, schloss er.

Schließlich sagte Dr. Mackenzie: »Sie haben im Krieg ordentlich was abbekommen, nicht, Mr. Verney?«

»Mein Knie. Es macht mir immer noch Beschwerden.«

»Schlimme Zeit im Lazarett?«

»Drei Monate. Ein grauenhaftes Loch außerhalb von Rom.«

»Mit einer solchen Verletzung ist immer auch eine erhebliche nervliche Erschütterung verbunden. Die bleibt oft bestehen, wenn die Wunde längst verheilt ist.«

»Ja, aber ich verstehe nicht recht –«

»Mein lieber Mr. Verney, Ihre Frau hat mich gebeten, nichts zu sagen, aber ich glaube, ich muss Ihnen mitteilen, dass sie bereits hier gewesen ist, um mich in dieser Angelegenheit zu konsultieren.«

»Wegen ihrer Schlafwandelei? Aber sie kann doch gar nicht –« John hielt inne.

»Guter Mann, ich verstehe durchaus. Sie dachte, Sie wüssten nichts davon. Sie sind in den letzten Tagen zweimal aus dem Bett aufgestanden, und sie musste Sie zurückbringen. Sie weiß Bescheid.«

John wusste nicht, was er sagen sollte.

»Es ist nicht das erste Mal«, fuhr Dr. Mackenzie fort, »dass ein Patient mich konsultiert, mir seine Symptome schildert und sagt, er wäre wegen eines Freundes oder Verwandten gekommen. Meistens sind es Mädchen, die befürchten, dass sie in anderen Umständen sind. Es ist interessant, wahrscheinlich entscheidend, dass auch Sie die Beschwerden jemand anderem zuschreiben. Ich habe Ihrer Frau den Namen eines Mannes in London gegeben, der Ihnen meines Erachtens helfen kann. Einstweilen kann ich Ihnen nur zu viel Bewegung raten, leichten Mahlzeiten am Abend ...«

John Verney humpelte völlig konsterniert nach Good Hope Fort zurück. Die Sicherheit war gefährdet; die Operation musste abgeblasen werden; die Initiative war verloren ... Alle Phrasen des Taktikunterrichts fielen ihm wieder ein, doch er war nach diesem unerwarteten Rückschlag immer noch wie vor den Kopf geschlagen. Ein riesengroßes nacktes Grauen beäugte ihn verstohlen und wurde beiseitegeschoben.

Als er zurückkam, deckte Elizabeth gerade den Abendtisch. Er trat auf den Balkon und starrte die klaffende Lücke im Geländer mit Augen an, die vor Enttäuschung schmerzten. Es war totenstill an diesem Abend. Zwischen den Felsen stieg und sank und hob sich erneut die Flut, ohne jedes Geräusch. Er blickte nach unten, dann kehrte er ins Zimmer zurück.

In der Whiskyflasche war noch ein großer Drink übrig. Er schenkte sich den Rest ein und kippte ihn.

Elizabeth brachte das Abendessen herein, und sie setzten sich. Nach und nach wurde er innerlich ein bisschen ruhiger. Sie speisten gewöhnlich schweigend. Schließlich sagte er: »Elizabeth, warum hast du dem Arzt erzählt, ich würde schlafwandeln?«

Sie stellte sachte den Teller ab, den sie in der Hand hielt, und musterte ihn mit einem prüfenden Blick. »Warum?«, sagte sie sanft. »Weil ich mir Sorgen gemacht habe natürlich. Ich dachte nicht, dass es dir bewusst ist.«

»Aber bin ich denn wirklich schlafgewandelt?«

»O ja, mehrmals – in London und hier auch. Ich hielt es zunächst für nicht so schlimm, aber vorgestern Nacht habe ich dich auf dem Balkon gefunden, ganz nahe an diesem schrecklichen Loch im Geländer. Da habe ich es wirklich mit der Angst zu tun bekommen. Aber jetzt wird alles gut. Dr. Mackenzie hat mir den Namen eines Arztes gegeben, der …«

Es konnte ja sein, dachte John Verney; die Wahrscheinlichkeit war hoch. Zehn Tage lang hatte er Tag und Nacht an diese Lücke gedacht, an das Meer und die Felsen darunter, das kaputte Eisengitter und die scharfe Steinkante. Mit einem Mal fühlte er sich geschlagen, elend und dumm, genau wie damals, als er mit seinem zertrümmerten Knie an dem italienischen Hang gelegen hatte. Damals wie heute hatte er die Mattigkeit noch stärker empfunden als den Schmerz.

»Kaffee, Liebling.«

Plötzlich war er hellwach. »Nein«, schrie er beinahe. »Nein, nein, nein.«

»Liebling, was ist los? Reg dich doch nicht auf. Geht es dir nicht gut? Leg dich auf das Sofa an der Balkontür.«

Er tat wie geheißen. Er war so müde, dass er kaum von seinem Stuhl hochkam.

»Meinst du, Kaffee würde dich wach halten, Schatz? Du siehst zum Umfallen müde aus. Komm, leg dich hin.«

Er legte sich hin, und wie die unten zwischen den Felsen langsam steigende Flut wuchs die Müdigkeit an und breitete sich in ihm aus. Er nickte ein und schreckte jäh auf.

»Soll ich die Tür aufmachen, Liebling, damit du ein bisschen Luft bekommst?«

»Elizabeth«, sagte er, »mir ist, als wäre was im Kaffee gewesen.« Wie die Felsen draußen vor der Tür – mal von den Wellen überspült, mal daraus auftauchend; jetzt wieder unter Wasser, tiefer nun; jetzt kaum mehr zu sehen, nur noch Tupfer an der Oberfläche des träge strudelnden Schaums – ging sein Gehirn ganz allmählich unter. Er stemmte sich hoch wie ein kleiner Junge, der aus einem Alptraum erwacht, immer noch verängstigt, immer noch halb im Schlaf. »Es kann nicht sein«, sagte er laut, »ich habe den Kaffee doch gar nicht angerührt.«

»Etwas im Kaffee?«, sagte Elizabeth sanft wie eine Krankenschwester, die einen störrischen Jungen beruhigt. »Etwas im *Kaffee*? Was für ein absurder Gedanke. So was gibt es nur im Film, Liebling.«

Er hörte sie nicht mehr. Er schlief tief und fest und schnarchte rasselnd neben der offenen Tür.

Liebe in Schutt und Asche

Ein Sittengemälde aus der nahen Zukunft

JOHANNI MCDOUGALL

Amico

Qui Nostri Sedet in Loco Parentis

I

Trotz ihrer Versprechungen vor den letzten Wahlen hatten die Politiker das Klima noch immer nicht geändert. Das Staatliche Meteorologische Institut hatte bislang nur einen vorzeitigen Schneefall und zwei kleine, höchstens aprikosengroße Kugelblitze zustande gebracht. Das Wetter wechselte von Tag zu Tag und von Grafschaft zu Grafschaft, wie es das seit alters höchst vorschriftswidrig tat.

Die Nacht war von altmodischer Schönheit, wie aus einem Tennyson-Gedicht.

Die Klänge eines Streichquartetts schwebten aus den Salonfenstern und verloren sich im Plätschern und Murmeln des Parks. Die geschlossenen Seerosen im Teich hatten eine brütende Süße über dem Wasser hinterlassen. Keine goldene Flosse blinkte im Porphyrbecken, und falls man meinte, einen Pfau mit milchweiß hängender Schleppe im Mondschatten zu sehen, so war es ein Gespenst, denn der ganze Pfauenschwarm war ein oder zwei Tage zuvor während der ersten verstörenden Hitzewelle dieses plötzlichen Sommers so mysteriös wie brutal niedergemetzelt worden.

Miles schlenderte unter den schlafenden Blumen einher, von Melancholie durchdrungen. Er machte sich nicht viel aus Musik, und dies war sein letzter Abend in Mountjoy. Vielleicht durfte er nie wieder auf diesen Spazierwegen wandeln.

Mountjoy war in einer Zeit entworfen und angelegt worden, von der er nichts wusste; Generationen von tüchtigen und geduldigen Gärtnern hatten gejätet und gedüngt und geschnitten; Generationen von Gartenfreunden hatten es mit Kaskaden und Fontänen bewässert; Generationen von Sammlern hatten Statuen aufgestellt; all dies, so schien es, eigens zu seinem Genuss in genau dieser Nacht unter diesem riesigen Mond. Miles wusste nichts von solchen Epochen und Vorgängen, doch er fühlte eine unerklärliche Gezeitenkraft, die ihn zu den Herrlichkeiten ringsum zog.

Von den Stallungen schlug es elf. Die Musik verstummte. Miles kehrte um, und als er zur Terrasse gelangte, wurden schon die Läden geschlossen und die großen Lüster einer nach dem anderen gelöscht. Im Lichte der Wandleuchter, die vor ihren Tafeln aus verblichenem Atlas und trübem Gold noch brannten, verstreute sich die Gesellschaft gerade zwischen den Inseln alter Möbel bettwärts. Er schloss sich an.

Sein Zimmer gehörte nicht zu der prunkvollen Flucht, die zum Park hin lag. Die war Mördern vorbehalten. Es befand sich auch nicht im Stockwerk darüber, das hauptsächlich Sexualverbrecher beherbergte. Er wohnte in einem bescheideneren Flügel. Sein Blick ging auf den Gepäckunterstand und das Kohlendepot. Früher waren hier nur Leute, die beruflich in Mountjoy zu tun hatten, und sehr arme Verwandte untergebracht worden. Aber Miles hing an diesem Zimmer, denn es war das erste, das er in seinen ganzen zwanzig Jahren des Großen Fortschritts je sein Eigen genannt hatte.

Sein Türnachbar, ein gewisser Mr. Sweat, blieb an seiner Tür stehen, um gute Nacht zu sagen. Erst jetzt, wo Miles' Zeit um war, nach zwanzigmonatiger Zimmernachbarschaft, begann dieser Veteran aufzutauen. Er und ein Mann namens Soapy, Relikte einer früheren Zeit, waren unter sich geblieben und hatten wehmütig von Dingern geredet, die sie gedreht hatten, von Klunkern, von gemütlichen Hinterzimmern, wo sie sich mit ihren Hehlern getroffen hatten, von den harten Haftbedingungen in The Scrubs und The Moor. Mit der jüngeren Generation konnten sie wenig anfangen; Kriminalität, Kalvinismus und klassische Musik waren ihre Interessen. Irgendwann jedoch hatte Mr. Sweat angefangen, Miles zuzunicken, zuzuknurren und schließlich, als es zur Freundschaft zu spät war, mit ihm zu sprechen.

»Na, mein Freund, wie hat Ihnen das Gefiedel heute Abend gefallen?«, fragte er.

»Ich war nicht da, Mr. Sweat.«

»Da haben Sie was verpasst. Klar, unser Soapy ist nie zufrieden. Ist mir ziemlich auf den Geist gegangen, wie Soapy die ganze Zeit gestänkert hat. Die Bratsche hätte gekratzt, meint Soapy. Sie hätten den Mozart gespielt, als ob es Haydn wäre. Kein Gefühl im Debussy-Pizzicato, meint Soapy.«

»Soapy weiß zu viel.«

»Soapy weiß viel mehr als gewisse andere Leute, Schulbildung hin oder her. Das nächste Mal wollen sie die Große Fuge als Finalsatz des B-Dur spielen. Darauf darf man wirklich gespannt sein, nicht wahr, auch wenn Soapy meint, den späten Beethoven haben die nicht drauf. Wir werden sehen. Wenigstens ich und Soapy werden sehen; *Sie* nicht. Sie kommen morgen raus. Freuen Sie sich?«

»Nicht besonders.«

»Nein, würde ich auch nicht. Komisch, aber ich habe mich hier bestens eingelebt. Hätte ich nie für möglich gehalten. Kam mir am Anfang alles zu schnieke vor. Ganz was anderes als The Scrubs. Aber wenn man sich mal dran gewöhnt hat, ist es richtig nett hier. Hätte nichts gegen lebenslänglich hier, wenn ich dürfte. Das Dumme ist, dass man als Krimineller heute keine Sicherheit mehr hat. Früher wusste man genau, was einem ein Ding einbrachte, sechs Monate, drei Jahre; egal, was, man wusste, woran man war. Bei dem ganzen Zeug heutzutage, Anstaltsverwaltung, Sicherungsverwahrung, Therapiemaßnahmen und so weiter, da können sie einen drinbehalten oder auf die Straße setzen, wie sie gerade lustig sind. Das ist doch nicht richtig.

Ich will Ihnen mal sagen, woran das liegt, mein Freund«, fuhr Mr. Sweat fort. »Die ganze Einstellung zur Kriminalität ist nicht mehr das, was sie mal war. Ich weiß noch, als ich ein Stift war und zum ersten Mal vor dem Kadi stand, da hat der kein Blatt vor den Mund genommen. ›Junger Mann‹, sagt er, ›Sie sind dabei, eine Laufbahn einzuschlagen, die nur zu Unglück und Schande in dieser Welt und ewiger Verdammnis in der nächsten führen kann.‹ Das nenne ich Tacheles reden. Das hat Hand und Fuß, und es zeigt ein persönliches Interesse. Aber beim letzten Mal, als ich dann hier eingebuchtet wurde, war ich für die eine ›asoziale Erscheinung‹; ich wäre ›sozial fehlangepasst‹, hieß es. So redet man doch nicht mit einem Mann, der schon gesessen hat, als die noch in kurzen Hosen rumgelaufen sind, oder?«

»So was Ähnliches haben sie zu mir auch gesagt.«

»Ja, und jetzt schieben die Sie ab, als ob Sie gar keine Rechte hätten. Ich kann Ihnen sagen, da ist so einigen von den Jungs mulmig geworden, wie man Sie so Knall auf Fall vor die Tür gesetzt hat. Wen trifft es das nächste Mal, fragen wir uns?

Ich will Ihnen mal sagen, was Sie falsch gemacht haben, mein Freund. Sie haben nicht genug Scherereien gemacht. Sie haben es denen zu leicht gemacht zu behaupten, Sie wären kuriert. Da sind Soapy und ich schnell hintergekommen. Wissen Sie, wer die Vögel neulich abgemurkst hat? Soapy und ich. War 'n Haufen Arbeit; mordszähe Viecher. Aber wir haben die Beweise alle sorgfältig versteckt, und falls je die Rede davon sein sollte, dass sie mich und Soapy ›resozialisieren‹ wollen, dann packen wir sie auf den Tisch.

Na, machen Sie's gut, mein Freund. Morgen früh habe ich Heilentspannung, deshalb werden Sie wohl schon weg sein, wenn ich runterkomme. Kommen Sie bald wieder.«

»Ich hoffe es«, sagte Miles und ging allein in sein Zimmer.

Er trat kurz ans Fenster und schaute zum letzten Mal auf das Kopfsteinpflaster des Hofs hinab. Er war eine stattliche Erscheinung, denn er stammte von gutaussehenden Eltern und war sein Leben lang fürsorglich ernährt, verarztet und trainiert worden; auch gut eingekleidet. Er trug die graubraune Sergetracht, die zu der Zeit allgemein üblich war – nur amtlich bescheinigte Homosexuelle trugen

Farben –, doch es gab durchaus Unterschiede in Schnitt und Qualität dieser Uniformen. Bei Miles hatten sichtlich Schneider und Diener Hand angelegt. Er gehörte einer privilegierten Klasse an.

Er war ein Produkt des Staates.

Er war kein tugendsamer, gottesfürchtiger viktorianischer Gentleman; kein allseitig gebildeter Renaissancemensch; kein tapferer Ritter und kein pflichtbewusster Heide, nicht einmal ein edler Wilder. Alle diese untergegangenen Erscheinungsformen menschlicher Größe waren nur ein bescheidenes Vorspiel zu Miles gewesen. Er war der Moderne Mensch.

Seine Geschichte, wie sie sich in mehrfachen Durchschlägen in den Aktenschränken zahlloser staatlicher Stellen fand, war typisch für tausend andere. Vor seiner Geburt war es den Politikern gelungen, seinen Vater und seine Mutter in Armut zu stürzen; mittellos hatten sie sich dem simplen Zeitvertreib der Allerärmsten hingegeben und damit, zwischen einem Krieg und dem nächsten, eine Kettenreaktion von Scheidungen in Gang gesetzt, die sie und ihre diversen Gesponse in unglücklichen Paaren über die ganze Freie Welt zerstreuten. Die Tante, bei der man den neugeborenen Miles unterbrachte, wurde zur Arbeit in einer Fabrik eingezogen und starb bald darauf vor Langeweile am Fließband. Das Kind kam in die Obhut eines Waisenhauses.

Riesige Summen wurden von da an auf ihn verwandt; Summen, die fünfzig Jahre zuvor ganzen Horden von Jungen erlaubt hätten, aufs Winchester und New College zu gehen und eine akademische Karriere zu machen. In Sälen mit Picassos und Légers an den Wänden gähnte er sich durch stundenlange Konstruktionsspiele. Es fehlte ihm nie an den vorgeschriebenen Kubikmetern Luft. Seine Ernährung war ausgewogen, und jeden ersten Freitag im Monat wurde er psychoanalysiert. Jedes Detail seiner Kinder- und Jugendjahre wurde aufgezeichnet und mikrogefilmt und archiviert, bis man ihn im geeigneten Alter an die Luftwaffe überwies.

Es gab keine Flugzeuge auf dem Stützpunkt, wo er stationiert wurde. Es war eine Einrichtung, die Ausbilder von Ausbildern von Ausbildern in Persönlicher Freizeitgestaltung ausbildete.

Einige Wochen lang bediente er dort eine Geschirrspülmaschine, und er bediente sie, wie sein Adjutant im Prozess aussagte, aufs vorbildlichste. Die Arbeit an sich machte wenig her, aber sie war das normale Noviziat. Männer aus den Waisenhäusern stellten den harten Kern der Streitkräfte, eine eigene Kaste, die die glänzenden Qualitäten von Janitscharen und Junkern in sich vereinigte. Miles war frühzeitig zum Oberbefehl ausersehen worden. Geschirrspülen war nur der Anfang. Der Adjutant, ebenfalls Waise, hatte selbst, wie er aussagte, sowohl Geschirr gespült als auch Offiziersunterwäsche gewaschen, bevor er zu seinem gegenwärtigen Rang aufstieg.

Militärgerichte waren einige Jahre zuvor abgeschafft worden. Die Streitkräfte übergaben ihre Delinquenten der Zivilgerichtsbarkeit zur Aburteilung. Miles' Fall wurde in der nächsten Quartalssitzung verhandelt. Gleich zu Anfang, als Brandstiftung, mutwillige Zerstörung, Totschlag, Wehrkraftschädigung und Landesverrat aus der Anklage gestrichen und das Ganze auf den schlichten Vorwurf der asozialen Betätigung reduziert wurde, erwies sich, dass die Sympathien des Gerichts auf Seiten des Gefangenen lagen.

Der Militärpsychologe äußerte die Auffassung, dass eine gewisse Pyromanie von Natur aus zur Jugend gehöre. Werde der Trieb unterdrückt, könne er krankhafte Neurosen verursachen. Er für seinen Teil sei der Meinung, der Gefangene habe eine völlig normale Tat begangen und überdies bei ihrer Ausführung überdurchschnittliche Intelligenz bewiesen.

An diesem Punkt ließen einige der Witwen, Mütter und Waisen der verbrannten Luftwaffensoldaten auf der Zuschauertribüne einen Aufschrei der Entrüstung hören und wurden vom Richter scharf darauf hingewiesen, dass dies ein Sozialgericht war und keine Versammlung des Hausfrauenverbandes.

Der Prozess artete in eine vielstimmige Lobeshymne auf den Angeklagten aus. Der Versuch der Anklage, das Ausmaß des Schadens geltend zu machen, wurde vom Richter abgeschmettert.

»Die Geschworenen«, sagte er, »mögen diese sentimentalen Nebensächlichkeiten, die nicht hierhergehören, aus ihrem Gedächtnis tilgen.«

»Ihnen mag das nebensächlich erscheinen«, sagte eine Stimme von der Tribüne. »Mir war er ein guter Ehemann.«

»Festnehmen, die Frau!«, sagte der Richter.

Die Ordnung wurde wiederhergestellt, und die Elogen gingen weiter.

Zuletzt zog der Richter ein Resümee. Der erste Grundsatz des Neuen Rechts, erinnerte er die Geschworenen, sei, dass niemand für die Folgen seiner Taten verantwortlich gemacht werden könne. Die Geschworenen müssten darüber hinwegsehen, dass viel wertvolles Hab und Gut und viele wertvolle Menschenleben in den Flammen aufgegangen waren und dass die Sache der Persönlichen Freizeitgestaltung einen schweren Rückschlag erlitten hatte. Sie hätten ausschließlich darüber zu befinden, ob der Gefangene tatsächlich an verschiedenen, mit Vorbedacht ausgewählten Stellen in der Einrichtung leicht entzündliche Materialien ausgelegt und diese angezündet habe. Wenn ja, und die Beweise sprächen eindeutig dafür, dann habe er gegen die Bestimmungen der Einrichtung verstoßen und müsse somit seine angemessene Strafe erhalten.

Derart instruiert, erkannten die Geschworenen auf schuldig, verbunden mit der Empfehlung, die Hinterbliebenen, die im Laufe der Verhandlung immer wieder mal wegen Missachtung des Gerichts abgeführt worden waren, zu begnadigen. Der Richter rügte die Geschworenen wegen Anmaßung und Impertinenz in der Sache der wegen Gerichtsmissachtung Festgenommenen und verurteilte Miles zum Aufenthalt auf unbestimmte Dauer nach Gutdünken des Staates in Mountjoy Castle (dem Stammsitz eines invaliden Viktoriakreuzträgers aus dem Zweiten Weltkrieg, der in ein Behindertenheim gekommen war, als man das Schloss in eine Strafanstalt umwandelte).

Der Staat war launisch in dem, was ihn gut dünkte. Beinahe zwei Jahre erfreute sich Miles seiner besonderen Gunst. Alle erdenklichen wohltätigen Heilmaßnahmen ließ man ihm angedeihen, und zwar, wie nunmehr verlautete, mit Erfolg. Vor einigen Tagen, als er dösend unter einem Maulbeerbaum gelegen hatte, war dann völlig unerwartet die Schreckensnachricht gekommen; er hatte hohen Besuch vom ersten und zweiten stellvertretenden Betreuungsleiter erhalten, die ihm schroff und schonungslos eröffneten, dass er resozialisiert sei.

In dieser letzten Nacht nun wusste er, dass er am Morgen in einer kalten Welt erwachen würde. Dennoch schlief er gut und wurde zum letzten Mal von sanfter Hand in der vertrauten Umgebung geweckt, mit dem duftenden Chinatee auf dem Nachttisch, den dünnen Brotscheiben und der Butter, den aufgezogenen Vorhängen am Fenster über dem Gepäckunterstand, dem sonnigen Küchenhof und der Stalluhr, die hinter der Blutbuche hervorlugte.

Er frühstückte spät und allein. Das übrige Haus erging sich bereits in den ersten Gemeinschaftsliedern des Tages. Alsbald wurde er ins Betreuungsbüro bestellt.

Seit Miles an seinem ersten Tag in Mountjoy zusammen mit anderen Neuzugängen vom Betreuungsleiter ausführlich über die Ziele und Errungenschaften des Neuen Strafvollzugs belehrt worden war, hatte er ihn nur noch selten zu Gesicht bekommen. Der Betreuungsleiter war fast immer unterwegs, um auf kriminalpädagogischen Kongressen Vorträge zu halten.

Das Betreuungsbüro war das frühere Zimmer der Haushälterin, inzwischen seiner Plüschmöbel und patriotischen Bilder entkleidet und stattdessen nach dem üblichen betrüblichen Amtsschick für den höheren Dienst eingerichtet.

Es war brechend voll.

»Dies ist Miles Plastic«, sagte der Betreuungsleiter. »Setzen Sie sich, Miles. An der Anwesenheit unserer Besucher heute Morgen können Sie erkennen, was für ein wichtiger Anlass dies ist.«

Miles nahm Platz und sah neben dem Betreuungsleiter zwei ältere Herren sitzen, die ihm aus dem Fernsehen als bedeutende Vertreter der Koalitionsregierung bekannt waren. Sie trugen offene Flanellhemden, Blazer, aus deren Brusttaschen zahlreiche Kugelschreiber und Bleistifte ragten, und ausgebeulte Hosen. Dies war die Garderobe sehr hoher Politiker.

»Der Minister für Wohlfahrt und der Minister für Erholung und Kultur«, fuhr der Betreuungsleiter fort. »Unsere Leitsterne am Firmament. Hat die Presse das Informationsblatt bekommen?«

»Ja, Sir.«

»Und sind die Fotografen bereit?«

»Ja, Sir.«

»Dann kann ich fortfahren.«

Er fuhr fort, wie er es auf zahllosen Kongressen, in zahllosen Kurorten und Universitätsstädten getan hatte. Er schloss, wie er immer schloss: »In dem Neubritannien, das wir aufbauen, gibt es keine Kriminellen. Es gibt nur die Opfer einer mangelhaften Sozialfürsorge.«

Der Wohlfahrtsminister, der seine hohe Stellung nicht zuletzt einer gewissen Streitbarkeit verdankte, bemerkte: »Aber wenn ich es recht verstehe, stammt Plastic aus einem unserer eigenen Waisenhäuser …«

»Plastic ist als Sonderfall anerkannt«, sagte der Betreuungsleiter.

Der Minister für Erholung und Kultur, der seinerzeit selbst mehr als einmal gesessen hatte, sagte: »Na, mein lieber Plastic, nach allem, was man sich von Ihnen erzählt, sind Sie ein ganz Gewiefter.«

»Genau«, sagte der Betreuungsleiter. »Miles ist unser erster Erfolg, der Beweis für die Richtigkeit der Methode.«

»Von allen neuen Gefängnissen, die in der ersten glorreichen Welle der Reform gegründet wurden, hat allein Mountjoy einen Fall von vollständiger Resozialisierung hervorgebracht«, sagte der Wohlfahrtsminister. »Es ist Ihnen möglicherweise nicht bewusst, dass die Methode sowohl im Parlament als auch außerhalb schwer unter Beschuss geraten ist. Es gibt viele junge Heißsporne, die unter dem Einfluss unseres Großen Nachbarn im Osten stehen. Man kann ihnen die Sachverständigen zitieren, bis man schwarz wird, und trotzdem drängen sie immer weiter auf diese ganzen neuen Techniken der Todesstrafe und der körperlichen Züchtigung, auf Ketten und Einzelhaft, Brot und Wasser, die neunschwänzige Katze, den Strang und den Block und allen möglichen neumodischen Unfug. Sie halten uns für verknöcherte Ewiggestrige. Gott sei Dank können wir immer noch auf den gesunden Wirklichkeitssinn der Bevölkerung bauen, aber wir sind jetzt in der Defensive. Wir müssen Ergebnisse vorlegen. Deshalb sind wir heute Morgen hier. Um ihnen Ergebnisse vorzulegen. *Sie* sind unser Ergebnis.«

Das waren gewichtige Worte, und Miles zeigte sich dafür nicht völlig unempfänglich. Er stierte mit einem Ausdruck vor sich hin, den man für Ergriffenheit halten konnte.

»Sie sollten jetzt genau aufpassen, was Sie tun, mein Lieber«, sagte der Minister für Erholung und Kultur.

»Fotos«, sagte der Minister für Wohlfahrt. »Ja, geben Sie *mir* die Hand. Drehen Sie sich zu den Fotoapparaten. Lächeln Sie.«

In dem tristen kleinen Raum brach ein Blitzlichtgewitter los.

»Der Staat sei mit Ihnen«, sagte der Wohlfahrtsminister.

»Schön Pfötchen geben, mein Lieber«, sagte der Minister für Erholung und Kultur und ergriff seinerseits Miles' Hand. »Und keine krummen Touren, klar?«

Dann zogen die Politiker ab.

»Mein erster Stellvertreter wird sich um alles Praktische kümmern«, sagte der Betreuungsleiter gelangweilt. »Sie sollten sich jetzt zu ihm begeben.«

Miles begab sich zu ihm.

»So, Miles, von nun an muss ich Sie Mr. Plastic nennen«, sagte der stellvertretende Leiter. »Keine Minute mehr, und Sie sind ein Bürger. Dieses kleine Häufchen Papiere sind *Sie*. Wenn ich sie stempele, hört der Problemfall Miles auf zu existieren und der Bürger Mr. Plastic ist geboren. Wir schicken Sie nach Satellite City, dem nächsten Bevölkerungszentrum, wo Sie dem Wohlfahrtsministerium als Unterbeamter zugeteilt werden. In Anbetracht Ihrer besonderen Ausbildung werden Sie nicht als Arbeiter eingestuft. Sie verdienen daher zunächst einmal natürlich nicht ganz so viel. Aber Sie sind definitiv im Staatsdienst. Wir haben Ihren Fuß auf die unterste Stufe der konkurrenzfreien Karriereleiter gestellt.«

Der stellvertretende Betreuungsleiter griff sich den Gummistempel und machte sich an sein Schöpfungswerk. Schnipp-bumm, schnipp-bumm wurden die Papiere umgeblättert und gestempelt.

»Das wär's dann, Mr. Plastic«, sagte der stellvertretende Leiter und überreichte Miles bei diesen Worten gewissermaßen das Kind.

Schließlich sagte auch Miles etwas: »Was muss ich tun, um wieder herzukommen?«, fragte er.

»Immer sachte, Sie sind jetzt resozialisiert, vergessen Sie das nicht. Jetzt ist es an Ihnen, sich beim Staat für das erkenntlich zu zeigen, was er Ihnen geschenkt hat. Sie werden sich heute Vormittag beim Bezirksprogressiven melden. Der Transport ist organisiert. Der Staat sei mit Ihnen, Mr. Plastic. Passen Sie auf, das ist Ihre Persönlichkeitsbescheinigung, die Sie da fallen gelassen haben – ein *unentbehrliches* Dokument.«

II

Satellite City, eine von hundert solcher ehrgeizigen Reißbrettplanungen, war noch keine zehn Jahre alt, doch der Sicherheitsdom wies bereits Verschleißerscheinungen auf. Dies war der Name des großen Verwaltungsgebäudes, um das herum die Stadt entstehen sollte. Im Modell des Architekten hatte der zentrale Dom gar nicht schlecht ausgesehen, ein wenig flach, gewiss, aber die fehlende Höhe wurde durch seinen Umfang vollauf ausgeglichen, die gewagte Umsetzung einer ausgeklügelten neuen Konstruktionstechnik. Doch als der Bau dann stand, war die Kuppel, vom Boden aus betrachtet, zur allgemeinen Überraschung schlicht verschwunden. Sie blieb für alle Zeit hinter den Dächern und Vorsprüngen der Seitenflügel verborgen und wurde außer von Fliegern und Turmarbeitern von niemandem je wieder von außen gesehen. Nur der Name hielt sich. Am Tag seiner Einweihung war dieser Koloss von einem Bauwerk in seiner ganzen neuen Glas-und-Beton-Herrlichkeit vor den versammelten Politikern und Volkschören wie eine Fabrik erstrahlt. Seither war er an einem der recht häufigen internationalen Panikwochenenden getarnt und seine Fenster geschwärzt worden. Reinigungskräfte waren rar und meistens im Streik, und so blieb der Sicherheitsdom, das einzige feste Bauwerk von Satellite City, schmuddelig und vollgeschmiert. Es gab noch keine Arbeiterwohnungen, keine Gartenvorstadt für Beamte, keine Parks, keine Spielplätze. Eingerissen an den Kanten, von Teetassenringen befleckt, so standen sie allesamt auf den Plänen im Stadtplanungsamt; der Architekt war schon vor langem eingeäschert und seine Asche in den Docks und auf den Brennnesselfeldern verstreut worden. Somit konzentrierten sich im Sicherheitsdom, mehr noch als ursprünglich beabsichtigt, sämtliche Ambitionen und Attraktionen der Stadt.

Die Beamten versahen ihren Dienst in ewigem Zwielicht. Große Glasplatten, die eigentlich die Sonne »einfangen« sollten, ließen durch die Kratzer in ihrer Teerschicht nur wenige Strahlen passieren. Wenn am Abend das elektrische Licht anging, glomm hier und da ein schwacher Schimmer. Wenn es im Kraftwerk, wie so oft, zu einem »Lastabwurf« kam, stellten die Beamten frühzeitig die Arbeit ein und tapsten nach Hause in ihre dunklen Baracken, wo in den nutzlosen Kühlschränken ihre kärglichen Rationen still vor sich hin faulten. An Werktagen stapften die Beamten, Männlein wie Weiblein, in einer schweigenden, ärmlichen Schattenprozession über fortgeworfene Zigarettenkippen hinweg in den einstigen Liftschächten im Kreis und auf und ab.

Unter diese Pilger der Düsternis reihte sich in den Wochen nach seiner Entlassung aus Mountjoy auch der verstoßene Miles Plastic ein.

Er arbeitete in einer hochwichtigen Abteilung.

Als 1945 der Gesundheitsdienst ins Leben gerufen wurde, hatte die Euthanasie noch nicht dazu gehört; sie war eine Neuerung der Torys, mit der sie unter den Alten und Todkranken Stimmen fangen wollten. Unter der Koalition Bevan-Eden kam die Dienstleistung allgemein in Gebrauch und erfreute sich sofortiger Beliebtheit. Die Lehrergewerkschaft forderte die Anwendung auf schwierige Kinder. Ausländer reisten in solchen Scharen ein, um die Dienstleistung zu nutzen, dass die Einwanderungsbehörden mittlerweile jeden abwies, der nur eine einfache Fahrkarte hatte.

Miles erkannte die Bedeutung seiner Stelle, noch bevor er sie angetreten hatte. An seinem ersten Abend im Wohnheim versammelten sich die anderen Unterbeamten um ihn und fragten ihn aus.

»Euthanasie? Donnerwetter, haben Sie ein Glück! Die nehmen Sie da hart ran, versteht sich, aber es ist die einzige Abteilung, die expandiert.«

»Da werden Sie befördert, bevor Sie eine Ahnung von irgendwas haben.«

»Gütiger Staat! Sie müssen Beziehungen haben. Nur die ganz Gescheiten werden der Euthanasie zugewiesen.«

»Ich bin jetzt seit fünf Jahren in der Empfängnisverhütung. Das ist eine Sackgasse.«

»Es heißt, in ein oder zwei Jahren wird die Euthanasie an die Stelle der Pensionsabteilung getreten sein.«

»Sie müssen ein Waisenkind sein.«

»Ja, bin ich.«

»Das erklärt alles. Die Waisenkinder kriegen immer die Rosinen im Kuchen. Ich hatte ein Heiles Familienleben, der Staat steh mir bei.«

Dieser ganze Respekt und Neid war natürlich schmeichelhaft. Es war angenehm, gute Aussichten zu haben; aber fürs Erste waren Miles' Pflichten denkbar bescheiden.

Er war ein kleiner Unterbeamter in einem Stab von sechs Mitarbeitern. Der Vorsteher war ein älterer Herr namens Dr. Beamish, ein Mann, dessen Charakter in den turbulenten Dreißigern geformt worden war und den die Erfüllung seiner Jugendhoffnungen, wie viele seiner Zeitgenossen, tief verbittert hatte. Er hatte in seinen stürmischen jungen Jahren Manifeste unterschrieben, hatte in Barcelona die Faust erhoben und für den *Horizon* abstrakt gemalt; er hatte bei großen Jugendaufmärschen neben Spender gestanden und für den letzten Vizekönig »Reklame« verfasst. Jetzt hatte er seinen Lohn erhalten. Er bekleidete den meistbeneideten Posten in Satellite City, und er machte mit ausgesuchter Bosheit das Schlimmste daraus. Dr. Beamish freute sich über jede Erhöhung der bürokratischen Hürden.

Satellite City stand im Ruf, das schlechteste Euthanasiezentrum im ganzen Staat zu haben. Dr. Beamishs Patienten mussten so lange warten, dass sie oft eines natürlichen Todes starben, bevor er sich bequemte, sie zu vergiften.

Bei seinem kleinen Mitarbeiterstab war Dr. Beamish hoch angesehen. Sie gehörten alle dem Beamtenstand an, denn exzessives Sparen war ein Bestandteil des hässlichen Spielchens, das Dr. Beamish mit den höheren Stellen trieb. Seine Abteilung, erklärte er, könne sich bei ihrer momentanen finanziellen Ausstattung keine Arbeiter leisten. Selbst der Heizer und die Helferin, die nicht zurückgeforderte künstliche Gebisse an das Zahnersatzumverteilungszentrum lieferte, waren Unterbeamte.

Unterbeamte waren billig und reichlich vorhanden. Die Universitäten stießen sie Jahr für Jahr zu Tausenden aus. Ja, seit dem Industrieförderungsgesetz von 1955, das Arbeiter von der Steuer befreite – jenem bedeutenden und allgemein beliebten Reformwerk, das die inzwischen fest im Sattel sitzende Koalitionsregierung konsolidiert hatte –, herrschte unter den auf Staatskosten teuer ausgebildeten Beamten die schändliche einseitige Tendenz, in die Reihen der Arbeiterschaft »hinüberzuwechseln«, wie man es nannte.

Miles' Pflichten erforderten keine besonderen Fähigkeiten. Täglich um zehn öffnete das Amt den wohlfahrtsmüden Bürgern seine Tür. Miles war der Mann, der sie öffnete, den allzu ungestümen Andrang eindämmte und das erste halbe Dutzend einließ; dann schloss er die Tür vor den wartenden Scharen, bis ihm ein höherer Beamter das Zeichen zum Einlass des nächsten Schubs gab.

Die Eingelassenen fielen kurz unter Miles' Zuständigkeit; er platzierte sie der Reihe nach, achtete darauf, dass sie sich nicht vordrängelten, und stellte zu ihrer Unterhaltung den Fernsehapparat an. Ein höherer Beamter befragte sie, überprüfte ihre Papiere und leitete die Konfiszierung ihres Eigentums in die Wege. Miles passierte niemals die Tür, durch die sie schließlich einer nach dem anderen geleitet wurden. Ein schwacher Blausäuregeruch ließ manchmal die Mysterien erahnen, die sich dahinter abspielten. Unterdessen fegte er das Wartezimmer, leerte den Papierkorb und kochte Tee – Arbeitertätigkeiten, für die er nach den Weihen von Mountjoy überqualifiziert war.

In seinem Wohnheim blickten dieselben Reproduktionen von Léger und Picasso auf ihn herab, denen er schon in der Kindheit ausgesetzt gewesen war. Im Kino, dessen Besuch er sich bestenfalls einmal die Woche leisten konnte, flackerten und schnatterten vor ihm dieselben Filme, die er bereits unentgeltlich im Waisenhaus, im Luftwaffenstützpunkt und im Gefängnis gesehen hatte. Er war ein Kind des Wohlfahrtsstaates, strikt eingeübt in ein Leben der Langeweile, aber es war ihm schon einmal bessergegangen. Er hatte die friedliche Melancholie im Park von Mountjoy erlebt. Er hatte Ekstase empfunden, als die Luftwaffenausbildungsanstalt in einem Flammentaifun zu den Sternen aufgestoben war. Und während er träge zwischen Dom und Wohnheim hin- und herstapfte, klangen ihm die Worte des alten Knackis im Ohr: »Sie haben nicht genug Scherereien gemacht.«

Da fiel eines Tages aus der unwahrscheinlichsten Richtung, seiner sterbenslangweiligen Abteilung, ein Hoffnungsstrahl in sein Leben.

Miles erinnerte sich später an jede Einzelheit dieses Vormittags. Er hatte ganz normal angefangen, eigentlich schlechter als normal, denn sie machten nach einer Woche Zwangspause wieder auf. Es hatte einen Bergarbeiterstreik gegeben, und die Euthanasie war zum Erliegen gekommen. Jetzt waren die notwendigen Kapitulationen unterzeichnet, die Öfen glühten wieder, und die Schlange vor dem Patienteneingang reichte um den halben Dom herum. Dr. Beamish beäugte die wartende Menge durch das Periskop und sagte voller Genugtuung: »Es wird Monate dauern, bis wir die

Warteliste abgearbeitet haben. Wir werden allmählich eine Gebühr für die Dienstleistung verlangen müssen. Nur so können wir die Nachfrage drosseln.«

»Das Ministerium wird dem doch sicher niemals zustimmen, oder, Sir?«

»Elende Gefühlsduselei. Mein Vater und meine Mutter haben sich im eigenen Hinterhof mit der eigenen Wäscheleine erhängt. Heute rührt niemand mehr einen Finger, um selbst Hand anzulegen. Da ist was faul im System, Plastic. Es gibt doch immer noch Flüsse, in denen man sich ertränken kann, Züge – hin und wieder jedenfalls –, unter die man den Kopf legen kann, Gasöfen in einigen der Baracken. Das Land ist so reich an natürlichen Todesschätzen, aber alle müssen sie zu uns kommen.«

Es war selten, dass er sich so freimütig vor seinen Untergebenen äußerte. Er hatte in der arbeitsfreien Woche zu viel Geld ausgegeben, in seinem Wohnheim mit anderen unbeschäftigten Kollegen zu viel getrunken. Nach einem Streik kehrten die leitenden Beamten immer schlecht gelaunt an die Arbeit zurück.

»Soll ich den ersten Schub reinlassen, Sir?«

»Erst mal noch nicht«, sagte Dr. Beamish. »Wir müssen uns zunächst um einen vordringlichen Fall kümmern, der uns mit einem blauen Brief vom Theater überwiesen wurde. Sie sitzt im privaten Wartezimmer. Führen Sie sie herein.«

Miles suchte den Raum auf, der wichtigen Patienten vorbehalten war. Eine Außenwand war ganz aus Glas. Daran gepresst stand ein Mädchen mit dem Rücken zu ihm und blickte hinaus auf die traurige Schlange unter ihr. Vom Licht geblendet, nahm Miles nur einen Schatten wahr, der sich beim Öffnen der Tür regte und bei aller Schattenhaftigkeit mit vollendeter Anmut zu ihm umdrehte. Der verschwommene Anblick dieser Schönheit verschlug ihm einen Moment lang die Sprache, und er blieb an der Tür stehen. Dann sagte er: »Wir wären jetzt für Sie bereit, Miss.«

Das Mädchen trat näher. Miles' Augen gewöhnten sich an das Licht. Der Schatten nahm Gestalt an. Die volle Erscheinung war ganz so, wie es der erste Blick hatte erahnen lassen; mehr noch, denn aus jeder kleinsten Bewegung sprach Vollkommenheit. Nur ein Detail verletzte den Kanon reiner Schönheit: ein langer, seidiger, kornblonder Bart.

In einem tiefempfundenen liebreizenden Ton, der in nichts der ausdruckslosen Intonation der Zeit glich, sagte sie: »Damit wir uns recht verstehen: Ich möchte nicht, dass irgendetwas mit mir gemacht wird. Ich habe eingewilligt herzukommen. Der Direktor der Theaterabteilung und der Gesundheitsdirektor nahmen sich die Sache so zu Herzen, dass mir nichts anderes übrigblieb. Ich sagte, ich wäre bereit, mir Ihre Dienstleistung vorstellen zu lassen, aber ich möchte *nicht*, dass irgendetwas *gemacht* wird.«

»Das sagen Sie besser ihm da drin«, erwiderte Miles. Er brachte sie in Dr. Beamishs Zimmer.

»Gütiger Staat!«, rief Dr. Beamish. Er hatte nur Augen für den Bart.

»Ja«, sagte sie. »Bestürzend, nicht wahr? Ich habe mich mittlerweile daran gewöhnt, aber ich kann verstehen, wie es Leuten geht, die ihn zum ersten Mal sehen.«

»Ist er echt?«

»Ziehen Sie.«

»Er ist kräftig. Kann man gar nichts dagegen tun?«

»Ach, man hat schon alles versucht.«

Dr. Beamish interessierte das Thema so brennend, dass er Miles' Anwesenheit vergaß. »Eine Klugmann'sche Operation, nehme ich an?«

»Ja.«

»Sie geht in der Tat hin und wieder mal auf diese Weise schief. Es gab zwei oder drei Fälle in Cambridge.«

»Ich wollte es nicht machen lassen. Ich will gar nichts machen lassen. Der Leiter des Balletts ist schuld. Er besteht darauf, dass alle Mädchen sterilisiert werden. Anscheinend kann man nie wieder richtig gut tanzen, wenn man mal ein Kind bekommen hat. Und ich wollte richtig gut tanzen. Das ist jetzt dabei herausgekommen.«

»Ja«, sagte Dr. Beamish. »Ja. Die arbeiten viel zu schlampig. Die Mädchen damals in Cambridge mussten sie auch einschläfern lassen. Es gab kein Mittel dagegen. Na, wir werden uns Ihrer annehmen, junge Frau. Müssen Sie noch irgendwelche Vorkehrungen treffen, oder soll ich Sie gleich drannehmen?«

»Aber ich will nicht eingeschläfert werden. Wie ich Ihrem Assistenten hier schon erklärt habe, habe ich überhaupt bloß deshalb eingewilligt herzukommen, weil der Theaterdirektor so geweint hat, und er ist wirklich ein Schatz. Ich denke nicht im Traum daran, mich von Ihnen töten zu lassen.«

Während sie das sagte, gefror Dr. Beamishs freundliche Miene. Er musterte sie hasserfüllt ohne ein Wort. Dann griff er nach dem Formular. »Das heißt, dies hier ist nicht mehr gültig?«

»Nein.«

»Um Staates willen«, sagte Dr. Beamish sehr erbost,

»warum stehlen Sie dann meine Zeit? Ich habe über hundert dringende Fälle draußen warten, und Sie kommen hier rein, um mir mitzuteilen, dass der Theaterdirektor ein Schatz ist. Ich kenne den Theaterdirektor. Wir leben Tür an Tür im selben grässlichen Wohnheim. Er ist eine Nervensäge. Und über dieses Affentheater werde ich so einen geharnischten Bericht an das Ministerium schreiben, dass er und der Irre, der sich einbildet, er könnte einen Klugmann vornehmen, hier ankriechen und um ihre Auslöschung betteln werden. Und dann werde ich sie ans Ende der Schlange stellen. Schaffen Sie sie raus, Plastic, und lassen Sie vernünftige Leute ein.«

Miles führte sie ins öffentliche Wartezimmer. »Was für ein altes Scheusal«, sagte sie. »Was für ein elendes altes Scheusal. So hat noch nie jemand mit mir geredet, nicht einmal in der Ballettschule. Anfangs hat er so nett gewirkt.«

»Da ist das Berufsethos mit ihm durchgegangen«, sagte Miles. »Er war natürlich verärgert, so eine attraktive Patientin zu verlieren.«

Sie lächelte. Ihr Bart war nicht so dicht, dass er das feine Oval von Wange und Kinn ganz verdeckt hätte. Es sah aus, als schaute sie ihn über reife Gerstenähren hinweg an.

Das Lächeln ging von ihren großen grauen Augen aus. Die Lippen unter ihrem goldblonden Schnurrbart waren ungeschminkt, verlockend. Eine helle Haarlinie spross darunter über die Kinnmitte, verbreiterte sich von dort aus und wurde voller und farblich satter, bis sie sich mit den rauschenden Koteletten verband, dabei aber auf beiden Seiten klar und zart zwei symmetrische Zonen freiließ, nackt und aufreizend. So mochte im fünften Jahrhundert ein heiterer Diakon in den Kolonnadengängen der Alexandrinischen Schule gelächelt und die Häresiarchen um den Verstand gebracht haben.

»Ich finde Ihren Bart wunderschön.«

»Wirklich? Ehrlich gesagt, gefällt er mir auch. Ehrlich gesagt, gefällt mir alles an mir, Ihnen nicht auch?«

»Doch. O doch.«

»Das ist nicht natürlich.«

Lärm an der Außentür unterbrach das Gespräch. Wie Möwen, die einen Leuchtturm umschwirren, versetzten die ungeduldigen Patienten dem Türblatt unregelmäßige Stöße und Schläge.

»Wir sind bereit, Plastic«, sagte ein höherer Beamter. »Was ist denn heute Morgen los?«

Was war los? Miles wusste keine Antwort. Wildgewordene Seevögel schienen sich gegen das Licht in seinem Herzen zu werfen.

»Gehen Sie nicht«, sagte er zu dem Mädchen. »Bitte, ich bin gleich wieder da.«

»Ach, ich habe sowieso nichts vor. Meine Abteilung denkt, ich wäre inzwischen so gut wie tot.«

Miles machte die Tür auf und ließ ein ungehaltenes halbes Dutzend ein. Er wies den Leuten ihre Plätze, die Abmeldestelle. Dann ging er zu dem Mädchen zurück. Sie hatte sich ein wenig von der Menge weggedreht und sich nach Bauernart einen Schal um den Kopf gezogen hatte, damit man ihren Bart nicht sah.

»Es ist mir immer noch ein wenig unangenehm, angestarrt zu werden«, sagte sie.

»Unsere Patienten sind viel zu sehr mit ihren eigenen Angelegenheiten beschäftigt, um jemand anders wahrzunehmen«, sagte Miles. »Außerdem wären Sie doch reichlich angestarrt worden, wenn Sie beim Ballett geblieben wären.«

Miles rückte den Fernseher zurecht, doch nur wenige Augen im Wartezimmer schauten hin; alle waren wie gebannt auf den Tisch des Abmeldebeamten und die Tür dahinter gerichtet.

»Dass die alle hierherkommen«, sagte das bärtige Mädchen.

»Wir betreuen sie, so gut wir nur können«, sagte Miles.

»Ja, natürlich, das weiß ich. Glauben Sie bitte nicht, ich wollte herummäkeln. Ich wollte nur sagen, komisch, sterben zu wollen.«

»Der eine oder andere hat gute Gründe.«

»Sie würden vermutlich sagen, die hätte ich auch. Seit meiner Operation versuchen alle, mich dazu zu überreden. Die Gesundheitsbeamten waren die Schlimmsten. Sie haben Angst, sie könnten für ihre Fehler zur Rechenschaft gezogen werden. Und die Ballettleute waren fast genauso schlimm. Sie sind dermaßen kunstvernarrt, dass sie sagen: ›Du warst die Beste in deiner Klasse. Du kannst nie wieder tanzen. Wie soll da das Leben noch lebenswert sein?‹ Aber, versuche ich dann zu erklären, gerade weil ich tanzen konnte, weiß ich, dass das Leben lebenswert ist. Das ist es, was die Kunst mir gibt. Hört sich das sehr albern an?«

»Es hört sich unorthodox an.«

»Ah, Sie sind eben kein Künstler.«

»Oh, ich habe früher auch getanzt. In meiner Zeit im Waisenhaus immer zweimal die Woche.«

»Therapeutischer Tanz?«

»Ja, so hieß das.«

»Aber das, nicht wahr, ist etwas ganz anderes als Kunst.«

»Warum?«

»Ach«, sagte sie mit plötzlicher Innigkeit, mit Zuneigung. »Ach, wie viel Sie doch nicht wissen.« Die Tänzerin hieß Clara.

III

Das Liebesleben in dieser Zeit war frei und ungezwungen, aber Miles war Claras erste Liebe. Die körperlichen Strapazen ihrer Ausbildung, die harten Anforderungen des Corps de Ballet und ihre Hingabe an ihre Kunst hatten dafür gesorgt, dass sie an Leib und Seele unberührt geblieben war.

Für Miles als Kind des Staates hatte die Sexualerziehung auf jeder Stufe seiner Ausbildung zum Lehrplan gehört: erst mit Hilfe von Schaubildern, dann von Demonstrationen, dann in der praktischen Anwendung hatte er sich alle Finessen des Fortpflanzungsvorgangs angeeignet. Liebe war ein Wort, das höchstens einmal Politiker gebrauchten, und auch sie nur in ihren kindischsten Anwandlungen. Nichts, was ihm beigebracht worden war, hatte ihn auf Clara vorbereitet.

Einmal Theater, immer Theater. Clara brachte nun ihre Tage damit zu, Ballettschuhe zu stopfen und Anfängerinnen an der Sprossenwand zu unterweisen. Sie hatte eine Kabine in einer Wellblechbaracke, und dort verbrachten sie und Miles meistens die Abende zusammen. Das Stübchen unterschied sich sehr von den Behausungen aller übrigen Bewohner von Satellite City.

Die zwei kleinen Gemälde, die an den Wänden hingen,

waren anders als alle Gemälde, die Miles je zuvor gesehen hatte, anders als alles, was vom Ministerium für Kunst gutgeheißen wurde. Eines stellte eine Göttin des klassischen Altertums dar, nackt und rosig, die auf einer blühenden Uferböschung einen Pfau herzte, das andere einen großen, von Bäumen gesäumten See und eine Gesellschaft in wallenden Seidengewändern, die unter einem verfallenen Bogen ein Ausflugsboot bestieg. Die vergoldeten Rahmen waren stark abgestoßen, aber an den heilen Stellen kunstvoll mit Blätterwerk verziert.

»Sie sind aus Frankreich«, sagte Clara. »Über zweihundert Jahre alt. Meine Mutter hat sie mir hinterlassen.«

Ihre gesamten Habseligkeiten stammten von ihrer Mutter und reichten fast aus, um die kleine Stube zu füllen – ein von Porzellanblumen eingerahmter Spiegel, eine falschgehende goldene Uhr. Sie und Miles tranken ihre schale amtliche Kaffeemischung aus glänzenden Zierkelchen.

»Das erinnert mich ans Gefängnis«, sagte Miles, als er zum ersten Mal hineingebeten wurde.

Es war das höchste Lob, das er zu vergeben hatte.

Am ersten Abend inmitten dieses ganzen antiken Krimskrams fanden seine Lippen die unbehaarten Flächen ihrer Wangen.

»Ich wusste, dass es ein Fehler gewesen wäre, mich von diesem scheußlichen Doktor vergiften zu lassen«, sagte Clara höchst zufrieden.

Der Hochsommer kam. Ein neuer Mond schwoll über diesem kuriosen Liebespaar an. Einmal suchten sie zwischen den hohen Wiesenkerbel- und Weidenröschenstengeln der leeren Baugrundstücke Kühle und Heimlichkeit. Im mitternächtlichen Mondenschein schimmerte Claras Bart silbrig wie der eines Patriarchen.

»In einer Nacht wie dieser«, sagte Miles, während er auf dem Rücken lag und das Antlitz des Mondes betrachtete, »in einer Nacht wie dieser habe ich einmal einen Luftwaffenstützpunkt und seine halbe Besatzung niedergebrannt.«

Clara setzte sich auf und begann, gemächlich ihre Koteletten zu strählen, führte dann den Kamm energischer durch das dichtere verstrubbelte Haupthaar und strich es sich aus der Stirn, zupfte die Kleidung zurecht, die durch das Liebesspiel in Unordnung geraten war. Sie war von fraulicher Zufriedenheit erfüllt und bereit, nach Hause zu gehen. Miles jedoch, als Mann *post coitum tristis*, bedrückte ein eisiges Verlustgefühl. Keine Demonstration oder praktische Übung hatte ihn auf diese fremdartige neue Erfahrung vorbereitet: die jähe Einsamkeit, die der belohnten Liebe folgt.

Auf dem Heimweg wechselten sie beiläufige und recht verdrießliche Worte.

»Du gehst gar nicht mehr ins Ballett.«

»Nein.«

»Kriegst du keine Plätze?«

»Würde ich schon, glaube ich.«

»Warum gehst du dann nicht?«

»Ich glaube, es würde mir nicht gefallen. Ich sehe häufig bei den Proben zu. Es gefällt mir nicht.«

»Aber früher hast du dafür gelebt.«

»Hab jetzt andere Interessen.«

»Mich?«

»Natürlich.«

»Du liebst mich mehr als das Ballett?«

»Ich bin sehr glücklich.«

»Glücklicher, als wenn du tanzen würdest?«

»Wie soll ich das wissen? Du bist jetzt alles, was ich habe.«

»Aber wenn du dein Aussehen ändern könntest?«

»Kann ich nicht.«

»Wenn!«

»Es gibt kein ›Wenn‹.«

»Verdammt.«

»Reg dich nicht auf, Liebling. Es ist nur der Mond.«

Und sie trennten sich schweigend.

Der November kam und mit ihm die üblichen Streiks; eine Mußezeit für Miles, ungewollt und ungeliebt; einsame Phasen, in denen die Ballettschule weiterlief und das Todeshaus kalt und leer blieb.

Clara begann, über ihre Gesundheit zu klagen. Sie wurde füllig.

»Nur aus Wohlbehagen«, sagte sie anfangs, doch die Veränderung machte ihr Sorgen. »Kann es an dieser scheußlichen Operation liegen?«, fragte sie. »Ich habe gehört, eines der Mädchen in Cambridge hätten sie deswegen eingeschläfert, weil sie immer dicker wurde.«

»Sie hat hundertzwanzig Kilo gewogen«, sagte Miles. »Ich weiß das, weil Dr. Beamish es mal erwähnt hat. Er hat schwerwiegende fachliche Einwände gegen die Klugmann'sche Operation.«

»Ich werde mal zum Gesundheitsdirektor gehen. Es gibt inzwischen einen neuen.«

Als sie von ihrem Termin zurückkehrte, wartete Miles, weiterhin unbeschäftigt wegen des Streiks, inmitten ihrer

Bilder und Porzellansachen auf sie. Sie setzte sich neben ihn aufs Bett.

»Lass uns was trinken«, sagte sie.

Sie tranken gern zusammen Wein, auch wenn sie es sich nur sehr selten leisten konnten. Der Staat bestimmte und benannte die Sorte. In diesem Monat wurde Portwein Marke »Fortschritt« ausgegeben. Clara bewahrte ihn in einer handgeschliffenen böhmischen Rubinglaskaraffe auf. Die Gläser waren modern, unzerbrechlich und unansehnlich.

»Was hat der Arzt gesagt?«

»Er ist sehr nett.«

»Und?«

»Viel schlauer als der vorige.«

»Hat er gesagt, es hätte mit deiner Operation zu tun?«

»O ja. Damit hat es allerdings zu tun.«

»Kann er etwas dagegen machen?«

»Ja, er glaubt schon.«

»Gut.«

Sie tranken ihren Wein.

»Dieser erste Arzt hat die Operation völlig verpfuscht, nicht wahr?«

»Völlig. Der neue Arzt sagt, ich bin ein einmaliger Fall. Weißt du, ich bin schwanger.«

»Clara.«

»Ja, das ist eine Überraschung, nicht wahr?«

»Das will bedacht sein«, sagte Miles.

Er bedachte es.

Er füllte die Gläser nach.

Er sagte: »Pech für das arme Würmchen, dass es nicht als Waise geboren wird. So hat es keine großen Chancen. Wenn es ein Junge wird, müssen wir versuchen, ihn als Arbeiter registrieren zu lassen. Natürlich wird es vielleicht auch ein Mädchen. Dann«, strahlend, »könnte sie Tänzerin werden.«

»Ach, sprich nicht vom Tanzen!«, rief Clara und fing plötzlich zu weinen an. »Sprich mir ja nicht vom Tanzen!«

Ihre Tränen flossen in Strömen. Nicht aus Zorn, sondern aus tiefem unbezähmbaren, untröstlichen Herzeleid.

Und am nächsten Tag verschwand sie.

IV

Die Weihnachtsmannzeit nahte. Die Geschäfte waren voll von kitschigen Püppchen. In der Schule sangen die Kinder alte Lieder von Frieden und Wohlgefallen. Die Streikenden kehrten an die Arbeit zurück, um ihren Anspruch auf Weihnachtsmanngeld nicht zu verlieren. Glühbirnen wurden in die Nadelbäume gehängt, und die Öfen im Sicherheitsdom brummten wieder. Miles war befördert worden. Er saß jetzt neben dem Assistenten des Abmeldebeamten und half ihm, die Dokumente der Toten zu stempeln und abzulegen. Die Arbeit war anstrengender, als er es gewohnt war, und er lechzte nach Claras Gesellschaft. Im Dom und im Baum des Wohlgefallens auf dem Parkplatz erloschen die Lichter. Er ging die halbe Meile durch das Barackenlager zu Claras Unterkunft. Andere Mädchen warteten auf ihre Freunde oder zogen los, um sie im Rekreatorium zu treffen, aber Claras Tür war verschlossen. Auf einem daran gehefteten Zettel stand: *Miles, bin ein Weilchen weg. C.* Verärgert und ratlos begab er sich in sein Wohnheim zurück.

Im Unterschied zu ihm hatte Clara im ganzen Land verstreut Onkel und Cousins wohnen. Seit ihrer Operation hatte sie sich nicht mehr getraut, sie zu besuchen. Jetzt suchte sie bei ihnen Unterschlupf, vermutete Miles. Es war die Art ihrer Flucht, die ihn quälte, sie wollte so gar nicht zu ihrem sanften Wesen passen. Eine arbeitsreiche Woche lang dachte er an nichts anderes. Seine Vorwürfe klangen ihm tagsüber als Unterton sämtlicher Tätigkeiten im Kopf, und nachts lag er wach und wiederholte sich innerlich jedes Wort, das zwischen ihnen gefallen war, und jede intime Handlung.

Nach einer Woche überkam ihn der Gedanke an sie nur noch in regelmäßigen Anfällen. Das Thema langweilte ihn maßlos. Er versuchte, es sich aus dem Kopf zu schlagen, ähnlich wie jemand versuchen mochte, einen Schluckauf zu unterdrücken, und genauso vergeblich. Anfallartig, automatisch kehrte der Gedanke an Clara zurück. Er guckte auf die Uhr und stellte fest, dass er alle siebeneinhalb Minuten kam. Er schlief mit dem Gedanken an sie ein, er wachte mit dem Gedanken an sie auf. Aber zwischenzeitlich schlief er. Er konsultierte den Abteilungspsychiater, der ihm erklärte, die Verantwortung der Vaterschaft belaste ihn. Doch es war nicht die Mutter Clara, die ihm keine Ruhe ließ, sondern die Verräterin Clara.

In der nächsten Woche dachte er alle zwanzig Minuten an sie. In der Woche darauf dachte er in unregelmäßigen Abständen an sie, wenn auch häufig; nur wenn irgendein äußerer Anstoß ihn an sie erinnerte. Er fing an, nach anderen Mädchen zu schauen, und betrachtete sich als geheilt.

Er schaute den anderen Mädchen fest in die Augen, wenn

er in den düsteren Fluren des Doms an ihnen vorbeiging, und sie schauten keck zurück. Dann hielt ihn eine an und sagte: »Ich habe Sie mal mit Clara gesehen«, und bei der Erwähnung ihres Namens verging ihm vor Schmerz jedes Interesse an dem anderen Mädchen. »Ich war sie gestern besuchen.«

»Wo?«

»Im Krankenhaus natürlich. Wussten Sie das nicht?«

»Was ist mit ihr?«

»Das sagt sie nicht. Und auch sonst niemand im Krankenhaus. Streng geheim. Wenn Sie mich fragen, hat sie einen Unfall gehabt, und ein Politiker ist darin verwickelt. Einen anderen Grund für das ganze Getue kann ich mir nicht vorstellen. Sie ist am ganzen Körper einbandagiert und quietschfidel.«

Am nächsten Tag, dem fünfundzwanzigsten Dezember, war Weihnachtsmanntag; kein Feiertag in der Euthanasieabteilung, deren Dienstleistung zur Grundversorgung gehörte. Am Abend marschierte Miles zum Krankenhaus, einem der nicht fertiggestellten Gebäude, vorn lauter Beton, Stahl und Glas und dahinter ein Haufen wild durcheinanderstehender Baracken. Der Pförtner saß gebannt vor dem Fernseher, in dem ein altes vergessenes Volksstück lief, das frühere Generationen am Weihnachtsmanntag aufgeführt hatten und das jetzt aus historischem Interesse wiederbelebt und neu bearbeitet worden war.

Für den Pförtner war es von professionellem Interesse, denn es handelte von der Entbindungshilfe vor den Tagen des Wohlfahrtsstaats. Er nannte Miles die Nummer von Claras Zimmer, ohne von dem seltsamen Spektakel um einen Ochsen und einen Esel, einen alten Mann mit einer Laterne und eine junge Mutter aufzuschauen. »Die Leute hier beklagen sich andauernd«, sagte er. »Sie sollten sich mal klarmachen, was für Verhältnisse vor dem Großen Fortschritt geherrscht haben.«

Die Korridore hallten von Musik aus vielen Geräten wider. Miles fand die Baracke, die er suchte. Sie trug die Aufschrift »Experimentalchirurgie – Zutritt nur für medizinisches Personal«. Er fand die Kabine. Er traf Clara schlafend an, das Laken bis zu den Augen gezogen, die Haare offen auf dem Kissen. Sie hatte einen Teil ihrer Habe mitgebracht. Ein altes Schultertuch lag über dem Nachttisch. Ein bemalter Fächer lehnte am Fernsehapparat. Sie erwachte, ehrliche Freude im Blick, und zog das Laken höher, so dass sie hindurchsprach.

»Liebling, du hättest nicht herkommen sollen. Ich wollte dich damit überraschen.«

Miles setzte sich aufs Bett und wusste nichts anderes zu sagen als: »Wie geht's dir?«

»Großartig. Heute ist der Verband abgenommen worden. Ich darf noch nicht in den Spiegel schauen, aber sie sagen, dass das Ganze ein riesengroßer Erfolg ist. Ich bin etwas ganz Besonderes, Miles, ein neues Kapitel des chirurgischen Fortschritts.«

»Aber was ist mit dir geschehen? Hängt es irgendwie mit dem Kind zusammen?«

»Ach nein. Das heißt, anfangs schon. Das war die erste Operation. Aber das ist längst vorbei.«

»Unser Kind?«

»Ja, das musste weg. Ich hätte hinterher nie wieder tanzen können. Das habe ich dir ja alles erklärt. Nur aus dem Grund hatte ich schließlich die Klugmann'sche Operation, weißt du nicht mehr?«

»Aber du hast das Tanzen doch aufgegeben.«

»Das ist ja gerade das Tolle daran. Habe ich dir nicht von dem netten, schlauen neuen Gesundheitsdirektor erzählt? Er hat mich restlos geheilt.«

»Dein lieber Bart.«

»Komplett weg. Eine Operation, die der neue Direktor selbst erfunden hat. Sie wird wohl nach ihm benannt werden, vielleicht sogar nach mir. Er ist so selbstlos, dass er sie die Clara'sche Operation nennen will. Er hat die ganze Haut abgenommen und sie mit einer wunderbaren neuen Substanz ersetzt, einer Art synthetischem Gummi, das Schminke hervorragend annimmt. Er sagt, die Farbe ist nicht perfekt, aber auf der Bühne wird man das gar nicht sehen. Hier, fühl mal.«

Freudig und stolz setzte sie sich im Bett auf.

Augen und Stirn waren alles, was von dem geliebten Gesicht geblieben war. Darunter etwas Unmenschliches, eine enganliegende, glatte Maske, lachsrosa.

Miles starrte sie an. Auf dem Fernsehbildschirm am Bett waren weitere Personen erschienen – Arbeiter aus der Lebensmittelproduktion. Sie schienen einen spontanen Streik auszurufen, ließen ihre Schafe stehen und liefen auf Anweisung eines verwegen kostümierten Gewerkschafters davon. Aus dem Apparat am Bett erklang ein Lied, eine alte, vergessene Weise:

»... ich bring euch gute neue Mär, der guten Mär bring ich so viel, davon ich singen und sagen will.«

Miles unterdrückte ein Würgen. Das grauenhafte Gesicht betrachtete ihn voll Rührung und Stolz. Schließlich fielen ihm die richtigen Worte ein, der abgedroschene, altgewohnte Satz, mit dem sich vor ihm schon Generationen von verdatterten und verstörten Engländern beholfen hatten: »Ich geh mal kurz eine Runde spazieren.«

Aber fürs Erste ging er nur zu seinem Wohnheim. Dort legte er sich hin, bis der Mond durchs Fenster auf sein schlafloses Gesicht schien. Dann brach er auf und marschierte querfeldein, nur fort vom Sicherheitsdom, bis zwei Stunden später der Mond kurz vor dem Untergehen war.

Er war blindlings ausgeschritten, jetzt aber fielen die weißen Strahlen auf ein Schild, und er las: *»Mountjoy ¾ Meilen«*. Nur die Sterne leuchteten ihm den Weg, als er weiterging. Schließlich kam er an das Schlosstor.

Es stand wie immer offen als huldvolles Symbol des neuen Strafvollzugs. Er folgte der Auffahrt. Das ganze lichtlose Antlitz des alten Hauses blickte ihn schweigend an, ohne Vorwurf. Er wusste jetzt, was zu geschehen hatte. Er trug in der Tasche ein Feuerzeug mit sich, das häufig funktionierte. Jetzt funktionierte es für ihn.

Petroleum war nicht nötig. Die trockene alte Seide der Salonvorhänge brannte wie Papier. Farbe und Holztäfelung, Stuck und Wandteppiche und Vergoldung ergaben sich der Umarmung der hochschlagenden Flammen. Er trat hinaus. Schon bald wurde es auf der Terrasse zu heiß, und er zog sich weiter zurück, zum Marmortempel am Ende der langen Promenade. Die Mörder sprangen aus den Erdgeschossfenstern, aber die Sexualverbrecher im Obergeschoss saßen in der Falle und brüllten vor Angst und Schrecken. Er hörte die Lüster niederkrachen und sah das kochende Blei in Wellen vom Dach rinnen. Das war viel besser, als ein paar Pfauen den Hals umzudrehen. Mit stillem Jubel verfolgte er, wie es Minute um Minute neue Wunder zu bestaunen gab. Mächtige Balken donnerten innen herab; draußen verzischten brennende Trümmer im Seerosenteich; eine ungeheure Rauchdecke schob sich vor die Sterne, und darunter stiegen Flammenzungen zu den Baumwipfeln empor.

Als zwei Stunden später das erste Löschfahrzeug eintraf, hatte sich der Feuersturm bereits ausgetobt. Miles erhob sich von seinem Marmorthron und trat den langen Heimweg an. Doch seine Müdigkeit war verflogen. Fröhlich schritt er aus, zusammen mit seinem Schatten, den die ersterbende Feuersbrunst vor ihn auf die Feldstraße warf.

Auf der Hauptstraße hielt ein Autofahrer an und fragte ihn: »Was ist da drüben los? Brennt da ein Haus?«

»Es hat gebrannt«, sagte Miles. »Jetzt ist das Feuer fast aus.«

»Sieht aus wie was Großes. Nur Staatseigentum, nehme ich an?«

»Sonst nichts«, sagte Miles.

»Na, steigen Sie ein, wenn Sie mitfahren wollen.«

»Danke«, sagte Miles. »Ich gehe gern zu Fuß.«

V

Nach zwei Stunden Schlaf stand Miles auf. Im Wohnheim herrschte das übliche geschäftige Treiben des Morgens. Das Radio lief; die Unterbeamten husteten über ihren Waschbecken; der üble Geruch staatlicher Würstchen, die in staatlichem Fett brieten, füllte die Asbestkabine. Er war nach seinem langen Marsch ein wenig steif und ein wenig fußlahm, aber innerlich war er ruhig und leer wie der Schlaf, aus dem er erwacht war. Die Politik der verbrannten Erde hatte gewirkt. Er hatte in seiner Innenwelt eine Wüste geschaffen, die er als Frieden bezeichnen konnte. Einst hatte er schon seine Kindheit verbrannt. Jetzt lag sein kurzes Erwachsenenleben in Schutt und Asche; der Zauber, der Clara umgab, war eins mit der Pracht von Mountjoy; ihr voller goldblonder Bart eins mit den Flammenzungen, die emporgeschossen und unter den Sternen erloschen waren; ihre Fächer und Bilder und alten Stickereien eins mit den goldenen Deckleisten und seidenen Vorhängen: schwarz, kalt und klitschnass. Er verzehrte sein Würstchen mit Appetit und ging zur Arbeit.

Auch in der Euthanasieabteilung war alles still.

Die erste Meldung des Unglücks in Mountjoy war in den Frühnachrichten gekommen. Die Nähe zu Satellite City sorgte dort für eine besondere Betroffenheit.

»Es ist ein bezeichnendes Phänomen«, sagte Dr. Beamish, »dass schlechte Nachrichten eine unmittelbare Auswirkung auf unseren Dienst haben. Man erlebt es jedes Mal, wenn es eine internationale Krise gibt. Manchmal glaube ich, die Leute suchen uns nur auf, wenn sie nichts haben, worüber sie reden können. Haben Sie sich unsere Schlange heute schon mal angeschaut?«

Miles trat ans Periskop. Nur ein einzelner Mann wartete draußen, der alte Parsnip, ein Dichter aus den dreißiger Jahren, der täglich kam, gewöhnlich aber in der Menschenmenge nach hinten gedrängt wurde. Er galt in der Abteilung als komische Figur, dieser altgediente Poet. Zweimal in Miles' kurzer Dienstzeit war es ihm gelungen, eingelassen zu werden, und beide Male hatte er es plötzlich mit der Angst zu tun bekommen und Reißaus genommen.

»Ein Glückstag für Parsnip«, sagte Miles.

»Ja. Er hat etwas Glück verdient. Ich kannte ihn früher gut, ihn und seinen Freund Pimpernell. *New Writing*, der Left Book Club, das war damals aktuell. Pimpernell war einer meiner ersten Patienten. Holen Sie Parsnip rein, und wir erledigen ihn.«

Also wurde der alte Parsnip hereingerufen, und an diesem Tag behielt er die Nerven. Er war halbwegs ruhig, als er in der Gaskammer Pimpernells Nachfolge antrat.

»Wir könnten jetzt eigentlich auch Feierabend machen«, sagte Dr. Beamish. »Wenn die Aufregung sich legt, werden wir bald wieder zu tun haben.«

Doch die Politiker schienen entschlossen zu sein, die Aufregung weiter anzuheizen. Das normale Fernsehprogramm wurde unterbrochen und gekürzt, um Mountjoy mehr Sendezeit einzuräumen. Überlebende erschienen auf dem Bildschirm, darunter Soapy, der beschrieb, wie seine lange Erfahrung als Fassadenkletterer ihm die Flucht ermöglicht hatte. Mr. Sweat, bemerkte er mit Hochachtung, war unbeschadet davongekommen. Die Trümmer wurden von dem Apparat ausführlich gezeigt. Ein Triebverbrecher mit gebrochenen Beinen hielt in seinem Krankenhausbett Audienz. Der Wohlfahrtsminister, kam die Ansage, werde an dem Abend eigens eine Ansprache zu dem Unglück halten.

Miles nickte zwischendurch immer mal wieder neben dem Wohnheimapparat ein. Gegen Abend erhob er sich, immer noch ruhig und unbeschwert, aller Emotionen dermaßen entleert, dass er Clara abermals im Krankenhaus besuchte.

Sie hatte den Nachmittag mit dem Schminkkästchen vor dem Spiegel zugebracht. Die neue Substanz ihres Gesichts erfüllte alle Versprechungen des Chirurgen. Sie nahm Schminke perfekt an. Clara hatte eine komplette Maske aufgelegt wie für einen Bühnenauftritt: gleichmäßig sahneweiß mit knallroten Flecken auf den Wangenknochen, riesige harte rote Lippen, verlängerte und katzenartig hochgebogene Brauen, ultramarinblauer Lidschatten rings um die Augen und rote Tupfen in den Augenwinkeln.

»Du bist der Erste, der mich zu Gesicht bekommt«, sagte sie. »Ich hatte schon halb befürchtet, du würdest nicht kommen. Du hast gestern verärgert gewirkt.«

»Ich wollte fernsehen«, sagte Miles. »Im Wohnheim ist es so voll.«

»Langweiliges Zeug heute. Nichts als dieses Gefängnis, das abgebrannt ist.«

»Ich war da mal. Weißt du nicht mehr? Ich habe oft davon erzählt.«

»Tatsächlich, Miles? Kann sein. Ich habe so ein schlechtes Gedächtnis für Sachen, die mich nicht betreffen. Willst du dir wirklich den Minister anhören? Es wäre doch viel gemütlicher, sich zu unterhalten.«

»Seinetwegen bin ich gekommen.«

Und kurz darauf erschien der Minister, mit offenem Hemdkragen wie immer, aber ohne sein gewohntes Lächeln; so ernst, dass er den Tränen nahe war. Er sprach zwanzig

Minuten. »... Das große Experiment muss fortgeführt werden ... die Märtyrer der sozialen Fehlanpassung dürfen nicht umsonst gestorben sein ... Ein größeres, neues Mountjoy wird sich aus der Asche des alten erheben ...« Schließlich kamen die Tränen – echte Tränen, denn er hielt unsichtbar eine Zwiebel in der Hand – und liefen ihm über die Wangen. Damit endete die Rede.

»Nur deswegen bin ich gekommen«, sagte Miles und überließ Clara wieder ihrer Kakaobutter und ihrem Gesichtshandtuch.

Am nächsten Tag ritten sämtliche öffentlichen Informationsorgane weiter auf dem Thema Mountjoy herum. Zwei oder drei Patienten, die die Berichterstattung schon satthatten, meldeten sich zur Auslöschung an und wurden mit Freuden abserviert. Da traf eine Anweisung vom Bezirksleiter ein, dem höchsten Beamten von Satellite City. Er ordnete das sofortige Erscheinen von Miles in seinem Büro an.

»Ich habe einen Marschbefehl für Sie, Mr. Plastic. Sie sollen sich bei den Ministern für Wohlfahrt und für Erholung und Kultur melden. Sie werden für die Fahrt mit einem IA-Hut, einem Schirm und einer Aktentasche ausgestattet. Herzlichen Glückwunsch.«

Mit diesen Insignien einer plötzlichen, schwindelerregenden Beförderung versehen, reiste Miles in die Hauptstadt und ließ einen Dom voll neidisch tratschender Unterbeamter zurück.

Am Bahnhof holte ihn ein Beamter ab. Gemeinsam fuhren sie in einer Staatskarosse nach Whitehall.

»Lassen Sie mich Ihre Aktentasche tragen, Mr. Plastic.«

»Es ist nichts drin.«

Miles' Begleiter lachte devot über diesen gewagten Scherz.

Im Ministerium funktionierten die Aufzüge. Es war eine neue und beunruhigende Erfahrung, den kleinen Käfig zu betreten und in dem großen Gebäude ganz nach oben zu fahren.

»Funktionieren die hier immer?«

»Nicht *immer*, aber sehr, sehr oft.«

Miles erkannte, dass er sich tatsächlich im Zentrum der Macht befand.

»Warten Sie hier. Ich werde Sie rufen, wenn die Minister so weit sind.«

Miles sah aus dem Wartezimmerfenster auf die langsamen Verkehrsströme. Direkt unter ihm stand ein merkwürdiges, nutzloses Verkehrshindernis aus Stein. Ein sehr alter Mann zog im Vorbeigehen den Hut davor, als grüßte er einen Bekannten. Warum?, fragte sich Miles. Da wurde er zu den Politikern gebracht.

Sie waren allein in ihrem Büro, abgesehen von einer abstoßend hässlichen jungen Frau. Der Minister für Erholung und Kultur sagte: »Machen Sie es sich bequem, mein Lieber«, und deutete auf einen großen Kunstledersessel.

»Der Anlass ist leider nicht so erfreulich wie bei unserer letzten Begegnung«, sagte der Minister für Wohlfahrt.

»Ach, ich weiß nicht«, sagte Miles. Er genoss den Ausflug.

»Die Tragödie in Mountjoy Castle war ein herber Schlag für die Sache des Strafvollzugs.«

»Aber das große Werk der Resozialisierung wird weitergehen«, sagte die abstoßend hässliche junge Frau.

»Ein größeres Mountjoy wird aus der Asche erstehen«, sagte der Minister.

»Diese edlen Verbrecher sollen ihr Leben nicht umsonst verloren haben.«

»Ihr Andenken wird uns beflügeln.«

»Ja«, sagte Miles. »Ich habe die Übertragung gehört.«

»Genau«, sagte der Minister. »Sehr richtig. Dann verstehen Sie vielleicht, in welcher Weise der Vorfall Ihre eigene Stellung verändert. Statt, wie wir hofften, der Erste einer fortlaufenden Reihe von Erfolgen zu sein, sind Sie jetzt unser einziger. Es wäre nicht übertrieben zu behaupten, dass die ganze Zukunft des Strafvollzugs in Ihren Händen liegt. Die Zerstörung von Mountjoy Castle allein war nur ein Rückschlag. Ein bedauerlicher, gewiss, aber man könnte ihn durchaus unter den Wachstumsschmerzen eines großen Aufbruchs verbuchen. Doch die Sache hat eine dunklere Seite. Wie ich Ihnen, glaube ich, seinerzeit sagte, wurde unser großes Experiment gegen erheblichen Widerstand durchgesetzt. Jetzt – ich sage das im Vertrauen – ist dieser Widerstand vernehmlich und hemmungslos geworden. Es gibt tatsächlich eine Verleumdungskampagne, wonach der Brand kein Unfall war, sondern die Tat eines der nämlichen Männer, denen wir behilflich sein wollten. Diese Kampagne muss im Keim erstickt werden.«

»Die können uns nicht so leicht in die Pfanne hauen, wie sie meinen«, sagte der Minister für Erholung und Kultur. »Wir alten Hasen kennen da auch ein paar Tricks.«

»Genau. Gegenpropaganda. Sie sind unser Musterbeispiel. Der unwiderlegliche Beweis für den Sieg unseres Systems. Wir werden Sie auf eine Vortragsreise durch das ganze Land schicken. Meine Kollegen haben Ihre Rede bereits verfasst. Ihre Begleitung dabei wird Miss Flower hier sein, die das Modell des neuen Mountjoy vorzeigen und erklären wird. Miss Flower, das Modell bitte.«

Während der ganzen Unterhaltung hatte ein sperriger verhüllter Gegenstand auf einem Tisch am Fenster Miles' Aufmerksamkeit auf sich gezogen. Miss Flower enthüllte ihn jetzt. Miles gaffte ihn ehrfürchtig an.

Der Gegenstand erwies sich als eine hochkant stehende handelsübliche Packkiste.

»Bisschen schnell hingehudelt«, sagte der Wohlfahrtsminister. »Für Ihre Reise werden wir Ihnen was solider Gearbeitetes mitgeben.«

Miles gaffte die Kiste an.

Sie passte. Sie fügte sich haargenau in seine innere Leere ein, befriedigte alle Bedürfnisse, die seine Erziehung ihm eingegeben hatte. Die konditionierte Persönlichkeit erkannte die ihr gemäße vorherbestimmte Umgebung. Alles andere war überflüssig; der Park von Mountjoy, Claras gesprungenes Porzellan und ihr Vollbart waren Souvenirs eines verblassenden Traums. Der Moderne Mensch war zu Hause.

»Eine Sache noch«, fuhr der Wohlfahrtsminister fort. »Eher privater Natur, aber nicht so irrelevant, wie es vielleicht den Eindruck macht. Sind Sie in Satellite City zufällig eine Bindung eingegangen? Ihr Dossier erwähnt etwas in der Richtung.«

»Irgendwelche Weiberprobleme?«, verdeutlichte der Minister für Erholung und Kultur.

»O ja«, sagte Miles. »Große Probleme. Aber das ist vorbei.«

»Wissen Sie, die volle Resozialisierung, die vollständige Staatsbürgerschaft sollte die Ehe einschließen.«

»Bis jetzt noch nicht«, sagte Miles.

»Das sollte korrigiert werden.«

»Die Leute mögen es, wenn einer beweibt ist«, sagte der Minister für Erholung und Kultur. »Mit ein paar Blagen dazu.«

»Für *die* wird kaum Zeit sein«, sagte der Wohlfahrtsminister. »Aber wir glauben, dass Sie psychologisch besser bei den Leuten ankommen, wenn Sie eine Frau an der Seite haben. Miss Flower hier eignet sich dafür bestens.«

»Es sind die inneren Werte, die zählen, mein Lieber«, sagte der Minister für Erholung und Kultur.

»Wenn Sie also keine bessere Alternative vorzuschlagen haben …?«

»Nein«, sagte Miles.

»Wie eine echte Waise gesprochen. Ich prophezeihe euch beiden eine glänzende Karriere.«

»Wann können wir uns scheiden lassen?«

»Immer sachte, Plastic. Sie dürfen nicht zu weit vorgreifen. Immer schön der Reihe nach. Haben Sie schon die erforderliche Genehmigung von Ihrem Direktor erhalten, Miss Flower?«

»Ja, Herr Minister.«

»Dann ab mit euch beiden. Und der Staat sei mit euch.«

In völligem Seelenfrieden folgte Miles Miss Flower aufs Standesamt.

Dann schlug die Stimmung um.

Miles war während der Trauung unbehaglich zumute, und er spielte die ganze Zeit mit etwas Kleinem und Hartem, das er in der Tasche hatte. Es war, merkte er nach einer Weile, sein Feuerzeug, ein höchst unberechenbares Gerät.

Er drückte es, und augenblicklich sprang zu seinem Erstaunen eine winzige Flamme auf – juwelenschön, hochzeitlich, glückverheißend.

Rückfällig

AN MRS. IAN FLEMING

Liebe Ann,
in diesem senilen Versuch, noch einmal so zu schreiben wie in meiner Jugend, habe ich auch Figuren aus früheren Geschichten wiederbelebt, die Du, falls Du sie gelesen haben solltest, sicher längst vergessen hast. Basil Seal war der Held in *Schwarzes Unheil* (1932) und *Mit wehenden Fahnen* (1942). Dank meiner Unfähigkeit hat er in den dazwischenliegenden zehn Jahren eine neue Augenfarbe bekommen. Am Ende des letztgenannten Buchs dachte er über eine Heirat mit der sehr reichen, frisch verwitweten Angela Lyne nach, die lange seine Maitresse gewesen war.
Ambrose Silk, der Ästhet, kam in diesem Buch ebenfalls vor. Peter Lord Pastmaster trat erstmals als Peter Beste-Chetwynde in *Verfall und Untergang* (1928) auf. Seine Mutter, die spätere Lady Metroland, erschien auch da sowie in *Lust und Laster* (1930). Alastair Digby-Vane-Trumpington war 1928 Lady Metrolands Liebhaber und 1942 Sonias Gatte.

Albright ist neu: Ich wollte etwas von der seltsamen modernen Welt verwerten, in die Du mir in Deinem gastlichen Haus gelegentlich einen kleinen Einblick gewährst.

In herzlicher Liebe, Dein Vetter
E. W.

Combe Florey
Dezember 1962

1

»Ja.«

»Was meinst du mit ›Ja‹?«

»Ich hab nicht gehört, was du gesagt hast.«

»Ich sagte, er ist mit meinen sämtlichen Hemden auf und davon.«

»Hör mal, ich bin nicht taub. Ich kann mich nur nicht konzentrieren, wenn ein Haufen Leute solchen Krach macht.«

»Jetzt ist wieder Krach.«

»Scheint eine Rede zu sein.«

»Und die andern machen alle ›Psst!‹«

»Eben. Da kann ich mich nicht konzentrieren. Was hast du gesagt?«

»Dieser Kerl ist mit meinen sämtlichen Hemden auf und davon.«

»Der da redet?«

»Nein, nein, ein ganz anderer – Albright heißt er.«

»Glaub ich nicht. Der ist doch tot, hab ich gehört.«

»Nicht der. Dabei hat er sie nicht mal direkt gestohlen. Meine Tochter hat sie ihm geschenkt.«

»Alle?«

»Fast. Ein paar hatte ich in London, ein paar waren in der Wäsche. Hab's gar nicht glauben können, als mein Diener mir das sagte. Dann hab ich selbst in allen Schubladen nachgesehen. Alles weg.«

»Schöner Mist. Meine Tochter würde so was nie tun.«

Die Proteste der Tischnachbarn nahmen an Lautstärke zu.

»Die können doch unmöglich diese Rede hören wollen. So ein vollendeter Blödsinn.«

»Wir scheinen uns hier unbeliebt zu machen.«

»Weiß gar nicht, wer diese Leute alle sind. Außer Ambrose habe ich noch nie einen davon gesehen. Hab nur gedacht, ich könnte mich mal blicken lassen und ihm den Rücken stärken.«

Peter Pastmaster und Basil Seal nahmen selten an öffentlichen Banketten teil. Sie saßen am Ende eines langen Tischs unter Kerzenleuchtern und Wandspiegeln und sahen, bei allem traditionellen Glanz dieses Hotels, für ihre Umgebung viel zu glanzvoll und privat aus. Peter war ein oder zwei Jahre jünger, aber er hatte es wie Basil verschmäht, sein Leben auf Langlebigkeit oder ein jugendliches Aussehen hin auszurichten. So saßen also hier zwei stämmige, rotgesichtige, aufwendig gekleidete alte Käuze, die genau gleichaltrig wirkten.

Die finsteren Gesichter, die sich zu ihnen umwandten,

waren jeden Alters, vom keltischen Barden mit einem Fuß im Grab bis zum mürrischen jugendlichen Kritiker, für den Mr. Bentley, der Organisator des Abends, das Essen bezahlte. Mr. Bentley hatte sein Netz weit ausgeworfen, wie er es ausdrückte. Politiker und Publizisten, Professoren, Kulturattachés, Fulbright-Stipendiaten, Vertreter des Pen-Clubs und Verleger waren da; Mr. Bentley hatte in seinem Heimweh nach der *belle époque* der amerikanischen Depression, als sich in England die Welten der Kunst, Mode und Politik so harmonisch zusammenfügten, Wert darauf gelegt, dass ein paar frühe Freunde des Ehrengastes anwesend waren, und Peter und Basil hatten sich vor ein paar Wochen zufällig getroffen und beschlossen, zusammen hinzugehen. Zu feiern gab es die mit seinem sechzigsten Geburtstag fast zusammenfallende Verleihung des Verdienstordens an Ambrose Silk.

Ambrose saß weißhaarig, blässlich und abgezehrt zwischen Dr. Parsnip, Professor für dramatische Poesie in Minneapolis, und Dr. Pimpernell, Professor für poetisches Drama in St. Paul. Diese beiden würdevollen Auswanderer waren eigens nach London geflogen gekommen. Es war nicht die Art von Feier, bei der man Orden und Rangabzeichen trug, doch wenn Ambrose die honigsüßen Worte, die von allen Seiten auf ihn eintropften, mit einer zierlichen und leicht missbilligenden Verneigung entgegennahm, konnte keiner seine mühelose Distinktion anzweifeln. Es war Parsnip, der nun stand und sich um Gehör bemühte.

»Ich vernehme den Ruf nach ›Stille‹«, rief er mit geistreicher Spontaneität. Sein Tonfall war ein wenig vom Akzent seines Gastlandes geprägt, doch seine Wortwahl war orthodox – ja erhaben; die vor dreißig Jahren geduldig erarbeitete proletarische Umgangssprachlichkeit hatte er gänzlich abgelegt. »Recht so, denn ist nicht dieses goldene Wort der Inbegriff des Mannes, den wir heute Abend ehren? Die Stimme, die einst so klar die Botschaft ihrer Zeit verkündet, einer Zeit, die für mich und viele andere hier Anwesende stets die glorreichste Dekade der englischen Literatur sein wird, die Dreißigerjahre« (missfälliges Murren des jugendlichen Kritikers), »jene Stimme, die nun, vielleicht verspätet, zuletzt aber doch so glanzvoll geehrt wird durch öffentliche Anerkennung, diese Stimme war ein Vierteljahrhundert still. Still in Irland, still in Tanger, still in Tel Aviv und Ischia und Portugal, still auch jetzt in seiner Londoner Heimat, war unser Ehrengast uns allen strenger Tadel, Gemahnung an künstlerische Zurückhaltung und Integrität. Bücher strömen aus den Druckerpressen, doch keines ist dabei von Ambrose Silk. Sein sind nicht Podium noch Fernsehschirm; sein ist das geheimnisvolle, das gewaltige Schweigen des Genies ...«

»Ich muss mal pinkeln«, sagte Basil.

»Das muss ich neuerdings ständig.«

»Dann komm mit.«

Langsam und steif verließen sie den Speisesaal.

Als sie in der Toilette nebeneinanderstanden, sagte Basil: »Freut mich für Ambrose, dass er endlich so ein Klimperding gekriegt hat. Sag mal, will der Kerl, der da die Rede hält, ihn eigentlich verulken?«

»Muss wohl. Ist doch klar.«

»Du wolltest mir was von irgendwelchen Hemden erzählen.«

»Hab ich doch schon.«

»Und wie hieß der Kerl, der damit abgehauen ist?«

»Albright.«

»Ach ja, ich erinnere mich; ein Kerl namens Clarence Albright. Schrecklicher Mensch. Ist im Krieg gefallen.«

»Von den Leuten, die ich kenne, ist keiner im Krieg gefallen, nur Alastair Trumpington.«

»Und Cedric Lyne.«

»Ach ja, Cedric auch.«

»Und Freddy Sothill.«

»Den hab ich eigentlich nie zu meinen Bekannten gezählt«, sagte Peter.

»Aber dieser Albright, der hat doch irgendeine geheiratet – Molly Meadows vielleicht?«

»*Ich* habe Molly Meadows geheiratet.«

»Stimmt. Ich war ja da. Nun ja, jemand in der Art jedenfalls. Irgendeins von den Mädchen, die damals die Runde machten – vielleicht Sally, die Schwester von John Flintshire. Dein Albright ist vielleicht ihr Sohn.«

»Der sieht nicht nach irgendjemandes Sohn aus.«

»Jeder ist irgendjemandes Tochter oder Sohn«, sagte Basil.

Diese Binsenweisheit hatte eine zweite, antiquierte und für Peter auf der Hand liegende Bedeutung, die bezeichnend war für Basils gründlichen Wandel vom *enfant terrible* zum »alten Pumpel«, dem Spitznamen, unter dem die Freundinnen und Freunde seiner Tochter ihn kannten.

Der Wandel hatte sich sehr schnell vollzogen. 1939 hatten seine Mutter, seine Schwester, Barbara Sothill, und seine Mätresse, Angela Lyne, den Krieg als die Chance zu Basils

Errettung gesehen. Sein zur Schlacht gerüstetes Land würde, wie sie meinten, ehrenvolle Verwendung für jene beklagenswerten Energien finden, die ihn so oft schon mit einem Bein ins Gefängnis gebracht hatten. Schlimmstenfalls würde er in einem Soldatengrab enden, bestenfalls zu einem zweiten Lawrence von Arabien aufsteigen. Es kam aber ganz anders.

Gleich zu Beginn seiner militärischen Karriere brachte er es fertig, sich bei der Demonstration einer von ihm selbst ersonnenen Methode zur Zerstörung von Eisenbahnbrücken die Zehen eines Fußes abzusprengen, und wurde aus der Armee entlassen. Aus diesem Missgeschick leitete sich dann auch, allerdings erst später, der Spitzname »Pumpel« ab. Kaum aus dem Krankenhaus entlassen, humpelte er geradewegs zum Standesamt und ehelichte die frisch verwitwete Angela Lyne. Sie nannte eines jener wenigen großen und geschickt gestreuten Vermögen ihr Eigen, denen weder internationale Katastrophen noch nationale Experimente mit dem Sozialismus ernsthaft etwas anhaben konnten. Basil nahm den Reichtum hin, wie er den Verlust seiner Zehen hinnahm. Er vergaß, dass er je ohne Stock gegangen, je rank und schlank und aktiv gewesen und oft wegen unbedeutender Summen zu regelrechten Verzweiflungstaten genötigt gewesen war. An dieses abenteuerliche Jahrzehnt erinnerte er sich, wenn überhaupt, nur wie an etwas in weiter Ferne Liegendes, was mit seiner Stellung im Leben so wenig zu tun hatte wie etwa in der Schule eine Taschengeldknappheit kurz vor den Ferien.

Bis Kriegsende und in den eintönigen ersten Friedensjahren wurde er bei den Behörden als »Landwirt« geführt, was nichts anderes hieß, als dass er auf dem Lande in Muße und

Wohlstand lebte. Zwei Tote, nämlich Freddy Sothill und Cedric Lyne, hatten wohlgefüllte Keller hinterlassen, die Basil leerte. Früher einmal hatte er den Wunsch geäußert, einer jener »kantigen Männer« zu werden, die es »durch den Krieg zu etwas gebracht haben«. Basils einstmals kantiges Gesicht war indessen immer weicher und runder geworden. In der rosigen Fülle fiel seine Narbe fast gar nicht mehr auf. Seine wenigen Anzüge ließen sich bald nicht mehr bequem zuknöpfen, und als er in dieser für Europa so mageren Zeit mit Angela in New York war, wo der Kundige solche Dinge noch auftreiben konnte, kaufte er sich Anzüge, Hemden und Schuhe gleich im Dutzend, legte sich wahre Schätze an Uhren, Krawattennadeln, Manschettenknöpfen und Uhrketten zu, so dass er nach ihrer Rückkehr – bei der er das alles pflichtgemäß und ohne Murren verzollte, was er in seinem ganzen Leben noch nie getan hatte – über seinen älteren Bruder, der sich nach mühsamer, erfolgreicher, in Goldlitzen und steifen Hemden verbrachter Diplomatenkarriere nun im Ruhestand (und bei geschmälertem Einkommen) eine gewisse Nachlässigkeit in der Kleidung erlaubte, die Bemerkung fallen ließ: »Der arme Tony läuft herum wie eine Vogelscheuche.«

Als die Lebensmittelrationierung aufgehoben wurde, verlor das Landleben seinen Reiz. Angela überschrieb das Haus, das sie »Cedric's Folly« genannt hatten, mitsamt seinen künstlichen Grotten auf ihren Sohn Nigel, als dieser einundzwanzig wurde, und bezog ein großes, unauffälliges Haus in der Hill Street. Sie hatte noch andere Wohnsitze: eine getäfelte Wohnung aus dem siebzehnten Jahrhundert in Paris, eine Villa auf Cap Ferrat, einen erst jüngst erworbenen Bungalow nebst Strand auf den Bermudas, einen kleinen

Palazzo in Venedig, den Angela einstmals für Cedric Lyne gekauft, zu seinen Lebzeiten aber nie aufgesucht hatte – und so zogen sie zusammen mit ihrer gemeinsamen Tochter Barbara von einem Ort zum andern. Basil fasste in der wohlgeordneten Welt der Reichen mühelos Tritt. Er legte sich feste Gewohnheiten und feste Ansichten zu. Als ihm in London »Bratt's« und »Bellamy's« zu ordinär wurden, trat er in jenen betulichen Klub an der Pall Mall ein, der Schauplatz so vieler peinlicher Unterredungen mit seinem selbsternannten Mentor, Sir Joseph Mannering, gewesen war; da saß er dann oft in dem Sessel, der Sir Josephs gewohnheitsrechtliches Eigentum gewesen war, und wie Sir Joseph tat er jedem, der ihm zuhörte, seine Meinung über das Neueste vom Tage kund.

Basil drehte sich um, ging zum Spiegel, rückte seine Krawatte zurecht und kämmte sein fülliges graues Haar. Er betrachtete sich mit den blauen Augen, die schon so viel gesehen hatten, aber jetzt nur das runde, rosige Gesicht sahen, in dem sie saßen, den feinen Anzug englischer Machart, der die amerikanischen Improvisationen ersetzt hatte, das gestärkte Hemd, das er so ziemlich als Einziger noch trug, die Kragenknöpfe aus schwarzen Perlen, die Knopflochblume.

Vor knapp zwei Wochen hatte er in genau diesem Hotel etwas Bestürzendes erlebt. Er war schon sein Leben lang, vor allem aber in den letzten Jahren, hier regelmäßig zu Gast gewesen und pflegte mit dem Mann, der in einer Nische am Piccadilly-Eingang den Herren die Hüte abnahm, einen herzlichen Umgangston. Basil bekam nie eine Garderobennummer und nahm an, dass er hier namentlich bekannt sei. Dann aber kam der Tag, an dem er sich länger als sonst beim Mittagessen aufgehalten hatte und der Mann danach schon außer Dienst war. Er hatte die Klappe gehoben, sich zwischen die Garderobenständer begeben und seinen Hut und Schirm geholt, und da hatte er im Hutband ein Zettelchen gefunden, das zur Identifizierung dort hineingesteckt worden war. Nur ein einziges, mit Bleistift hingekritzeltes Wort stand darauf: »Pausbacke.« Als er das seiner Tochter Barbara erzählte, sagte sie: »Ich würde dich nicht anders haben wollen. Geh mir nur ja nicht zu einer von diesen Kuren. Da würdest du verrückt werden.«

Basil war nicht eitel; ob in Lumpen, ob in Seide, hatte er sich nie viel darum gekümmert, wie er auf andere wirkte. Doch als er sich jetzt im Spiegel sah, fiel ihm die unschmeichelhafte Bezeichnung wieder ein. »Würdest du Ambrose als Pausbacke bezeichnen, Peter?«

»Was soll das heißen?«

»Dass er ein dickes rotes Gesicht hat.«

»Hat Ambrose nicht.«

»Eben. Aber mich hat man Pausbacke genannt.«

»Du bist ja auch dick und rot.«

»Du auch.«

»Und warum nicht? Sind doch fast alle.«

»Nur Ambrose nicht.«

»Der ist vom anderen Ufer und passt wahrscheinlich auf.«

»Wir aber nicht.«

»Himmel, wozu denn auch?«

»Wir tun's einfach nicht.«

»Eben.«

Die beiden alten Freunde hatten das Thema erschöpft. Basil sagte: »Noch mal zu diesen Hemden. Wie ist deine Tochter denn bloß an so einen geraten?«

»In Oxford. Da wollte sie unbedingt hin und Geschichte studieren. Dabei hat sie sich ein paar recht merkwürdige Vögel angelacht.«

»Zu meiner Zeit gab's da wohl auch schon Mädchen. Von denen haben wir nur nie was gesehen.«

»Zu meiner Zeit auch nicht.«

»Wer sich mit Studenteusen einlässt, kann sowieso nicht ganz sauber sein.«

»Dieser Albright ist es jedenfalls nicht.«

»Wie sieht er aus?«

»Hab ihn nie gesehen. Meine Tochter hatte ihn zu uns nach King's Thursday eingeladen, als ich im Ausland war. Da hat sie gemerkt, dass er keine Hemden hatte, und ihm meine geschenkt.«

»War er knapp bei Kasse?«

»Sie sagt, ja.«

»Clarence Albright hatte nie Geld. Sally kann ihm nicht viel eingebracht haben.«

»Vielleicht besteht da gar keine Verbindung.«

»Muss. Wenn zwei Männer kein Geld haben und beide Albright heißen, muss es sich doch um ein und denselben handeln.«

Peter sah auf die Uhr.

»Halb zwölf. Ich hab gar keine Lust, wieder da raufzugehen und mir diese Reden anzuhören. Wir waren ja da. Ambrose wird sich gefreut haben.«

»Bestimmt. Aber er kann doch nicht von uns verlangen, dass wir uns auch noch diesen ganzen Schwachsinn anhören.«

»Wie hat der Kerl das eigentlich mit dieser ›Stille‹ gemeint? Ich kenne keinen, der so viel redet wie Ambrose.«

»Alles Humbug. Wohin jetzt?«

»Mir fällt gerade ein, dass meine Mutter hier oben wohnt. Wir könnten mal nachsehen, ob sie da ist.«

Sie gingen nach oben, wo Lady Metroland eine Suite bewohnte, seit Pastmaster House zerstört war. Die Tür zum Flur war nicht abgeschlossen. Als sie in dem kleinen Vestibül standen, hörten sie von drinnen laute, ordinäre Stimmen.

»Scheint eine Party im Gang zu sein.«

Peter öffnete die Tür zum Wohnzimmer. Es lag, abgesehen vom fahlen Licht eines Fernsehapparats, im Dunkeln. Vor dem Apparat saß Margot, das angespannte Gesicht so nah vor dem Bildschirm, dass es im Widerschein gespenstisch weiß wirkte.

»Dürfen wir reinkommen?«

»Wer sind Sie? Was möchten Sie? Ich kann Sie nicht sehen.«

Peter knipste das Licht bei der Tür ein.

»Lassen Sie das. Ach, du bist es, Peter. Und Basil.«

»Wir haben unten gegessen.«

»Also, tut mir leid, aber wie ihr seht, bin ich beschäftigt. Macht das Licht aus, und kommt rein, wenn ihr wollt, aber stört mich nicht.«

»Wir gehen lieber wieder.«

»Ja. Kommt ein andermal wieder, wenn ich nicht so beschäftigt bin.«

Draußen sagte Peter: »In letzter Zeit glotzt sie unentwegt in dieses Ding. Es macht ihr großen Spaß.«

»Wohin jetzt?«

»Ich dachte, wir könnten mal in den ›Bellamy's‹ reingucken.«

»Ich gehe nach Hause. Angela ist allein. Barbara ist auf einer Party bei Robin Trumpington.«

»Dann gute Nacht.«

»Sag mal, diese Kuren, wo sie einen verhungern lassen – du weißt, was ich meine –, taugen die was?«

»Molly schwört darauf.«

»Sie ist ja auch nicht dick und rot.«

»Eben, sie geht in diese Hungerkuren.«

»Also, gute Nacht.«

Peter wandte sich nach Osten, Basil in der milden, dunstigen Oktobernacht nach Norden. Die Straßen waren um diese Zeit leer. Basil stapfte die Piccadilly entlang und durch Mayfair hinauf zur Hill Street, wo von den Privathäusern seiner Jugend fast nur noch Angelas Haus übrig war. Wie viele dieser Türen waren ihm damals verschlossen gewesen, die jetzt als Geschäfte und Büros für jeden offenstanden!

Die Lichter brannten. Er warf Hut und Mantel auf einen Marmortisch und begann den Aufstieg zum Salon, blieb aber unterwegs auf dem Treppenabsatz stehen, um Luft zu holen.

»Oh, Pumpel, du zehenloses Wundertier! Du kommst doch immer wie gerufen.«

Er mochte ja pausbäckig sein, aber sein Alter hatte auch Vorteile. Als ranker, schlanker Jüngling war Basil nicht allzu oft so begrüßt worden. Zwei Arme schlangen sich um seinen Hals und zogen ihn nach unten, eine grazile Gestalt beugte sich über die Wölbung seines gestärkten Hemds, eine Wange schmiegte sich an die seine, und zärtliche Zähne knabberten an seinem Ohrläppchen.

»Babs! Ich denke, du bist auf einer Party. Mein Gott, wie hast du dich denn angezogen?«

Seine Tochter trug sehr enge, sehr kurze Hosen, Pantoffeln und einen dünnen Pullover. Er befreite sich und gab ihr einen lauten Klaps auf den Allerwertesten.

»Sadist! Es ist eben die Art von Party. Ein ›Happening‹.«

»Du sprichst in Rätseln, mein Kind.«

»Das ist eine neue Art von Party, die sie in Amerika erfunden haben. Es wird nichts vorbereitet. Man lässt einfach alles passieren. Heute Abend haben sie einem Mädchen mit einer Nagelschere die Kleider vom Leib geschnitten und sie grün angestrichen. Sie hatte eine Maske auf, drum weiß ich nicht, wer's war. Vielleicht hat man sie dafür auch irgendwie engagiert. Und dann passierte als Nächstes, dass Robin die Getränke ausgingen; da sind wir alle losgezogen, um welche zu besorgen. Mama liegt im Bett und weiß nicht, wo der alte Nudge den Schlüssel hat, und wir kriegen ihn nicht wach.«

»Du und deine Mutter wart in Nudges Schlafzimmer?«

»Charles und ich. Charles habe ich zum Tragen mitgebracht. Er ist gerade unten und versucht, das Schloss aufzubrechen. Ich glaube, Nudge hat ein Schlafmittel genommen, denn er hat sich nur umgedreht und weitergeschnarcht, als wir ihn rüttelten.«

Am Fuß der Treppe führte eine Tür zu den Dienstbotenräumen. Sie ging soeben auf, und ein Wildfremder erschien mit einem Armvoll Flaschen. Basil sah auf einen schlanken, jungen Mann von vielleicht 21 Jahren hinab, mit ungekämmtem, dichtem schwarzem Haar, einem spärlichen Bartkranz um Wangen und Kinn, sehr großen, verächtlich blickenden blauen Augen über grauen Tränensäcken und einem stolzen, recht kindlichen Mund. Er trug ein plissiertes weißes Seidenhemd mit offenem Kragen, eine Flanellhose, eine grüne Schärpe und Sandalen. So grotesk seine Erscheinung war, konnte man sie doch nicht direkt vulgär nennen, und als er sprach, war seine Stimme klar und rein und ganz ohne Akzent.

»Das Schloss ging leicht«, sagte er, »aber ich finde nur Wein. Wo habt ihr denn den Whisky?«

»Himmel, das weiß ich doch nicht«, sagte Barbara.

»Guten Abend«, sagte Basil.

»Oh, guten Abend. Wo haben Sie den Whisky?«

»Ist es eine Verkleidungsparty?«, fragte Basil.

»Nicht direkt«, antwortete der junge Mann.

»Was haben Sie denn da?«

»Irgendwelchen Champagner. Hab nicht auf das Etikett geachtet.«

»Er hat den Cliquot rosé genommen!«, sagte Basil.

»Schlauer Junge«, sagte Barbara.

»Wird schon gehen«, meinte der junge Mann, »obwohl die meisten ja lieber Whisky trinken.«

Basil wollte etwas sagen, fand aber keine Worte.

Barbara deklamierte:

»›Von Tante Jakoba kriegt' er 'ne Pinte
Lavendelwasser mit roter Tinte,
denn schließlich weiß die ganze Welt,
dass Pumpel auf seine Zehen hält.‹

Komm, Charles, ich glaube, mehr kriegen wir hier nicht. Ich meine schon ein leises Zähneknirschen zu hören.«

Sie hüpfte die Treppe hinunter, winkte ihm aus der Diele zu und war aus dem Haus, noch ehe Basil die Sprache wiedergefunden hatte.

Endlich setzte er, noch schwerfälliger als gewohnt, seinen Weg nach oben fort. Angela lag im Bett und las.

»Du kommst aber früh nach Hause.«

»Peter war da. Sonst außer Ambrose keiner, den ich kannte. Irgendein Trottel hat eine Rede gehalten. Da bin ich gegangen.«

»Sehr klug.«

Basil stellte sich vor Angelas langen Spiegel. Er konnte sie hinter sich sehen. Sie setzte ihre Brille auf und nahm das Buch wieder zur Hand.

»Angela, ich trinke doch zur Zeit nicht viel, oder?«

»Nicht so viel wie früher.«

»Und essen?«

»Mehr.«

»Aber man kann doch sagen, dass ich ein maßvolles Leben führe?«

»Im Großen und Ganzen, ja.«

»Es ist nur das Alter«, sagte Basil. »Aber hol's der Teufel, ich bin noch keine sechzig.«

»Worüber machst du dir Sorgen, Lieber?«

»Immer wenn ich jungen Männern begegne. Da schnürt sich mir der Hals zu, als ob ich gleich einen Schlaganfall bekomme. Einmal habe ich sowas bei jemandem miterlebt – der muss ungefähr in meinem jetzigen Alter gewesen sein – der Kommandeur des Artilleriebataillons. Schön war das nicht.

Und in letzter Zeit habe ich das Gefühl, dass es mir jeden Moment auch so ergehen kann. Vielleicht sollte ich doch mal in eine Kur gehen.«

»Da komme ich mit.«

»Wirklich, Angela? Du bist eine Heilige.«

»Ob ich nun dort bin oder woanders ... Die Kuren sollen ja auch gut gegen Schlaflosigkeit sein. Und das Personal braucht mal Urlaub. Die machen in letzter Zeit alle so schrecklich überarbeitete Gesichter.«

»Babs mitzunehmen hätte keinen Sinn. Wir könnten sie so lange nach Malfrey schicken.«

»Ja.«

»Angela, ich habe heute Abend einen ganz schrecklichen jungen Mann mit so was wie einem Bart gesehen – hier im Haus, einen Freund von Babs. Sie nannte ihn ›Charles‹.«

»Ja, irgendein neuer.«

»Wie heißt er sonst noch?«

»Ich hab's nicht richtig gehört. Klang so ähnlich wie eine Hundemeute, mit der ich mal auf einer Fuchsjagd war. Ach ja – Albrighton.«

»Albright«, rief Basil, und die unsichtbare Schlinge zog sich fester. »Albright, mein Gott!«

Angela sah ihn aufrichtig besorgt an. »Hör mal«, sagte sie, »du siehst wirklich merkwürdig aus. Am besten gehen wir sofort in so eine Hungerkur.«

Aber was sich wie ein Todesröcheln angehört hatte, verwandelte sich auf einmal in ein prustendes Lachen.

»Es war eines von Peters Hemden«, rief er, und Angela verstand kein Wort mehr.

II

Irgendeinem Pionier der Therapeutik wird wohl eines Tages die Erkenntnis dämmern, dass Leute, die für den Entzug von Essen und Trinken fünfzig Pfund pro Woche hinzublättern bereit sind, eigentlich nur leiden wollen, so dass man sie ebenso gut in irgendeinem billigen Rattenloch unterbringen könnte. Derzeit aber werden die Gewinne dieser vielen florierenden Unternehmen im Dienste der Askesewilligen noch geschmälert durch gepflegte Gartenanlagen draußen, gemütliche Inneneinrichtung und Apparaturen wie in einem Krankenhaus.

Basil und Angela fanden in dem Sanatorium, das ihnen Molly Pastmaster empfohlen hatte, nicht sofort Platz. Es gab eine Warteliste von Leuten mit allerlei Wehwehchen. Zuletzt überboten sie ganz einfach ihre Leidenskonkurrenz. So bekamen ein Mann, dessen Leibesfülle schon eine Gefahr für seine Fußgelenke darstellte, und eine Frau, die unter rasenden Halluzinationen litt, die Mitteilung, dass es bei ihrer Buchung einen Fehler gegeben habe, und an einem warmen Nachmittag fuhren Basil und Angela hin und nahmen ihre Zimmer in Beschlag.

Dieses so entgegenkommende Haus hatte sogar einen eigenen Arzt, der gleich nach der Ankunft mit jedem Patienten einzeln sprach und so tat, als ob er auf seine individuellen Bedürfnisse einginge.

Zuerst empfing er Angela. Derweil saß Basil teilnahmslos im Wartezimmer, den Kopf auf seinen Spazierstock gestützt, und starrte vor sich hin ins Leere.

Endlich wurde auch er vorgelassen und nannte sein

Begehr. Der Arzt untersuchte ihn gar nicht erst. Der Fall war klar.

»Sie klagen also, um auf Fachtermini zu verzichten, über Sprachlosigkeit, Erhitzung und Atemnot, Schwindelgefühl und anschließendes Zittern?«, fragte dieser Mann der Wissenschaft.

»Ich habe das Gefühl, gleich zu platzen«, sagte Basil.

»Eben. Und diese Symptome treten nur auf, wenn Sie junge Männer sehen?«

»Haarige junge Männer vor allem.«

»Aha.«

»Diese *Welpen*!«

»Ach, bei Welpen auch? Das ist sehr interessant. Wie reagieren Sie auf junge Katzen?«

»Mit den Welpen meinte ich die jungen Männer.«

»Ja. Aber Sie mögen Welpen, Mr. Seal?«

»Einigermaßen.«

»Aha.« Der Mann der Wissenschaft studierte das Karteiblatt auf seinem Schreibtisch. »Ist Ihnen diese Vorliebe für Ihr eigenes Geschlecht schon immer bewusst gewesen?«

»Sie ist mir bis heute nicht bewusst.«

»Sie sind jetzt 58 Jahre und zehn Monate alt. Das ist oft ein entscheidendes Alter, eine Zeit des Wandels, in der unterdrückte und unvermutete Neigungen plötzlich hervorbrechen und sich Ihrer bemächtigen können. Ich würde Ihnen dringend eine Psychoanalyse empfehlen. Diese Art von Behandlung bieten wir hier nicht an.«

»Ich will nur das Gefühl loswerden, dass ich gleich platzen muss.«

»Nun, zweifellos wird unsere Kur die Symptome lindern. Sie begegnen hier nicht vielen jungen Männern, die Sie aus der Ruhe bringen könnten. Unsere Patienten sind vorwiegend reifere Frauen. Da ist allerdings ein ausgesprochen maskuliner junger Gymnastiklehrer. Er hat zwar ganz kurze Haare, aber Sie sollten sich doch lieber vom Gymnastikraum fernhalten. Ach ja, und wie ich aus Ihren Unterlagen ersehe, sind Sie durch eine Kriegsverletzung behindert. Dann kann ich ja allen Sport aus Ihrem Stundenplan streichen und durch zusätzliche Spezialmassagen von weiblicher Hand ersetzen. Hier ist Ihr Diätplan. Sie sehen, dass Sie in den ersten achtundvierzig Stunden ausschließlich Steckrübensaft bekommen. Danach können wir zu Karotten übergehen. Nach vierzehn Tagen dürfen Sie dann, wenn alles gutgeht, schon rohe Eier und Gerstensuppe zu sich nehmen. Und haben Sie keine Hemmungen, mich aufzusuchen, wenn Sie irgendein Problem mit mir besprechen wollen.«

Die Schlafquartiere der weiblichen und männlichen Hausinsassen waren durch die ganze Länge des Hauses voneinander getrennt. Basil fand Angela im Salon. Sie verglichen ihre Diätpläne.

»Komisch, dass dieselbe Behandlung gegen Schlaflosigkeit und Schlaganfall gut sein soll.«

»Dieser Pfuscher hält mich für andersrum.«

»Na, da braucht's schon einen Mediziner, um so etwas rauszufinden. All die Jahre, und ich hatte keine Ahnung! Die haben nämlich immer recht. Darum gehst du also die ganze Zeit in diesen komischen Club.«

»Jetzt ist nicht die Zeit für Witze. Es kommen bittere vierzehn Tage auf uns zu.«

»Auf mich nicht«, sagte Angela. »Ich bin wohlversorgt hierhergekommen. Schließlich will ich dir ja nur Gesellschaft leisten. Und neben mir wohnt eine Mrs. Dingsda, die ich früher mal gekannt habe. Sie hat eine Privatsammlung mit sämtlichen Schlaftabletten der Welt. Wir sind schon dicke Freundinnen. *Mir* wird hier nichts fehlen.«

Am dritten Tag seines Martyriums, dem schlimmsten, wie die alten Hasen übereinstimmend sagten, kam ein Anruf von Barbara.

»Pumpel, ich möchte wieder nach London. Ich langweile mich.«

»Du langweilst dich bei Tante Barbara?«

»Nicht *bei* ihr, aber *hier*.«

»Sklavin, du bleibst, wo du bist.«

»Nein, *bitte*. Ich will nach Hause.«

»Dein Zuhause ist, wo ich bin. Und hierher kannst du nicht.«

»Ich will ja auch nur nach London.«

»Geht nicht. Ich habe das Personal für vierzehn Tage weggeschickt.«

»Die meisten meiner Freunde leben ohne Dienstboten.«

»Du bist in tiefe Kreise gesunken, Barbara.«

»Rede doch nicht so albern. Sonia Trumpington hat auch keine Dienstboten.«

»Na, da wird sie dich nicht haben wollen.«

»Pumpel, du klingst so entsetzlich schwach.«

»Wenn man die letzten drei Tage nur eine Karotte gegessen hat, wie soll man da nicht schwach sein!«

»Du bist ja so tapfer.«

»Ja.«

»Wie geht's Mama?«

»Deine Mutter hält nicht so streng Diät wie ich.«

»Kann ich mir denken. Aber darf ich nicht doch wieder nach London?«

»Nein.«

»Heißt das ›nein‹?«

»Ja.«

»Scheusal.«

Basil hatte im Leben schon Hunger gekannt. In seiner wildbewegten Jugend hatte er in Wüste und Tundra, Gletscher und Dschungel, Mansarde und Keller von Zeit zu Zeit die größten Entbehrungen erduldet. Und wenn er jetzt in den Phasen der Ruhe und Einsamkeit, nachdem er das Dampfbad und die nadelscharfe Brause überstanden hatte und, von der gewaltigen Masseuse gehörig durchgeknetet, nur in ein Badetuch gehüllt, bei zugezogenen Chintzvorhängen in seinem Zimmer lag und auf das Muster der Deckentapete starrte, gemahnte ein wohlvertrautes, vergessenes Ziehen ihn an vergangene Ruhmestaten.

Nach der ersten Behandlungswoche beschrieb er Angela seinen Zustand folgendermaßen: »Ich fühle mich weder verjüngt noch belebt, eher vergeistigt.«

»Du siehst auch aus wie ein Gespenst.«

»Eben. Ich habe schon über sechzehn Pfund abgenommen.«

»Du übertreibst es. Kein anderer hält sich an diese absurden Vorschriften. Das erwartet auch keiner von uns. Es ist nur wie das *Rien ne va plus* beim Roulette. Diese Mrs.

Dingsda hat im Gymnastikraum einen florierenden Schwarzmarkt entdeckt, den dieser Sportfeldwebel da betreibt. Heute Morgen hatten wir Wildgeflügelpastete.«

Sie befanden sich in dem gepflegten Garten. Glöckchengebimmel erinnerte soeben an das Ende der kurzen Ruhepause. Basil wankte zurück zur Massage.

Danach lag er wieder schlapp und schwindlig auf dem Rücken und starrte an die Decke.

Wie ein verurteilter Verbrecher in langen, durchwachten Nächten nach dem ersten Gesetzesverstoß in seiner Vergangenheit suchen mag, der ihn schließlich in seine jetzige Lage brachte, so erforschte nun Basil sein Gewissen. Wie er wusste, galt Fasten in allen Religionen als Tor zur Selbsterkenntnis. Wann war er zum ersten Mal seinem Schicksal untreu geworden? Nach Barbaras Empfängnis; nach ihrer Geburt. Irgendwie befand sie sich an der Wurzel des Übels. Zwar hatte er erst angefangen, sie zu vergöttern, als sie schon acht war, aber seiner Vaterschaft war er sich von Anfang an bewusst gewesen. 1947 waren Angela und er, als Babs ein Jahr alt war, nach New York und Kalifornien gereist, damals ein ruchloses Unterfangen, denn ein ganzes Netz von Gesetzen schränkte Ausgaben in fremder Währung ein, und dagegen hatten sie verstoßen, indem sie von unangemeldeten Guthaben hemmungslos abhoben. Bei der Rückkehr hatte er dann aber eine vollständige Zollerklärung abgegeben. Es wäre gar nicht unmittelbare Pflicht des Zolls gewesen, nach der Herkunft des Inhalts seiner vollgepackten Kisten zu fragen. Er hatte in einem Anfall von Arroganz alles offengelegt und ohne Murren gezahlt. Und da lag der Quell und Ursprung seines Irrwegs in die Rechtschaffenheit, der ihn in den letzten Jahren so verunstaltet hatte. Wie einer, der nach durchzechter Nacht aufwacht – eine ihm von früher nicht unbekannte Erfahrung – und verwirrt seine verschwommenen Erinnerungen an Schmach und Komik zusammenkramt, so grübelte er nun reuevoll über seine selbst verschuldete Veränderung. Seine Stimme war nicht mehr das Instrument von früher. Anfangs war es eine bewusste Posse gewesen; dann zur Gewohnheit geworden; die antiquierten, lebensklugen Moralvorstellungen, die er mit dieser Stimme äußern zu müssen glaubte, hatten sich als seine eigenen Meinungen in ihm festgesetzt. Was als Spiel zu Barbaras Belustigung angefangen hatte, eine Parodie auf Sir Joseph Mannering, ein Stück, in dem der liebe alte Pumpel die von ihm erwartete verknöcherte Rolle spielte, diese Parodie war zur *persona* geworden.

Das Telefon riss ihn aus seinen Betrachtungen. »Nehmen Sie ein Gespräch von Mrs. Sothill an?«

»Babs.«

»Basil. Ich wollte nur mal wissen, wie's dir so geht.«

»Man ist sehr zufrieden mit mir.«

»Abgenommen?«

»Nur noch Haut und Knochen. Und jetzt sorge ich mich um meine Seele.«

»Du Affe. Hör zu. Ich sorge mich zurzeit um Barbaras Seele.«

»Was hat sie ausgefressen?«

»Ich glaube, sie ist verliebt.«

»Quatsch.«

»Jedenfalls bläst sie Trübsal.«

»Wahrscheinlich vermisst sie mich.«

»Wenn sie gerade nicht Trübsal bläst, telefoniert sie oder schreibt Briefe.«

»Nicht an mich.«

»Nein. An irgendwen in London.«

»Robin Trumpington?«

»Sie sagt mir ja nichts.«

»Kannst du denn nicht mal zuhören, wenn sie telefoniert?«

»Das habe ich natürlich schon versucht. Es ist auf jeden Fall ein Mann, mit dem sie redet. Ich kann nicht direkt verstehen, was sie sagen, aber es klingt sehr zärtlich. Du möchtest doch sicher nicht, dass sie durchbrennt, oder?«

»So was würde ihr im Traum nicht einfallen. Setz dem Kind um Gottes willen keinen Floh ins Ohr. Gib ihr Rizinus.«

»Also bitte, wenn es *dir* egal ist, von mir aus. Ich wollte dich nur warnen.«

»Sag ihr, dass ich bald wieder zurück bin.«

»Das weiß sie schon.«

»Na gut, dann halt sie hinter Schloss und Riegel, bis ich hier rauskomme.«

Basil berichtete Angela von dem Gespräch. »Barbara sagt, Barbara ist verliebt.«

»Welche Barbara?«

»Meine. Unsere.«

»Das ist in ihrem Alter doch ganz normal. In wen?«

»Robin Trumpington, denke ich.«

»Na, der wäre doch recht.«

»Mein Gott, Angie, sie ist noch ein Kind!«

»In ihrem Alter habe ich mich auch verliebt.«

»Und man weiß ja auch, was daraus geworden ist. Der Kerl ist nur hinter meinem Geld her.«

»*Meinem* Geld.«

»Ich hab's immer als meins angesehen. Jedenfalls bekommt sie davon keinen Penny. Nicht vor meinem Tod zumindest.«

»Du siehst schon halb tot aus.«

»Ich habe mich nie wohler gefühlt. Du hast dich nur noch nicht an meinen neuen Anblick gewöhnt.«

»Du bist ganz wacklig.«

»›Entkörpert‹ wäre der richtige Ausdruck. Vielleicht brauche ich was zu trinken. Ganz bestimmt sogar. Diese Geschichte mit Babs ist ein zu großer Schock für mich – und genau im falschen Augenblick. Ich werde mal hingehen und mit dem Medizinmann reden.«

Und so trat er etwas später den Gang über die langen Korridore an, die zum Verwaltungstrakt führten. Er trat ihn an, doch kaum war er sechs kurze Schritte gehumpelt, da fiel ihm sein wiedererwachtes Gewissen in den Rücken. Schlich sich hier wirklich der vergeistigte, der neugeborene Basil wie ein Schuljunge hin, um sich von einem Kurpfuscher die Erlaubnis zu einer schlichten Selbstverständlichkeit zu holen? Schon bog er um die Ecke und machte sich auf den Weg zum Gymnastikraum.

Dort saßen rittlings auf einem niedrigen Turnpferd zwei korpulente Damen in Badeanzügen, die bei seinem Eintreten hastig schluckten und sich die Krümel von den Lippen wischten. Ein elastischer junger Mann in Pullover und Shorts sprach ihn streng an: »Einen Moment, Sir. Sie können hier nicht einfach ohne Termin hereinkommen.«

»Ich bin ganz privat hier«, sagte Basil, »weil ich ein Wörtchen mit Ihnen reden möchte.«

Der junge Mann sah ihn skeptisch an. Basil zückte seine Brieftasche und klopfte damit auf den Knauf seines Spazierstocks.

»Also, meine Damen, dann sind wir wohl für heute fertig. Wir sind schön vorangekommen. Augenblickliche Erfolge sind natürlich nicht zu erwarten, klar? Morgen dasselbe noch einmal.« Damit verschloss er ein kleines Emaillegefäß wieder mit einem Deckel. Die Damen warfen noch einen hungrigen Blick darauf, doch dann gingen sie in Frieden.

»Whisky«, sagte Basil.

»Whisky? Hören Sie mal, so etwas könnte ich Ihnen gar nicht geben, selbst wenn ich welchen hätte. Es würde mich meine Stelle kosten.«

»Ganz recht, es wird Sie sonst Ihre Stelle kosten.«

»Ich kann Ihnen nicht ganz folgen, Sir.«

»Meine Frau hatte heute früh Wildgeflügelpastete.«

Der junge Mann, der in seinem Milieu sehr für seine Unverfrorenheit bewundert wurde, ließ sich so leicht nicht erschrecken. Ein unangenehm komplizenhaftes Grinsen malte sich auf seinem Gesicht. »Wildgeflügelpastete ist gut«, sagte er. »Nur alte Leberwurst, die im Laden übrig war. Die armen Kreaturen werden hier so ausgehungert, dass sie gar nicht mehr merken, was sie essen.«

»Reden Sie nicht so von meiner Frau«, sagte Basil, und dann: »Ich werde jedenfalls wissen, was ich trinke. Ein Pfund das Glas.«

»Aber ich habe keinen Whisky, ehrlich nicht. Vielleicht ist im Erste-Hilfe-Kasten noch ein Schlückchen Kognak.«

»Dann sehen wir uns den mal an.«

Es war eine ordentliche Marke. Basil trank zwei Gläser. Er keuchte. Tränen stiegen ihm in die Augen. Er suchte Halt an der Sprossenwand neben ihm. Zuerst fürchtete er schon, ihm werde übel. Dann wallte heiße Freude in ihm auf. Das war wieder Jugend; Kindheit sogar. Genauso herrlich hatte er sich gefühlt, als er zum ersten Mal heimlich an den Getränkeschrank seines Vaters gegangen war. Sein ganzes Erwachsenenleben lang hatte er fast täglich mindestens doppelt so viel Kognak getrunken wie jetzt, von den diversen Aperitifs davor ganz zu schweigen, und mehr als eine gewisse Schwere hatte er nie davon gespürt. Doch jetzt, in seinem vergeistigten Zustand, hob es ihn gleichsam von der Erde hoch, hielt ihn in der Luft und setzte ihn behutsam wieder ab; ein mystisches Erlebnis, wie am Gangesufer oder auf einem Gipfel des Himalaja.

Neben ihm lag eine Matte, dick und weich, wie ein Bett. Darauf ließ er sich nieder, glückselig, in Ekstase; hoch schwebte sein Geist über seinem Körper; er schloss die Augen.

»Sie können hier nicht liegen bleiben, Sir. Ich muss doch abschließen.«

»Nur keine Sorge«, sagte Basil. »Ich bin gar nicht da.«

Der Gymnastiklehrer war sehr stark; es war ihm ein Leichtes, Basil auf einen der flachen Karren zu wuchten, die in den verschiedensten Größen zur Ausstattung des Sanatoriums gehörten; und so gebettet, nicht sturzbetrunken, aber benebelt, glitt Basil schwerelos den Korridor entlang und begegnete dem gestrengen Herrn Doktor.

»Was haben Sie denn da, Sergeant?«

»Keine Ahnung. Hab den Herrn noch nie gesehen.«

»Sieht aus wie Mr. Seal. Wo haben Sie ihn gefunden?«

»Der ist einfach zu mir in den Gymnastikraum gekommen, Sir; sah mir ziemlich komisch aus, und mit einem Mal lag er am Boden.«

»Er hat Sie also komisch angesehen, ja?«

»›Es schwebt hoch oben ohne Netz der kühne Jüngling am Trapez‹«, lallte Basil mit kaum zu erkennender Melodie vor sich hin.

»Hat sich vermutlich ein wenig übernommen, Sir.«

»Da könnten Sie recht haben, Sergeant. Lassen Sie ihn am besten jetzt hier; die Frauen können sich weiter um ihn kümmern. Ah, Schwester Gamage! Mr. Seal braucht Ihre Hilfe, um in sein Zimmer zu kommen. Die Kur war wohl ein bisschen zu streng für ihn. Geben Sie ihm ruhig ein Gläschen Kognak. Ich komme später und sehe nach ihm.«

Doch als er endlich in Basils Zimmer kam, fand er den Patienten in tiefem Schlaf.

Er blieb neben dem Bett stehen und sah lange auf ihn hinab. Das eingefallene Gesicht hatte einen Ausdruck betonter Unschuld. Aber der Doktor wusste es besser.

»Ich werde morgen früh nach ihm sehen«, sagte er, und er ging zu seiner Sekretärin und wies sie an, den früheren Bewerbern mitzuteilen, dass unverhofft zwei Plätze frei geworden seien.

III

»Vor die Tür gesetzt, rausgeschmissen, hochkant. Ich muss das Haus innerhalb einer Stunde verlassen.«

»Oh, Basil, ist das nicht wie in alten Zeiten?«

»Nur eine Tiefenpsychoanalyse kann mir helfen, sagt er, und in meinem jetzigen Zustand bin ich eine Gefahr für sein Institut.«

»Wohin gehen wir jetzt? In der Hill Street ist alles zu. Bis Montag ist dort überhaupt niemand.«

»Das Merkwürdige ist, dass ich gar keinen Kater habe.«

»Noch immer vergeistigt?«

»So ist es. Dann gehen wir wohl in ein Hotel. Du könntest Barbara anrufen und ihr sagen, sie soll auch kommen. Sie hat ja gesagt, dass sie unbedingt da wegwill.«

Doch als Angela ihre Schwägerin anrief, bekam sie zu hören: »Ist Barbara denn nicht bei euch in London? Sie hat mir gestern gesagt, ihr hättet nach ihr verlangt. Sie ist mit dem Nachmittagszug gefahren.«

»Meinst du, sie ist zu diesem jungen Mann gegangen?«

»Ich möchte wetten.«

»Ob ich das Basil sagen soll?«

»Behalt's lieber für dich.«

»Ich finde das sehr egoistisch von ihr. Basil ist gar nicht gut beieinander. Wenn er das erfährt, kriegt er einen Anfall. Er hatte gestern auch schon eine Art Anfall.«

»Armer Basil. Er darf es nicht erfahren.«

Basil und Angela bezahlten ihre horrende Rechnung. Man brachte ihren Wagen vor die Tür. Der Chauffeur fuhr. Angela saß neben Basil, der sich ins Polster kuschelte und gelegentlich ein paar schlecht und recht erinnerte Melodienfetzen vom »Kühnen Jüngling am Trapez« vor sich hin säuselte. Als sie sich London näherten, kam ihnen der ganze Freitagsverkehr entgegen. In ihrer Fahrtrichtung war die

Straße frei. Im Hotel angekommen, ging Basil unverzüglich ins Bett – »Ich glaube, ich werde nie mehr ein Bad brauchen, solange ich lebe«, sagte er –, und Angela ließ ihm ein leichtes Essen mit Austern und Starkbier bringen. Gegen Abend hatte er sich wieder so weit erholt, dass er eine Zigarre rauchen konnte.

Am nächsten Morgen war er früh auf und sprach davon, in den Club zu gehen.

»In diesen schmuddligen?«

»Nein, ›Bellamy's‹. Aber da wird am Samstagmorgen kaum jemand sein.«

Es war gar niemand da. Der Barkeeper quirlte ihm ein Ei mit Portwein und Kognak. Dann nahm Basil ein Taxi und fuhr in die Hill Street, um ein paar Bücher zu holen. Es war noch nicht elf Uhr, als er das vermeintlich leere und stille Haus aufschloss und eintrat. Aus dem Raum im Erdgeschoss, wo man in kleinerer Gesellschaft vor einem Lunch oder Dinner zusammenzusitzen pflegte, drang Musik. Es war ein dunkles Zimmer mit Wandbehängen und Boulle-Möbeln. Dort saß, mit einem Pelzmantel ihrer Mutter über dem Pyjama, seine Tochter auf dem Boden und hielt ein Transistorradio an die Wange gedrückt. Hinter ihr im Kamin lagen ein paar dicke Kohleklumpen in der Asche des Anfeuerholzes, das sie nicht zum Brennen gebracht hatte.

»Ach Pumpel, du kommst doch wieder einmal wie gerufen. Ich hatte dich erst Montag erwartet, und bis dahin wäre ich erfroren. Ich komme einfach mit der Zentralheizung nicht zurecht. Hab immer gedacht, die muss man nur aufdrehen und braucht sonst keinen dazu. Im Kamin kriege ich auch kein Feuer an. Und bevor du jetzt fragst: ›Babs, was machst du denn hier?‹, sage ich dir gleich, dass ich mich totfriere und sonst gar nichts.«

»Stell mal dieses verdammte Ding da ab.«

Es wurde still, und Barbara sah sich ihren Vater jetzt etwas genauer an. »Aber Pumpel, was haben sie denn mit dir gemacht? Du bist ja gar nicht du selbst. Nur noch ein Klappergestell und gar nicht mehr mein dicker alter Pumpel. Setz dich sofort hin. Armer Pumpel! Verschrumpelt wie eine Mumie. Diese Untiere!«

Basil setzte sich. Barbara rutschte heran und legte ihren Kopf auf seine Knie. »Armes Gerippe«, sagte sie. Saphirblaue Augen strahlten unter wirrem schwarzen Haar aus dem noch kindlichen Gesicht hervor und blickten tief in zwei saphirblaue Augen über eingefallenen Tränensäcken. »KZ-Krüppel«, fügte sie zärtlich hinzu. »Gespenst. Knochenmann. Arme ausgebuddelte Leiche.«

»Genug geschmeichelt. Und jetzt raus mit der Sprache.«

»Ich hab dir doch gesagt, dass mir langweilig war. Du weißt so gut wie ich, wie es auf Malfrey ist. Diese blöde Nationalstiftung. Im Sommer geht's noch, wenn die Touristenbusse kommen. Aber jetzt laufen da nur französische Kunstexperten herum – ein halbes Dutzend pro Woche, und überall die Gänge mit Öltuch ausgelegt und mit Seilen abgesperrt, und Tante Barbara haust in dieser Wohnung über den Ställen und diese lächerlichen Sothills im Junggesellenflügel, und das Höchste der Gefühle ist mal eine Fasanenjagd mit anschließendem Picknick in der Jagdhütte, wo es dann nichts als Fasan zu essen gibt und… Also, ich habe mich doch fristund formgerecht beschwert, oder nicht? Du warst nur zu sehr mit Verhungern beschäftigt, um mir zuzuhören, und wenn das Glück deiner einzigen, angebeteten Tochter nicht mehr zählt als senile Eitelkeit…« Erschöpft hielt sie inne.

»Da steckt doch noch was anderes dahinter.«

»*Etwas* schon.«

»Was?«

»Also, Pumpel, jetzt musst du mal ganz ruhig bleiben. Zu deinem eigenen Wohl, nicht zu meinem. Ich bin Gewalttätigkeiten weiß Gott gewöhnt. Wie du mich die ganzen Jahre geprügelt hast, wäre dir längst die Polizei auf die Pelle gerückt, wenn du arm wärst. Ich werd's überleben; aber du, Pumpel, bist in einem Alter, wo das gefährlich werden kann. Bleib also jetzt ganz ruhig, dann sag ich es dir. Ich habe mich verlobt.«

Es war kein Schock, keine Überraschung. Es war genau, was Basil erwartet hatte. »Quatsch«, sagte er.

»Aber ich bin nun mal verliebt. Du musst doch wissen, was das heißt. Irgendwann bist du doch sicher auch mal verliebt gewesen – in Mama oder sonst jemanden.«

»Quatsch. Und flenn gefälligst nicht, ja? Wenn du alt genug zu sein glaubst, um dich zu verlieben, dann bist du auch alt genug, um nicht zu flennen.«

»Da sagst du aber etwas ganz Dummes. Ich flenne doch, *weil* ich verliebt bin. Du hast ja keine Ahnung. Er ist nicht nur der perfekte Mann und furchtbar lustig, er ist auch ein künstlerisches Genie, und alle sind hinter ihm her, und ich hatte unwahrscheinliches Glück, dass ich ihn mir geschnappt habe, und du wirst ihn auch sofort gernhaben, wenn du dich nur nicht so stur stellst, und nachdem wir uns am Telefon verlobt haben, bin ich gleich hergekommen, aber da war er weg, und wer weiß, ob ihn mir jetzt nicht doch noch eine andere weggeschnappt hat, und dann bin ich fast erfroren, und jetzt kommst du und guckst mich an wie ein Vampir und nicht wie ein Papa und sagst nur: ›Quatsch‹.«

Sie drückte ihr Gesicht an seinen Oberschenkel und schluchzte.

Nach einer Weile fragte Basil: »Wieso glaubst du eigentlich, dass Robin malt?«

»Robin? Robin Trumpington? Du denkst doch nicht etwa, ich bin mit *Robin* verlobt? Der hat doch eine Freundin, nach der er ganz verrückt ist. Weißt du denn gar nicht, was sich in der Welt tut, Pumpel? Also, wenn du nur gegen Robin etwas hast, ist ja alles in Ordnung.«

»Und mit wem, zum Teufel, bildest du dir ein, verlobt zu sein?«

»Mit Charles natürlich.«

»Charles Gebührlich? Nie gehört.«

»Stell dich nicht taub. Du weißt ganz genau, wen ich meine. Neulich hast du ihn mal abends hier kennengelernt, da hast du ihn dir anscheinend nur nicht richtig angesehen.«

»Albright«, sagte Basil. Es sprach sehr für die wohltätige Wirkung des Sanatoriums, dass er nicht etwa rot anlief, nicht loskollerte. Er fragte nur ruhig: »Warst du mit diesem Mann im Bett?«

»Nicht im *Bett*.«

»Hast du mit ihm geschlafen?«

»Nicht *geschlafen*.«

»Du weißt, was ich meine. Hattest du mit ihm Geschlechtsverkehr?«

»Na ja, vielleicht; nicht im Bett; auf dem Fußboden, und hellwach *könnte* man es wohl Geschlechtsverkehr nennen.«

»Heraus mit der Sprache, Babs. Bist du noch Jungfrau?«

»So was möchte sich ja kein Mädchen gern nachsagen lassen, aber ich glaube, ja.«

»Du *glaubst*?«

»Na ja, ich nehme es an. Doch, wirklich. Aber das können wir alles sehr bald ändern. Charles will ja unbedingt heiraten. Er sagt, man kann ein Mädchen leichter heiraten, wenn es noch Jungfrau ist. Kann mir nicht vorstellen, wieso. Und ich rede nicht von einer großen Hochzeit. Charles ist sehr ungesellig, und Waise ist er auch – kein Vater, keine Mutter, und seine Verwandten mögen ihn nicht, also werden wir ganz still heiraten, und ich hab mir gedacht, wenn du und Mama nicht dort hinwollt, könnten wir in das Haus auf den Bermudas ziehen. Wir werden euch überhaupt nicht zur Last fallen, wirklich. Wenn ihr aber selbst auf die Bermudas wollt, sind wir auch mit Venedig zufrieden, obwohl Charles ja sagt, es ist ein bisschen spießig dort, und im November wird's kalt, darum wären die Bermudas schon besser.«

»Ist einer von euch eigentlich schon mal auf die Idee gekommen, dass ihr zum Heiraten meine Erlaubnis braucht?«

»Nun komm mir nicht juristisch, Pumpel. Du weißt, dass ich dich viel zu lieb habe, um etwas zu tun, was du nicht möchtest.«

»Zieh dich jetzt lieber mal an, und geh zu deiner Mutter ins ›Claridge‹.«

»Ich kann mich nicht anziehen. Kein warmes Wasser.«

»Du kannst dort baden. Und dann sollte ich mit dem jungen Mann wohl mal ein Wörtchen reden.«

»Er kommt um zwölf hierher.«

»Dann warte ich auf ihn.«

»Du wirst erfrieren.«

»Steh auf, und mach, dass du rauskommst.«

Es folgte eine jener Balgereien, die zwischen Vater und Tochter selbst in ihrem achtzehnten Lebensjahr noch üblich waren und die nun damit endete, dass Babs quiekend aus dem Zimmer flüchtete.

Basil setzte sich und wartete. Man konnte im Vestibül die Türglocke nicht hören, also setzte er sich in die Fensternische und behielt die Straße vor dem Haus im Blick; er sah ein Taxi vorfahren und Barbara, immer noch in Pyjama und Pelzmantel, mit einem Köfferchen in der Hand einsteigen.

Später sah er dann seinen Feind siegessicher vom Berkeley Square herüberschlendern. Basil öffnete die Tür.

»Mich haben Sie wohl hier nicht erwartet?«

»Nein, aber ich bin ganz froh darum. Wir haben viel zu besprechen.«

Sie gingen zusammen ins Vestibül. Der junge Mann war nicht mehr ganz so phantasievoll gekleidet wie bei ihrer letzten Begegnung, aber sein Haar wucherte noch genau so, und der Bart kündete der Welt seinen verrufenen Stand. Sie musterten einander schweigend, bis Basil sagte: »Lord Pastmasters Hemden sind Ihnen zu groß.«

Eine schwache Eröffnung.

»Ich hätte es ja nicht von mir aus angesprochen«, sagte Albright, »aber *Ihnen* scheinen Ihre *sämtlichen* Sachen zu groß zu sein.«

Basil steckte den Schlag ein, indem er sich eine Zigarre anzündete.

»Barbara hat mir erzählt, Sie waren in diesem Sanatorium in Kent«, fuhr der junge Mann in leichtem Ton fort.

»Da gibt es jetzt übrigens ein neues, ein viel besseres, in Sussex.«

Basil wurde sich eines rasch aufkommenden Wiedererkennens bewusst, eines unangenehmen, vagen Gefühls der Artverwandtschaft; hatte er nicht vor langer, langer Zeit einmal jemanden gekannt, der zu den Älteren ebenso gesprochen hatte? Er sog tief an seiner Zigarre und musterte Albright. Die Augen, das ganze Gesicht kam ihm entfernt bekannt vor; es war das Spiegelbild eines Spiegelbilds, das er früher oft genug beim Rasieren gesehen hatte.

»Barbara sagt, Sie hätten ihr einen Heiratsantrag gemacht.«

»Na ja, eigentlich hat *sie* davon angefangen. Aber ich habe gern angenommen.«

»Sind Sie Clarence Albrights Sohn?«

»Ja. Kannten Sie ihn? Ich kaum. Wie ich höre, muss er ein recht fürchterlicher Mensch gewesen sein. Falls der Stammbaum Ihnen wichtig ist, habe ich auch noch einen Onkel, der Herzog ist. Den kenne ich aber auch kaum.«

»Und Sie sind Maler?«

»Hat Barbara das gesagt?«

»Sie sagt, Sie wären ein künstlerisches Genie.«

»Eine treue Seele. Damit meint sie wohl meine Musik.«

»Komponieren Sie?«

»Ich improvisiere gelegentlich. Spiele Gitarre.«

»Professionell?«

»Manchmal. In Cafés, Sie wissen schon.«

»Ich weiß leider gar nichts. Können Sie davon leben?«

»Nicht, was *Sie* leben nennen würden.«

»Darf ich dann fragen, wie Sie meine Tochter zu ernähren gedenken?«

»Oh, das steht nicht zur Debatte. Eher umgekehrt. Ich tue dasselbe, was Sie getan haben – ich heirate Geld. Jetzt weiß ich schon, was Sie denken: ›Zahl ihn aus, damit er verschwindet.‹ Aber daraus wird nichts, das kann ich Ihnen versichern. Barbara ist nämlich völlig vernarrt in mich, und, wenn es nicht egozentrisch ist, davon zu sprechen, ich auch in sie. Sie wollen doch sicher keine Gretna-Green-Hochzeit, bei der einem die Pressefotografen nachlaufen? Außerdem will Barbara Ihnen gar nicht zur Last fallen. Wie gesagt, sie ist eine treue Seele. Wir können das in aller Ruhe regeln. Denken Sie nur mal an die Steuern, die Ihre Frau durch eine schöne dicke Mitgift sparen kann. Für Ihre eigene Apanage dürfte der Unterschied kaum spürbar sein.«

Und noch immer war Basil die Ruhe selbst; nicht die Spur von jener vulkanischen Senilität, die sich vor vierzehn Tagen noch in sengenden, gleißenden Lavaschauern entladen hätte. Er hatte in diesem ersten, allzu leichtsinnig provozierten Waffengang einen schlechten Stand. Also musste er nachdenken, einen Plan fassen. Im Augenblick war er nicht ganz bei Kräften. Gestern hatte er noch am Boden gelegen. Heute kehrte langsam seine Kraft zurück. Und morgen würde die Erfahrung siegen. Er hatte einen würdigen Gegner vor sich und spürte etwas von der Freude, die ein Ritter des sechzehnten Jahrhunderts empfunden haben mochte, wenn er mitten im Kampfgetümmel, im Klirren der Waffen einen ebenbürtigen Recken erkannte.

»Barbaras Mutter wird finanziell bestens beraten«, sagte er. »Wo ist übrigens Barbara? Wir wollten uns um zwölf hier treffen.«

»Sie nimmt gerade im ›Claridge‹ ein Bad.«

»Dann geh ich da am besten mal hin. Ich will sie zum Lunch ausführen. Sie könnten mir nicht zufällig fünf Pfund leihen?«

»Doch«, sagte Basil. »Gewiss.«

Wenn Albright ihn besser gekannt hätte, wäre er ob solcher Liebenswürdigkeit stutzig geworden. So aber dachte er nur: Der alte Knacker ist ja leichter rumzukriegen, als man mir überall erzählt hat. Und Basil dachte: Hoffentlich gibt er alles für den Lunch aus. Der Schein ist nämlich alles, was er je von mir bekommt. Eigentlich hätte er's ja besser verdient.

IV

Sonia Trumpington hatte sich nicht wiederverheiratet. Sie teilte eine Wohnung mit Robin, ihrem Sohn, den sie aber selten zu Gesicht bekam. Meist verbrachte sie ihre Tage allein über ihrer Nadelarbeit oder mit Korrespondenz für die eine oder andere wohltätige Organisation, bei der sie sich im Alter engagierte. Sie nähte gerade, als Basil sie nach dem Lunch (wieder Austern, diesmal zwei Dutzend mit einem halben Liter Champagner – er kam stündlich mehr zu Kräften) aufsuchte. Sie stichelte weiter an ihrer aufgespannten Kreuzstickerei, während er ihr sein Problem anvertraute.

»Doch, ich kenne Charles Albright. Er ist ein recht guter Freund von Robin.«

»Dann kannst du mir vielleicht mal sagen, was Barbara an ihm findet.«

»Natürlich *dich*«, sagte Sonia. »Er ist dein genaues Ebenbild – Aussehen, Charakter, Benehmen, alles.«

»Aussehen? Charakter? Benehmen? Bist du verrückt geworden, Sonia?«

»Ich meine ja nicht, wie du jetzt bist, nicht einmal nach der Kur. Kannst du dich denn gar nicht mehr erinnern, wie du in seinem Alter warst?«

»Aber er ist ein Ungeheuer!«

»Das warst du auch, mein Lieber. Alles schon vergessen? Für mich ist der Fall ganz klar. Ihr Seals seid nun mal so inzestuös veranlagt. Was glaubst du, warum du so an Barbara hängst? Weil sie genau wie Barbara Sothill ist. Und warum ist Barbara so versessen auf Charles? Weil er so ist wie *du*.«

Basil dachte mit frisch geschärftem Geist darüber nach.

»Dieser Bart.«

»Dich habe ich auch schon mit Bart gesehen.«

»Das war, als ich aus der Antarktis zurückkam, und ich habe mein Lebtag nie Gitarre gespielt«, sagte er.

»Spielt Charles Gitarre? Das höre ich zum ersten Mal. Er tut alles Mögliche – genau wie du früher.«

»Ich wäre dir dankbar, wenn du mich nicht dauernd ins Spiel brächtest.«

»Hast du ganz vergessen, wie du warst? Guck doch nur mal in eins von meinen alten Fotoalben.«

Wie die meisten Frauen ihrer Generation hatte Sonia in jungen Jahren dicke Bände mit Zeitungsausschnitten und Fotos von sich und ihren Freunden gefüllt. Diese lagen jetzt ungeordnet in einer Zimmerecke.

»Hier feiert Peter in King's Thursday seinen einundzwanzigsten. Da habe ich dich kennengelernt, soviel ich weiß. Jedenfalls bin ich dort Alastair zum ersten Mal begegnet. Er war damals Margots Freund, erinnerst du dich? Sie war heilfroh, ihn los zu sein ... Das ist meine Hochzeit. Du warst doch bestimmt auch da.« Sie blätterte von den Gruppenbildern mit Braut, Bräutigam und Brautjungfern zu den vor dem Tor von St. Margaret aufgenommenen Schnappschüssen. »Ja, hier bist du.«

»Kein Bart. Und völlig korrekt angezogen.«

»Warte nur, es kommen noch ein paar belastendere. Da, sieh dir das an ... und das.«

Sie klappten ein Album um das andere auf. Basil kam oft vor.

»Ich finde die alle nicht besonders gut getroffen«, sagte Basil bockig. »Da war ich gerade von der Spanienfront gekommen – natürlich sehe ich da ein bisschen abgerissen aus.«

»Wir reden ja nicht von Kleidern. Sieh dir mal dein Gesicht an.«

»Da hat mir das Licht in die Augen geschienen«, sagte Basil.

»1937. Wieder eine Party in King's Thursday.«

»Wie entsetzlich solche Scherzfotos doch sind. Was mache ich da um Himmels willen mit diesem Mädchen?«

»Du schmeißt sie in den Teich. Ich erinnere mich jetzt. Das Foto habe nämlich ich gemacht.«

»Wer ist sie?«

»Keine Ahnung. Vielleicht steht es hinten drauf. Bloß ›Basil und Betty‹. Sie muss viel jünger gewesen sein als wir, gar nicht unser Schlag. Ich glaube jetzt sogar, sie war die Tochter irgendeines Herzogs. Ja, stimmt – sie war eine von den Stayles.«

Basil sah das Bild an und schauderte. »Was kann mich nur dazu gebracht haben, mich so zu benehmen?«

»Jugendlicher Übermut.«

»Gott steh mir bei, ich war vierunddreißig. Und sie ist auch noch so hässlich.«

»Jetzt weiß ich wieder, wer sie ist – vielmehr war. Charles Albrights Mutter. Ein merkwürdiger Zufall, wenn du so willst. Sehen wir sicherheitshalber mal nach.«

Sie fanden einen Adelskalender und lasen. »Da haben wir sie. Fünfte Tochter des verstorbenen Herzogs. Elizabeth Ermyntrude Alexandra, Patenkind des Herzogs von Connaught. Geboren 1920. Heirat 1940 mit Clarence Albright, der 1943 fiel. Nachkommenschaft. Gestorben 1956. Ich erinnere mich, davon gehört zu haben – Krebs, sehr jung. Diese Nachkommenschaft, das ist Charles.«

Basil betrachtete das Foto lange. Das Mädchen war pummelig und schien zu zappeln, aber mehr ärgerlich über den Unfug als amüsiert. »Wie vergesslich man doch wird. Sie war doch sicher eine gute Freundin von mir.«

»O nein. Margot hatte sie nur für Peter aufgetrieben.«

Basils an Bosheit einst so fruchtbare, in letzter Zeit so eingeschläferte Phantasie begann, sich in der Stunde der Not zu regen und zu beleben.

»Dieses Foto bringt mich auf eine Idee.«

»Basil, du hast wieder diesen alten schurkischen Blick. Was führst du im Schilde?«

»Ach, nur so eine Idee.«

»Du willst doch Barbara nicht in den Serpentine werfen?«

»So weit liegst du gar nicht daneben«, sagte Basil.

»Fahren wir doch zum Serpentine und setzen uns dort ein wenig ans Wasser«, sagte Basil nachmittags zu seiner Tochter.

»Ist es da nicht ziemlich kalt?«

»Jedenfalls ist es dort still. Pack dich gut ein. Ich habe nämlich mit dir zu reden. Ernsthaft.«

»Bist du gut aufgelegt?«

»So gut wie selten.«

»Warum können wir nicht hier reden?«

»Deine Mutter könnte dazukommen. Was ich dir zu sagen habe, geht sie nichts an.«

»Ich wette, es geht um Charles und mich.«

»Natürlich.«

»Und kein Strafgericht?«

»Im Gegenteil. Warmes väterliches Mitgefühl.«

»Dafür lohnt sich's sogar zu frieren.«

Unterwegs sprachen sie nicht. Basil schickte den Wagen fort und sagte, sie würden schon irgendwie nach Hause kommen.

Um diese kühle spätnachmittägliche Herbststunde, die trockenen Blätter fielen schon, fanden sie im Park sofort eine leere Bank. Das Licht war mild; es war einer jener Tage, da London an Dublin erinnerte.

»Charles sagt, dass er mit dir gesprochen hat. Er ist sich nicht sicher, ob du ihn magst.«

»Ich mag ihn sehr.«

»Oh, *Pumpel*!«

»Er hat mir zwar nichts auf der Gitarre vorgespielt, aber ich habe sein Genie erkannt.«

»Pumpel, was führst du im Schilde?«

»Das hat Sonia auch gefragt.« Basil stützte das Kinn auf den Spazierstock. »Weißt du, Babs, ich will doch nichts weiter, als dass du glücklich wirst.«

»Das klingt gar nicht nach dir. Du hast irgendwelche bösen Hintergedanken.«

»Im Gegenteil. Aber du darfst ihm oder deiner Mutter nichts von dem sagen, was ich dir gleich erzähle. Charles' Eltern sind tot, es trifft sie nicht mehr. Ich habe seine Mutter einmal sehr gut gekannt; er weiß vielleicht nicht, wie gut. Die Leute haben sich oft gewundert, wieso sie Albright geheiratet hat. Das war eine Blitzheirat, weißt du, als er auf Urlaub war und jede Nacht die Sirenen heulten. Es war um die Zeit, als ich gerade aus dem Krankenhaus kam, kurz bevor ich deine Mutter heiratete.«

»Pumpel, es ist sehr kalt hier, und ich weiß nicht, was diese ganze Vorgeschichte mit mir und Charles zu tun hat.«

»Es fing an«, fuhr Basil unerbittlich fort, »als – wie hieß sie noch? – Betty jünger war als du jetzt. Ich hatte sie in King's Thursday in einen Teich geworfen.«

»Was fing da an?«

»Dass sie sich in mich verliebte. Komisch, was junge Mädchen alles verliebt machen kann – bei dir eine Gitarre, bei Betty ein unfreiwilliges Bad.«

»Aber das finde ich doch ziemlich romantisch. Es bringt dich und Charles sozusagen näher.«

»O ja, sehr nah. Es war nämlich mehr als nur romantisch. Sie war anfangs zu jung – bloß eine mädchenhafte Schwärmerei. Ich dachte, sie würde darüber hinwegkommen. Aber als ich dann verwundet war, kam sie mich jeden Tag im Krankenhaus besuchen, und als ich den ersten Tag herauskam – du kannst vielleicht nicht verstehen, wie ungemein leicht ein Mann sich in einer solchen Situation fühlt, oder wie anziehend eine Verwundung auf manche Frauen wirkt, oder welcher verantwortungslose Leichtsinn uns alle erfasst hatte in der Zeit des Blitzkriegs –, ich versuche mich hier nicht zu entschuldigen. Ich war nicht der erste Mann. Sie war seit jenem Bad im Teich erwachsen geworden. Es ging nur eine Woche lang. Strenggenommen hätte ich sie vielleicht heiraten sollen, aber ich war damals nicht so streng. Ich habe stattdessen deine Mutter geheiratet. Darüber kannst du dich nicht beklagen. Sonst gäbe es dich nämlich nicht. Betty musste sich anderweitig umschauen, und da kam zum Glück genau im richtigen Augenblick dieser Esel Albright daher. Jawohl, Babs – Charles ist dein Bruder. Wie könnte ich ihn also nicht gernhaben?«

Ohne einen Ton stand Barbara auf, rannte durch die Dämmerung davon, stolperte auf ihren Stöckelabsätzen durch den Sand der Row und verschwand hinter den Denkmälern durchs Edinburgh-Tor. Basil folgte ihr in seinem eigenen gemessenen Tempo. Er hielt ein Taxi an, ließ es dann am Straßenrand warten, während er im »Bellamy's« vergebens nach einem befreundeten Gesicht Ausschau hielt, trank an der Bar noch einen Eierkognak und fuhr weiter zum »Claridge«.

»Was ist nur um Gottes willen mit Barbara los?«, fragte Angela. »Sie kommt mit einem Tragödiengesicht hier rein, sagt kein Wort, und jetzt hat sie sich in dein Schlafzimmer eingeschlossen.«

»Ich glaube, sie hat sich mit diesem Kerl gestritten, für den sie so schwärmt. Wie heißt er noch? Albright. Eigentlich ganz gut so. Er ist ja ein netter Junge, aber gar nicht das Richtige für sie. Ich glaube, Babs braucht mal einen Tapetenwechsel. Wenn es dir recht ist, Angie, könnten wir morgen alle drei auf die Bermudas reisen.«

»Bekommen wir denn noch Tickets?«

»Die habe ich schon. Ich bin auf dem Weg von Sonia hierher bei einem Reisebüro vorbeigegangen. Ich glaube nicht, dass Babs heute Abend so rechten Appetit hat. Am besten lässt man sie vorerst allein. Ich selbst habe das Gefühl, eine kräftige Mahlzeit vertragen zu können. Wir können ja gleich hier unten essen.«

Nachweis

Die Erzählungen sind chronologisch nach der englischen Erstveröffentlichung geordnet, mit Ausnahme des Textes *Charles Ryders Schulzeit,* der erst posthum veröffentlicht wurde.

Love in the Slump (Liebe in schlechten Zeiten)
Erstveröffentlichung unter dem Titel *The Patriotic Honeymoon* in ›Harper's Bazaar‹, New York, Januar 1932

Excursion in Reality (Ausflug ins wirkliche Leben)
Erstveröffentlichung unter dem Titel *An Entirely New Angle* in ›Harper's Bazaar‹, New York, Juli 1932, und dann unter dem Titel *This Quota Stuff: Positive Proof that the British Can Make Good Films* in ›Harper's Bazaar‹, London, August 1932

Incident in Azania (Zwischenfall in Azania)
Erstveröffentlichung in ›Windsor Magazine‹, Dezember 1933

Bella Fleace Gave a Party (Miss Bella gibt eine Gesellschaft)
Erstveröffentlichung in ›Harper's Bazaar‹, London, Dezember 1932, und dann in ›Harper's Bazaar‹, New York, März 1933

Cruise: Letters from a Young Lady of Leisure (Kreuzfahrt)
Erstveröffentlichung in ›Harper's Bazaar‹, London, Februar 1933

The Man Who Liked Dickens (Der Mann, der Dickens liebte)
Erstveröffentlichung in ›Hearst's International‹ und ›Cosmopolitan‹, September 1933, und dann in ›Nash's Pall Mall Magazine‹, November 1933. Die Erzählung fand dann in abgewandelter Form Eingang in den Roman *A Handful of Dust (Eine Handvoll Staub),* der 1934 im

Verlag Chapman & Hall, London, erschien (Kapitel 6, ›Du côté de chez Todd‹)

On Guard (Auf Posten)
Erstveröffentlichung in ›Harper's Bazaar‹, London, Dezember 1934

Mr Loveday's Little Outing (Mr. Lovedays kleiner Ausflug)
Erstveröffentlichung unter dem Titel *Mr Crutwell's Little Outing* in ›Harper's Bazaar‹, New York, März 1935, und dann unter dem Titel *Mr Crutwell's Outing* in ›Nash's Pall Mall Magazine‹, Mai 1935

Winner Takes All (Wer zuerst kommt, mahlt zuerst)
Erstveröffentlichung in ›Strand‹, März 1936

An Englishman's Home (Engländers Heim und Herd)
Erstveröffentlichung in ›Good Housekeeping‹, London, August 1939

The Sympathetic Passenger (Der gleichgesinnte Fahrgast)
Erstveröffentlichung in der ›Tight Corner‹-Serie in ›The Daily Mail‹, 4. Mai 1939

Charles Ryder's Schooldays (Charles Ryders Schulzeit)
Entstanden 1945, Erstveröffentlichung in ›The Times Literary Supplement‹, 5. März 1982, mit einer Einleitung von Michael Sissons

Tactical Exercise (Taktische Übung)
Erstveröffentlichung in ›Strand‹, März 1947, und unter dem Titel *The Wish* in ›Good Housekeeping‹, New York, März 1947

Love among the Ruins: A Romance of the Near Future (Liebe in Schutt und Asche. Ein Sittengemälde aus der nahen Zukunft)
Erstveröffentlichung 1953 bei Chapman & Hall, London

Basil Seal Rides Again or The Rake's Regress (Rückfällig)
Erstveröffentlichung 1963 bei Chapman & Hall, London

Bitte beachten Sie auch die folgende Seite

Evelyn Waugh im Diogenes Verlag

»Einer der großen Meister der englischen Prosa des 20. Jahrhunderts. Es ist nie zu spät, Evelyn Waugh zu lesen und wiederzulesen.«
Time Magazine, New York

»Sollte ich Evelyn Waugh in meinem nächsten Leben, im Himmel oder in der Hölle begegnen – ich werde niederknien und ihn anflehen, mir eine Geschichte zu erzählen.« *Astrid Rosenfeld*

Verfall und Untergang
Roman. Aus dem Englischen von Andrea Ott

Lust und Laster
Roman. Deutsch von pociao

Expeditionen eines englischen Gentleman
Deutsch von Matthias Fienbork. Mit einem Nachwort von Rainer Wieland

Schwarzes Unheil
Roman. Deutsch von Irmgard Andrae

Eine Handvoll Staub
Roman. Deutsch von pociao

Scoop
Roman. Deutsch von Elisabeth Schnack

Mit wehenden Fahnen
Roman. Deutsch von Matthias Fienbork

Wiedersehen mit Brideshead
Die heiligen und profanen Erinnerungen des Captain Charles Ryder. Roman. Deutsch von pociao. Mit einem Nachwort von Daniel Kampa
Auch als Diogenes Hörbuch erschienen, gelesen von Sylvester Groth

Scott-Kings moderne Welt
Erzählung. Deutsch von Otto Bayer

Tod in Hollywood
Eine anglo-amerikanische Tragödie. Roman. Deutsch von Andrea Ott

Helena
Roman. Deutsch von Peter Gan

Gilbert Pinfolds Höllenfahrt
Ein Konversationsstück. Roman. Deutsch von Irmgard Andrae

Ohne Furcht und Tadel
Roman. Deutsch von Werner Peterich

Ausflug ins wirkliche Leben
und andere Meistererzählungen. Ausgewählt von Margaux de Weck und Daniel Kampa. Deutsch von Otto Bayer, Hans-Ulrich Möhring, Matthias Fienbork und Elisabeth Schnack